Prolog

Kyrian lag auf dem Bauch seiner Mutter und lauschte den Schlägen ihres Herzens. Das beruhigte ihn, obwohl ihr Herz jetzt, im versteinerten Zustand, viel leiser pochte und ihr Antlitz zu einer hässlichen Fratze verzerrt war.

Der Körper seiner Mama – ihre Schwingen, Klauen und Fänge – bestand nicht wirklich aus Stein, sondern aus einem organischen Material, das Stein ähnelte. Für Kyrian war das genauso normal, wie sich tagsüber in der finsteren Höhle zu verstecken.

Neben ihm schlummerte seine fünfjährige Zwillingsschwester Myra. Er erkannte sie im Dunkeln problemlos, ebenso den Tausendfüßler, der über Mamas Gesicht lief. Flink griff er danach und steckte sich ihn in den Mund. Der Panzer knackte zwischen den Zähnen; der schleimige Inhalt verteilte sich auf seiner Zunge.

Mmm … Ein Insekt schmeckte köstlich, wenn man fast verhungerte. Leider knurrte sein Magen nach diesem Happen nur noch lauter. Außerdem machte sich sein Gewissen bemerkbar. Er hätte Myra die Hälfte aufheben sollen. Sie war so dünn.

Sanft streichelte er durch ihr Haar, das ebenso schwarz war wie seines. Ansonsten hatten sie, bis auf die Fangzähne, nur wenig gemein. Myra war klein und zierlich, eine Elfe mit spitzen Ohren und einem herzförmigen Gesicht, während er mehr nach Mutter kam: groß und stark. Er besaß zwar keine Schwingen, aber einen Gargoyleschwanz und winzige Hörner, worauf er besonders stolz war. »Kleiner Löwe« nannte Mama ihn oft, weil sein Schwanz dem der Raubkatze ähnelte. Kyrian hatte noch nie einen Löwen gesehen, wusste jedoch, dass er in einer anderen Welt der König der Tiere war. Hauptsache, Kyrian ähnelte seinen Feinden nicht zu sehr. Im Gegensatz zu Myra. Trotzdem liebte er seine Schwester von ganzem Herzen. Er würde sein Leben für sie geben.

Aufregung machte sich in seinem Magen breit, weil in Kürze die Sonne unterging. Dann wurde Mama wieder lebendig. Gemeinsam würden sie die Höhle verlassen und Myra und er in Mamas Armen über das Dunkle Land gleiten, um wie jede Nacht nach einem Ausgang zu suchen. Sie mussten das Reich der Dunkelelfen dringend verlassen. Leider waren Kyrian und seine Schwester bald zu groß und zu schwer, um mit ihrer Mutter zu segeln.

Seit er denken konnte, versteckten sie sich in dieser Berghöhle. Seine Mutter hatte ihnen erzählt, ein Dunkelelf habe sie vor langer Zeit aus der Menschenwelt entführt und gefangen gehalten, bis Kyrian und Myra auf die Welt kamen. Erst danach hatte sie es geschafft, ihn zu töten und mit ihnen durch eine geheime Passage zu fliehen.

Nachdenklich betrachtete er die steinernen Schwingen seiner Mama, die sonst aus warmem Leder bestanden. Schade, dass Myra und er keine Flughäute besaßen, dann könnten sie sich aufteilen, jeder in eine andere Richtung gleiten.

Seine Ohren zuckten, als er ein Knirschen hörte. Schnell hob er den Kopf. Schritte näherten sich.

»Sie müssen hier drin sein, Orugh schwört, die drei gesehen zu haben«, hallte eine unbekannte Stimme durch die Höhle.

»Mama«, flüsterte er und rüttelte an der Steinfigur, obwohl er wusste, dass sich ihr Zustand dadurch nicht ändern würde.

Myra hatte die Stimmen auch gehört. Mit großen Augen starrte sie ihn an und krallte ihre zarten Finger in ihr schmutziges Kleidchen. Er bedeutete ihr, still zu sein, und reichte ihr die Hand. Aus seinen Beinen wich jegliche Kraft, während er Myra in den tiefsten Winkel der Höhle zog. Er drückte sie hinter sich und sie schmiegte sich zitternd an seinen Rücken. Die Dunkelelfen kamen, um sie alle zu töten. Mama hatte sie darauf vorbereitet. Kyrian und Myra könnten durch einen engen Felsspalt entkommen, doch er dachte nicht an Flucht, solange seine Mama wehrlos war. Er würde sie beschützen. Außerdem war er bereits zu groß.

Da seine Schwester viel zierlicher war als er, befahl er ihr leise, sich in die Felsnische zu zwängen und zu fliehen. Dank des grauen Kleides verschmolz sie fast mit dem Stein. Sie würde in Sicherheit sein. Keinen Wimpernschlag später blendete ihn Feuer, sodass er sich die Hände vor die Augen halten musste.

»Da ist der Bastard!«, rief einer, packte ihn am Arm und zog Kyrian aus der Nische, wobei er die Fackel dicht vor sein Gesicht hielt.

Er zwinkerte, brachte die Augen jedoch nicht auf. An Licht war er nicht gewöhnt, ebenso wenig an den Ruß der Fackel, der in seinen Lungen kratzte.

»Verdammt, er sieht aus wie einer von uns«, sagte ein Elf.

Nein, das stimmte nicht, er war nicht wie sie. Er wollte ihnen das ins Gesicht brüllen, aber Angst lähmte seine Zunge.

»Nicht ganz«, meinte ein anderer, warf ihn auf den Boden und riss ihm den Lendenschurz ab. »Schau, die Missgeburt hat einen Gargoyleschwanz.«

Hastig krabbelte Kyrian zwischen den drei Elfenkriegern hindurch. Sie sahen unheimlich aus, denn die Perlen in ihren schwarzen Haaren funkelten im Flammenschein wie Insektenaugen, und an ihren spitzen Ohren baumelten Ringe und kleine Knochen. Ihre schlanken Körper steckten in Lederharnischen, und jeder von ihnen trug ein Schwert.

»Wohin so eilig?«, hörte er, dann Gelächter, als er brutal an seinem Schwanz zurückgerissen wurde.

Vor Angst, Schmerz und Wut fauchte er, wobei er verzweifelt versuchte, sich umzudrehen, doch jemand trat auf seinen Rücken und presste ihn auf den steinigen Boden. Ein spitzer Kiesel bohrte sich in seine Wange. Der Elf griff in sein Haar und riss seinen Kopf herum. Kyrian blickte in das Antlitz seines Feindes und sah sich selbst in dessen schwarzen Augen, seine hervorgetreten Fangzähne, wodurch sein Gesicht einer Fratze glich, beinahe wie das seiner Mutter.

»Was machen wir mit dem versteinerten Vieh?«, fragte einer.

»Töten«, zischte der Elf, der halb auf seinem Rücken kniete und immer noch sein Haar packte.

Der Krieger, der neben seiner liegenden Mutter stand, holte mit dem Schwert aus. Mit der fehlenden Nasenspitze und dem vernarbten Gesicht sah er besonders bösartig aus.

»Nein!« Kyrians Herz raste, sein verdrehter Nacken schmerzte und pure Angst fraß sich durch seine Eingeweide.

»Tut ihr nichts!«, rief plötzlich Myra, die aus ihrem Versteck kam und auf Mutter zulief.

Kyrian glaubte, zu ersticken.

»Wen haben wir denn da?« Der Elf, der sich neben seiner Mutter befand, packte sie am Haar. »Die hier sieht wirklich aus wie eine von uns.«

Der dritte hob ihr Kleidchen an. »Kein Schwanz.« Dann wühlte er in ihrem Haar und zwang Myra, den Mund zu öffnen. »Keine Hörner, nur kleine scharfe Beißerchen, wie unsere.«

»Wir nehmen sie mit«, befahl der Krieger, der ihn auf den Boden drückte. »Die anderen beiden: töten!«

Der Dunkelelf, der Myra hielt, holte mit der Schwerthand aus und ließ die Klinge herabsausen. Sie durchtrennte mühelos den Kopf seiner Mutter, der zur Seite rollte, genau vor Kyrians Gesicht.

Während Myra wie am Spieß schrie und aus der Höhle gezerrt wurde, konnte Kyrian nur auf die steinerne Fratze starren und auf den Tod warten.

Mama …

Tränen sammelten sich in seinen Augen; der albtraumhafte Anblick verschwamm.

Was würde aus Myra werden, was hatten sie mit ihr vor? Kyrian fühlte sich einer Ohnmacht nah. Wenn er starb, wer würde sie beschützen? Er war der Einzige, den sie noch hatte.

Er zwinkerte. Das Antlitz seiner Mutter musterte ihn anklagend: *Du hättest mit ihr fliehen sollen!*

Da kehrten seine Lebensgeister zurück. Er sammelte seine Kräfte und sprang auf, sodass er den Soldaten abschüttelte. Blitzschnell rannte er aus der Höhle, aber er hatte noch nicht den Ausgang erreicht, als sich vor ihm wie aus dem Nichts derselbe Soldat materialisierte, der ihn eben gehalten hatte. Kyrian prallte gegen dessen Lederharnisch.

Lachend packte ihn der Krieger an den Haaren. »Du bist wirklich mehr Gargoyle als Dunkelelf, ansonsten könntest du dich translozieren.«

Er könnte was?

»Du bist tot«, zischte der Soldat, wobei sich seine schwarzen Augen zu Schlitzen verengten.

Ein weiterer Elfenkrieger trat neben ihn. »Warte, Lachlain, lass uns ein wenig Spaß mit dem Abschaum haben. Diese verdammten Gargoyles arbeiten mit Hexen und Magiern zusammen. Ich hasse diesen kleinen Mistkerl, wenn ich ihn nur ansehe.«

»Ja, lass uns seine Hörner abschneiden, seine lächerlichen Beißerchen herausreißen und ihn zu Tode quälen. Das wird ein Spaß.« Die beiden lachten. »Fangen wir mit dem Schwanz an.«

Nein! Kyrian versuchte, zu entkommen. Vergeblich. Sie hatten ihn eingekreist. Niemals war er sich so nackt und hilflos vorgekommen. Er fasste hinter sich, um nach seinem Schwanz zu greifen. Nervös zuckte er in seiner Hand, aber die Elfen warfen Kyrian auf den Boden. Er hörte das surrende Geräusch, das eine Klinge machte, die aus der Schwertscheide gezogen wurde. Jemand packte seinen Schwanz, riss daran – schon spürte er einen scharfen Schnitt am Steißbein. Das kalte Metall durchtrennte Haut, Sehnen, Muskeln und Nerven. Glühende Pein raste durch seinen Körper. Kyrian brüllte auf, während die anderen lachten. Sie stopften ihm den abgeschnittenen Körperteil in den Mund, wo er noch ein letztes Mal zuckte. Kyrian schmeckte Blut, dann wurde ihm schwarz vor Augen.

Als er wieder zu sich kam, lag er auf dem Rücken vor dem Eingang der Höhle, den Blick auf den weit entfernten Vulkan gerichtet, der

Lava und Asche ausstieß und oftmals den Himmel verfinsterte. Dessen Grollen vernahm er bis hierher, und manchmal fühlte er, wie die Erde bebte. Durch den glutroten Morgenhimmel schien der feuerspuckende Berg mit den Sternen zu verschmelzen. Leider konnte Kyrian den grandiosen Ausblick nicht genießen, da ihm schlagartig bewusst wurde, was sich eben abgespielt hatte. Dort, wo einmal sein Schwanz gewesen war, pochte und brannte es höllisch. Der Schmerz lähmte ihn, ließ ihn kaum atmen.

Grinsend hielt ein Krieger seinen abgeschnittenen Körperteil in der Hand und warf ihn über den Felsvorsprung in die Tiefe.

Hoffentlich machten sie schnell. Er wollte nur noch sterben.

Als er die Klinge an einem seiner Hörner spürte, regte er sich nicht. Es war klein, nicht mehr als ein Stummel, dennoch hochsensibel. Kyrian würde die Schmerzen nicht überleben, wenn sie es abschnitten. Doch er war bereit, seiner Mutter zu folgen.

»Der König kommt!«, rief einer.

Sofort ließen die Soldaten von ihm ab und knieten sich in den Staub, die Häupter gesenkt.

Schwerfällig drehte Kyrian den Kopf und musterte den eingetroffenen Elfen, der sich, die Arme in die Hüften gestemmt, vor ihnen aufbaute. Er war größer als die anderen, trug eine prächtige Rüstung aus Silber und ein Schwert, das in der Morgensonne funkelte, weil es mit unzähligen Diamanten besetzt war. Sein langes weißes Haar flatterte im Bergwind.

Der König! Das Oberhaupt dieser Bastarde. Seine Stiefel berührten beinahe Kyrians Nase, so dicht stand er vor ihm. Würde er es zu Ende bringen? Wenn Kyrian die Kraft hätte, würde er ihn anflehen, schnell zu machen.

»Lasst ihn am Leben!«, befahl dieser stattdessen. »Ich habe euch ausdrücklich befohlen, dass ich die Kinder erst sehen will.«

»Was wollt Ihr mit ihnen, Mylord?«, fragte ein Soldat vorsichtig. »Sie sind Abschaum.«

»Der da«, spie der König aus und drückte Kyrian die Schwertklinge gegen die nackte Brust, »kann uns vielleicht nützlich sein.«

»Wobei, Mylord?«

Kyrians Herz trommelte hart gegen den Brustkorb, als sich der Anführer zu ihm herunterbeugte und zischte: »Im Kampf gegen die Hexen und Magier.«

Kapitel 1 - Kyrian

Kyr riss die Augen auf. Die Laken klebten an seinem schweißnassen Körper, der Puls klopfte hart in den Ohren und hämmerte schmerzhaft in seinem Schädel. Wie so oft, wenn er aus dem immer wiederkehrenden Grauen erwachte, von dem er seit über zwei Jahrzehnten träumte, wusste er für einige Sekunden nicht, wo er sich befand.

Das war nicht gut.

Menschenwelt ... Seufzend massierte er sich die Schläfen und blinzelte. Ein Zimmer. Sein Zimmer, sein karg eingerichtetes Apartment im obersten Stockwerk eines gläsernen Hochhauses in London. Dort besaß die Hexe Noir Hadfield eine Detektei für übersinnliche Fälle, die sie vor ein paar Monaten gegründet hatte. Hier lebten auch Vincent, Noirs Partner und Kyrians Klanführer, sowie drei andere ihrer Bruderschaft: Nicolas, Dominic und Akilah. Der Bruderschaft der Ausgestoßenen. Derjenigen, die keiner haben wollte. Weil sie anders waren. Nichts Halbes, nichts Ganzes oder einfach unerwünscht. Daher nannten sich die Hybriden auch Goyles, nicht Gargoyles.

Kyr streckte sich, bis seine Gelenke knackten, und rieb seine Stirn. Diese verdammten Kopfschmerzen hatte er immer nach den Träumen. Reflexartig griff er an sein Steißbein, wo sein Schwanzstummel unangenehm pochte. Er hasste das daumendicke Überbleibsel, das ihn daran erinnerte, wer er war. Außerdem sah es lächerlich aus.

Schwerfällig stand er auf, schnappte sich eine schwarze Cargohose sowie ein T-Shirt und ging ins Badezimmer.

Als er eine halbe Stunde später aus der Wohnung lief, stieß er im Flur beinahe mit Noir zusammen, obwohl sie kaum zu übersehen war. Kyr sprang zur Seite, um sie nicht umzustoßen, und rannte dafür fast in ihren Jagdhund. Papiere, Dokumentenmappen und seine Sonnenbrille flogen zu Boden.

Noir bückte sich. Sie war sehr groß für einen Menschen, so groß wie er, und ihr silberweißes Haar reichte ihr bis zur Hüfte. Unter ihrem engen Shirt wölbte sich ein Babybauch.

Der graue Hund stellte sich auf die Hinterbeine und legte die Vorderpfoten auf seine Oberschenkel.

»Hey, Räuber«, murmelte Kyr und kraulte das Tier hinter den Schlappohren. Schließlich wollte er vor der Hexe nicht auffallen. Normalerweise gab Kyr nichts auf Streicheleinheiten.

Noir grinste und sammelte die Akten auf, die sie bei ihrem Beinahe-Zusammenstoß fallengelassen hatte. Dabei reichte sie ihm auch seine Sonnenbrille, die seine lichtempfindlichen Augen schützte. »Immer mit der Ruhe, Cowboy. Du hast erst in einer Stunde einen Auftrag, mein Klient hat mich versetzt.«

Gut, er hatte also nicht verschlafen. Kyr schob die Brille in sein Haar und versuchte, nach einem Dokument zu greifen, um so zu tun, als würde er der Hexe beim Aufsammeln helfen. Eigentlich wollte er einen Blick auf den Namen werfen, aber der temperamentvolle Hund ließ ihn nicht in Ruhe. Räuber sabberte ihm auf die saubere Einsatzhose und schleckte über seine Hand. Kyr hatte keine Ahnung, warum der Köter ihn mochte. Er war sehr verspielt und hielt sich gern in seiner Nähe auf. Dummes Vieh, es müsste eigentlich spüren, dass er seinem Frauchen und ihren Kunden an den Kragen wollte, doch so schöpfte die Hexe wenigstens keinen Verdacht.

Die Brauen nach oben gezogen, blickte Noir ihn an. »Alles in Ordnung mit dir?«

»Hm.« Er vermied es, viele Worte zu wechseln. Außerdem musste er sich ständig zurückhalten, sich nicht zu translozieren, denn er hatte sich an diese Art der Fortbewegung gewöhnt.

Ein weiterer Stich durchzuckte sein Gehirn. Ob die Hexe versuchte, seine Gedanken zu lesen? Sie konnte das, allerdings nur bei Men schen. Mit zwei Fingern rieb er sich über die Schläfen.

»Hast du Kopfweh?« Noir stand auf und balancierte den Stapel Akten in der Hand. Akten, die er zu gern durchsehen wollte.

»Geht schon«, erwiderte er.

»Komm mal mit in mein Büro. Ich geb dir ein Pulver dagegen.«

Hexenmagie – damit wollte er nichts zu tun haben. Dennoch folgte er ihr. Sie brachte ihn dorthin, wo er bereits ewig hineinwollte. Allein.

Die Tür war mittels eines Scanners und Zahlencodes gesichert. Noirs Freund, der Magier Magnus Thorne, hatte die oberste Etage des Hauses in eine Hochsicherheitszone verwandelt. Kein Dämon konnte hier ein Portal erschaffen, und die einzelnen Wohnräume ließen sich nur mit Daumenscan öffnen. Um in Noirs Büro zu kommen, musste man zusätzlich einen Code eingeben.

»Kannst du die mal kurz halten?«

Die Hexe drückte ihm den Stapel in die Hand, dann tippte sie auf das Bedienfeld. Räuber strich um ihre Beine, sodass sie anscheinend vergaß, das Eingabefeld mit ihrem Körper abzuschirmen. Kyr lugte an ihr vorbei. 23 – 5 – 99 – 2. Einen Fingerabdruck hatte er längst nachgebildet, jetzt kannte er auch den Code.

Die Tür ging auf. Räuber bellte ein Mal, wedelte und sah zu Kyrian auf, bevor er sich ins Büro trollte. Noir winkte ihn herein. Verdammt, die Frau vertraute ihm wirklich, wie all ihren Angestellten. Wenn sie wüsste, wer er war, hätte sie ihn längst getötet oder der Magiergilde ausgeliefert. Bisher war er nicht aufgeflogen und so sollte es noch eine Weile bleiben. Seit er vor ein paar Monaten in Vincents Klan gekommen war, hatte er sich unauffällig verhalten, Noirs Aufträge gewissenhaft ausgeführt und nebenher Namen von Hexen und Magiern gesammelt.

Noir bedeutete ihm, vor ihrem Schreibtisch Platz zu nehmen, und Kyr stellte den Aktenstapel darauf ab, bevor er sich setzte. Sie ging zu einem Metallschrank, der ebenfalls mit einem Code gesichert war. Nachdem sie ihn geöffnet hatte, erkannte Kyrian allerhand Fläschchen und Beutel darin. Während Noir ihm etwas zusammenmischte, blickte er sich unauffällig im Büro um. An einer langen Wand reihte sich ein Aktenschrank an den anderen. Sie waren nicht abgesperrt. Einige Schubladen standen offen und enthielten zahlreiche Ordner. Noir hatte seit der Eröffnung ihrer Detektei vor fast einem Jahr schon sehr viele Kunden gewinnen können. Das Geschäft lief gut, besonders Suchaufträge – verlorene Artefakte, Schätze oder Dinge von rein persönlichem Wert – kamen oft herein. Vincents Goyles besaßen verschiedene Eigenschaften, die Noirs Arbeit erleichterten. Sie beschäftigte die Außenseiter und die hatten ein Dach über dem Kopf und profitierten vom Leben in einer Gemeinschaft.

Kyrian würde, sobald die Hexe wieder einmal zu ihrer Vorsorgeuntersuchung ging, hier eindringen und sich alle Namen und Adressen einprägen.

Sie schloss den Schrank und reichte ihm ein braunes Papiertütchen.

»Danke.« Er schob das Tütchen in eine hintere Hosentasche. Bei der nächsten Gelegenheit würde er es entsorgen.

»Eine Messerspitze voll in etwas Flüssigkeit gerührt, nach dem Aufstehen getrunken, müsste dir helfen«, sagte sie und setzte sich ihm gegenüber an den Tisch. »Du siehst furchtbar aus. Bist du krank? Mir ist schon öfter aufgefallen, dass du morgens recht zerknautscht aussiehst.«

Er schüttelte den Kopf. »Das hab ich bereits fast mein ganzes Leben.«

»Falls es nicht besser wird, lass dich lieber mal untersuchen.«

Noir drehte einen Bilderrahmen herum, der auf ihrem Schreibtisch stand. Das Foto zeigte sie und eine Frau mit blondem Haar, die fast zwei Köpfe kleiner war als Noir. Ihre Augen leuchteten so blau wie Lapislazuli. Ein weiterer Stich fuhr durch sein Gehirn und er sah Bilder von Personen, die er sich hatte einprägen müssen, weil er sie ausliefern musste. Sie war dabei: Isla. Blondes Haar, blaue Augen, spitzes Kinn – eine elfenhafte Schönheit.

Verdammt, wäre er doch zu dieser blöden Erstuntersuchung erschienen, zu der Noir all ihre Goyles bat, dann hätte er Isla längst gefasst und hätte mit ihr ins Dunkle Land zurückkehren können.

Seine Gedanken verschwammen, weil er den Blick nicht von ihr losreißen konnte. Was war nur los mit ihm? Mühsam unterdrückte er ein Zittern. Normalerweise zeigte er keine Regung, wenn ihm eine gesuchte Person unterkam, aber diese Frau war vielleicht seine und Myras Karte in die Freiheit. Jahrelang war er als Sucher durch die Menschenwelt gestreift und hatte es schon als glücklichen Zufall gesehen, dass Noirs Freund Magnus ihn für Vincents Klan aufgespürt hatte, doch nie hätte er geglaubt, hier Isla zu finden. Sein König wollte sie haben, um jeden Preis.

Noir stellte den Rahmen an seinen Platz zurück. »Das ist meine Freundin Jenna Fairchild. Sie ist Ärztin.«

»Jenna?« Er schluckte. Da musste ein Irrtum vorliegen, das war Isla. Wenn er sich einen Namen und ein Gesicht einprägte, dann war das unwiderruflich in sein Gehirn eingebrannt. Dafür hatten sie gesorgt. Er war einer ihrer besten Jäger, ein Meisterspion. Er irrte sich nie.

»Ja, das ist diejenige, zu der du nicht wolltest.« Offen lächelte sie ihn an.

Kyr hatte sich erfolgreich vor der Einstellungsuntersuchung drücken können. »Ist sie auch eine Hexe?«, fragte er verwirrt, weil er dachte, die Antwort längst zu kennen. Er konnte sich unmöglich täuschen, sein Gedächtnis war zuverlässiger als ein Computer.

Noir nickte. »Sie arbeitet mit ihrem Vater in seiner Schönheitsklinik.«

»Sie ist Chirurgin?« Isla war Heilerin …

»Angehende. Sie assistiert ihrem Dad.«

Interessant. Vielleicht irrte er sich und diese Ärztin war nicht die Person, für die er sie hielt. Dennoch erschien sie ihm äußerst nützlich. Sie konnte ihm bei einem persönlichen Problem helfen und er käme über sie an weitere Namen von Hexen und Magiern. Vielleicht sollte er ihr einen Besuch abstatten.

Kapitel 2 - Nicolas Tremante

Nicolas schlich durch den dunklen Flur des Wohntraktes, die Schwingen dicht an den Körper gepresst. Seine nackten Füße hinterließen kein Geräusch auf dem Teppichboden, nur das raue Leder seiner langen Hose raschelte leise. Nick fühlte, dass der Kerl, den er verfolgte, etwas ausheckte. Bewegungslos verharrte der große Mann im Dunkeln und wartete offensichtlich, bis Noir ihr Büro verließ. Es war spät, sie würde es in dieser Nacht nicht mehr betreten. Seit sie schwanger war, achtete sie auf ausreichend Schlaf.

Schon ging die Bürotür auf, Noir trat heraus und Licht flammte auf. Nick kniff die Lider zusammen. Als Dämon-Gargoyle-Hybrid sah er in der Finsternis ausgezeichnet. Noir drehte ihnen den Rücken zu und ging in Richtung ihrer Wohnung. Sie hatte ihn beauftragt, ein Auge auf ihren Bruder zu haben. Sie wusste immer noch nicht, ob sie Jamie vertrauen konnte, solange er den Zash in sich nicht beherrschte.

Zu recht, denn als sie um die Ecke bog, huschte Jamie über den Teppich und steckte etwas, das aussah wie eine Karte, in den Rahmen, bevor die Tür zufiel. Dann blieb er im Flur stehen und lauschte. Noirs Schritte entfernten sich. Nick hörte, wie sie ihre Wohnung betrat. Sofort drückte Jamie die Tür auf und verschwand im Büro. Nick zögerte keine Sekunde und lief lautlos hinter ihm her. Schade, dass er in dieser Etage kein Dämonenportal erzeugen konnte, ansonsten hätte er sich jetzt ins Büro schmuggeln können. Doch Noir hatte vorgesorgt, also musste er Jamie auf konventionelle Art verfolgen, bevor die Tür zufiel. Er durfte nur nicht vergessen, den Kopf einzuziehen. Da er von allen Goyles der größte war, hatte er mit menschlichen Behausungen seine Probleme. Dennoch war er froh, hier zu sein, und dass die Hexe ihm den Job anvertraut hatte. So hatte er wenigstens einen Grund, dem Jungen nahe zu sein. Okay, ein Junge war Jamie nicht mehr, sondern ein Mann von fünfundzwanzig Jahren, mit allem, was dazugehörte. Trotz zwei dicker Narben an einer Wange sah er verdammt gut aus. Er hatte nur einen Makel, einen enormen sogar: Sein Körper war von einem Zash, einem Lenkerdämon, besetzt. Man konnte ihn zwar austreiben, jedoch würde das Jamies Tod bedeuten. Ein Höllenfürst hatte ihm vor vielen Jahren die Seele genommen und seitdem hielt ihn der Zash namens Zorell am Leben. Nick verabscheute diesen Widerling zutiefst.

Die Hexe vertraute ihm, Nicolas, mehr als ihrem Bruder, obwohl Nick selbst ein halber Dämon, ein jahrhundertealter Inkubus war. Aber er hatte Noir mehr als ein Mal seine Loyalität bewiesen, schon, als er noch gar nicht Vincents Klan angehörte. Nick gefiel es, einer Gemeinschaft anzugehören. Die wenigsten Wesen waren gern allein. Er mochte die Aufgaben, die Noir ihm zuwies, und er mochte London. Falls es ihn ab und zu woandershin zog, konnte er in seiner Freizeit mittels Portalen überallhin reisen. Nur jetzt durfte er nicht an Urlaub denken – den er zu gern mit Jamie verbringen wollte, zumal der Junge dringend auf andere Gedanken gebracht werden musste –, denn der Kleine durchwühlte Noirs Schreibtisch. Porca vacca!

Nicks langes blondes Haar, das er meist zu Zöpfchen geflochten trug, war auffällig. Jamie sollte ihn nicht schon entdecken, denn Mondlicht drang durch die Panoramascheiben der Dachterrasse. Daher verbarg er sich, so gut er es bei seiner Größe vermochte, zwischen zwei Aktenschränken, die Schwingen um den Körper gelegt, und verfolgte gebannt, was Jamie suchte. Die Daten der Klienten schienen ihn nicht zu interessieren, vielmehr hatte er es auf persönlichere Dinge abgesehen. Er förderte eine Quietscheente zutage, mit der Räuber gern spielte, ein Notizbuch, das er hastig durchblätterte, und ein kleines Fotoalbum. Dann warf er alles zurück in die Schublade.

»Verdammt«, zischte Jamie, doch es war nicht seine Stimme. Der Zash in ihm – Zorell – hatte sich nach vorn gedrängt. Nick hasste diesen Dämon, das konnte er nicht oft genug betonen.

Jamie schloss die Schubladen und kickte gegen den Schreibtisch. »Sie muss es in ihrer Wohnung aufbewahren.«

Schnell trat Nick vor, sodass er den Ausgang blockierte. Da er hier nicht befürchten musste, von Zorell auf dämonische Art angegriffen zu werden, verschränkte er die Arme vor der Brust. »Was muss sie in ihrer Wohnung haben?«

»Verdammter Schwanzlutscher!« Zorells pechschwarze Augen blitzten, und er wollte sich an Nick vorbeidrängen. »Geh mir aus dem Weg!«

Schwanzlutscher? Wie kam der Widerling darauf, dass er sich bloß für Männer interessierte? Ihm war es völlig egal, mit wem er schlief. Als halber Inkubus kam es ihm nur auf die Energie an, die er aus dem Beischlaf bezog. Diese Kraft brauchte er, um Portale zu erschaffen und sein dämonisches Leben zu verlängern. Er hatte es bereits auf 387 Jahre gebracht, obwohl er optisch nicht älter als die anderen Goyles aussah. Alles Weitere, das er zum Leben brauchte, erhielt er von gewöhnlichen Nahrungsmitteln.

Nick widerstand dem Drang, Zorell windelweich zu prügeln. Immerhin steckte er in Jamies Körper. »Was hast du hier zu suchen?« Erst als seine Knöchel knackten, bemerkte er, dass er die Hände zu Fäusten geballt hatte. Mit Worten kam er bei dem Zash ohnehin nicht weit, also packte er Jamie so vorsichtig er konnte an seinem kurzen Haar, und drängte ihn gegen die Wand. »Ich will Antworten!«

»Fick dich«, knurrte Zorell, sah zu ihm auf und spuckte ihm ins Gesicht.

Das ist Jamies Speichel, sagte er sich, ließ die Zunge lasziv um den Mund kreisen und säuselte: »Nein, ich ficke dich.« Dann küsste er ihn hart, weil das der einzige Weg war, an den Kleinen heranzukommen. Normalerweise waren Nicks Bekannte und Freunde für ihn tabu, besonders für den Inkubus in ihm, doch hier musste er eine Ausnahme machen. Der Dämon hasste Jamies Homosexualität.

Zorell leistete erst Widerstand, aber bald entspannte er sich, wobei Nick nie den Blick von ihm abwendete. Die schwarze Flüssigkeit, die sein Augenweiß komplett bedeckt hatte, verschwand. Zorell zog sich zurück und Jamie erwiderte den Kuss.

Nick war überrascht. Seine Hand lockerte sich, ihre Küsse wurden intensiver. Zum ersten Mal schmeckte er den Mund des Mannes, den er glaubte, seinen Freund nennen zu dürfen. Mit dem Daumen fuhr er über Jamies vernarbte Wange, wo der Dämonenfürst Ceros ihn einst verbrannt hatte. Nicks Finger wanderten in Jamies Nacken, um ihn näher zu sich zu ziehen, ihn intensiver zu genießen. Seine Erektion drückte sich an Jamies Bauch. Jamies Augen blieben klar, die grünen Pupillen leuchteten regelrecht im hereinfallenden Mondlicht. Seine Lider flatterten, ansonsten blieb er reglos stehen, lediglich Mund und Zunge bewegten sich. Nick atmete schwer, sein Schwanz pochte im wilden Stakkato seines Herzens. Abrupt ließ er Jamie los. Es hatte ihn erregt, ihn zu küssen. Porca puttana!

Jamie starrte ihn nur an.

»Es tut mir leid, dass ich dich …« Nick räusperte sich und versuchte, seine zitternden Schwingen unter Kontrolle zu bringen. »Es war der einzige Weg, den Bastard zu vertreiben.« Mittlerweile kannte er Jamie gut, nur leider nicht so gut, wie er wollte.

»Wenn du ihn doch für immer verschwinden lassen könntest«, flüsterte Jamie und stieß sich von der Wand ab.

Nick spannte den Körper an. Was meinte er genau? Er wunderte sich über sich selbst. Machte er sich etwa Hoffnungen, dem Jungen zu gefallen?

»Was hatte Zorell hier zu suchen?« Er folgte Jamie durch die gläserne Tür auf die geräumige Dachterrasse, die das obere Stockwerk umgab. Geräusche der Stadt drangen von weit unten herauf. Das Haus war das höchste in der Umgebung.

»Er weiß es«, sagte Jamie und sah so verzweifelt aus, dass sich in Nicks Magen ein Knoten bildete.

Der laue Sommerwind, der um das Hochhaus wehte, wirbelte Jamies kurzes braunes Haar durcheinander, das er meist mit Gel im Zaum hielt. Wie gern wollte Nick noch einmal seine Finger darin vergraben.

»Was weiß wer? Sprichst du von Zorell?« Nicolas packte ihn am Arm, aber der Kleine riss sich von ihm los. Schnellen Schrittes ging er über die Terrasse.

»Ich muss mit Ash sprechen.« Jamie blickte sich um. »Ash, bist du hier?«

Der Engel tauchte jedoch nicht auf. Ash wachte über Vincents Klan und über diesen Stadtteil. Bis letztes Jahr war er ein Dämon gewesen und hatte mit Jamie in der Unterwelt gelebt, um dem Höllenfürsten Ceros zu dienen. Der Kleine hatte eine Menge durchgemacht, musste im Alter von dreizehn Jahren mit ansehen, wie seine Eltern vor seinen Augen von Ceros abgeschlachtet wurden. Ash hatte ihm in der finstersten Zeit seines Lebens Halt und ein wenig Geborgenheit gegeben.

Nick lief hinter Jamie her; seine Schwingen flatterten im Wind. »Du kannst auch mit mir sprechen!« Wie oft hatte er versucht, zu Jamie vorzudringen, nur ließ er keinen richtig an sich heran. Längst hatte Nicolas erkannt, wie sensibel und verstört er war. Über ein Jahrzehnt hatte er in der Unterwelt gelebt, war dort vom Jungen zum Mann herangereift. Das hatte ihn geprägt. Er kam in der Menschenwelt nicht zurecht, flüchtete sich in Dämonenbars, betrank sich und suchte Ablenkung, indem er mit Männern schlief. Besonders zu einem jungen Mann, sein Name war Al, ging Jamie oft. Er war ein Sklave, der in der Dämonenbar *Desiderio* die Gäste bespaßen musste. Nick sah den beiden oft zu, wobei er jedes Mal einen Stich in der Brust spürte. Bereits vor Wochen hatte er sich in den Kleinen, wie er ihn liebevoll nannte, verguckt. Er durfte sich nicht in ihn verlieben, nicht in den Bruder der Hexe, verdammt! Er musste einen klaren Kopf behalten.

»Jamie«, rief er erneut, »was hat Zorell gesucht?«

Der Kleine stand an der Brüstung und schaute hinunter in eine Seitenstraße, die im Dunkeln lag. Nick stellte sich neben ihn und blickte über London. Die Stadt war nachts, wenn Ruhe einkehrte, wunderschön. Das war Nicks Zeit. Dann breitete er die Schwingen aus, schwebte über die Dächer, drang in Häuser ein, schlief mit Frauen oder Männern und raubte ihnen ein klein wenig ihrer Lebensenergie. Am nächsten Tag fühlten sie sich erschöpft und konnten sich an nichts erinnern, ansonsten ging es ihnen gut. Ein Mal schadete nicht. Nicolas würde jedoch niemals einen Partner haben können, mit dem er regelmäßig Sex hatte. Das würde ihn töten.

»Kleiner … hör mal«, begann er zögerlich und war versucht, seine Hand auf Jamies zu legen, die auf dem Geländer ruhte. »Ich kann dir helfen, wenn du mich lässt.«

Jamie ließ den Kopf hängen. »Niemand kann mir helfen«, flüsterte er. »Zorell ist zu stark. Ich komme kaum noch gegen ihn an.« Plötzlich wurde seine Stimme lauter und er schaute Nick an. »Bitte sag meiner Schwester, dass ich sie über alles liebe. Aber ich sehe keinen anderen Ausweg.«

»Wovon sprichst du?« Er wollte ihn am liebsten schütteln.

Bevor Nick irgendwie handeln konnte, schwang sich Jamie vor seinen Augen über das Geländer.

»Merda!« Sofort sprang er hinterher. Kopfüber stürzte er sich in die Dunkelheit und sah den taumelnden Körper zwei Armeslängen tiefer. Nick verfluchte sich, weil er nicht erkannt hatte, was Jamie plante. Verzweifelt versuchte er, schneller zu fallen als Jamie, indem er wie ein Pfeil in die Tiefe schoss, um den Luftwiderstand zu verringern. Als sie bestimmt schon dreißig Stockwerke abgestürzt waren, bekam er Jamie am Hosenbein zu fassen, riss ihn an sich, presste ihn gegen seine Brust und breitete die Schwingen aus. Der abrupte Widerstand riss ihm beinahe die Schulterblätter heraus, doch er biss die Zähne zusammen, um den Fall abzubremsen. Sie waren immer noch zu schnell und gemeinsam mit Jamies Gewicht zu schwer.

In der dunklen Gasse unter sich erspähte Nick vollgestopfte Mülltüten. Darauf steuerte er zu, drehte sich kurz vor dem Aufprall herum und landete auf den Beuteln. Quälende Schmerzen explodierten in seiner Wirbelsäule – aber Jamie lag sicher an seiner Brust. Er war unverletzt, das war alles, was zählte. Ohne ihn loszulassen, setzte sich Nick zwischen den aufgeplatzten Beuteln auf. Er war so erschüttert, dass er kaum sprechen konnte. »Wieso … wolltest du dich umbringen?« Was quälte ihn so sehr, dass er nicht mehr leben wollte?

Jamie starrte ins Nichts und antwortete erst nach einer Weile flüsternd: »Ich bin doch längst tot. Was hat mein Leben noch für einen Sinn?«

»Was ist passiert? Bitte rede endlich mit mir«, sagte Nick sanft und strich ihm das Haar aus der Stirn. Plagten ihn Schuldgefühle, weil Zorell stärker war als er und deswegen seine Eltern tot waren? Hasste er ein Leben, das er mit einem Dämon teilen musste, der, wann immer ihm danach war, seinen Körper übernehmen konnte? Nick dachte scharf nach. Als er damals in Vincents Klan gekommen war, hatte er geglaubt, Jamie würde sich erholen. Es hatte den Anschein erweckt, er würde sich gegen Zorell durchsetzen; doch bald hatte sich der Kleine total zurückgezogen. Ob er sich verloren gefühlt hatte, weil sein bester Freund Ash nun ein Engel war und kaum noch Zeit für ihn hatte? Fühlte er sich einsam, weil seine Schwester schwer verliebt in einen Goyle war, von dem sie ein Kind erwartete? Kam sich Jamie ausgeschlossen vor? Noir tat alles, um ihn glücklich zu machen, beschäftigte ihn, ließ ihn an ihrem Leben teilhaben, zeigte ihm ihre Liebe. All das schien nicht zu reichen.

Nick drückte ihn fester an seine Brust, wobei er die Rückenschmerzen ignorierte. Jamie war Noirs Ein und Alles. Er durfte ihn nicht mehr aus den Augen lassen. Noir würde ihm nie verzeihen, wenn ihrem Bruder etwas zustieße. Er selbst würde es sich nie verzeihen. »Tu das nie wieder«, knurrte er, »oder ich zeige dir, wie ungehalten ich werden kann.«

Jamie streckte die Hand aus und ließ eines von Nicks Zöpfchen durch die Finger gleiten. Beinahe wirkte er wie der junge Mann, als den er ihn kennengelernt hatte. »Du und ungehalten?« Er lächelte matt.

»Ich bin der große, böse Dämon, schon vergessen?« Wie anziehend der Kleine auf ihn wirkte, wenn er nur er selbst war. Leider dauerte der Moment viel zu kurz. Schwarze Flüssigkeit lief wie Tinte in Jamies Augen. Verdammt, ausgerechnet jetzt musste dieser Bastard zurückkehren.

Sofort nahm seine Stimme einen anderen Klang an und er kämpfte sich aus Nicks Umarmung. »Verpiss dich, du Missgeburt, ich pass schon auf, dass Jamiel sich nichts antut, ist ja auch mein Körper!«

»Das hab ich gesehen«, zischte Nick.

Zorell stapfte auf eine Hauswand zu und malte mit der Hand einen großen Kreis darauf. Es bildete sich ein Ring aus blauknisternder Energie, in dessen Mitte ein schwarzes Loch klaffte. Der Mistkerl wollte in die Unterwelt verschwinden.

»Wehe, du folgst mir«, spie Zorell ihm entgegen und stieg durch den Kreis, der sich hinter ihm zusammenzog.

Nick sprintete zur Wand und bekam gerade noch den Zeigefinger in das Portal, bevor es sich aufgelöst hätte. So wartete er eine Weile, die ihm wie Stunden vorkam, und zog das Portal wieder auf. Das war einer der Vorteile, wenn man selbst ein Dämon war. Von nun an würde er dem Kleinen auf Schritt und Tritt folgen.

Kapitel 3 – Jenna Fairchild

Vincent stand neben der Liege und blickte Jenna gebannt an.

»Keine Hörner, keine Schwingen?«, fragte Noir, als sie sich das Gel vom Bauch wischte.

Lächelnd legte Jenna das Ultraschallgerät zur Seite. »Mit eurem Baby ist alles in Ordnung. Es entwickelt sich völlig normal.« Sie wusste, welch große Sorgen sich ihre Freundin und ihr Partner machten, denn Vincent war zur Hälfte ein Gargoyle. Seine Mutter war ein Mensch und bei seiner Geburt gestorben, weil Menschenfrauen nicht so große Geschöpfe austragen konnten. Auch der große, sexy Kerl, der nebenan im Aufwachraum lag, war ein Goyle.

Jennas Herzschlag beschleunigte sich, als sie an Kyrian dachte. Sie brauchte sich nur sein ernstes Gesicht vorzustellen und schon musste sie über diesen Mann nachdenken.

Vincent, der sich als einziger Goyle verwandeln und eine komplett menschliche Gestalt annehmen konnte, riss sie aus den Gedanken. »Druckst du mir bitte noch ein zweites Ultraschallbild aus?«

Mit zitternden Händen fuhr er durch sein braunes Haar, die steingrauen Augen fest auf den Monitor gerichtet. Stolz funkelte in ihnen. Obwohl er Angst hatte, freute er sich ungemein auf ihren Jungen.

Jenna nickte. »Klar.«

Noir setzte sich auf und Vincent half ihr. Er war unglaublich besorgt um seine Gefährtin, dass es Jenna ein Schmunzeln entlockte. Der zärtliche Wächter und die mächtige Hexe – die beiden waren ein Traumpaar.

»Wozu brauchst du zwei Bilder?«, wollte Noir wissen.

Vincent kratzte sich am Kinn. »Kara möchte unseren Sohn sehen.«

Jenna drückte ihm die Bilder in die Hand. »Eins für Kara, eins für dich.« Kara war der Wächterengel der Londoner Bruderschaft der Gargoyles, die Vincent verstoßen hatte. Der Engel war seine Ziehmutter gewesen. Daher standen sich die beiden nah.

»Kann ich dich allein lassen?«, fragte er Noir. »Kara muss heute Nachmittag weg und ich wollte ihr vorher unbedingt …«

Noir lachte. »Geh schon.« Sie küssten sich und Noir gab ihm einen Klaps auf den Hintern.

Nachdem Vincent Jenna gedankt hatte, war er bereits zur Tür hinaus. Sie seufzte. Der Mann ihrer Freundin war ein Traum. Ein attraktiver Beschützer mit dem Herzen am rechten Fleck. Sie freute sich für die beiden. »Du hast so ein Glück mit ihm«, sagte sie zu Noir.

»Ja, das habe ich.«

Jenna stand auf, reichte Noir ein weiteres Papiertuch und öffnete die Tür zum Nebenraum einen Spaltbreit. Vincent hatte während der Untersuchung immer wieder darauf gestarrt, als ob er gewusst hätte, dass sich einer seiner Goyles dahinter befand. Bestimmt hatten seine Instinkte ihm das verraten. Ihr Patient schlummerte bäuchlings auf einer Liege. Sein schwarzes Haar bedeckte die Hälfte seines Gesichts. Jenna war versucht, zu ihm zu gehen, um es ihm wegzustreichen und die Linien seines Kinns und der Wangenknochen nachzuzeichnen.

Plötzlich kitzelten silberweiße Strähnen ihre Nase, als Noir über ihren Kopf lugte. »Kyr hat doch keine schlimme Krankheit, oder?«

»Was?« Schnell zog sie die Tür zu. »Wieso bist du so neugierig?«

»Mir sind Vincents Blicke nicht entgangen.«

Jenna rollte übertrieben mit den Augen. »Ihr beide seid echte Schnüffler.«

Schulterzuckend erwiderte Noir: »Kyrian hat über Kopfschmerzen geklagt und ich habe ihm empfohlen, dich aufzusuchen.«

Von Kopfschmerzen wusste sie nichts.

»Oh Gott, hatte er einen Gehirntumor?« Noir zog sich ihr T-Shirt über den Babybauch und war im Begriff, die Tür erneut zu öffnen, doch Jenna stellte sich davor. »Er wurde operiert, oder?«, fragte Noir. Sorge lag in ihrem Blick.

Jenna nickte. »Ich darf dir nicht sagen, weshalb Kyrian hier ist, Schweigepflicht und so. Du verstehst?«

»Aber …«

Beruhigend legte sie ihrer Freundin die Hand auf den Arm. »Es geht ihm gut. Morgen ist er wieder voll einsatzfähig.« Dank ihrer Gabe, nur musste das niemand wissen.

Auf einmal fühlte sie ein Ziehen im Kopf. Intensiv schaute Noir sie an. »Untersteh dich!« Jenna grinste. »Du weißt, dass das bei mir nicht funktioniert, außerdem sollst du nicht zaubern.« Sie hatte schon früh gelernt, ihre Gedanken abzuschirmen, beziehungsweise klappte das bei Jenna ohnehin von Haus aus.

»Ich zaubere nicht, das passiert von ganz allein«, verteidigte sich Noir.

Als Jenna ihre tot geglaubte Freundin letztes Jahr wiedergesehen hatte, war sie sehr verletzt gewesen, weil Noir sie nicht eingeweiht hatte. Immerhin waren sie die besten Freundinnen gewesen, bis Noir im Alter von fünfzehn Jahren spurlos verschwunden war, genau wie der Rest ihrer Familie. Hätte Jenna gewusst, dass sie vor Dämonen auf der Flucht war, hätte sie alles getan, um ihr zu helfen. Aber jetzt verstand sie Noir – es wäre zu gefährlich gewesen. Außerdem hütete sie ihr eigenes Geheimnis. Seit dem Tag vor so vielen Jahren hatte sich eine Menge verändert. Ihre Freundin hatte sich verändert. Sie hieß nicht mehr Malou LeMar sondern Noir Hadfield und hatte silberweißes langes Haar anstatt ebenso blondes wie Jenna. Das Einzige, was sich nicht verändert hatte, war Jennas langweiliges Leben.

»Ich hab's: Er hat sich Po-Implantate machen lassen.« Noir grinste so verschmitzt, dass Jenna lachen musste.

Sie gab ihr einen Klaps auf die Schulter. »Du bist unmöglich!« Als ob Kyrian irgendwelche Schönheitsoperationen nötig hätte. Zumindest jetzt nicht mehr. Sein Hintern war perfekt. Alles an ihm war perfekt.

Da Noir nicht zu einem normalen Frauenarzt gehen konnte, hatte Jenna angeboten, sie und ihr Kind zu untersuchen. In die Klinik ihres Vaters kamen fast nur Hexen, Zauberer und einige andere Geschöpfe. Hier blieben sie unter ihresgleichen und ihre Fähigkeiten unentdeckt. Ein Baby-Gargoyle auf dem Ultraschallbild war zwar auch hier etwas Ungewöhnliches, hatte jedoch niemanden schockiert.

»Er hat sich bestimmt nur für dich unters Messer gelegt, um dir nah zu sein«, sagte Noir.

»Wie kommst du da drauf?«, fragte Jenna möglichst beiläufig, während sie das Ultraschallgerät ausschaltete.

»Du hättest sehen müssen, wie er reagiert hat, als er dein Bild auf meinem Schreibtisch sah. Dem sind fast die Augen rausgefallen. Und obwohl er sonst kaum ein Wort herausbringt, wollte er plötzlich alles über dich wissen.«

»Wirklich?« Jenna war skeptisch, vielleicht wollte Noir nur kuppeln.

»Wäre Kyr kein Typ für dich?«

Sie zuckte mit den Schultern. Im Moment wollte sie an keine Männer denken.

»Stört es dich, dass er ein halber Gargoyle ist?« Noirs Gesicht bekam einen weichen Ausdruck. »Man gewöhnt sich schnell daran. Dann willst du nur noch wilde, animalische Kerle. Miau.«

Sie lachten so laut, dass Jenna Angst hatte, Kyrian zu wecken. Bevor er aufwachte, musste sie dringend noch etwas erledigen. »Er ist süß, keine Frage. Aber ich hab erst mal genug von den Männern.«

Noir hob die Brauen.

»Es ist wegen Ben«, sagte sie schließlich. Ihre Freundin würde ohnehin keine Ruhe geben, bis sie alles wusste.

»Ich dachte, es ist aus zwischen euch.«

»Von meiner Seite schon, aber er und mein Vater …« Sie seufzte. »Dad hat immer geglaubt, wir würden bald heiraten.«

»Er weiß es also noch nicht.«

»Ich habe Ben gebeten, ihm erst mal nichts zu sagen.«

»Und genau darum macht Ben sich Hoffnungen.« Jetzt rollte Noir mit den Augen. »Ein Grund mehr, sich den sexy Goyle von nebenan zu schnappen und allen zu zeigen, dass du nicht mehr zu haben bist.«

»Ich muss erst wissen, was ich wirklich will.«

»Das wäre?«

Jenna zögerte. Wie viel sollte sie ihrer Freundin erzählen? »Ich muss wissen, wer ich wirklich bin. Wie du weißt, redet mein Vater nie über meine Mutter, wer sie war, woher sie kam, wie sie starb … ob sie überhaupt starb.« Auch wenn er das stets behauptete. »Irgendwas verheimlicht er mir. Daher habe ich beschlossen, einen Monat Urlaub zu nehmen, um zu recherchieren.«

»Jetzt?« Noir riss die Augen auf. »Ich bin bald im achten Monat! Was, wenn ich dich brauche?«

»Nicht jetzt. Ich habe noch einige Operationen, die ich nicht verschieben kann. Ich fahre erst in drei Wochen.« Jenna lächelte, als Noirs Augen vor Entsetzen noch größer wurden. »Ich werde dich wissen lassen, wo ich bin. Jamie oder Nick können mich jederzeit holen.« Die beiden konnten schließlich Dämonenportale erzeugen. »Außerdem sind Dad und Ben ja auch noch da.«

Noir stieß die Luft aus. »Du hast echt Nerven.«

»Süße, mit deinem Baby ist alles in Ordnung.«

»Mach das Vince mal klar. Er denkt immer noch, ich werde bei der Geburt sterben, genau wie seine Mutter. Er hat mich mit seiner Panik schon angesteckt.«

Wer hätte gedacht, dass es etwas gab, das einer so mächtigen Hexe Angst einjagte? Jenna konnte sie allerdings verstehen. Niemals würde sie zulassen, dass ihrer Freundin oder dem Baby etwas passierte.

Als sich Jenna von Noir verabschiedet hatte, schlüpfte sie in den Nebenraum und blieb bei der Liege stehen, auf der Kyrian schlummerte. Hätte sie nicht gewusst, dass er zur Hälfte ein Gargoyle war, würde sie ihn für einen gewöhnlichen Menschen halten. Er war nicht so groß wie die anderen Goyles und hatte keine sichtbaren Auffälligkeiten. Außer seinen kurzen Fangzähnen. Da er nicht viel sprach, blieben sie weitgehend unentdeckt und sahen eher wie besonders spitze Eckzähne aus. Jenna vermutete, dass sie sich erst verlängerten, wenn er aufgeregt war.

Unter dem MRT hatte sich allerdings offenbart, dass Kyrian kein normaler Mann war. An den Schulterblättern befanden sich winzige Auswüchse, die äußerlich nicht zu erkennen waren. Dort saßen bei einem Gargoyle die Schwingen. Die hatten sich bei Kyrian nicht entwickelt.

Jenna hatte Vincent studiert, der sich als der einzige Gargoyle-Hybride, den sie kannte, entweder in einen Menschen oder einen richtigen Gargoyle verwandeln konnte. Auch partiell. Kyrian und die anderen Goyles besaßen diese Eigenschaft nicht. Nicolas und Kyrian versteinerten genau wie Vincent nachts ebenfalls nicht, nur das Weibchen Akilah und der Gargoyle Dominic, beides reinrassige Wesen. Daher sah man sie tagsüber nie.

Vorsichtig strich sie Kyrs rabenschwarzes Haar zur Seite. Seine Ohrmuschel war etwas spitzer geformt, und auf den Aufnahmen hatte sie Hörner gesehen. Zögerlich fuhr sie tiefer in sein weiches Haar, bis ihre Fingerspitzen an einen Hörnerstummel stießen. Er war kleiner als der von Vincent. Warm fühlte er sich an und leicht rau. Als sie darüberstrich, knurrte Kyrian leise, drehte den Kopf in die andere Richtung und murmelte etwas Unverständliches.

Schnell zog sie die Hand zurück. Was hatte sie nur geritten? Sie wusste von Noir, dass die Hörner eines Gargoyles erogene Stellen waren. Hoffentlich hatte Kyrian nichts mitbekommen.

Nach einer Vollnarkose waren die meisten Patienten relativ schnell wieder ansprechbar, zumindest auf einer Halbschlafbasis. Aber mehr als Ja sagen und seinen Namen nennen war kaum möglich, wirklich bei Bewusstsein war man erst deutlich später. Kyrian schien noch einmal eingeschlafen zu sein. Seine Atmung ging langsam und gleichmäßig. Jenna musste sich beeilen, bevor er richtig wach wurde.

Vorsichtig zog sie die Decke nach unten. Kyrian war nackt und trug nur einen am Rücken offenen Kittel. Breite Schultern kamen zum Vorschein, ein schöner Männerrücken, auf dessen Haut einige alte, verblasste Narben zu erkennen waren, und ein Hintern, der trotz Kompresse so knackig aussah, dass sie am liebsten hineinbeißen wollte.

Ben, ihr Dad und sie hatten in einer zweistündigen Operation seinen Schwanzstummel entfernt. Jenna hatte den Goyle nicht gefragt, wieso sein Schwanz verstümmelt war. Sie konnte es sich denken. Wurde ein Gargoyle von seiner Bruderschaft verstoßen, zeichnete man ihn, indem ihm ein Horn oder der Schwanz abgeschnitten wurden. Wie schmerzhaft musste das gewesen sein, als sie ihm Nervenstränge, Muskeln und Blutgefäße durchtrennt hatten. Ihr Herz zog sich zusammen.

Wieso empfand sie bei diesem Patienten so viel? Sie benahm sich unprofessionell.

Die Operation war anspruchsvoll gewesen und hatte eine Vollnarkose erfordert. Aber es war alles gut gegangen. Unter der Kompresse befand sich die Naht. Außer einer zarten Narbe würde bald nichts mehr zu sehen sein. Das Steißbein würde jedoch länger wehtun. Die Nerven waren beleidigt, Phantomschmerzen könnten ihn quälen. Weil Jenna wollte, dass Kyrian so schnell wie möglich wieder einsatzfähig war, tat sie etwas, das ihr Dad streng verboten hatte: ihre besondere Gabe anwenden. Sie legte ihre Hand auf den Verband und stellte sich vor, wie in den tieferen Gewebeschichten alles verheilte. Die Haut sollte auf natürlichem Weg zusammenwachsen, damit niemandem auffiel, was sie getan hatte.

Ihre Hand erwärmte sich, Energie strömte von ihrem zu Kyrians Körper. Vor ihrem geistigen Auge sah sie, wie die Wunden verheilten. Plötzlich zuckte Kyrian und hob den Kopf. Über eine nackte Schulter schaute er sie schlaftrunken an.

Himmel, diese Augen! Sie leuchteten beinahe so blau wie ihre.

Hastig warf sie das Laken über ihn. »Wie geht es Ihnen?«, fragte sie.

»Schwindelig«, murmelte er und versuchte, sich aufzusetzen.

Sie drückte ihn an den Schultern zurück. »Bitte bleiben Sie noch liegen, bis sich Ihr Kreislauf stabilisiert hat.«

Er gehorchte, verfolgte sie jedoch mit Blicken, als sie durch den Raum tigerte und so tat, als würde sie seine Krankenakte durchsehen. Tatsächlich brauchte sie einen Moment, um ihre glühenden Wangen abzukühlen. Was nicht einfach war, denn er ließ sie nie aus den Augen, musterte sie wie ein Tier, das auf der Lauer liegt. Das ging ihr durch und durch. Räuspernd drehte sie ihm den Rücken zu und blickte aus dem Fenster. Sie tat, als gäbe es etwas Interessantes auf der gegenüberliegenden Seite der Themse zu sehen, doch nichts

Spannendes passierte vor dem Uhrenturm Big Ben, Westminster Abbey oder dem House of Lords.

Wie peinlich! Was hatte Kyrian mitbekommen? Konnte er irgendwie spüren, dass sie ihn attraktiv fand? Jenna wusste von Vincent, dass er Gemütsverfassungen riechen konnte.

Das Schweigen zwischen ihnen war erdrückend, daher drehte sie sich wieder um. »Was machen Ihre Kopfschmerzen?«

Er kniff die Lider zusammen und antwortete nicht.

»Noir macht sich Sorgen. Um all ihre Goyles«, sagte sie hastig zu ihrer und Noirs Verteidigung. »Ansonsten hätte sie mir nichts davon erzählt.«

Sein Gesicht entspannte sich; sein Blick blieb jedoch starr auf sie gerichtet. »Ich habe sie meistens nach dem Aufwachen.«

Sein tiefes, melodiöses Timbre schickte ein Kribbeln über ihre Wirbelsäule. »Wie lange haben Sie das schon?«

Er nahm die Arme über den Kopf und legte die Stirn auf seinem Unterarm ab. »Ewig.«

Jenna trat zu ihm an die Liege. »Darf ich Ihren Nacken abtasten?«

»Hm.«

Sie legte die Finger an seinen Hals und fuhr daran abwärts; spürte die kräftigen Muskelstränge. »Sie sind total verspannt. Das kann auch Kopfschmerzen auslösen.« Sie drückte fester zu und knetete die Muskeln. Sein Nacken fühlte sich an, als wären Drahtseile unter der Haut verlegt. »Wie ist das?«

»Angenehm«, murmelte er. Die Muskeln in seinen Armen spannten sich an und er ballte die Hände zu Fäusten.

Jenna beobachtete seine Reaktionen. Er sah alles andere als entspannt aus. »Sie müssen lockerer werden, Kyrian«, sagte sie, während sie tiefer an seinem Rücken hinabfuhr. Der Mann schien nur aus Muskeln zu bestehen; er besaß kein Gramm Fett. Für einen Goyle war er schmal gebaut, eher athletisch. Er war kein muskelbepackter Bodybuilder, sondern hatte den Körper eines Ausdauersportlers. Ob ihn seelisch etwas belastete, weil er verspannt war? Jenna machte sich so viele Gedanken um ihn, dass sie erst bemerkte, dass sie seine Pobacken massierte, als Kyrian aufkeuchte.

Hastig ließ sie ihn los und räusperte sich. »Ich verschreibe Ihnen gern ein paar Massagen. Ich kenne einen ausgezeichneten Masseur.«

»Hm«, brummte er abermals und setzte sich auf.

Er schwang die Beine über die Liege und stellte sich hin, doch er schwankte, als wäre er betrunken. Taumelnd griff er sich an die Stirn. Jenna stützte ihn; hielt ihn an den Schultern fest. »Langsam. Bleiben

Sie lieber noch einen Moment sitzen.« Durch das OP-Hemd spürte sie die Wärme seiner Haut. Jenna war ihm viel zu nah. Hastig wich sie einen Schritt zurück.

Folgsam setzte sich Kyrian auf die Liege und fuhr sich durchs Haar. Dann schaute er an sich hinunter, zog am Hemd und schlüpfte aus den Ärmeln. Seine blauen Augen wirkten eine Nuance dunkler, als er Jenna ansah und mit rauer Stimme fragte: »Wo sind meine Sachen?«

Sie schluckte, den Blick auf seinen perfekten Bauch gerichtet. Jeder Muskel zeichnete sich ab. »Ähm …« Schnell deutete sie auf einen Schrank im hinteren Teil des Raumes. »Ihre Kleidung ist in diesem Spind.« Sie räusperte sich. »Wenn Sie sich angezogen haben, kommen Sie bitte noch kurz in mein Sprechzimmer und wir reden über die Nachbehandlung Ihrer Wunde.«

Nickend erhob er sich, wobei ihm das Hemd vom Schoß rutschte. Für einen Augenblick erkannte Jenna den Ansatz seines Schambereichs. Er war rasiert. Doch was sie am meisten faszinierte, war ein geschwungenes Tattoo: schwarze und rote Linien schlängelten sich flammenartig bis in die Leistenregion. So verschlossen konnte er demnach nicht sein, wenn er sich an solch einer intimen Stelle tätowieren ließ. Ob das Muster auch auf seinem Geschlecht war?

Meine Güte, schon wieder hatte sie Gedanken, die in ihrem Kopf nichts zu suchen hatten. Kyrian war ihr Patient. Außerdem hatte sie den Männern ja erst einmal abgeschworen. Anstatt den Raum zu verlassen, blieb sie wie festgewurzelt stehen, als er sich umdrehte und zum Schrank ging. Er schämte sich seiner Nacktheit kein bisschen. Warum war er sonst so verschlossen? Kyrian war ein sehr interessanter Mann und trug irgendein düsteres Geheimnis mit sich herum, das spürte sie instinktiv und machte sie neugierig. Jenna wollte plötzlich alles über ihn wissen. Er war bestimmt nicht so langweilig und normal wie Ben. Sie hatte ihr langweiliges Leben satt und wollte endlich daraus ausbrechen.

Kapitel 4 - In Jamies Kopf

Mehrmals war Nick in den letzten Tagen Jamie heimlich in die Unterwelt gefolgt, wo er früher mit Ash gewohnt hatte. Jamie hatte ihm von ihrem Wohnloch erzählt, einer kleinen Höhle, in der zwei Pritschen standen, nur durch einen schmalen Gang getrennt. Auf einer stapelten sich Wasserflaschen und Nahrungsmittel, die Jamie hier wohl hortete, weil er öfter herkam, auf der anderen lag er, starrte die Höhlendecke an und weinte lautlos. Es zerriss Nick das Herz, nicht zu ihm zu können, um ihn zu umarmen. Aber weder Jamie noch Zorell sollten erfahren, dass er von ihrer Rückzugsmöglichkeit wusste. Also stand Nick im Dunkeln verborgen und passte auf, dass sich sein Kleiner nichts antat.

Leider hatte Jamie ihm immer noch nicht erzählt, was ihn zu dem Selbstmordversuch getrieben hatte. Nick hatte ihm lediglich hoch und heilig versprechen müssen, Noir nicht zu erzählen, was passiert war. Sie machte sich schon genug Gedanken wegen des Babys und durfte nicht zaubern oder sich aufregen, weil sie zwischendurch leichte Wehen hatte. Jamie wollte nicht, dass sie das Kind verlor, wo sie sich so darauf freute. Ihre Schwangerschaft war ohnehin ein Wunder, denn die Ärzte hatten ihr einmal versichert, sie könne nie Kinder bekommen.

Nick beobachtete, wie Jamie die Decke vom anderen Bett holte und sich darin einkuschelte. Ob sie Ash gehört hatte?

Es war seltsam, einem erwachsenen Mann, der dazu noch einen bösen Dämon in sich trug, beim Weinen zuzusehen. Jamie war groß und besaß Zauberkräfte und doch war er verletzlich. Er hatte viel durchgemacht. Nicks Beschützerinstinkt war niemals stärker gewesen als bei ihm.

Er verharrte eine Zeit, die ihm wie die Ewigkeit vorkam, bis Jamie eingeschlafen war. Langsam näherte er sich ihm. Nick sah seine Chance gekommen, endlich die Wahrheit herauszufinden. Wozu war er ein Inkubus? Wenn die Menschen schliefen, konnte er besonders tief in ihren Geist eindringen. Vorsichtig strich Nick ihm über die Stirn und murmelte einen Zauber, damit er nicht erwachte. Dann hob er ihn mitsamt der Decke auf die Arme. Nick spürte die Rippen durch das Shirt. Der Kleine aß zu wenig. Wollte er Zorell etwa aushungern? Daran würde er scheitern, denn der Dämon ernährte sich von Seelenfetzen, die Jamie ihm beschaffte. Der Zash würde seinen Wirtskörper immer wieder heilen und ihn am Leben erhalten.

Nick wollte nicht hier unten in seinem Kopf herumsuchen, wenn er abgelenkt und Angriffen ausgeliefert war. In diesem Teil der Unterwelt war ihm zwar noch nie jemand begegnet, doch sicher war sicher. Er würde Jamie in seine Wohnung bringen und später hierher zurück, solange er noch schlief. So würde der Kleine niemals erfahren, was geschehen war.

Nick tat etwas hinter seinem Rücken. Wie sollte Jamie da Vertrauen fassen? Hoffentlich bekam er niemals mit, was er gerade tat.

Es zog in seinem Magen, als er ein Portal erschuf, das sich an der einzigen Stelle auf der Dachterrasse des Hochhauses öffnete, an der das möglich war. Über die Terrassentür gelangte er in seine Wohnung und legte Jamie auf dem Bett ab. Obwohl er ein sehr großer Mann war, wirkte er in Nicks Bett verloren. Seine Möbel waren größer als die Norm, ebenso die sanitären Einrichtungen. Noir hatte an alles gedacht. Sie und Vincent hatten ihnen allen ein neues Heim gegeben und sie in eine Gemeinschaft aufgenommen. Das Mindeste, wie er sich revanchieren konnte, war, sich um Noirs Bruder zu kümmern.

Nicolas legte sich neben ihn und zog ihn an sich, sodass sie sich berührten, Stirn an Stirn. Sanft stieß Jamies Atem gegen seinen Mund. Nick seufzte und es kribbelte in seinem Magen. Wie gern wollte er erneut von den sündhaften Lippen kosten. Als Inkubus kannte er keine Scheu, sich von Schlafenden zu nehmen, was er wollte, doch bei Jamie fühlte sich das nicht richtig an. Außerdem wollte er seinen Körper nicht noch mehr schwächen. Wenn Nick sämtliche Energien aus ihm saugte, immer und immer wieder, könnte ihn das töten.

Mit der Hand fuhr er in Jamies braunes Haar, um seinen Kopf in Position zu halten. Dann legte Nick noch eine seiner Schwingen um ihn wie eine Zudecke und schloss die Augen. Es wurde Zeit, Zorell einen Besuch abzustatten.

Als Nick die Augen aufschlug, befand er sich in einem Raum, den er nicht kannte. Es war ein Jugendzimmer unter dem Dach, eingerichtet mit Bett, Schreibtisch, Stereoanlage und einem dieser älteren Computermodelle, die einen dicken Monitor besaßen. An den Wänden hingen gerahmte Poster von Leuten, die Nick nicht kannte, und in dem Bett schlief … ein Junge?

Nick eilte zu ihm. Das war eindeutig Jamie, doch er war nicht älter als dreizehn, obwohl er schon so groß war wie ein ausgewachsener Mann. Keine Narben zeichneten seine Wange. Wie friedlich er aussah. Nick streichelte durch sein kurzes Haar und küsste ihn auf die Stirn. Dann schlich er zur Zimmertür, öffnete sie einen Spalt und lugte in den Flur. Niemand war zu sehen, allerdings hörte er Stimmen, die aus der unteren Etage zu kommen schienen.

Hastig schaute er sich im oberen Stockwerk um und fand ein weiteres Jugendzimmer, das eine weiblichere Note besaß, und ein Elternschlafzimmer. Beide Räume waren verwüstet. Auf dem Boden lag ein Foto, das offensichtlich die Familie zeigte, die in dem Haus wohnte. Es war Jamies Familie. Nick erkannte Noir, die auf dem Bild nicht älter als fünfzehn war und hellblondes Haar hatte, genau wie ihr Vater. Nick hatte das braune Haar von der Mutter geerbt.

Jamies Rückzugsort war also das Haus, in dem er aufgewachsen war. Nick schlich die schmalen Treppen nach unten, von wo er Stimmen hörte, und landete im Chaos. Als wäre ein Wirbelwind durch die Räume gefegt. Sämtliche Schubladen und Schränke standen offen und der Inhalt lag überall verstreut. Ein klobiges Telefon mit einem dicken Akku lag zerschmettert neben der Wand, dazwischen überall Glasscheiben, Holzstücke und zerrissene Fotos der zerschlagenen Bilderrahmen.

Nick versteckte sich neben der Tür und lugte in den Wohnraum. Zwischen all den Sachen saß ein seltsames, nacktes Wesen vor der Wohnzimmercouch auf dem Boden. Die Kreatur sah wie Gollum aus *Herr der Ringe* aus. Zorell! Er war ein hageres graues Etwas mit spinnenartigen Fingern, trug unverkennbar Jamies Gesichtszüge und starrte in den Fernseher, ein älteres Modell mit Bildröhre. Zorell drehte ihm den Rücken zu, daher konnte Nicolas erkennen, was er sich ansah. Im Moment rauschte das Bild und der Zash wühlte einen Haufen Videokassetten durch, die vor dem TV-Rack auf dem Boden lagen. Sie waren mit schiefen Buchstaben beschriftet. Der Dämon zog eine hervor, auf der *Noir* stand, und schob sie in den Videorekorder. Ein Film begann zu laufen. Zu Nicks Entsetzen zeigte er die Hexe, wie sie lachend auf die Kamera zurannte. Das Bild wackelte, dann hörte er ihre Stimme und blickte auf ein Schwarz-Weiß-Bild, auf dem er nur helle und dunkle Flecken erkannte.

»Sieh nur, Jamie, dieser kleine Punkt ist dein Neffe.«

Oh mein Gott! Nick hielt die Luft an. Zorell hatte einen Weg gefunden, an Jamies Erinnerungen zu kommen. Normalerweise konnte der Dämon nicht seine Gedanken anzapfen, sondern bekam nur das mit, was er erlebte, wenn er Jamies Bewusstsein in den Hintergrund drängte.

Nick hörte den Zash lachen. Der Dämon rieb sich die Hände und sprang wie Rumpelstilzchen auf der Couch herum. »Bald gehört mir das Kind!«, rief er wie ein Irrer. »Bald, bald, bald!«

Nick riss die Augen auf; eiskalt lief es ihm den Rücken hinunter. Er schwitzte und atmete schwer, während Jamie neben ihm weiterhin selig schlief.

Der Zash wollte Noirs Baby!

Nicks Gehirn arbeitete auf Hochtouren und kam nur auf eine Lösung: Der Dämon wollte einen neuen Körper, einen, den er von Beginn an formen konnte, den er verderben würde und nur für sich hatte. Das würde bedeuten: Sobald er Jamies Körper verließ, würde der Kleine sterben. Ceros hatte ihm seine Seele genommen, ihn aber nicht zum Dämon gewandelt. Ohne Seele wäre Jamie eine leere Hülle und nicht lange lebensfähig.

Eine Stahlklammer legte sich um sein Herz. Jetzt verstand er, warum Jamie sich hatte umbringen wollen. Um das Baby zu schützen. Er sah sich wohl schon dem Tode geweiht.

Warum hatte der Kleine ihm nichts von Zorells Plänen erzählt? Wobei – Nick hatte stets das Gefühl, Jamie wollte, konnte ihm jedoch nicht sagen, was los war. Als ob er blockiert wäre. Hatte Zorell einen Weg gefunden, den Kleinen zu beherrschen, auch wenn er nicht im Vordergrund war? So wie es aussah, wurde der Zash unentwegt mächtiger. Nicolas musste dringend etwas unternehmen, nur was? Jamie brauchte diesen Mistkerl, das war die Krux.

Kapitel 5 – Jennas Schicksal nimmt seinen Lauf

Jenna lehnte mit Noir am Geländer der Dachterrasse der Detektei, blickte hinunter auf den Londoner Verkehr und genoss das schöne Wetter. Morgen würde sie in den Norden Englands aufbrechen, um mehr über sich und ihre Mutter zu erfahren. Daher war sie noch einmal gekommen, um Noir zu beruhigen. »Du hast ja meine Handynummer. Außerdem kannst du mein Telefon dank Magnus' Technik jederzeit orten, und Nicolas und Jamie können immer ein Portal erschaffen, um mich zurückzuholen.«

Noir drehte sich zu ihr und spielte am Clip ihres Memoboards, bevor sie sich eine Strähne ihres silberweißen Haares hinters Ohr schob. »Warum fragst du deinen Dad nicht einfach, was er so oft in Bridlington zu erledigen hat?«

»Er würde mir ohnehin nicht die Wahrheit sagen, nur Verdacht schöpfen und mich nicht fahren lassen.« Kurz schloss sie die Augen und atmete tief ein. Sie wollte in Bridlington ansetzen, einer Hafenstadt in Yorkshire. Jenna hatte im Schreibtisch ihres Dads Rechnungen von Hotels und Pensionen gefunden, die in diesem Ort oder in der Nähe davon lagen. Fast jeden Monat fuhr er die über zweihundert Meilen dorthin. »Ich habe seine Adressbücher durchsucht und seinen Computer. Nirgendwo finde ich einen Anhaltspunkt. Außer Bridlington. Angeblich trifft er dort einen befreundeten Chirurgen, meint Ben, mit dem sich Dad beruflich austauscht. Einem Freund aus Studienzeiten.« Was für ein Quatsch! Jenna hatte diesen ominösen Mann noch nie zu Gesicht bekommen.

»Vielleicht hat er eine Geliebte und es ist ihm peinlich, jemandem davon zu erzählen?«

»Ach, bleib doch mal ernst. Mir ist noch nie aufgefallen, dass er anderen Frauen hinterhersieht.«

»Das ist mein Ernst.« Noir schob sich die Sonnenbrille ins Haar. »Vielleicht ist ja auch dieser Studienfreund sein …«

»Noir!« Lächelnd schüttelte Jenna den Kopf. »Da steckt etwas anderes dahinter. Das spüre ich. Etwas, das mit mir zu tun hat, weil er jedes Mal sofort das Thema wechselt, wenn ich ihn darauf anspreche.«

»Warum lässt du mich oder einen der Goyles nicht die Sache übernehmen?«

Jenna seufzte. »Weil ich einfach mal raus muss, weg von Ben, Dad und der Klinik. Ich fühle mich eingesperrt. Dad behütet mich nach wie vor, als wäre ich ein unmündiges Kind, und Ben scharwenzelt auch ständig um mich herum. Er versucht, mich zurückzuerobern. Das nervt mich alles nur noch.«

»Also hast du jetzt einen endgültigen Schlussstrich gezogen?«

Sie nickte. »Ben ist wirklich lieb, fast schon zu lieb, nur kein Mann für mich. Er ist so … normal, beinahe langweilig und blockiert mich irgendwie. Ich weiß auch nicht, wie ich es sagen soll, aber wir passen einfach nicht zusammen.«

Noir hob die Brauen. »Er ist dir also nicht wild genug im Bett?«

Sie gab ihrer Freundin einen Klaps auf den Arm. »Du bist und bleibst unmöglich!« Sofort hatte Jenna lebhafte Bilder vor Augen: sie und Kyrian in wilder Umarmung, wie er sie küsste und hart, aber rücksichtsvoll, liebte.

Plötzlich zog Noir den Kugelschreiber aus dem Clip des Memos und schrieb etwas auf den oberen Rand der Akte, die sie dort eingeklemmt hatte: *Kyrian starrt dir schon seit fünf Minuten auf den Hintern.*

Hitze schoss in Jennas Gesicht. Kyrian war in der Nähe? Sie stellte sich aufrecht hin und stützte sich nicht mehr am Geländer ab. Ihre Pobacken prickelten. »Dank auch schön«, zischte sie.

Noir schmunzelte und drehte sich herum. »Was gibt es, Kyr?«, rief sie.

Jennas Herz raste, als sie sich ebenfalls umdrehte. Wie viel von ihrem Gespräch hatte er belauscht?

Kyrian, der außerhalb menschlicher Hörweite an der Hausmauer gelehnt hatte, schlenderte zu ihnen. Dabei wanderte sein Blick immer wieder zu Jenna. Ihr wurde noch heißer.

»Dr. Fairchild.« Er nickte ihr zu.

Sie brachte nur ein »Hi« heraus, denn er sah atemberaubend aus. Seine athletische Figur kam in den schwarzen Sachen – eng anliegendes T-Shirt und Cargohose – voll zur Geltung. Dazu trug er leichte Einsatzstiefel. Fasziniert starrte sie auf seinen Oberarmmuskel, der sich beachtlich wölbte, als er Noir eine silberne Kette mit Anhänger überreichte.

»Ich hab's gefunden«, erklärte er, ohne Jenna aus den Augen zu lassen. Der Blick aus seinen blauen Augen brachte ihr Inneres zum Kochen. »War genau da, wo du gesagt hast.«

Seine leicht raue Stimme schickte schon wieder wohlige Schauder über ihre Wirbelsäule. Sie konnte kaum noch stehen, bloß weil dieser Kerl sie anstarrte. Ihre Hand krampfte sich um das Geländer.

»Dann ist der Fall ja geklärt.« Noir bedankte sich bei ihm. »Ich brauche dich vielleicht gleich noch mal.«

Er nickte erneut und verließ sie. Jenna blickte ihm so lange hinterher, bis er verschwunden war.

Als sich Noir räusperte, sah Jenna hastig zu ihr. Ihre Freundin grinste sie wissend an. »Er hat einen süßen Knackarsch, was?«

»Was hat er dir gegeben?« Ihr Blut kochte. Sie brauchte dringend Abkühlung. Und Noir würde sie heimzahlen, dass sie Kyrian absichtlich ihr Gespräch hatte belauschen lassen.

Noir öffnete die Faust. »Einen magischen Kompass.« Das silberfarbene Artefakt glänzte in der Sonne. »Lass uns in mein Büro gehen. Mein Klient, der die Suche des Kompasses in Auftrag gegeben hat, kommt bald. Außerdem können wir uns dort unterhalten, ohne abgehört zu werden.«

Sie zwinkerte Jenna zu. Noirs Büro war schalldicht. Jenna wusste jetzt schon, welche Wendung das Gespräch nehmen würde. Sie deutete auf den Kompass, während sie auf die Glastür zugingen. »Wie hat Kyrian ihn gefunden?«

»Ich habe lediglich mit dem Besitzer gesprochen, der mir, beziehungsweise der Versicherung, weismachen wollte, das Artefakt sei ihm bei einem Einbruch gestohlen worden. Die Versicherungsgesellschaft glaubte ihm nicht, denn er hatte einige Vorstrafen am Hals, und hat mich engagiert.«

»Und?«

»Klarer Fall von Versicherungsbetrug. Die Gedanken des angeblich Geschädigten haben mir verraten, wo er den Kompass versteckt hat, und ich habe Kyrian hingeschickt.«

»Noir«, sagte Jenna tadelnd, als sie ihr Büro betraten. »Du weißt genau, dass du nicht so viel arbeiten und außerdem nicht zaubern sollst.« Jegliche Anwendung von Magie belastete das Immunsystem und förderte frühzeitige Wehen, die Noir schon seit Wochen hatte. »Stress kann die Produktion bestimmter Hormone fördern, die Wehen auslösen. Oder es kommt zu einem vorzeitigen Blasensprung. Stress sollte vor allem in der Schwangerschaft auf jeden Fall vermieden werden.«

»Ja, Frau Doktor, ich hab daher auch ganz artig Kyr geschickt und keinen Suchzauber angewendet. Das mit den Gedanken kann ich ja schlecht abschalten, wie du weißt. Ich war so brav ich konnte.«

Jenna grinste. »Das will ich auch hoffen, sonst werde ich deinem Liebsten sagen, dass er besser auf dich aufpassen soll, und wie ich Vincent kenne, legt er dir dann Ketten an.«

»Bitte nicht«, flehte Noir gespielt, »ich bin froh, dass er meine Bowlingkugel wenigstens mal für ein paar Minuten aus den Augen lässt und wir uns ungestört unterhalten können.«

Plötzlich kniff Noir die Lider zusammen und stützte sich auf dem Schreibtisch ab.

»Was ist?« Jenna war sofort an ihrer Seite und legte die Hand auf den runden Bauch. »Eine Wehe?« Sie fühlte in Noir hinein, nur kurz, solange sie abgelenkt war und nichts merkte, und sah das Baby vor ihrem inneren Auge. Es lag in der optimalen Position, der Kopf zeigte nach unten, sein Herz schlug normal. Erleichtert atmete sie auf. Alles bestens. Noir wusste nichts von ihrer speziellen Fähigkeit, was Jenna oft schmerzte, denn sie wollte ihr Geheimnis gern mit jemandem teilen, um darüber zu reden.

»Keine Wehe.« Noir bog den Rücken durch, die Hände in die Hüften gestemmt. »Der kleine Zappelphilipp bringt mich noch um, bevor er auf der Welt ist. Er tritt mein Herz mit Füßen und rammt seinen Dickkopf in meine Blase. Und wenn er besonders übermütig ist, boxt er mir zu allem Überfluss in die Nieren.«

Jenna schmunzelte. »Er kommt halt ganz nach seinen Eltern.« Sanft drückte sie Noir in den Bürostuhl und setzte sich ihr gegenüber. »Du musst noch weniger arbeiten. Vielleicht sollte ich dir Bettruhe verschreiben.«

Gähnend lehnte sich Noir zurück. »Das würde Vincent gefallen.«

»Du weißt, dass Sperma Wehen auslösen kann?«

Noirs Augen wurden so groß, dass Jenna lauthals lachen musste. »Keine Sorge, es enthält zwar auch das Hormon Prostaglandin, das wir in der Klinik benutzen, um Wehen einzuleiten, aber in so geringen Mengen, also da müsstet ihr schon …«

»Jenna«, unterbrach Noir sie todernst. »Je dicker der Bauch, desto geiler der Goyle. Da kommt ganz schön was zusammen.«

Sie prusteten beide los und lachten so heftig, dass ihnen Tränen über die Wangen liefen. Noir hielt sich den Bauch. »Aua, hör auf!«

Mit dem Handrücken wischte sich Jenna die feuchten Wangen ab. »Selbst Schuld.«

»Du hast mit dem Thema angefangen.« Noir atmete tief durch und beruhigte sich langsam. »Übrigens ist das Vincents Lieblingsthema, nach wie vor. Er kennt so viele Wege, mich zu verwöhnen. Obwohl ich gar nicht weiß, was er an mir findet. Ich fühle mich so attraktiv wie eine Seekuh. Sogar meine Füße sind geschwollen.«

Jenna räusperte sich. »Nimmst du brav dein Magnesium?«

»Ja, Frau Doktor.«

»Und den Himbeerblättertee?«

»Ebenfalls. Und auch dein Spezialpulver.« Noir lehnte sich vor. »Jetzt aber wieder zu dir. Dein Vater wird einen Grund haben, dir nichts über deine Mutter zu erzählen. Er möchte dich vielleicht vor irgendwas oder wem beschützen.«

»Glaub ich nicht, sonst hätte er mir davon berichtet. Er möchte nur nicht an sie erinnert werden. Er hat sie sehr geliebt.« Ihre Mutter Ida hatte in einer Magierbehörde als Schreibkraft gearbeitet und starb angeblich, als das Gebäude einem Anschlag zum Opfer fiel, hinter dem Dunkelelfen steckten. Jenna war zu der Zeit bei Dad. Sie konnte sich nicht mehr an ihre Mutter erinnern.

Noir schüttelte den Kopf. »Das ist doch schon ewig her.«

»Wahre Liebe ist unvergänglich.« Ob sie einmal diese Art von Liebe kennenlernen würde?

»Bist du dir sicher, dass du nicht zu Ben passt?«

Jenna schenkte ihr einen möglichst bösen Blick.

»Schon gut.« Noir grinste. »Dann nimm wenigstens Kyrian mit.«

Sie hatte es gewusst. »Warum gerade ihn?«, fragte sie scheinheilig, wobei ihr der Gedanke plötzlich gefiel. Er würde wenigstens für Ablenkung sorgen.

»Ich habe ihn beim Training mit den anderen Goyles beobachtet. Er kämpft ausgezeichnet und kennt richtig fiese Tricks. Bei ihm bist du bestens aufgehoben.«

»Als ob ich mich nicht verteidigen könnte, immerhin bin ich eine Hexe.« Gut, sie musste zugeben, dass ihre magischen Fähigkeiten alles andere als außergewöhnlich waren, hatte sie sich ihr Leben lang eher auf Fortschritte in medizinischen Dingen konzentriert. Und heimlich ihre Heilkunst trainiert. Über Schulzauber war sie nie hinausgekommen. Im Fach »praktische Anwendung der Zauberkünste« hatte sie allerdings miserabel abgeschnitten.

Noir hob die Brauen, denn sie kannte sehr wohl Jennas nicht vorhandene Fähigkeiten. »Ich möchte mich ja nicht mit meinen Zauberkünsten rühmen, aber ohne Vincent wäre auch ich Ceros' Dämonen nicht entkommen.«

Jenna erinnerte sich, denn Noir hatte ihr die Geschichte erzählt, wie der Höllenfürst sie in einen Hinterhalt gelockt hatte. Und Noir war die stärkste Hexe, die Jenna kannte. Sie konnte sogar die Erde zum Beben bringen.

»Es gibt Situationen im Leben, da ist ein Beschützer notwendig.« Noir zog eine Schublade auf, holte eine Akte heraus und schlug den Deckel auf. »Kyrian hat in meinem Team die beste Spürnase. In den letzten drei Monaten hat er vier Personen gefunden, die schon lange als verschollen galten. Ich würde sogar so weit gehen und sagen, dass er mein bester Mitarbeiter ist.«

»Den will ich dir nicht nehmen. Ich weiß, wie viel du zu tun hast.« Ob das Kyrians Akte war? Jenna versuchte, einen Blick auf die Papiere zu erhaschen. Sie erspähte ein Foto von ihm.

Noir legte die Hand auf ihre. »Für meine Freundin nur den Besten.«

»Ich würde mich ja geschmeichelt fühlen, wenn ich nicht wüsste, dass du uns verkuppeln willst.«

Noir machte so ein unschuldiges Gesicht, dass Jenna erneut lachen musste. »Hier geht es nur um mich und meine Gesundheit«, sagte Noir, nur noch halb so ernst. »Wenn ich Kyr mit dir schicke, hab ich erstens Gewissheit, dass dir nichts passiert, und zweitens ein weiteres Handy, das ich orten kann. Ich weiß ja, wie gern du Dinge verlegst.«

Da hatte sie ausnahmsweise recht. »Okay, überredet.« Irgendwie freute sich Jenna auf dieses Abenteuer. »Was ist mit Nicolas? Von ihm schwärmst du mir doch auch ständig vor?«

»Nicolas brauche ich auf jeden Fall hier. Er hat ein Auge auf Jamie, außerdem ist er der Einzige, der dich sofort zurückholen kann. Und er unterstützt mich mit seiner außerordentlichen Fähigkeit, in die Köpfe anderer eindringen zu können.«

»Das klingt gut, das entlastet dich.«

Noir nickte. »Ja, es ist praktisch, einen Goyle zu haben, der ebenfalls herausfinden kann, ob jemand lügt, sofern es nicht subtil geschehen muss.«

Jenna fand Nicks Fähigkeit auch faszinierend. Er konnte in anderen Köpfen sogar verschollene Informationen finden, wenn diese Leute an Amnesie litten oder ihnen durch einen Schadenzauber Erinnerungen genommen worden waren.

»Wie geht es Dominic und Akilah?«, fragte Jenna. »Ich habe sie seit der Untersuchung nicht mehr gesehen.« Da die beiden reinrassige Gargoyles waren, versteinerten sie bei Tag. Soweit Jenna wusste, waren die zwei ein Pärchen und teilten sich eine Wohnung.

»Es geht ihnen gut. Sie helfen mir, Beziehungen zu anderen Klans zu knüpfen, die nicht so einen engstirnigen Oberen haben wie Grimsley einer ist, und suchen nach weiteren Goyles oder verstoßenen Gargoyles. Magnus hat da noch einige interessante Signaturen auf seinen Satellitenbildern.«

Grimsley war der Anführer des Londoner Gargoyle-Klans, bei dem Vincent und auch Dominic und Akilah früher gelebt hatten, doch warum das Gargoyle-Pärchen jetzt hier lebte, wusste Jenna nicht. Noir war ihr ausgewichen, als Jenna sie darauf angesprochen hatte, also wollte sie nicht nachfragen. Es gab wohl einen triftigen Grund.

»So.« Resolut klappte Noir Kyrians Akte zu. »Genug vom Thema abgelenkt. Ich schicke dir Kyrian mit, oder ich rege mich so auf, dass du nicht wegfahren kannst, weil es mir so schlecht geht.«

Seufzend verschränkte Jenna die Arme vor der Brust. »Na gut, du Erpresserin«. Dafür erntete sie von Noir ein so breites Lächeln, dass sie ihr nicht böse sein konnte.

Kapitel 6 – Kyrians Gedanken

Sobald Kyr die Augen schloss, stürmten Bilder auf ihn ein: vom Dunklen Land, seiner Schwester oder den langen, qualvollen Jahren, als die Dunkelelfen ihn im Auftrag des Königs zum Killer ausgebildet hatten. Dank seines Gargoyle-Erbes war er größer und weniger zierlich als sie, daher schöpften die Magier bei seinem Anblick keinen Verdacht.

Da Hexen und Zauberer in der Menschenwelt weitgehend unter sich blieben, ihr eigenes Internet hatten und nach außen hin nicht auffallen wollten, taten sich auch die Dunkelelfen schwer, sie aufzuspüren. Doch Kyrian hatte mittlerweile einen Riecher für alles Magische entwickelt, daher war er des Königs bester Mann.

Heute begann seine Einschlafphase anders, vielleicht, weil er nur noch an sie denken konnte, seit er ihr Foto gesehen hatte: Jenna Fairchild. Morgen würde er an ihrer Seite durch England reisen.

Als er sich dazu entschlossen hatte, sich operieren zu lassen, war er sich darüber im Klaren gewesen, sich ihr und den Magiern voll und ganz auszuliefern. Kyr war während des Eingriffs nicht bei Bewusstsein gewesen. Hätten sie herausgefunden, wer er war, würde er jetzt nicht mehr in seinem Bett liegen. Schon vor Jahren, als er sich in der Menschenwelt eingelebt hatte, ließ er sich sein Stammeszeichen überstechen, um nicht gleich erkannt zu werden. Bei jedem männlichen Dunkelelfen, dessen Vorfahren aus einer alten Kriegerkaste stammten, bildete sich im Laufe des Lebens ein Muster aus Linien und Bögen, das sich von der Leistengegend bis über den restlichen Körper ziehen konnte. Es zeigte seine Abstammung, Rasse und Stärke. Leider verriet es jedem Außenstehenden, wer sie waren. Daher hatte Kyr einen Tätowierer aufgesucht, um das Stammeszeichen abzuändern. Glücklicherweise war es dank seiner Mischgene nicht besonders auffällig und konzentrierte sich nur auf seine Körpermitte. Die Hexe schien keinen Verdacht geschöpft zu haben, als sie ihn nach der Operation nackt gesehen hatte.

Kyr stöhnte in sein Kissen, während er an das Gefühl dachte, das in seinem Unterleib herangewachsen war, als Jenna ihm über die Hörner gefahren war. Das war sehr erregend gewesen. Diese kleine Hexe musste ihn verzaubert haben oder warum bekam er sie nicht mehr aus dem Kopf?

Immer tiefer glitt er in seine Traumwelt. Er hatte die Hexe vom ersten Moment an attraktiv gefunden, obwohl ihm die Dunkelelfen sein Leben lang eingetrichtert hatten, alle anderen magiebegabten Wesen zu hassen. Doch irgendetwas besaß Jenna, das ihn zu ihr hinzog. Ob es an ihrer vermeintlichen Elfenseite lag? Es hieß, Lichtelfen würden auf alle Männer, egal welcher Art, anziehend wirken. Er durfte ihrer Ausstrahlung nicht verfallen. Sie war vielleicht Myras und sein Ticket in die Freiheit. Er musste Jenna ausliefern oder wollte sie zumindest für seine Zwecke gebrauchen. Er könnte gleich mit ihr ins Dunkle Land zurückkehren, doch wenn er sich irrte und sie nicht diejenige war, die sie suchten, wären seine Tarnung und alles zerstört, was er sich hier aufgebaut hatte … Kyr musste ganz sicher sein.

Eine Art Hassliebe zu seinem Volk, das ihn zu dem gemacht hatte, was er war, trieb ihn an, denn er wollte es mit Stolz erfüllen. Immerhin waren die Dunkelelfen seine einzige Familie. Er trug einen Teil dieser Rasse in sich, und im Sohn des Königs hatte er bereits als Kind einen heimlichen Verbündeten gefunden. Kyrian musste ohnehin tun, was die Dunkelelfen sagten, oder sie würden Myra niemals freilassen.

Steckten so viele schlechte Gefühle in ihm, weil er es verabscheute, was der König ihm angetan hatte, oder weil er mehr Elf als Gargoyle war? Die Dunkelelfen waren allen Rassen gegenüber feindlich gesinnt, fühlten sich ihnen seit jeher überlegen. Ihr Ziel war es, die Menschenwelt und das Reich der Lichtelfen zu erobern. Besonders auf alle anderen magiebegabten Wesen hatten sie es abgesehen, denn sie waren der Meinung, dass es allein mythischen Wesen zustand, Magie zu wirken. Hexen waren für sie nur etwas andere Menschen, die die absolute Herrschaft an sich reißen wollten, wenn es nach König Lothaire ging.

Daher hasste »sein Volk« Hexen und Magier, denn die stellten das einzige schwer überwindbare Hindernis dar, um die Menschenwelt einzunehmen. Seit Jahrhunderten führten ihre Gruppen Krieg gegeneinander. Die Dunkelelfen drangen immer wieder in die Welt der Menschen ein, überfielen diese heimtückisch und schmiedeten ständig Pläne, andere Reiche zu unterwerfen. Das lag in ihrer Natur. Auch in seiner? Manche Dunkelelfen genossen es, sich andere Wesen – wie Menschen, Magier oder Lichtelfen – als Sklaven zu halten und ihren Willen zu brechen. Kyrs Penis schwoll an und seine Fänge verlängerten sich, als er daran dachte, sich Jenna untertan zu machen. Er würde ihr befehlen, ihn jeden Tag zu massieren, überall, von den

Hörnern bis zu seinem Geschlecht, das sie zusätzlich mit der Zunge verwöhnen musste. Er würde der Hexe zeigen, wer ihr Herr war. Erst würde er ihre Hände fesseln und sie knebeln, damit sie keine Magie anwenden konnte, und dann würde er ihr die Kleidung vom Leib reißen und sie nehmen, immer und immer wieder, bis sie um Gnade winselte.

Knurrend drehte er sich auf den Bauch und vergrub das Gesicht im Kissen. Leider presste sich auf diese Weise seine Erektion in die Matratze und verstärkte seine Lust. Was hatte er nur für Gedanken? Noch nie hatte er eine Frau gegen ihren Willen genommen. Seine dunklen Fantasien hatte er bisher nur mit Damen ausgelebt, die Geld dafür nahmen. Solche Etablissements gab es in fast jeder Stadt, in jedem Reich. Er hatte bezahlt, die Frauen benutzt und sie nie mehr gesehen. So war es ihm am liebsten. Keine Gefühle, keine Verpflichtungen. Nur Lustbefriedigung und eine Gelegenheit, für wenige Minuten die Erinnerung an all die schrecklichen Taten auszublenden, die er begangen hatte.

Er wollte das alles nicht wirklich. Wenn er in die Gesichter derjenigen blickte, die er töten sollte und ihre Angst und Verzweiflung darin las, fühlte er nichts, weil er sämtliche Emotionen unterdrücken konnte. Meistens. Denn nachts suchten sie ihn heim, quälten ihn, verurteilten ihn.

Sie hatten es nicht anders verdient, verflucht! Außerdem tat er das alles auch für seine Schwester. Sie war die Einzige, die noch von seiner Familie übrig war. Seit Jahren hielt Dante, der Sohn des Dunklen Königs, Myra in seiner Burg gefangen. Kyr vertraute Dante in gewissem Maße, weil er anders als sein Vater Lothaire und immer wie ein Bruder zu ihm gewesen war. Die seltenen Male, an denen Kyrian seine Schwester sah, sprach sie nur gut von Dante.

Sklaven zählten auch im Dunklen Land als Besitz und wer sich an diesen vergriff, wurde bestraft. Dante passte auf Myra auf; sie musste keine harten Arbeiten leisten, wurde nicht ausgepeitscht oder als Lustdienerin missbraucht … hoffte Kyr. Er hatte lediglich Dantes Wort. Wie viel war das Leben einer Frau wert, die nur zur Hälfte eine ihres Volkes war?

Lichtelfen hingegen besaßen den höchsten Rang als persönliche Leibdiener. Dantes Mutter sollte eine Lichtelfe gewesen sein. Daher stammten auch sein blondes Haar und seine Güte. Der Königssohn war es auch, der Kyr vor den Listen der Hexen und Zauberer gewarnt und ihm viele Tipps mit auf dem Weg gegeben hatte. Eigentlich musste sich Kyr vor jedem in Acht nehmen, besonders vor Noir und Jenna … Diese kleine Hexe, die beinahe wie eine Elfe aussah, hatte ihn schon allein durch ihr Äußeres und ihre Art in ihren Bann geschlagen. Wie lange würde er ihr widerstehen können, wenn sie Tag und Nacht zusammen waren? Hoffentlich dauerte die gemeinsame Reise nicht zu lange.

Kapitel 7 - Schwüre

Nick klopfte an Jamies Tür. »Kommst du, Kleiner? Noir hat einen Auftrag für uns.«

»Welchen denn?«, hörte er gedämpft durch das Holz. Jamie saß anscheinend auf der Couch, denn der Wohnraum befand sich gleich dahinter. Gut, er war also wach. Manchmal war der Kleine so früh am Morgen noch nicht munter.

»Sie braucht ein großes Portal. In einer halben Stunde in der Tiefgarage«, erklärte er.

»Und wozu braucht sie da mich? Du kannst das wunderbar allein.«

Nick holte tief Luft. Was für ein sturer Bock. »Vielleicht will ich dich einfach dabeihaben?«

»Ich weiß genau, dass dich meine Schwester beauftragt hat, den Babysitter zu spielen, aber den brauch ich nicht.«

Am liebsten hätte er seine Faust in das Holz gerammt. »Dann komm wenigstens in den Gemeinschaftsraum und lass uns was frühstücken.«

»Keinen Hunger«, murrte Jamie. »Und jetzt lass mich in Ruhe!«

In Nick brodelte es. Dass man den Kleinen immer zu seinem Glück zwingen musste. Er brauchte sehr wohl mehr Fett auf den Rippen, außerdem zog er sich immer weiter aus der Gemeinschaft zurück und das gefiel Nicolas nicht. Wenn Jamie mit seinen Ängsten und vor allen Dingen mit Zorrel allein war, machte das die Situation bloß schlimmer.

»Ich komm jetzt rein!«

Jamie murmelte etwas Unverständliches, aber er hatte ja keine Ahnung. Nick konnte seine Tür öffnen. Noir hatte den Scanner so eingestellt, dass er jederzeit in die Wohnung ihres Bruders gelangen konnte. Nick drückte den Daumen auf die kleine Glasplatte, die sich neben dem Klingelknopf befand, wartete, bis das Bedienfeld grün aufleuchtete, und trat ein.

Jamie sprang von der Couch auf. Er trug bloß Jeans, sein nackter Oberkörper war mit Schnitten übersät, aus denen feine Rinnsale Blut liefen, und in der Hand hielt er ein Messer.

»Verdammt, was tust du?« Nick war mit einem Satz bei ihm und entriss ihm die Klinge.

»Das, was ich immer tue! Wieso hast du Zugang zu meiner Wohnung?«

Anklagend hielt Nick ihm das Messer vors Gesicht. »Genau aus dem Grund!«

Er versuchte sich so gut es ging zu beherrschen, denn er war kurz davor, Jamie mit Gewalt Vernunft einzubläuen. Entsetzt starrte er auf die zahlreichen Verletzungen, die sich langsam schlossen. Zorell heilte ihn.

»Warum machst du das?« Fassungslos warf Nick die Tür ins Schloss. Er konnte kaum den Blick von Jamie abwenden. Einige Schnitte waren tief. Er musste höllische Schmerzen gehabt haben, als er sie sich zugefügt hatte, und auch jetzt brannten sie bestimmt heftig.

Jamie setzte sich auf die Couch und ließ den Kopf sinken. »Ich brauche den Schmerz.«

Nick hockte sich neben ihn. Nun sah er weitere zahlreiche Narben überall auf Jamies Körper. Er machte das also schon länger, vielleicht seit vielen Jahren.

Sanft fuhr Nick über einen verblassten Schnitt. »Warum ist deine Haut nicht vollständig verheilt?« Der Dämon in ihm hätte das hinbekommen müssen.

»Magische Klinge«, murmelte der Kleine. »Ich wollte bleibende Erinnerungen.«

Nick legte das Messer auf den Beistelltisch und umarmte Jamie. Der ließ sich sofort gegen seine Brust sinken. Da Nick nie ein Oberteil trug, fühlte er Jamies Tränen an seinem Bauch hinablaufen.

»Wenn ich mich schneide, spüre ich mich. Nur mich«, sagte Jamie leise. »Dann weiß ich, dass ich noch lebendig bin, dass ich gerade bei Verstand bin und nicht er über mich bestimmt.«

»Hey …« Nick zog den Süßen fester an sich und legte eine Schwinge um ihn. »Alles wird gut. Wir finden eine Lösung.«

Jamie hob den Kopf. Ihre Gesichter waren nur Millimeter voneinander entfernt. Wie gern wollte Nick die Tränen aus seinen Wimpern streichen, erlaubte sich aber diese Intimität nicht. Sie waren sich ohnehin viel zu nah.

»Eins schwöre ich dir«, flüsterte Jamie. »Sobald Zorell vorhat, seinen Plan umzusetzen, bring ich mich um und niemand wird mich daran hindern.«

»Seinen Plan?«, fragte Nick zögerlich. Offiziell wusste er ja nichts. Niemand sollte erfahren, dass er in Jamies Kopf herumgeschnüffelt hatte.

Als Jamie lange schwieg, sagte Nick: »Er will Noirs Baby, stimmt's?«

»Woher …« Der Kleine sah alarmiert aus.

»Das war nur geraten.« Es tat weh, ihn anzulügen. »Es ist doch offensichtlich. Zorell hat etwas Persönliches in Noirs Schreibtisch gesucht. Wahrscheinlich die Ultraschallbilder oder Aufzeichnungen, wie weit entwickelt das Baby bereits ist.« Zorell hätte alles Mögliche suchen können, aber anscheinend schluckte Jamie die Story.

Er atmete auf. »Ich bin so froh, dass du es weißt.« Neue Tränen kullerten über sein Gesicht. »I-ich konnte es dir nicht sagen, weiß nicht, warum.« Hastig wischte er sich mit dem Handrücken über die Lider. »Jetzt weißt du, warum ich sterben muss, bevor er …« Seine Stimme brach.

Nick schüttelte den Kopf. »So weit wird es niemals kommen.« Das würde er nicht zulassen.

»Was willst du denn tun?« Jamie rückte näher, legte ihm die Arme um den Hals und setzte sich halb auf seinen Schoß. »Ah, ich weiß. Du bist ja zur Hälfte ein Inkubus. Wenn du mich stundenlang lieben würdest, raubst du mir sämtliche Lebensenergie.« Ein Lächeln huschte über seine Lippen, während er an Nicks geflochtenen Haaren spielte. »Das wäre ein schöner Tod für mich und ein fürchterlicher Abgang für Zorell.«

Nick schloss die Augen und unterdrückte ein Stöhnen. Allein die Vorstellung, sich in Jamies heißen Körper zu versenken, ließ ihn sofort hart werden. Sanft drückte er ihn von sich weg und stand auf, drehte der Couch jedoch den Rücken zu, damit Jamie nicht sah, wie es um ihn bestellt war. »Was redest du nur für einen Unsinn«, brachte er mühsam hervor, die Stimme rau vor Erregung. »Komm, zieh dich an und lass uns was essen. Und dann werden wir uns von Jenna und Kyrian verabschieden.«

Kapitel 8 – Die Reise beginnt

Jenna stand der Mund offen, als sie mit Noir, Vincent, Kyrian, Jamie und Nicolas in die Tiefgarage ging und den Fuhrpark betrachtete. Ein heißer Schlitten reihte sich an den anderen. Jeder Goyle besaß sein eigenes Auto, sogar Nicolas, obwohl er sich mittels Portalen fortbewegen konnte. Während Räuber um sie herum sprang, steuerten sie auf einen anthrazitfarbenen Roadster mit schwarzem Stoffverdeck zu. Es war eine Dodge Viper. Jennas Herz schlug beim Anblick des Zweisitzers schneller. Sie hatte schon immer eine Leidenschaft für schnittige Fahrzeuge gehabt, jedoch nie ihren Führerschein gemacht. Das Medizinstudium, das sie in Rekordzeit durchgezogen hatte, hatte ihr alles abverlangt, außerdem fuhr Dad sie überall hin.

Kyrian warf seine Sporttasche in den winzigen Kofferraum und stellte Jennas Gepäckstücke daneben. Sie passten gerade noch hinein, obwohl sie bloß das Nötigste mitgenommen hatte. Die Handtasche behielt sie bei sich.

Bis jetzt hatte Kyr Jenna kaum einen Blick geschenkt, sie lediglich mit einem Nicken begrüßt. Warum war der Kerl so seltsam? Oder lag es an ihr? Noir sprach ja nur in den höchsten Tönen von ihm. Selbst dem Hund schenkte er mehr Beachtung. Räuber schlich ständig um seine Füße und wurde dafür hinter den Ohren gekrault. Offensichtlich mochte Kyrian Tiere lieber als Menschen. Normalerweise gaben Gargoyles ihr Leben dafür, Menschen zu beschützen. Das lag in ihrer Natur. Aber wie viel davon steckte in diesem Goyle? Jenna musterte ihn unauffällig.

Während sie sich für ein dunkelrotes Trägerkleid entschieden hatte, weil für heute herrlichstes Spätsommerwetter angesagt war, trug er dieselben Sachen wie immer: Einsatzstiefel, Cargohose, eng anliegendes Shirt. Gut, er war im Dienst, ihr Leibwächter. Insgeheim hatte sie gehofft, ihn legerer zu sehen. Er war auf gewisse Weise viel zu steif, obwohl er sich wie ein Panther bewegte.

Jenna verabschiedete sich von den Umstehenden, umarmte Noir als Letzte und dankte ihr für alles. Dann stieg sie ins Auto. Kyrian hingegen nickte den anderen bloß zu – bis auf Räuber, der bekam noch einmal seine Streicheleinheiten – und hockte sich ans Steuer.

Jennas Anspannung wuchs. Tat sie das Richtige? Hinter dem Rücken ihres Vaters Nachforschungen anzustellen, dazu mit einem attraktiven Mann verreisen, obwohl sie erst vor Kurzem mit Ben Schluss gemacht hatte?

»Wohin musst du denn genau?«, fragte Nicolas durch das geöffnete Fenster.

»Weißt du, wo Bridlington ist?«

Er kratzte sich am Kinn. »Tut mir leid, keine Ahnung.«

Sie überlegte, welche größere Stadt in der Nähe lag. »York? Ansonsten irgendwo an der Küste von Yorkshire, im Norden Englands.«

»York kenne ich.«

Sofort steuerte er auf eine freie Betonwand in der Garage zu. Er sah wild aus mit seinen langen Zöpfchen und den Schwingen, die bei diesem Dämmerlicht wie ein Mantel wirkten. Nick hatte was von einem Cowboy.

Als Kyr die Viper startete, um ihm langsam hinterherzufahren, gingen ihr das Geräusch und die Vibrationen des Motors durch und durch. Sie bekam eine Gänsehaut und lehnte sich in den bequemen Schalensitz zurück.

Nicolas zeichnete einen kleinen Kreis an die Wand. Er leuchtete blau auf und Jenna erkannte durch das Guckloch grüne Hügel und Felder. Nicolas öffnete das Portal weiter, steckte den Kopf hindurch und schaute nach links und rechts. »Okay, die Luft ist rein.« Schnell zog er mit Jamies Hilfe das Dämonentor so weit auf, dass sie mit dem Auto hindurchpassten. »Ab mit euch und gute Reise!«

Jenna winkte ihnen, während Kyrian Gas gab und durch das Portal fuhr, bis sie auf einer Landstraße herauskamen. Kyr machte eine scharfe Kurve und brachte die Viper in die Spur. Als Jenna sich umdrehte, sah sie noch kurz das Tor auf einer riesigen Werbetafel am Straßenrand, bevor es sich schloss. Jetzt war sie viele Meilen von London und ihren Freunden entfernt. Allein mit dem unnahbaren Goyle. Starr blickte er auf die Straße und sagte kein Wort, wirkte kühler als zuvor. Seine Hand krampfte sich ums Lenkrad. Der Roadster passte zu ihm. Als ob er bewusst dieses Auto gewählt hatte, um andere auf Abstand zu halten. Es gab eine durchgehende Mittelkonsole, die so breit war, dass sie niemals miteinander in direkten Körperkontakt kamen.

»Wo sind wir hier eigentlich?«, fragte sie.

Er tippte auf dem Navigationsgerät herum, das sich ebenfalls in der Konsole befand. »In der Nähe von York.«

»Perfekt.« Das war von ihrem Zielort nicht allzu weit weg, etwa 60 Meilen. »Lass uns zuerst nach Bridlington fahren.«

Kyr gab den Namen der Stadt in das Navi ein, wobei Jenna seine schlanken Finger bewunderte. Er besaß keine Krallen, wie manch andere Goyles. Obwohl sie diesen Mann von Kopf bis Fuß durchleuchtet hatte, blieb er undurchsichtig. Sie wollte zu gern wissen, was er dachte. Konzentrierte er sich voll auf seinen Job oder war ihm ihre Anwesenheit unangenehm?

Sie schielte auf seine Beine, die im relativ engen Cockpit gut Platz fanden. Jenna hatte ohnehin keine Probleme, ihre Füße auszustrecken, doch Kyrian war größer. Größer noch als Ben, und der war nicht klein für einen Mann. Himmel, verglich sie jetzt ihren Ex mit Kyrian? Die beiden waren allein von der Art grundverschieden. Ben hätte mit ihr geplaudert, das Radio angeschaltet und zur Musik gesummt. Eigentlich war Bens Anwesenheit im Gegensatz zu Kyrians angenehm gewesen. Leider hatte er zu sehr geklammert und es war meistens nach seinem Kopf gegangen.

War sie vielleicht zu anspruchsvoll?

Gab es überhaupt den perfekten Mann?

Was wollte sie wirklich?

Erneut fühlte sie diese innere Zerrissenheit. Vielleicht sollte sie zuerst mit sich ins Reine kommen, bevor sie eine neue Beziehung begann. Daher sollte sie anfangen, Kyrian nur als ihren Fahrer und Bodyguard zu sehen.

Schweigend fuhren sie einige Meilen. Sich zu unterhalten wäre sowieso nur in Geschrei ausgeartet, denn der Wind, der um das Stoffverdeck flatterte, erzeugte Lärm, der an Jennas Nerven zerrte. Das Auto war also doch nicht so perfekt wie der erste Eindruck.

»Kannst du das Verdeck öffnen?«, fragte sie nach geschätzten weiteren drei Meilen. Das Cockpit kam ihr mit einem Mal bedrückend vor und Kopfschmerzen kündigten sich durch ein sanftes Pochen in ihren Schläfen an. Kyr nickte und fuhr einen kleinen Rastplatz an. Zu dieser vormittäglichen Zeit waren ein paar Reisende unterwegs, die jedoch lediglich die öffentlichen Toiletten benutzten. Niemand saß an den Picknicktischen.

Nachdem Kyrian ausgestiegen war, hantierte er am Kofferraum und öffnete das Dach. Mit wenigen Griffen hatte er das Verdeck verstaut, und sie fuhren auf die Straße zurück. Es entstanden verhältnismäßig wenig Luftwirbel, und die Fahrt war viel angenehmer als zuvor. Lächelnd sah sie zu Kyr, an dessen schwarzem Haar der Wind spielte.

Plötzlich drehte er den Kopf und schenkte ihr einen kurzen, aber so durchdringenden Blick, dass es ihr trotz Fahrtwind in ihrem Sommerkleid zu heiß wurde.

War das Blau seiner Augen eine Nuance dunkler geworden?

Er betrachtete ihre Knie, die unter dem Saum hervorspitzten, bevor er sich wieder auf die Straße konzentrierte. Sein Mundwinkel zuckte, sein Gesicht entspannte sich. Ach, wenn sie doch nur Gedanken lesen könnte wie ihre Freundin. Wobei das bei ihm leider nicht funktionierte, dazu war er wohl zu wenig Mensch.

Jenna rutschte tiefer in den gemütlichen Sitz und genoss die Sicht auf die herrliche Landschaft. Grüne Wiesen, sanfte Hügel, Felder, Kühe. Nur Natur. Tief atmete sie durch und fühlte sich seit langem frei.

Kapitel 9 – Provokation

Nick wollte Jamie nicht daran hindern, ins Desiderio zu gehen, denn ein wenig Vergnügen stand ihm schließlich zu. Vielleicht würde es dem Kleinen guttun. In diese Dämonenbar kehrte er selbst öfter ein, um sich ein bisschen Spaß zu gönnen und sich zugleich mit der nötigen Energie aufzuladen, die er für sein Dämonendasein brauchte. Also folgte er Jamie durch ein Portal nach Florenz, wo sich in den Kellergewölben eines verlassenen Gebäudes das Etablissement befand, in dem sich alle möglichen Kreaturen vergnügten – bis auf Vampire, die hatten wegen einer alten Fehde Hausverbot.

Wie immer, wenn er den Türsteher passiert hatte, schlug ihm feuchtwarme Luft entgegen, die mit süßlichem Rauch getränkt war. Dafür sorgten zahlreiche Räucherstäbchen. Leise Musik spielte im Hintergrund – tiefe Schwingungen ähnlich dem Zusammenspiel mehrerer Didgeridoos, die Nicks Brustkorb zum Vibrieren brachten.

Das italienische Flair der Stadt hatte auch auf das Desiderio abgefärbt. Marmorne Säulen und Bögen stützten die hohen Wände; die Mauern besaßen Natursteinoptik und waren mit künstlichem Efeu verziert. Den Mittelpunkt des Raumes bildete ein großer Brunnen mit scharlachroten Wein-Fontänen. Satyrn und Nymphen badeten mit Vorliebe darin.

Weiter hinten befanden sich zahlreiche Nischen, in die sich die Besucher zurückziehen konnten, um sich lustvollem Treiben hinzugeben. Einige der schwarzen Samtvorhänge waren zugezogen und gedämpfte Stöhnlaute drangen an Nicks Ohren.

Jamie steuerte sofort auf das letzte freie Separee zu und setzte sich auf ein Sofa. Nick nahm an der Bar platz, denn von dort hatte er einen wunderbaren Blick in die Nische. Er bestellte sich einen *Sex in the Dungeon* und schlürfte an dem dunkelroten Drink, ohne jemals die Augen von dem Kleinen abzuwenden.

Als ein nackter Mann vorbeilief und Jamie grinsend begrüßte, zog sich Nicks Magen zusammen. Alessandro, auch Al genannt, war schon längere Zeit im Desiderio beschäftigt. Der Lustsklave mit dem kurzen braunen Haar, bestimmt nicht älter als zwanzig, war das Eigentum des Klubbesitzers Malestus und noch dünner als Jamie. Dadurch wirkte er viel jünger. Nick wusste, dass sich Jamie vorzugsweise mit Al vergnügte, was ihm immer weniger gefiel. Zähneknirschend beobachtete er, wie sich die beiden erst unterhielten und dann zu knutschen anfingen. Al saß auf Jamies Schoß, rutschte bald tiefer, streichelte seine Brust und öffnete schließlich die Hose. Jamie warf den Kopf zurück, als Al seine Erektion in den Mund nahm. Hastig stellte Nick das Glas zurück auf den Tresen, bevor er es noch zerdrückte. Sein Magen knurrte. Nein, das war nicht sein Magen, sondern der Laut drang aus seiner Kehle, wie er erschrocken feststellte. Jamie starrte ihn ununterbrochen an, was es noch unerträglicher machte. Sein Verhalten verletzte ihn. Er war unglaublich wütend. Doch als er bemerkte, dass sich Jamie kein bisschen auf den Jungen zu seinen Füßen konzentrierte, wusste er: Der Kleine forderte ihn heraus, wollte ihn verführen. Denn er wollte sterben.

Jetzt reichte es ihm. Er leerte sein Glas, ging um den Brunnen herum und betrat Jamies Separee. Nick versuchte die Stimme so ruhig klingen zu lassen, wie er es in seinem Zorn vermochte, und schickte Al weg. Der sah Jamie fragend an.

»Ist schon okay«, sagte dieser, woraufhin der Sklave verschwand.

Sofort schloss Nick den schweren Vorhang. Im Separee wurde es dunkler. Nur ein elektrischer Kerzenleuchter an der Wand spendete schummriges Licht. Jamie beobachtete Nick von der Couch aus. Er saß immer noch mit geöffneten Beinen da; seine Erektion glänzte von Alessandros Speichel. Nick konnte kaum wegsehen. Er hockte sich neben ihn und griff ihm in die Haare. »Hör auf damit!«

»Ah, endlich mal eine Regung. Hat ja ewig gedauert, bis du hier warst«, sagte Jamie kühl und klang mehr wie der Zash als der Mann, den Nicolas kannte. Er wusste, der Kleine spielte mit ihm. Und er hatte gewonnen. Nick gab auf. Er bog Jamies Kopf zurück und küsste ihn hart auf den Mund. Dabei griff er mit der anderen Hand an das pralle Geschlecht. Es zuckte, und Jamie stöhnte an seine Lippen.

»Ich sehe es in deinem Blick, wie du dich nach mir verzehrst.«

»Und du nutzt das schamlos aus«, knurrte Nick.

Jamie sah ihn flehend an. »Schlaf mit mir, nimm mich, lass mich vergessen. Bitte.«

Wie gern wollte er das tun, nur wäre das Jamies Untergang. »Kann nicht, es würde dich zu sehr schwächen, du brauchst deine letzten Kräfte für …«

»Erwähne nicht seinen Namen«, unterbrach er ihn. »Ich bin hier, um für einen Moment auszublenden, dass er mein Leben beherrscht.«

Nick konnte ihn vergessen lassen, auf andere Weise. Es wäre nicht erfüllend für ihn selbst, aber vielleicht für den Kleinen. Nick massierte den heißen Schaft, bis Jamies Körper bebte und es warm über seine Hand lief. Nun war er derjenige, der Jamie keine Sekunde aus den Augen ließ, jede seiner Regungen betrachtete, das erst angespannte Gesicht, dann die Erlösung. Ein Lächeln huschte über Jamies Lippen.

»Nick«, wisperte er, »bitte küss mich noch mal.«

Und das tat er.

Kapitel 10 - Weissagungen

Kyrian atmete auf und inhalierte die salzige Meerluft, als sie an der Nordseeküste die Hafenstadt Bridlington erreichten. Mit Jenna im Auto zu sitzen, zerrte an seiner Selbstbeherrschung. Sie war allein mit ihm und vertraute ihm, weil er einer von Noirs Goyles war. Er könnte sich sofort mit ihr ins Dunkle Land translozieren. Aber er musste sich gedulden. Falls sie nur eine gewöhnliche Hexe war, wollte er sie dem König nicht ausliefern.

Wünschte er etwa, sie wäre nicht diejenige, die er suchte? Wo er schon so lange darauf wartete, endlich seine Schwester zu befreien und selbst frei zu sein? Und würde König Lothaire ihnen tatsächlich die Freiheit schenken?

Außerdem wusste er nicht, wie stark Jenna war, bisher hatte er noch nichts von ihren magischen Künsten gesehen. Das sollte er zuerst herausfinden.

Sie wies ihn an, die Hafenstraße entlangzufahren und zog eine Karte aus der Handtasche. Es war keine gewöhnliche Straßenkarte, sondern eine der Magiergilde. Sämtliche Kultstätten und andere für Hexen und Magier bedeutsamen Orte waren darauf verzeichnet, wovon es in Bridlington nicht besonders viele gab. Kyrian besaß solch einen Plan von London. Bisher hatte er ihn noch nicht Lothaire überreicht. Die Karte wollte er als Bonus behalten.

Systematisch begannen sie im Ortskern von Bridlington und arbeiteten sich nach außen vor. Zuerst fragten sie in den Hotels und Pensionen, in denen Jennas Vater übernachtet hatte, doch dort erinnerte sich niemand an ihn. Er hatte wohl einen Vergessenszauber angewandt und seinen korrekten Namen verschwiegen.

Im Schnelldurchlauf suchten sie anschließend alle medizinischen Einrichtungen auf und machten eine Führung im historischen Bayle Museum mit. Sogar einen Bunker sahen sie sich an. Jenna zeigte jedem Angestellten ein Foto von William Fairchild und fragte, ob sie sich an ihn erinnern konnten. Alle verneinten.

Kyrian prägte sich das Bild gut ein. Vor der Operation hatte er Mr. Fairchild nur mit Gesichtsschutz zu sehen bekommen. Der Mann hatte kaum Ähnlichkeit mit seiner Tochter, wirkte eher stämmig, mit einem rundlichen Gesicht und rotblondem Haar.

Kyr hielt sich im Hintergrund und sprach nur das Nötigste. Doch er studierte die kleine Hexe, ihre Art, sich zu bewegen, zu sprechen und auf andere Menschen einzugehen. Sie besaß ein Wesen, das alle sofort gefangen nahm. Die Leute lachten mit ihr und erzählten ihr alles, was sie wissen wollte. Das passte ihm irgendwie nicht.

Gegen Nachmittag und drei Sehenswürdigkeiten später saßen sie in einem Café am Hafen und beobachteten Möwen, die auf dem hellen Sandstrand nach Fressen suchten. Es war ein klarer Sommertag und von der Promenade hatten sie einen hervorragenden Blick auf die Kreidefelsen im Hintergrund.

Jenna sah müde aus, ihre Füße taten ihr offensichtlich weh, denn sie zog ihre Sandaletten aus. Kyrian riskierte einen Blick auf ihre kleinen Zehen, auf denen perlmuttfarbener Nagellack schimmerte. Alles an ihr war grazil. Perfekt.

Seufzend lehnte sie sich im Korbstuhl zurück und schlürfte ihren Eiskaffee durch einen Strohhalm. »Ich weiß nicht, wo ich noch suchen soll. Niemand kennt meinen Vater. Vielleicht bin ich auf der völlig falschen Fährte.« Sie stellte ihre Handtasche auf den Tisch und zog die Karte hervor. »Wir haben alle Orte angesehen, an denen er sich laut der Rechnungen aufgehalten haben könnte. Viele Plätze gibt es hier nicht, die irgendwie mit unserer magischen Welt in Verbindung stehen.«

Unserer Welt … Wenn sie wüsste, aus welcher Welt er kam.

Er räusperte sich und stellte die Kaffeetasse ab. »Zeig mal her.« Diese Suche langweilte ihn, und wenn er sie beschleunigen konnte, um endlich zu einem Ergebnis zu kommen, würde er das tun.

Sie reichte ihm den Plan.

»Etwas außerhalb gibt es keltische Kultstätten, Steinkreise, das Übliche. Es würde Tage dauern, bis wir das alles abgeklappert haben.«

Sie seufzte erneut. »Ich weiß. Vielleicht sollten wir nach Hause fahren.«

Jenna machte einen so unglücklichen Eindruck, dass etwas in Kyrian auftaute. Plötzlich wollte er ihr zuliebe ihre Vergangenheit aufdecken. Angestrengt studierte er noch einmal die Karte und tippte den Namen der Ortschaft in sein Smartphone. Sofort bombardierte ihn die Suchmaschine mit Informationen. »Bei West Heslerton gibt es eine bekannte archäologische Stätte mit Funden aus verschiedenen Zeitaltern.« Solche Plätze waren bei Magiern begehrt, denn oft bezogen sie Kräfte aus den altertümlichen Kultstätten. Kyrian blickte erneut auf das Display und tippte weitere Namen ein. »Nicht weit von hier erstreckt sich der Danes Dyke, ein großer, doppelwandiger

Erdwall, dessen Ursprung bis heute nicht geklärt werden konnte.« Das klang interessant. Aber dann fiel ihm auf der Magierkarte ein rotes Symbol auf, ein Halbkreis, der durchgestrichen war. Kyrian hielt Jenna den Plan vor die Nase und deutete auf den Punkt, der sich nur wenige Meilen entfernt an der Küste befand. »Was ist das?«

»Ein Ort, um den man einen großen Bogen machen sollte, wenn einem sein Leben …« Jenna beugte sich nach vorn und riss ihm die Karte aus der Hand. »Das sehen wir uns an! Warum bin ich nicht gleich drauf gekommen? Das ist der einzige Ort im ganzen Umkreis, den es zu meiden gilt.« Ihr Gesicht strahlte, ihre Wangen röteten sich vor Aufregung.

Kyrian schluckte. Was, wenn sich dort auch seine Fragen klärten und herauskam, dass Jenna diejenige war, nach der Lothaire schon ewig suchte? »Bist du sicher?«

Sie war aufgestanden und winkte dem Kellner. »Worauf wartest du? Schmeiß den Motor an, wir fahren zum Kliff.«

Kyrian würde sich wohler fühlen, wenn er mit Jenna über die grünen Hügel der Wolds spazierte, als über den schmalen Strand, an dem die Brandung grollte. In ihren Sandalen fand sie kaum Halt auf den Steinen, weshalb sie sich bei ihm eingehakt hatte. Ihre Nähe war höllisch und angenehm zugleich. Er fühlte sich innerlich zerrissen und durcheinander, weil sich alles in seinem Kopf drehte. So viele Gedanken beschäftigten ihn. Wenn Jenna nicht diejenige war, ver schwendete er wertvolle Zeit. Leider gefiel es ihm, mit Jenna Zeit zu verschwenden.

»Hier muss es doch irgendwo einen Eingang geben«, murmelte sie und starrte auf die grauweißen Kreidefelsen von Flamborough Head. »Ob ich einen Zauber probieren soll, um ihn zu finden?«

Kyrian versteifte sich und atmete tief den Geruch von Salz und Seetang ein. Sie wollte zaubern! Gut, dann sah er endlich, was sie an Magie beherrschte. Er ließ sie los und trat einen Schritt zurück. »Tu dir keinen Zwang an.«

Neugierig beobachtete er, wie sie die Hände hob, die Handflächen auf die Klippe vor sich richtete und etwas murmelte, das sich lateinisch anhörte.

Nichts passierte.

Grinsend drehte sie sich um, rote Flecken tanzten auf ihrem Gesicht. »Bin nicht mehr so in Übung.« Sie versuchte es erneut und diesmal verstand Kyrian, was sie sagte: »Conquiro caverna!«

»Und?«, fragte er vorsichtig, als er keine Veränderung bemerkte.

Jenna ließ die Arme sinken und die Schultern hängen. »Ich bin eine miese Hexe.«

Sie konnte also schlecht zaubern. Das war eine weitere Eigenart, die er an Jenna mehr als bezaubernd fand. Am liebsten hätte er sie umarmt.

Was hatte er nur für Gedanken? Bezaubernd … umarmen! Irgendwie musste Jennas positive Ausstrahlung auf ihn abfärben, denn solche Gedanken kannte er nicht. Bisher war sein Leben von Leid, Gewalt und einer strengen Ausbildung geprägt gewesen. Er hatte auf ein freies Leben verzichten müssen, auf einen freien Willen. Seine Schwester zu retten und mit ihr – vielleicht sogar in der Menschenwelt – ein neues Leben zu beginnen, war sein Ziel. Doch schon in Vincents Klan hatte er begonnen, sich zu verändern, als er erfahren hatte, was es bedeutete, füreinander da zu sein, eine Familie zu haben und Leute, die sich um einen kümmerten. Das war nicht gut, gefährdete seine Mission.

Isla finden und ausliefern – das hatte oberste Priorität, das konnte sein Leben verändern. Alles andere durfte ihm nichts bedeuten. Und dennoch wollte er Jenna helfen, damit sie endlich erfuhr, wer sie war.

Nein, nur ich will die Wahrheit wissen, dachte er, um sich von all den verwirrenden und neuen Gedanken abzulenken. Beinahe war er versucht, sich direkt mit ihr in die Höhle zu translozieren, die der Dunkelelf-Anteil in ihm spüren konnte. Früher hatten die Dunkelelfen in Bergen oder unter der Erde gelebt – jetzt errichteten sie protzige Bauten, die kaum Fenster besaßen.

Er tat so, als würde er den Fels vor sich akribisch inspizieren und deutete dann nach rechts. »Ich glaube, hinter diesem Vorsprung könnte ein Eingang sein.«

»Wo?« Jennas Kopf fuhr herum. »Ich sehe nichts.«

»Meine scharfen Augen schon. Da ist ein Schatten. Komm, du blinde Hexe, wir müssen dort entlang.« Grinsend reichte er ihr die Hand.

Als sie ihn berührte, fror das Lächeln in seinem Gesicht fest. Fuck, was war bloß in ihn gefahren? So viel sprach er sonst nie, besonders nicht mit seinen Feinden. Er war wirklich nicht mehr er selbst.

Jenna grinste so süß zurück und ihre Augen strahlten, dass sich der Knoten in seinem Magen löste und Kyr sich entspannte. Für einen Moment konnte er den Blick nicht von ihrer Gestalt losreißen. Ihre Haare und ihr Kleid flatterten im Wind. Offensichtlich trug sie keinen BH, denn ihre harten Brustwarzen zeichneten sich durch den

Stoff ab. Jennas Brüste sahen straff aus, klein und fest. Sie würden optimal in seine Hände passen.

Er stöhnte innerlich. Seine Gedanken gefielen ihm nicht, wurden verworrener und süßlicher, je länger er mit dieser Frau zusammen war.

Gemeinsam gingen sie weiter über den felsigen Strand, und den Weg meisterte Jenna trotz ihrer Riemchenschuhe plötzlich ohne Probleme.

»Du hattest recht!«, rief sie erfreut, als sich an der nächsten Biegung ein großer, torförmiger Eingang offenbarte. Kyrian sah sich um; seine Sinne meldeten eine Bedrohung, und das nicht, weil auf einem gelben Schild geschrieben stand: *Zutritt verboten. Lebensgefahr!*

»Worauf wartest du?« Jenna, die schon halb im Dunkeln verschwunden war, winkte ihn zu sich. »Ich könnte einen Goyle an meiner Seite brauchen, der mir den Weg zeigt.«

Skeptisch betrachtete er den Boden. Er war feucht. Jetzt war Ebbe, doch bei Flut drang Wasser in die Höhle. Sie sollten sich beeilen.

Er gesellte sich zu ihr und sie reichte ihm abermals die Hand. Kyrian versuchte sich auf den Weg zu konzentrieren, der sich wie eine Schlange tiefer in den Felsen wand. Ihre Hand war so klein, alles an ihr wirkte zerbrechlich. Von der Statur war sie wie eine Lichtelfe. Wie Isla.

König Lothaire hatte die blonde Elfe einst entführt und als Sklavin ins Dunkle Reich verschleppt. So lauteten die Gerüchte. Dante war aus ihrer Beziehung hervorgegangen, ob gewollt oder gewaltsam, das wusste Kyrian nicht. Allerdings hatte Isla geschafft, zu entkommen. Lothaire hatte nach ihr gesucht und in seiner Wut immer wieder Einrichtungen der Zauberer angegriffen, doch sie blieb verschollen. Lothaire wollte sie sowie jeden ihrer Nachkommen zurück und die Leute tot sehen, die ihr Unterschlupf gewährt hatten.

Kyrian blickte zu Jenna, die leichtfüßig und geschmeidig über das Geröll schritt und dabei kaum einen Laut erzeugte. War sie Isla und ihr Vater der Mann, der Isla beschützte? Die Vater-Tochter-Beziehung könnte Tarnung sein. Lichtelfen konnten den Alterungsprozess verlangsamen, wenn sie einen Nektar tranken, den es nur in ihrer Heimat gab.

Oder war sie eine Tochter von Isla und Mr. Fairchild ihr Vater? Das würde bedeuten, Dante wäre ihr Halbbruder.

Vielleicht war Isla längst zurück in Gwandoria, dem legendären Reich der Lichtelfen? Niemand wusste, wie man dorthin gelangen konnte. Gwandoria galt als uneinnehmbar. Umso mehr wollte es sich

Lothaire unter den Nagel reißen. Er hatte wohl immer gehofft, das Geheimnis aus Isla herauszubekommen oder mit ihrer Hilfe dorthin zu gelangen.

Auf jeden Fall war Jenna anders als andere Hexen, das hatte er vom ersten Augenblick gespürt. Er empfing seltsame Schwingungen und fühlte sich in ihrer Nähe berauscht. Außerdem hatte er eine Energie wahrgenommen, als er nach der Operation aufgewacht war. Sie hatte seinen Körper wie Balsam durchströmt. Das war Elfenmagie gewesen, eindeutig.

»Sieh nur«, wisperte Jenna plötzlich und deutete nach vorn. »Da ist etwas.«

Ein bläuliches Licht schimmerte an der Decke des haushohen Gewölbes. Plätschern drang an seine Ohren sowie leises Gekicher. Sie waren nicht allein.

Kyrian zog Jenna hinter einen mannshohen Felsen. Vorsichtig lugten sie daran vorbei. In einem natürlichen Becken, dessen Wasser aussah, als wäre es phosphoreszierend, saßen drei nackte Frauen. Wunderschöne Grazien mit blondem Haar, das einen grünen Glanz besaß. Sie wuschen sich gegenseitig mit einem Schwamm.

»Najaden«, flüsterte Kyr. Wassernymphen. Im Allgemeinen wachten sie über Quellen, Bäche, Flüsse, Sümpfe, Teiche und Seen. Trocknete die Haut einer Najade aus, so musste sie sterben. Das war ihr einziger Schwachpunkt. Dem Wasser, in dem sie badeten, sagte man magisch heilende Wirkung nach, und den Najaden wurden prophetische Kräfte zugesprochen. Wenn man sie um Rat fragen wollte, forderten sie Sex. Dabei griffen die Wassernymphen direkt auf die sexuellen Energien zu, entfachten sie und saugten sie aus. So ähnlich wie Sukkubi. Eine einzige Wassernymphe war beinahe ungefährlich, doch je mehr sich an dem Liebesspiel beteiligten, desto schwächer wurde das Opfer. Nicht selten führte eine Najaden-Orgie zum Tod.

Jenna starrte sanft lächelnd auf die badenden Frauen. Das gefiel ihm nicht.

»Die sind nicht so harmlos, wie sie aussehen«, flüsterte er.

»Ich hab im Unterricht aufgepasst. Najaden sind nicht zu unterschätzen, aber sie könnten mir Antworten liefern.« Ihre Finger krallten sich in den Stein.

Kyrian hatte sich über sie gebeugt und blickte über ihren Kopf hinweg auf die Nymphen. Dabei stieß sein Unterleib sanft gegen Jennas Hintern, der sich fest und rund durch ihr knappes Kleid abzeichnete. Was sie wohl für ein Höschen darunter trug? Vielleicht gar keins?

Er unterdrückte ein Stöhnen und hielt einen Fluch zurück. Zu lange war er bei keiner Frau mehr gewesen, seit dem Tag, als er Vincents Klan beigetreten war. Er hatte sich keinen Fehltritt erlauben wollen, weil er gespürt hatte, dass Noir ihn zu Beginn hatte beschatten lassen. Er hatte große Lust, mal wieder seinen Druck loszuwerden. Nicht allein unter der Dusche, sondern in einer engen, feuchten … Verdammt! Er musste an etwas anderes denken, aber Jenna machte es ihm nicht einfach. Ständig drückte sie ihren Hintern an seine Lenden. Er könnte einfach ihren Rock heben und in sie stoßen. Hart genug war er bereits. Von hinten – das war seine bevorzugte Stellung. Er hatte keine Nutte einen Blick auf seine Tattoos und erst recht nicht auf seine Verstümmelung werfen lassen, hatte die Frauen meist im Dunkeln genommen, sodass er sie sah, aber sie ihn nicht.

»Eure sündhaften Gedanken verraten euch«, hallten auf einmal drei hohe Stimmen durch die Höhle.

Fuck, sie waren aufgeflogen!

Jenna räusperte sich und richtete sich auf, blieb jedoch hinter dem Felsblock stehen. »Hallo, habt keine Angst!«, rief sie. »Ich möchte euch nur etwas fragen.«

Mutig war sie, das musste er ihr lassen. Oder lebensmüde.

»Wir haben keine Angst«, sangen die Nymphen im Einklang.

Jenna spähte erneut über den Stein, Kyrian tat es ihr gleich. »Kennt ihr William Fairchild, meinen Vater?«

Die drei Schönheiten schwammen an den Rand des Beckens, stützten sich mit den Ellbogen auf und lächelten verzückt. »Komm zu uns, meine Hübsche!« Ihre Stimmen hallten von der Höhlenwand und erzeugten ein schauriges Echo.

Als Jenna hinter dem Stein hervortrat, packte Kyrian sie an der Schulter. »Geh nicht zu nah ans Wasser.«

Die Augen der Nymphen wurden groß. »Einen leckeren Mann hast du dabei.« Sie kicherten.

Jenna straffte sich. »Ich suche Antworten.«

»Tun wir das nicht alle?«, fragten sie und winkten ihnen zu. »Kommt zu uns und du wirst Antworten bekommen.«

»Du darfst denen kein Wort glauben. Sie sind gefährlich«, zischte Kyrian, der Jenna immer noch festhielt.

»Oh, so skeptisch, dunkler Mann?«

Verdammt, spürten die Nymphen etwa, was er war? Die Wasserwesen nickten ihm zu, als wüssten sie genau, was er dachte.

»Sollte sich Jenna nicht eher vor dir in Acht nehmen?«, säuselten sie unisono.

Sie schnappte nach Luft und wisperte: »Sie kennen meinen Namen.«

Es stimmte tatsächlich, die Najaden besaßen außergewöhnliche Fähigkeiten. Hieß das, Jenna war nicht Isla? Dann womöglich ihre Tochter? Vielleicht konnte Kyr diese Wesen benutzen, um seinerseits Antworten zu bekommen.

Er ließ Jenna los. »Halte Abstand von ihnen.«

Nickend trat sie näher an das Becken. Zu nah für seinen Geschmack.

Die Nymphen klimperten mit den Wimpern. »Du suchst also Antworten, Jenna Fairchild?«

Sie nickte erneut und machte noch einen Schritt, als würde sie magisch von den Wasserwesen angezogen. »Ihr scheint viel zu wissen.«

Plötzlich ging alles ganz schnell. Eine Najade sprang wie ein Fisch aus dem Wasser und packte Jenna am Handgelenk. Schon fiel sie ins Becken. Kyr versuchte noch, nach ihr zu greifen, aber die Nymphen zogen sie sofort an den gegenüberliegenden Rand, sodass er ins Wasser fasste. Es war kalt, bestimmt nicht wärmer als fünfzehn Grad. Zu lange sollte Jenna sich nicht darin aufhalten. Sie machte allerdings nicht den Eindruck, als würde sie die Kälte fühlen. Überrascht oder ängstlich wirkte sie ebenfalls nicht. Als stünde sie unter einem Bann.

Eine Nymphe grinste ihn zuckersüß an. »Komm rein, wenn du sie zurückhaben willst, Rächer der Dunkelheit.«

Seine Kiefer mahlten. Wenn diese Nixen weiterplapperten, würden sie Jenna noch seine wahre Identität verraten. Er musste handeln, wollte sie herausholen, zögerte jedoch, weil er selbst wissen wollte, wer sie war.

Jenna lag auf dem Rücken und trieb an der Oberfläche, während eine Nymphe sie von hinten hielt. Ihr Haar breitete sich wie ein goldener Fächer auf dem Wasser aus. Kyr blinzelte, als er Jennas Ohren erblickte. Sie waren spitz wie bei einer Elfe. Konzentriert sah er ein weiteres Mal hin und die Ohren wirkten völlig normal. Menschlich.

Er knurrte. Die Najaden spielten mit ihm.

Eine von ihnen stand zwischen Jennas Beinen, öffnete ihre Schenkel, glitt dazwischen und schob das Kleid nach oben.

Kyrian schluckte. Ihm offenbarte sich ein schmaler weißer Slip. Die Nässe machte den Stoff fast durchsichtig. Kyr konnte mehr von Jenna sehen, als ihr lieb wäre.

Die Nymphe zwischen ihren Schenkeln zog das Höschen zur Seite und rieb kräftig über ihre Mitte, sodass sich Jenna aufbäumte.

»Du kannst sie besser betrachten, wenn du auch reinkommst, Kyrian.« Zwei winkten ihm erneut und die dritte wisperte: »Lieber nicht, Schwestern.«

Toll, jetzt kannten sie sogar schon seinen Namen. Nur gut, dass er ihn nie geändert hatte. Als er nicht reagierte, umschmeichelten sie Jenna, küssten und streichelten sie überall. Und ihr schien das zu gefallen, denn sie schloss die Augen und stöhnte leise. Kyr war zwar immun gegen die Reize der Najaden, vielleicht, weil der dunkle Part in ihm zu gefühlskalt war, leider aber nicht gegen den Anblick, den Jenna bot. Ihre harten Nippel zeichneten sich durch den nassen Stoff ab. Noch erregender war der Anblick, wie ein Finger der Nymphe immer wieder in Jenna verschwand. Er wünschte, es wäre sein Finger.

»Komm auch rein, dunkler Mann«, forderten zwei ihn unentwegt auf, während sie Jenna befriedigten.

Sie stöhnte lauter und wand sich vor Lust in den Griffen der Nymphen, die jetzt grober wurden und in ihre Nippel zwickten. Aber Jenna wurde nur hemmungsloser und zog die Beine an. Eine Najade hielt immer noch ihren Kopf, damit sie nicht unterging, die anderen fassten an Jennas Kniekehlen und hielten sie in der geöffneten Position.

Kyrian konnte alles sehen. Ihr zierliches Geschlecht, den zarten Flaum auf ihrem Venushügel und die rosigen Lippen, die umso dunkler wurden, je fester die beiden Nymphen an ihnen rieben und zupften.

Unruhig tigerte er am Rand des Beckens entlang. Lange würde er sich das nicht mehr ansehen.

»William verschweigt dir etwas Bedeutsames«, sangen die Najaden.

»Ich weiß«, antwortete Jenna wie in Trance. »Das hab ich schon vor langer Zeit gespürt. Was ist es?«

»Wir fühlen deine brennende Neugier, aber wir wollen einen Lohn für unser Wissen.«

Als Jenna »Was ihr wollt« wisperte, wäre Kyrian beinahe ins Wasser gesprungen.

»Du kommst sofort da raus!«

Die Nymphen lachten. »Komm du doch rein. Es ist herrlich bei uns.« Lasziv fuhr sich eine von ihnen über ihre Brüste und leckte sich über die Lippen. »Du kannst mich auch von hinten nehmen.«

Ihr Angebot ließ ihn so kalt wie das Wasser, in dem sie badeten. Wenn Jenna nicht bald rauskam, würde sie sich eine ordentliche Erkältung einfangen.

Die drei streichelten und fingerten Jenna immer heftiger. Sie atmete schneller, ihr Gesicht war gerötet.

Jetzt reichte es ihm. Er bewegte sich blitzschnell in den Schatten und huschte hin und her, um die Najaden zu verwirren. Wozu war er zu einem Teil ein Dunkelelf, der einem Kriegergeschlecht entstammte? Er besaß Fähigkeiten, die über die gewöhnlicher Dunkelelfen hinausgingen. Jennas menschliche Augen würden ihn nicht erfassen, nur die Najaden ließen sich nicht so einfach austricksen. Einen Versuch war es wert, solange sie abgelenkt waren.

Er huschte von hinten ans Becken, damit Jenna ihn nicht sehen konnte – auch weil ihr Blick von der Nymphe verdeckt war, die sie jetzt unter den Armen hielt –, und translozierte sich blitzschnell ins Wasser. Dort umarmte er eine Najade und beamte sich mit ihr in die Wüste.

»Das hast du nicht vorhergesehen, was?«, knurrte er. Kyrian translozierte sich in letzter Zeit äußerst selten. Meistens nur, wenn er die Dimensionen wechselte, denn eine Translokation verbrauchte viel Energie. Niemand in dieser Welt durfte wissen, dass er das beherrschte.

Gluthitze und Staub schlugen ihm entgegen. Im ersten Moment konnte er kaum atmen, so sehr brannte die flirrende Luft in seinen Lungen. Genauso unerbittlich schien die Sonne herab.

Er ließ das nackte Wesen in den Sand fallen und wollte bereits wieder zu Jenna, als die Najade ihn am Fuß packte.

»Bitte, lass mich nicht hier zurück!«

Er wusste, dass sie in der Wüste sterben würde. Tatsächlich begann ihre Haut bereits auszutrocknen und riss auf. Er zögerte.

»Bitte, ich weiß, dass deine Seele nicht so schwarz ist wie du selbst glaubst. Setz mich ins Wasser und ich werde dir die Zukunft vorhersagen.«

Wie sie ihn so armselig anblickte … »Verflucht«, murmelte er, hob sie hoch und translozierte sich an das Ufer eines Bergsees in den Karpaten. Das Gewässer lag zwischen zwei Bergkuppen, und da es dämmerte, sah es wie ein schwarzer Spiegel aus. Friedlich war es hier und verdammt ruhig. An diesem Ort würde die Najade nicht so schnell ein Opfer finden.

Sofort lief die Nymphe ins Wasser, spritzte vergnügt darin herum und lachte, als wäre nichts geschehen. Sogar ihre Haut schien geheilt.

»Was ist jetzt mit meiner Zukunft?«, rief er mürrisch, denn er wollte Jenna nicht lange allein lassen.

»Dein Leben wird bald eine grundlegende Wendung erfahren«, sang sie.

Sein Herz raste bei diesen Worten. Bedeutete das, alles würde so werden, wie er es sich wünschte? Bekam er Myra zurück? Würden sie beide frei sein?

»Ich hab dir alles gesagt, was ich weiß«, erwiderte sie, tauchte unter und war verschwunden.

Zwei Versuche hatte er noch. Er translozierte sich zurück in die Höhle und riss sich zusammen, um sich nicht ablenken zu lassen. Eine Nymphe stand zwischen Jennas Beinen und leckte sie hingebungsvoll. Als sie ihn bemerkten, drehten sie den Kopf in seine Richtung. Ihre Augen schimmerten nicht mehr blau, sondern waren beinahe schwarz.

»Wo ist unsere Schwester?«, zischten sie.

Da, wo ihr auch bald sein werdet, dachte er, translozierte sich ins Wasser und schnappte sich das Wesen zwischen Jennas Schenkeln, bevor sie die Augen öffnete und bemerkte, was hier ablief.

Die zweite Najade kreischte so laut, dass Kyrian sie am Ufer des Sees fallen ließ. Sofort packte er sie am Fuß, weil sie zu ihrer Schwester ins Wasser fliehen wollte. Sie fauchte ihn an. Nadelspitze Zähne zeigten sich ihm. Die waren zuvor nicht da gewesen.

»Halt, meine Schöne, ich will erst eine Antwort!«

»Jenna ist ein Teil des Puzzles«, erwiderte sie trotzig und versuchte ihn zu beißen.

Kyrian ließ sie los, weil er nicht wusste, wie sich der Biss einer Najade auswirkte. Aber ihm stockte bei ihrer Antwort der Atem. Dann hatte Jenna also etwas mit Isla zu schaffen? Bedeutete es, er war seinem Ziel nah?

Die Nymphe verschwand im Wasser und tauchte neben ihrer Schwester unter. Nun war nur noch eine übrig. Er translozierte sich zurück, diesmal gleich ins Becken, direkt hinter die letzte Najade.

»Du bekommst sie nicht aus dem Wasser, bevor sie nicht den Gipfel der Lust erreicht hat, dunkler Wanderer«, wisperte sie ihm über ihre nackte Schulter zu. Dabei streichelte sie Jennas Brüste durch den Stoff des Kleides.

Was sollte er tun? Wenn er wartete, bis Jenna einen Orgasmus hatte, würde die Nymphe ihr einen Teil ihrer Lebensenergie stehlen. Jenna trieb auf der Oberfläche, die Augen geschlossen, und keuchte. Die Najade schwamm um sie herum, zwischen ihre Schenkel. Jenna ging nicht unter. Lag ein Zauber auf ihr? Oder sorgte das Wasser für Auftrieb? Kyrian probierte es, indem er seinen Zeigefinger eintauchte und ableckte. Es schmeckte nicht salzig. Also sorgte die Nymphe dafür, dass Jenna auf der Oberfläche blieb.

Lächelnd nickte sie ihm zu.

Wenn er schnell wieder hier war ... Er überlegte nicht lange, sondern verfrachtete Schwester drei zu ihren Artgenossinnen. Dabei hielt er sie so von hinten gepackt, dass sie ihn nicht beißen oder ihre Arme bewegen konnte.

»Du wirst deine Schwester nicht zurückbekommen!«, kreischte sie und wand sich in seinem Griff. »Doch wir vielleicht unsere.«

»Was? Aber ... Was sollen deine Worte bedeuten?«

Sie hörte auf zu zappeln und sprach überraschend sanft: »Deine kleine Freundin wird ertrinken, wenn du nicht sofort zu ihr zurückkehrst.«

Kyrian war hin und her gerissen. »Dann sprich endlich!«

»Ich habe dir schon alles gesagt.«

»Bitte!« Verdammt, es war nicht seine Art, zu flehen, nur lief ihm die Zeit davon. Er war sicher, dass er die Informationen, die er brauchte, früher oder später herausbekommen würde. Doch dann würde Jenna sterben und er brauchte sie. Vielleicht bestand noch Hoffnung für Myra. Prophezeiungen konnten auf so viele Arten ausgelegt werden. Außerdem – wer sagte, dass ihn die Nymphe nicht linken wollte? »Erzähl mir etwas über Jenna! Ist sie meine Verbindung zu Isla?«

»Sie sti-irbt«, säuselte sie und Kyr ließ sie los.

Er musste zurück. Die Nymphe rettete sich zu ihren Schwestern, doch bevor sie untertauchte rief sie ihm zu: »Lass deine Gefühle zu, um auf die andere Seite zu gelangen. Danach musst du tief hinab, wenn du Jenna haben willst. Sie ist dein Licht im Dunkel und deinem Feind näher, als dir lieb ist.«

Perplex blieb Kyrian am Ufer stehen und dachte über die verwirrenden Worte nach. Wenn er Jenna haben wollte, musste er seine Gefühle zulassen? Was meinte die Nymphe mit »haben«? Damit er sie ausliefern konnte? Und was bedeutete der zweite Teil?

Verdammt, ihm blieb keine Zeit zum Rätselraten.

Als er zurück in der Höhle war, sah er Jenna am Grund des Beckens liegen. Sie regte sich nicht. Hatte er zu lange gezögert?

Ein Stich durchfuhr seine Brust. »Jenna!« Sofort translozierte er sich zu ihr unter Wasser und wollte sich mit ihr herausbeamen, aber es ging nicht. Er zog sie an seine Brust und tauchte auf. Das Wasser war nicht tief, sodass er stehen konnte und es ihm nur bis zum Bauch reichte.

»Jenna!«

Als sie tief Luft holte und die Augen aufschlug, fühlte er sich um mehrere Zentner leichter. Ihr Blick war auf die Höhlendecke gerichtet, auf der sich das Licht des Wassers spiegelte. Es verlor langsam seine Leuchtkraft, jetzt, wo die Najaden nicht mehr darin badeten. In wenigen Minuten würde es in der Höhle stockdunkel sein.

»Kannst du mich hören?«, fragte er und watete mit ihr zum Beckenrand, aber was er auch versuchte, er bekam Jenna nicht heraus. Als würde sie plötzlich tausend Kilo wiegen, sobald er sie über den Wasserspiegel hob.

Verdammt, die Nymphe hatte ihn nicht belogen. Jenna war immer noch gefangen von deren Bann. Er schien bleibenden Bestand zu haben. Erst ein Höhepunkt würde sie erlösen.

»Stell dich hin, Weib«, sagte er und sie gehorchte ihm sofort. Ihre Arme legten sich um seinen Nacken, ihre Lippen knabberten an seinem Hals. Seine Hand wanderte unters Wasser und presste sich an ihre Scham. Dort war sie heiß und glitschig.

Er schluckte. »Ich tu das nur, um dich zu retten, verstehst du mich?«

Anstatt ihm zu antworten, begann sie, ihre Hüften zu bewegen und sich an seiner Hand zu reiben. Er übte mehr Druck aus und ignorierte das Pochen seines Schwanzes so gut er konnte. Das hier war eine Rettungsaktion, er würde nicht über die wehrlose Hexe herfallen, auch wenn seine Gedanken immer schmutziger und dunkler wurden. Er brauchte nur seine Hose zu öffnen, seinen harten Schwanz herauszuholen und ihn in sie zu … Nein, seine Hand musste reichen.

Vorsichtig ließ er einen Mittelfinger in ihre Hitze gleiten, der von ihrem Inneren umschlossen wurde. Wie eng sie war … Seinem Schwanz würde das gefallen. Kyrian stöhnte unterdrückt, während ihre Hüften in Ekstase zuckten. Er trieb seinen Finger fester in sie, wobei seine andere Hand an ihrem Hintern lag und Gegendruck ausübte. Er spürte jedes Detail ihres Geschlechts, als sie sich an ihm rieb. Seinen Daumen ließ er über die harte Knospe kreisen, was ihre Lust hoffentlich so schnell anstachelte, dass sie bald kam. Er konnte sich nicht mehr lange beherrschen.

»Kyrian«, wisperte sie an seinem Hals. »Ich …«

Ein lang gezogenes Stöhnen entwich ihrer Kehle, als ihr Höhepunkt hereinbrach. Sie wand sich und zappelte in seinem Griff, und er gab noch einmal alles, um ihr größtmögliche Lust zu bereiten.

Plötzlich ließ sie ihn los und ihr Körper verlor die Spannung. Kyrian fing sie auf, hob sie auf die Arme und stieg aus dem Becken. Er hatte die Kälte kaum gespürt, weil er nicht so empfindlich reagierte, aber Jenna war eiskalt. Ihre Zähne klapperten.

»W-wo sind die Nymphen hin?«, flüsterte sie.

»Untergetaucht«, murmelte er und drückte sie fest an seine Brust. So schnell er konnte lief er aus der Höhle und den schmalen Weg an den Klippen nach oben, wo sein Auto stand. Die Dämmerung war hereingebrochen und ein kühler Wind wehte vom Meer herauf. Vor dem Kofferraum setzte er Jenna ab. »Kannst du stehen?«

Sie nickte. »Geht schon wieder.«

Er öffnete das Auto und holte eine trockene Hose aus seiner Tasche. Neben ihm zog Jenna ein Kleid aus ihrem Koffer.

»Das ist mir so peinlich«, sagte sie leise.

»Du kannst dich erinnern?« Hastig schlüpfte er aus dem nassen Shirt.

»An genug, um vor Scham im Boden zu versinken.«

Während sie sich umzogen, drehte er ihr den Rücken zu. Nicht nur aus Respekt, sondern damit sie nicht sah, wie hart er noch war. »Warum hast du nicht gezaubert, als die Najaden anfingen, dich in ihren Bann zu ziehen?« Er musste endlich wissen, wie gefährlich sie ihm werden konnte.

»Ich fürchte, ich bin keine besonders gute Hexe.« Sie hörte sich geknickt an. »In der Schule war ich die Schlechteste im Fach Zauberkünste. Das bisschen Magie, das ich beherrschte, hätte auch ein gewöhnlicher Mensch lernen können.«

Kyrian riskierte einen Blick über seine Schulter. Jenna sah aus wie ein nasses Hündchen, daher wollte er nicht weiter darauf herumreiten. Sie trug bereits ein neues Kleid, ein blaues diesmal, und wrang das nasse aus. »Wünschst du dir nicht manchmal, einfach ein normaler Mensch zu sein?«, fragte er.

Überrascht sah sie ihn an. »Warum?«

»Wir sind doch viel mehr Gefahren ausgesetzt.«

»Auch nicht mehr als andere, nur wissen wir davon … und wie wir uns verteidigen können. Eigentlich.« Sie hauchte ihm ein Danke entgegen und packte ihr nasses Kleid in eine Plastiktüte. Dabei fielen ihr die feuchten Haare ins Gesicht. Er sollte wohl ihre brennenden Wangen nicht sehen. Sie seufzte leise. »Ich habe uns in Gefahr gebracht und ich habe nichts, aber auch gar nichts Wichtiges aus den Najaden herausbekommen.«

Dafür er, was ihn ungemein aufwühlte.

Kapitel 11 – Wo der Hammer hängt

Noir hatte Jamies Hilfe bei einem heiklen Fall gebraucht. Nick wusste, dass sie ihren Bruder nicht damit beauftragt hätte, wenn es nicht wirklich wichtig gewesen wäre. Da Jamie die Gabe besaß, Stimmen von Toten zu hören, hatte er einen verstorbenen Magier befragt, ob er umgebracht worden war oder Selbstmord begangen hatte.

Während der Séance, bei der Noir den Geist des Toten heraufbeschworen hatte, war Nick dem Kleinen nicht von der Seite gewichen – weil dieser ihn darum gebeten hatte. Nick freute sich, dass sich Jamie ihm endlich anvertraute. Jamie hatte seine Aufgabe mit Bravour gemeistert. Nick hatte gesehen, wie stolz Noir auf ihn war, es ging ihm selbst nicht anders. Der Fall war gelöst; es hatte sich tatsächlich um einen Unfall gehandelt und die Witwe bekam nun ihr Vermögen. Jetzt war Jamie müde, denn das Gespräch mit dem Magier war anstrengend gewesen und hatte über eine Stunde gedauert.

Gemeinsam gingen sie zum Wohntrakt. Nick würde Jamie ins Bett bringen und sich von der Dachterrasse schwingen, sobald er schlief. Er brauchte dringend Energie und würde sich zu einem Menschen in die Wohnung schleichen. Heute Nacht wollte er keine Frau, sondern einen Mann. Einen, der ihn ein wenig an Jamie erinnerte. Einen jungen, großen Kerl, den er leidenschaftlich lieben würde, während der Schlafende nichts davon mitbekam.

Schon wochenlang hatte er sich nicht mehr von der Lebensenergie eines anderen genährt, seit er Jamie beschattete. Er brauchte endlich wieder Power.

»Darf ich heute Nacht bei dir schlafen?«, fragte Jamie plötzlich, als sie vor seiner Tür standen.

Nick schluckte hart. Er konnte ihm den Wunsch schlecht abschlagen. Vielleicht würde er sich sonst in der Unterwelt verkriechen. Da hatte Nick ihn lieber nah bei sich, auch wenn es eine Tortur wäre, sich zurückzuhalten. Er würde warten, bis Jamie eingeschlafen war, einen Zauber auf ihn legen, damit er nicht erwachte, und sich dann ein Opfer suchen.

Als er nicht schnell genug antwortete, warf Jamie ein: »Nicht, was du denkst, ich möchte keinen … Sex.« Er blickte auf die Füße, seine

Stimme wurde leiser. »Ich möchte nicht allein sein. Nur neben dir liegen. Ich fass dich bestimmt nicht an.«

Am liebsten hätte er Jamie an die Brust gezogen, so verzweifelt wirkte er. Anscheinend hatte er Angst, sich nicht erholen zu können, keine Ruhe vor Zorell zu finden. Der Zash hatte sich überraschenderweise während der Séance zurückgehalten. Dafür drängte es ihn bestimmt bald nach draußen. Zorell hasste es, eingesperrt zu sein. Das hatte Jamie ihm anvertraut. Er sah müde aus, seine Augen waren gerötet und die Lider geschwollen.

»Klar«, brachte Nick krächzend hervor und marschierte zu seiner Wohnung. Nachdem er geöffnet hatte, deutete er auf eine Tür. Der Kleine wusste natürlich, wie es bei ihm aussah und dass dort sein Schlafzimmer lag.

»Mach's dir gemütlich, ich geh nur schnell duschen und hau mich dann auch aufs Ohr.« Nick folgte ihm ins Schlafzimmer und verschwand schnell hinter der nächsten Tür. Da er stets barfuß unterwegs war, weil ihm einerseits fast keine Schuhe passten und er andererseits Bewegungsfreiheit für seine Zehen brauchte, mit denen er sich überall einkrallen konnte, gönnte er sich jeden Tag eine ausgiebige Dusche in seinem luxuriösen Badezimmer. Es war größer als gewöhnlich, weil er und seine Schwingen Platz beanspruchten. Seine Dusche war ein gläserner Raum von vier Quadratmetern. Ein paar andere Goyles, Vincent eingeschlossen, besaßen auch so eine. Zahlreiche Düsen und Duschköpfe spritzten Wasser von allen Seiten auf ihn. Nick wollte sein Badezimmer nicht mehr missen. Die Wasserstrahlmassage war herrlich.

Er hatte das Shampoo aus seinen Haaren gespült, als die Tür zum Badezimmer aufgerissen wurde. Jamie stürmte herein, nur in Shorts gekleidet. Hastig wischte Nick den Dampf von der Scheibe. »Was ist los?« Aber dann sah er es: Jamies Augen verfärbten sich schwarz. Zorell war im Anmarsch.

»Lust auf animalischen Sex unter der Dusche?«, rief Nick, öffnete die Glastür, packte Jamie am Arm und zog ihn hinein.

»Ihr Schwanzlutscher kommt wohl gar nicht mehr voneinander los«, knurrte der Zash.

»Bleib doch«, sagte Nick liebenswürdig. »Ich würde dir mit Vorliebe zeigen, wo der Hammer hängt.« Er drückte Zorell gegen die gläserne Wand und rieb seinen Unterleib lasziv an dessen Bauch.

Zorell verzog das Gesicht, als würde er Schmerzen leiden, und sofort waren die Augen wieder klar.

Jamie prustete los. »Wo der Hammer hängt?« Er drückte Nick von sich und warf einen kurzen Blick zwischen seine Beine. »Ist ja tatsächlich ein Mordsgerät.«

Nick sah an sich hinunter. Er war gut bestückt, das musste er zugeben, obwohl er nicht einmal erregt war. Zorell ließ ihn kalt. Jamie hingegen …

Was machte der Kerl denn jetzt? Er zog die durchnässten Shorts aus, warf sie vor die Duschtür und sah sich neugierig in der Kabine um.

»Wow, ich will auch so eine Dusche. Wozu sind die vielen Knöpfe?« Er drückte auf einen blauen und bekam prompt eine eiskalte Ladung entgegengeschossen. »Shit!« Lachend sprang er zurück. »Ich hab mich schon immer gefragt, wozu die ganzen Funktionen gut sind. Vincent hat auch so eine.«

Nick konnte ihn nur anstarren und freute sich, dass der Kleine seit langer Zeit aus sich herauskam. Wie ein Kind probierte er alle Hebel und Schalter aus und hatte den größten Spaß. Nick hatte nur Blicke für die süßen Grübchen über Jamies Hintern übrig. Der Mann war ein Leckerbissen. Groß für einen Menschen, schlank, sehnig … Wie sich der geschmeidige Körper unter seinem anfühlen würde?

Bevor Nick hart wurde und es zu peinlichen Szenen kam, erklärte er Jamie die zahlreichen Funktionen auf der Armatur, während das warme Wasser unaufhörlich aus drei riesigen Duschköpfen über ihnen rieselte.

»Dein Bad ist echt ’ne Wucht, ich glaub, ich penn öfter mal bei dir.«

Sie alberten herum und spritzten sich nass, neckten sich und beschmierten sich mit Seife – bis Jamie plötzlich ernst wurde. Er atmete schwer, seine grünen Augen richteten sich auf Nick.

»Es war gemein von mir, dich ständig zu provozieren. Das tut mir leid.«

Wow. Nick wusste nicht, was er sagen sollte. Der Kleine wurde endlich erwachsen. »Schon okay, du warst verzweifelt.«

Als Jamie flüsterte: »Das bin ich immer noch«, musste Nick ihn an sich ziehen. Jamie legte den Kopf an seine Brust und umarmte ihn. »Bei dir fühle ich mich sicher.«

Sein Griff zog sich zu; Nicks Geschlecht wurde an Jamies Bauch gepresst. Verdammt, er wollte keinen Sex mit ihm, aber sein Hunger war so groß, dass er sich kaum noch zurückhalten konnte. Er nahm Jamies Wangen zwischen die Hände und küsste die zitternden Lippen, während Jamies Lider flatterten und schließlich zufielen. Seufzend schmiegte sich der Süße an ihn und begann ihn wild zu küssen. Sie streichelten sich überall, bis es Nick vor Hunger nach sexueller Energie und Lust nicht mehr aushielt. Er presste Jamies Körper gegen die Glaswand und hob ihn am Gesäß hoch. Jamie schlang die Beine um ihn, sodass sich Nicks Geschlecht zwischen dessen Pobacken drängte. Der Kleine war nass und glitschig, Nick brauchte nur in ihn zu gleiten. Er würde sanft sein und ihn vorsichtig dehnen, damit er sich an seine Größe gewöhnen konnte. Er würde ... Verdammt! Seine Spitze steckte bereits in ihm.

Jamie warf den Kopf zurück. »Nimm mich endlich oder ich zerspringe!«

Er war wunderschön in seiner Ekstase. Nur ein Mal, dachte er sich. Ein einziges Mal mit Jamie würde nicht schaden. Ein Mal etwas Energie von ihm nehmen, ihn ein Mal lieben, mit allem, was er war. Bei dem Gedanken stieß sich Nick behutsam tiefer in den heißen Leib. Sofort schoss Lebensenergie wie Stromschläge von seinen Lenden bis in den Kopf. Es fühlte sich an, als ob er kurz vor dem Verdursten endlich die rettende Oase gefunden hatte. Nick trank förmlich von ihm, kostete von seinen Lippen und massierte mit einer Hand Jamies Erektion, während er ihn mit der anderen weiterhin hochhob. Er wollte schnell machen, nicht so viel von dem Süßen nehmen, deshalb knetete er dessen Schaft regelrecht durch, bis sich Jamie laut stöhnend in seine Hand ergoss. Als der Höhepunkt über ihn hinwegfegte, kam auch Nick. Er trieb sich noch ein wenig tiefer in die Enge, bis explosionsartig jede seiner Zellen mit frischer Energie aufgeladen wurde. Er war high, berauscht und herrlich befriedigt.

Sanft zog er sich zurück und stellte Jamie auf die Beine. Da kam die Ernüchterung.

Was hatte er getan?

Er befürchtete, Jamie könnte jede Sekunde zusammenbrechen, und reinigte ihn hastig von den Spuren ihrer Liebe, aber er stand einfach nur lächelnd da und gähnte.

»Das war phänomenal.«

Tausend Entschuldigungen hatten Nick auf den Lippen gelegen, doch jetzt brachte er kein Wort heraus. Jamie sah nicht aus, als wäre er geschwächt, sondern grinste wie ein Betrunkener.

Nick half ihm aus der Dusche, rubbelte ihn mit einem Handtuch trocken und verfrachtete ihn in sein überdimensional großes Bett. Dort rollte sich Jamie selig zusammen, forderte einen Gutenachtkuss und schloss gähnend die Augen.

Gebannt und ein wenig ängstlich lauschte Nick den Schlägen seines Herzens. Es pochte stark; keine Anzeichen für einen Schwächeanfall.

Nick stutzte. Wie war das möglich?

Er löschte alle Lichter und schlüpfte zu Jamie unter die Decke. Der Kleine kuschelte sich an ihn und legte einen Arm um seine Hüfte. Nick dachte lange nach, ob der Zash seinen Süßen irgendwie heilte oder ihm gar Kraft spendete, aber musste Jamie nicht Zorell mit Seelenfetzen versorgen, damit dieser bei Kräften blieb? Klar heilte der Dämon Jamies Wunden, doch hier ging es nicht um Verletzungen. Nick hatte sich an dessen Lebensenergie bedient.

Woher kam diese Kraft? Normalerweise aus der Seele. Da Jamie keine Seele mehr besaß, musste sie irgendwie vom Zash gekommen sein. Oder? Um mehr Antworten zu erhalten und ganz sicherzugehen, beschloss er, noch einmal in Jamies Kopf einzudringen.

Nachdem der Süße eingeschlafen war, tauchte Nicolas in sein Bewusstsein ab. Er fand sich erneut in Jamies Jugendzimmer, nur huschte er diesmal gleich zur Tür hinaus. Im Haus war es totenstill. Ob sich Zorell wieder im Wohnzimmer aufhielt? Der Fernseher war zumindest aus. Nick schlich die Treppe nach unten und verharrte abrupt auf der letzten Stufe, als er ein Stöhnen hörte. Vorsichtig spähte er durch den düsteren Flur in den Wohnraum.

Der Zash war tatsächlich dort. Er lag auf der Couch, eine Hand auf die Stirn gepresst, und sah aus, als wäre er krank. Er atmete schwer und seine graue Haut wirkte blass und eingefallen. Als wäre er um Jahre gealtert.

Sofort zog sich Nicolas aus Jamies Bewusstsein zurück. Er hatte also recht gehabt. Verdammt! Wenn er den Zash schwächte, immer mehr, und der daran starb, würde Jamie auch sterben. Ohne Zorell wäre sein seelenloser Körper nicht lebensfähig.

Zärtlich strich Nicolas über Jamies Haar und küsste seine Stirn. Niemals würden sie so zusammen sein können, wie er sich das wünschte. Sein Herz verkrampfte sich. Ihre Beziehung war aussichtslos …

Kapitel 12 - In Besitz genommen

Kyrian behagte es nicht, nur durch eine Mauer getrennt neben Jenna zu schlafen. Er hörte, wie sie Badewasser einlaufen ließ und stellte sich unentwegt vor, wie sie nackt in der Wanne lag. Jetzt kannte er ihren Körper, wusste, wie er sich anfühlte, wie sie roch, wenn sie erregt war. Wenn er wollte, könnte er sich für den Bruchteil einer Sekunde ins Badezimmer translozieren, um einen Blick auf sie zu erhaschen, aber das Risiko war zu groß. Er hatte sich ohnehin nur mühsam zurückhalten können, nicht von einem Dorf ins andere zu portieren, um die Einwohner nach Mr. Fairchild zu befragen, denn dann hätten sie längst am Ziel sein können. Oder er.

Seltsamerweise befiel ihn, seit Jenna in der Nähe war, ständig der Drang, sich zu translozieren. So oft wie heute hatte er das seit Monaten nicht mehr gemacht. Er musste aufpassen, damit seine Tarnung nicht aufflog.

Nachdem er einmal schwer verwundet worden war und Myra ihn heimlich gesund pflegte, hatte er Dante gefragt, wie das mit dem Translozieren funktionierte. Niemals wieder wollte er sich halb totschlagen lassen, denn dann könnte er Myra nicht mehr beschützen. Dante erklärte, dass man es sich lediglich vorstellen und dabei blinzeln musste.

Nach seiner Genesung hatte er es so lange probiert, bis es geklappt hatte. Leider war die Königsfestung sicher. Niemand konnte sich hinein- oder heraustranslozieren, auch nicht der König und sein Sohn. Ansonsten hätte er Myra schon lange von dort fortgeschafft.

Über eine Ferienwohnungsvermittlung hatte ihnen Jenna ein Cottage in der Nähe von Bridlington gesucht. Kyrian war dankbar, nicht in einem Hotel nächtigen zu müssen, wo er womöglich anderen Magiern über den Weg gelaufen wäre. Jenna hatte bewusst ein Haus über eine nicht-magische Agentur gebucht, da ihr Vater das auch getan hatte. Als ob er seine Spuren hatte verwischen wollen. In Kyr schrie alles danach, dass Mr. Fairchild etwas Wichtiges vertuschen wollte. Auch wenn Rechnungen seine Anwesenheit in diesem Ort belegten, hatte er nicht immer seinen richtigen Namen angegeben. Menschen mit einfachen Zaubern zu täuschen war leicht, weshalb er sich womöglich auch deshalb für konventionelle Unterkünfte entschieden hatte.

Das ebenerdige Haus lag abseits der Hauptverkehrsstraße, eingebettet zwischen zwei Hügeln. Es gab zwei Schlafzimmer, einen Wohnraum und eine Küche. Innen war es nach den neuesten Standards modernisiert. Daher warf sich Kyrian aufs Bett und schaltete den Flachbildfernseher ein, um sich von den verlockenden Geräuschen aus dem Nebenraum abzulenken. Das Badezimmer war von beiden Schlafräumen begehbar, aber Jenna hatte von innen verriegelt.

Gute Nacht, schlaf gut, hatte sie gesagt, als sie im Flur auseinandergegangen waren. Als ob er jemals gut schlafen würde und besonders jetzt, wo ihn die Worte der Nymphen nicht verließen. Er hatte ein deutliches Bild vor Augen gehabt, als die letzte Nymphe ihm zurief, er solle seine Gefühle zulassen. Hieß das, er sollte Jenna ficken? Sexuelle Gefühle waren die einzigen, die er für sie hatte. Immer wieder grübelte er jedoch über einen anderen Satz: »Sie ist deinem Feind näher, als dir lieb ist.«

Seinem Feind … hatten die Najaden die Lichtelfen gemeint?

Verdammt, er hatte so viele Feinde. Die Dunkelelfen gehörten genauso dazu, obwohl er für sie arbeitete, weil er gezwungen wurde, ebenso wie Magier und Gargoyles. Wenn sie wüssten, wer er war und was er hier suchte …

Zurück zu Jenna. Er musste wissen, ob sie sein Ticket in die Freiheit war. *Sie ist dein Licht im Dunkel* … Fuck, man konnte alles in diese Worte hineininterpretieren.

Er hatte ganz kurz spitze Ohren an Jenna gesehen, wie nur Elfen sie besaßen. War das eine Illusion oder ein Hinweis der Nymphen? War Jenna eine Lichtelfe oder stammte von einer ab? Von Isla? Deutlich hatte er ihre Elfenmagie gespürt, als er nach der Operation aufgewacht war. Oder hatte er das nur geträumt? Überhaupt hatten sich seine Träume verändert, seit er Jenna zum ersten Mal erblickt hatte, auf dem Foto in Noirs Büro. Seitdem tauchte die Ärztin immer wieder in seinen Albträumen auf und verwandelte sie in lustvolle Fantasien. Sie bot sich ihm an, streckte ihm ihr nacktes Hinterteil entgegen, fast so wie in der Höhle. In anderen Träumen lag er nackt in einem Krankenbett und Jenna untersuchte ihn – mit ihrer Zunge. Ließ sie über seine Brust gleiten, den Bauch, tiefer …

Fuck, er konnte an nichts anderes denken, als mit ihr zu schlafen. Sein Schwanz war immer noch halb steif, seit er sie mit der Hand befriedigt hatte.

Irgendwie lief nichts wie geplant. Wohin würde ihn die Reise nur führen?

*

Jenna zog ihr Smartphone aus der Handtasche, legte sich ins Bett und löschte das Licht. Noir anrufen wollte sie nicht, auch wenn sie bestimmt noch wach war, aber Kyrian hatte als Goyle ein so gutes Gehör, dass er ihr Gespräch vielleicht mitbekommen würde. Jenna wollte kein Misstrauen schüren, schon gar nicht, wo sie das Gefühl hatte, ihn ein wenig aufgetaut zu haben. Daher öffnete sie das Chatprogramm und schrieb: *Hi du, alles klar bei dir? Uns geht es gut, nur haben wir noch nichts herausgefunden.* Die Begegnung mit den Najaden erwähnte sie lieber nicht, damit sich Noir nicht aufregte. *Sag mal, was kannst du mir alles über Kyrian sagen? Wo kommt er her, wer waren seine Eltern und was hat er vor der Aufnahme in Vincents Klan gemacht?* Jenna grinste. Noir würde garantiert denken, zwischen ihnen entwickelte sich etwas.

Ihr Lächeln erlosch, als ihr die Bilder im Kopf herumspukten, die die Najaden ihr in einer Vision gezeigt hatten. Während Jenna in körperlicher Ekstase im Becken getrieben war, hatte sie nichts mehr um sich herum wahrgenommen außer purer Lust und verwirrenden Illusionen. Kyrian hat Geheimnisse, hatten ihr die Nymphen zugeflüstert. Überhaupt hatten sich diese lüsternen Wesen total auf Kyr versteift; über ihre Belange hatte sie nichts herausgefunden.

Jenna wünschte Noir noch süße Träume, eine nicht zu wilde Nacht neben Vincent und zog sich die Decke bis zum Kinn. Der Tag war anstrengend gewesen, dennoch war sie nicht wirklich müde. Oder wollte es nicht sein. Seit sie denken konnte, litt sie an Einschlafstörungen, weil sie beunruhigende Bilder sah. Letztes Jahr war es besonders schlimm gewesen. Da hatte sie von blutigen Schlachten, geköpften Zwergen und purer Gewalt geträumt. Normalerweise ging sie nicht ohne ihren Schlaftee zu Bett, doch leider hatte sie in all der Aufregung vergessen, sich den Spezialkräutermix einzustecken. Vielleicht bekam sie in der Apotheke Schlaftabletten ohne Rezept, oder wenn sie Glück hatte, gab es einen gut sortierten Teeladen in der Nähe, der auch magische Zutaten führte. Bridlington war nicht gerade eine Magierhochburg, umso mehr wunderte es sie, was ihr Vater hier so oft machte.

Seufzend kuschelte sie sich ins Kissen. Die Bilder ließen sie nicht los. Die Visionen waren so real gewesen, als hätte sie sich mitten im

Geschehen befunden, und hatten sie verfolgt, als Kyrian sie zum Auto getragen hatte:

Kyrian stand auf einem staubigen Platz, der wie eine Kampfarena aussah und von Fackeln erleuchtet wurde. Eine Tribüne aus quadratischen Steinen war darum errichtet, ähnlich einem Kolosseum. Am schwarzen Himmel leuchtete kein Stern. Alles wirkte düster und unheimlich, sogar der Boden bebte, sodass Jenna erschauderte.

Kyrian sah jung aus, kaum älter als fünfzehn, und trug einen Lendenschurz. Wie ein Gladiator. Seine langen schwarzen Haare hingen ihm strähnig ins Gesicht. Er schwitzte und atmete schwer, Blut lief ihm aus der Nase und ein Auge war zugeschwollen; an seinem nackten Oberkörper hatte er weitere Blessuren. Verbissen kämpfte er gegen drei Gestalten in Lederharnischen, die wie Ritterrüstungen aussahen. Ihre Köpfe waren unter Helmen verborgen, sodass Jenna die Gesichter nicht erkannte. Wer waren diese schmächtigen Krieger? Selbst die Jugendversion von Kyrian besaß mehr Muskeln und war ein wenig größer als die anderen Kämpfer. Jeder von ihnen trug eine andere Waffe: Schwert, Keule und Morgenstern. Bei Letzterem waren allerdings die Stacheln abgerundet.

Es war unfair, dass ihn alle drei gleichzeitig attackierten, doch Kyrian hielt sich tapfer. Er wirbelte, ein Schwert in der Hand, um sie herum und teilte ordentliche Treffer aus. Da die Angreifer des Öfteren Gelegenheit hatten, ihn zu töten, dachte Jenna erst, sie spielten mit ihm, bis sie begriff, dass sie ihn ausbildeten.

»Du bist zu langsam«, sagte einer der Kämpfer und löste sich plötzlich in Luft auf, nur um fast im selben Moment hinter Kyrian wieder aufzutauchen.

Jenna wusste, welche Wesen in der Lage waren, sich zu translozieren: Dunkelelfen.

Unruhig wälzte sie sich auf die andere Seite des Bettes und spürte ihren Puls rasen. Was hatte Kyrian mit ihnen zu schaffen? War er in ihre Gewalt geraten?

Der Kampf schien Ewigkeiten zu dauern und Kyr wurde immer schwächer. Schließlich brach er im Staub zusammen und zeigte kaum noch eine Regung, selbst als die anderen nach ihm traten.

Einer hob die Kinnklappe an seinem Helm und spuckte auf Kyrian. »Das war schon alles?«

Sein Atem raste, seine Augen blieben geschlossen. Er gab keine Widerworte von sich, wehrte sich nicht mehr, war am Ende seiner Kräfte.

Jenna wollte ihm gern helfen, zu ihm eilen, ihn verarzten. Doch es war längst geschehen, ein Ereignis vergangener Tage.

»Bring sie her«, befahl der Keulenträger dem Schwertkämpfer. »Mal sehen, ob das seinen wahren Kampfgeist weckt.«

Als der Krieger zurückkam, zerrte er eine schwarzhaarige junge Frau mit sich, die ein weinrotes Samtkleid trug. Ein wenig sah sie wie ein Burgfräulein aus. Sie war zierlich, hatte ein hübsches Gesicht und blasse Haut. Ihre Augen waren weit aufgerissen. »Kyrian!« Sie versuchte sich von der Gestalt loszureißen, doch die lachte nur dunkel und packte sie fester.

»Myra«, flüsterte Kyrian und rappelte sich auf. Schwankend kam er auf die Beine. »Es geht mir gut.«

»Gut?« Sie weinte. »Was machen sie mit dir?«

Die Keule eines Kriegers traf ihn mit voller Wucht am Oberschenkel. Sofort ging Kyrian in die Knie, das Schwert fiel in den Sand.

»Sieh her, Bastard!«, rief derjenige, der die junge Frau hielt. Er legte die Klinge an ihren Hals.

»Lasst sie in Ruhe!« Erneut rappelte er sich auf. »Sie ist König Lothaires Sklavin, ihr dürft ihr nichts tun!«

Die Krieger lachten böse. »Wir haben seine Erlaubnis.«

Der Schwertträger riss Myras Kleid an der Schulter auf. Eine zierliche Brust kam zum Vorschein. Der Krieger legte seine Hand darauf.

»Nimm deine dreckigen Pfoten von ihr!« In rasender Wut packte Kyrian sein Schwert und lief auf den anderen zu. Die zwei übrigen Kämpfer traten ihm entgegen und Kyr kämpfte wie ein Berserker – ohne Erfolg. Sie streckten ihn nieder, bevor er das Mädchen erreichte.

Wie tot lag er im Dreck, lediglich seine Augen verrieten, dass er noch lebte. Zitternd hielt er sie auf Myra gerichtet. Tränen liefen über seine Wangen und hinterließen helle Spuren, wo sie den Staub von der Haut wuschen.

»Kyrian!«, rief sie so herzzerreißend, dass Jennas Augen feucht wurden. War Kyr deswegen so verschlossen und kühl, weil er eine andere liebte oder geliebt hatte? War das sein Geheimnis?

Von Noir wusste Jenna, dass Gargoyles monogam lebten. Sie liebten nur ein Mal und dann für immer. Galt das auch für Kyrian? Wie stark war der Gargoyle-Anteil in ihm?

Der Stachel der Eifersucht bohrte sich in ihr Herz, da es offensichtlich war, wie nah sich die beiden standen.

Plötzlich betrat ein junger Mann die Szene. Sein langes blondes Haar und der silberfarbene Umhang glänzten im Schein der Fackeln.

Um die Stirn trug er ein Lederband, auf dem ein violetter Stein funkelte. »Gebt mir mein Eigentum zurück!«, befahl er.

»Mein Prinz.« Die Kämpfer sanken auf die Knie.

Myra lief zu Kyrian und weinte über ihn gebeugt.

Der Schwertkämpfer versuchte sich stotternd zu rechtfertigen. »Wir hatten die Erlaubnis des Königs.«

»Mein Vater ist nicht da. Solange habe ich das Sagen, und ihr und seine Sklaven untersteht ebenfalls meinen Befehlen!« Der Prinz ging erhobenen Hauptes zu Myra und zog sie sanft am Arm. »Komm wieder in die Festung.«

»Ich muss mich um ihn kümmern!« Flehentlich sah sie den Königssohn an. »Bitte, Prinz Dante. Ich werde alles für Euch machen, wenn ich mich nur um Kyrian kümmern darf.«

Der junge Mann starrte auf ihren Busen. Sofort bedeckte sie sich.

»Tu das nicht«, murmelte Kyrian und versuchte, die Hand zu heben, aber er war zu schwach …

Jenna sank tiefer in den Schlaf, bis sie plötzlich das Gefühl hatte, nicht mehr allein zu sein. Sie spürte, wie ihr jemand das Haar zur Seite schob und über ihr Ohr strich. An der oberen Biegung der Ohrmuscheln waren auch heute noch zarte Narben sichtbar. Als Kind, ziemlich bald nach der Geburt, war sie operiert worden, weil sie eine leichte Missbildung hatte, wie ihr Vater erklärt hatte. Jenna hatte das hinterfragt. Als Ärztin wusste sie, dass so etwas passieren konnte, sei es genetisch veranlagt, oder weil die Mutter während der Schwangerschaft Medikamente genommen hatte. Daher hatte sie nie groß Gedanken daran verschwendet. Sie war ihrem Vater sogar dankbar dafür, denn Kinder konnten sehr grausam sein, wenn jemand anders war.

Die sanften Berührungen in ihrem Gesicht lullten sie erneut ein. Sie stellte sich vor, dass es Kyrian wäre, der zu ihr gekommen war. Beinahe konnte sie die Wärme seiner Gestalt fühlen.

Was, wenn sie nicht träumte und er wirklich bei ihr war? Sie riss die Augen auf und drehte sich auf den Rücken. Für den Bruchteil einer Sekunde sah sie sein Gesicht direkt über ihrem. Dann war es verschwunden.

Abrupt richtete sie sich auf. Durch das hereinfallende Licht der Laterne, die den Hauseingang beleuchtete, nahm sie deutlich die Konturen der Möbel wahr. Kyrs Gesicht musste sie sich eingebildet haben. Die Zimmertür war verschlossen und niemand außer ihr befand sich im Raum.

Seufzend griff sie sich an den Kopf. Das Bad mit den Najaden war ihr nicht bekommen. Und jetzt, wo sie wieder hellwach war, würde sie die nächsten zwei Stunden keinen Schlaf mehr finden. Da konnte sie gleich aufstehen.

Sie blickte auf das Display des Handys, ob Noir geantwortet hatte.

Hi Jenna, uns geht's gut. Über Kyrian weiß ich nicht viel, außer das, was ich dir bereits gesagt habe. Er erledigt seine Aufgaben ohne Wenn und Aber, ist loyal und ein prima Kämpfer. Du kennst mich gut genug, um zu wissen, wie skeptisch ich Fremden gegenüber bin. Doch ich vertraue ihm, auch weil Räuber ihn in sein Herz geschlossen hat, und du weißt ja, wie wählerisch der Köter ist. Jamie kann er nicht leiden und sogar Nicolas bellt er manchmal an. Räuber scheint zu spüren, dass etwas Dämonisches in ihnen lauert. Zurück zu Kyrian: Als er zu uns kam, behauptete er, seine Mutter sei ein Gargoyle und sein Vater ein Mensch. Seinen Vater hat er nie kennengelernt und seine Mutter starb, da war er noch recht klein. Der Klan hat sie getötet, weil sie sich mit einem Menschen eingelassen hat. Ich glaube ihm die Geschichte, denn sie erinnert mich ein wenig an Vincents Schicksal. Kyrian haben sie verstoßen.

Der abgeschnittene Schwanz … Die Gargoyles hatten ihn gezeichnet, wie Jenna vermutet hatte. Er hat sich allein durchgeschlagen, kam mal bei diesen und jenen Leuten unter. Jenna dachte an die Kampfszene. War er an die falschen Leute geraten? Oder hatten Dunkelelfen ihn gefangen genommen? Jenna wusste, dass sie Sklaven hielten. Das Mädchen war eine Sklavin gewesen. Ob sie und Kyrian ein Paar waren, bevor sie von den Elfen geschnappt wurden? Falls ja, warum hatte er Noir so etwas Bedeutsames verschwiegen? Irgendwas stimmte da nicht. Entweder, die Nymphen hatten ihr eine Lüge eingepflanzt, oder Kyrian war nicht ehrlich. Was, wenn er tatsächlich gerade in ihrem Zimmer gewesen war? Sich … transloziert hatte?

Ihr Puls raste und ihre Finger zitterten. Was für ein Gedanke!

Als plötzlich das Handy aufleuchtete, hätte sie es beinahe fallen lassen. Ihr Chateingang zeigte eine neue Nachricht an. Sie war von Noir.

Habt ihr euch schon geküsst?

Doofe Ziege, antwortete Jenna grinsend und bedankte sich für die Informationen.

Sie legte das Handy auf den Nachttisch und überlegte, ob sie bei Kyrian klopfen sollte. Vielleicht war er noch wach. Sie verspürte das dringende Bedürfnis, mit ihm zu reden, musste wissen, ob er eben bei ihr gewesen war, obwohl ihr der Vorfall in der Höhle unsagbar peinlich war. Kyr hatte es nur zu Ende geführt, um sie zu retten, und dafür war sie ihm dankbar. Dennoch nagte an ihr, dass er sie sonst nicht wirklich begehrenswert fand, oder warum war er so distanziert? War Myra der Schlüssel?

So viele Fragen und keine Antworten. Aber das war bei ihr ja nichts Neues.

Meine Güte, wo war sie nur mit ihren Gedanken? Es gab nichts Einfacheres als herauszufinden, ob Kyrian ein Dunkelelf war. Sie hatte seine DNA. Die Klinik war verpflichtet, Gewebeproben von Operationen zehn Jahre einzufrieren. Jenna würde Ben beauftragen, ein Karyogramm zu erstellen und weitere Tests durchzuführen, die die Abstammung eines Individuums bestimmten. Erneut griff sie nach dem Handy und tippte eine Nachricht. Dabei konnte sie Ben gleich bitten, ab und zu ihre Pflanzen zu gießen. Jenna hatte ganz vergessen, jemanden zu fragen, sich darum zu kümmern. Kein Wunder, sie war noch nie für längere Zeit weg gewesen.

Ben musste ihr nur versprechen, Dad nichts vom Test zu sagen, bevor die Ergebnisse da waren, und auch nicht Noir. Sie durfte sich nicht unnötig aufregen.

Jenna war zu neugierig auf das Ergebnis, hatte jedoch ein schlechtes Gewissen, denn es fühlte sich an, als würde sie Kyrian hintergehen.

Sie legte das Smartphone weg und schlich auf Zehenspitzen in den Flur. Licht flackerte unter Kyrs Türschwelle durch und sie hörte Stimmen.

Behutsam klopfte sie. »Bist du noch wach?« Spätestens jetzt war er es, weil seine Goylesinne sie bestimmt schon wahrgenommen hatten.

Nachdem sie keine Antwort erhielt, drehte sie am Knauf. Es war nicht abgeschlossen.

Kyrian lag bäuchlings auf dem Bett, mit dem Kopf in Richtung Fußende, und schien zu schlafen. Er trug nur Boxershorts und sah wie ein Verführer aus, mit seinem breiten Rücken und den schmalen Hüften. Mist, vielleicht hätte sie sich ihren Morgenmantel überziehen sollen, denn sie hatte bloß ein Negligé aus Seide an, das ihr knapp über den Po reichte. Sie sah selbst wie die pure Versuchung aus. Er würde denken, sie wäre gekommen, um ihn zu verführen. Aber er wachte nicht auf, also konnte sie wieder ungesehen davonschleichen.

Sie stutzte. Er musste doch merken, dass sie hier war.

Vor ihm flackerte der Fernseher, aus dem die Geräusche kamen. Jenna stellte den Ton aus und trat zu ihm ans Bett.

»Ist etwas passiert?«, murmelte Kyrian, hob den Kopf und blinzelte sie schlaftrunken an.

Schauspieler, dachte sie und sagte: »Ich …« Nein, sie wollte nicht so direkt mit der Sache herausrücken, sondern musste sich geschickt herantasten. »Ich konnte nicht schlafen.«

Kyrian setzte sich auf. »Magst du mit mir einen Film ansehen? Da läuft gerade ein Thriller.«

Als er sich durchs Haar fuhr, konnte sie nur auf seinen nackten Oberkörper und die Muskeln blicken, die unter der Haut spielten. In ihrem Traum waren seine Haare viel länger gewesen, die Muskeln allerdings noch nicht so ausgeprägt. Wenn er sich translozieren konnte, hätte er das in ihrer Vision bestimmt getan, um den Angriffen auszuweichen.

Sie durfte sich nicht verrückt machen lassen. »Ähm …« Sie wollte mit ihm reden, nicht in den Fernseher starren. Da kam ihr zum Glück ein Gedankenblitz, um ein anderes Thema anzuschneiden. »Du warst nicht bei der Nachsorge. Ist alles gut verheilt?«

Er nickte. »Hab mir die Fäden selbst gezogen.«

Typisch Goyle. »Darf ich mal sehen?«

Er zögerte nur kurz, dann legte er sich wieder auf den Bauch. Jenna fasste an den Bund seiner Hose und zog sie ein Stück herunter. Natürlich musste sie als Erstes auf sein knackiges Gesäß starren. Anatomisch perfekt – so ein Hintern gehörte verboten. »Sieht alles hervorragend aus«, sagte sie heiser.

Kyrian warf einen Blick über die Schulter und schmunzelte. »Kein Wunder, bei der Ärztin.«

Flirtete er mit ihr? Oder spielte er mit ihr, wollte sie ablenken, sie in Sicherheit wiegen, weil sie mitbekommen hatte, dass er bei ihr im Zimmer gewesen war? Kyr verhielt sich plötzlich so anders. Vielleicht träumte sie das hier auch nur. Sie erinnerte sich an die Worte der Nymphen: Sie solle sich vor ihm in Acht nehmen. Wollten die drei nur ihre Unsicherheit schüren oder hatten sie recht?

Der DNA-Test würde Gewissheit bringen.

»Du konntest also nicht schlafen?«, raunte er.

Oh verdammt, er konnte so verführerisch sein. Wenn er sie mit halb gesenkten Lidern ansah, wirkte er noch attraktiver. Er war der Teufel. »Eigentlich hab ich schlecht geträumt. Diese Nymphen spuken mir noch durch den Kopf und das, was sie gesagt haben.«

Plötzlich wurden seine Augen groß und sein Lächeln erlosch. »Was meinst du genau?«

Sie biss sich auf die Lippe. Erst jetzt bemerkte sie, dass sie die Finger immer noch in den Bund seiner Hose gekrallt hatte. Schnell ließ sie los. »Du hast nicht zufällig eine Schlaftablette für mich?«

Kyrian setzte sich auf und runzelte die Stirn. »Du nimmst Tabletten? Kein Hexenpulver?«

»In Ausnahmefällen. Das Medizinstudium hat irgendwie abgefärbt. Ich habe an einer normalen Uni studiert.« Sie räusperte sich. »Meistens mische ich mir ein Kräuterpulver zusammen.«

Als Kyrian aus dem Bett sprang, versteifte sie sich. Er ging zum Stuhl, über dessen Lehne seine Cargohose hing und zog ein zusammengeschrumpeltes braunes Etwas aus einer der Taschen.

»Verdammt«, murmelte er und entsorgte das Ding im Mülleimer unter dem Tisch.

»Was ist?« Jetzt krallten sich ihre Finger ins Laken. Der Mann machte sie nervös.

Er drehte sich zu ihr um und fuhr sich erneut durchs Haar. »Das war ein Pulver von Noir. Sie hat es mir für meine Kopfschmerzen gegeben. Vielleicht hätte es dir beim Einschlafen geholfen, aber es hat das Bad nicht überlebt.«

Er hatte keine Ahnung von Heilkräutern, so viel stand fest. »Das ist lieb von dir«, sagte sie. Ihre Wangen brannten schon wieder, weil er sie an den peinlichen Vorfall erinnerte. »Und, hat dir das Pulver geholfen?«

»Ich hab's nicht ausprobiert.«

»Schade, deine Meinung hätte mich interessiert.«

»Warum?«

»Es war von mir. Ich beliefere Noir damit.« Es erfüllte Jenna mit Stolz, dass so eine mächtige Hexe sie um Rat bat, wenn es um Kräuterkunde ging. Jenna hatte sie bereits mit zahlreichen Rezepten versorgt, mit denen sie die Wehwehchen ihrer Goyles kurieren konnte.

Für einen Moment blickte er auf den Mülleimer, als ob er überlegte, das durchweichte Tütchen herauszuholen. Diese nervenaufreibende Stille zwischen ihnen wurde länger und länger. Am liebsten wäre Jenna aus dem Bett gesprungen und in ihr Zimmer gelaufen. Stattdessen saß sie wie versteinert auf der Matratze und starrte Kyr an, wie er sich unentwegt am Kopf kratzte. Nicht am Kopf, an seinen …

»Darf ich deine Hörner untersuchen?«, entfuhr es ihr. Verdammt, ging es noch peinlicher?

»Warum?« Seine Stimme war so tief, dass sie wie ein Knurren klang.

»Sie interessieren mich, als Ärztin«, erklärte sie hastig. Was für eine dämliche Ausrede.

»Nur als Ärztin?« Als er wölfisch lächelte und seine Fänge aufblitzten, schluckte sie. Die Eckzähne hatten sich verlängert.

»Ja, sie … Wenn ich sie ein wenig massiere, vielleicht geht dein Kopfweh weg. Du hast es doch immer nach dem Schlafen.« Das hatte ihr Noir anvertraut.

Sein Grinsen gefror.

Hatte sie also recht gehabt, er hatte ihr eben nur was vorgespielt. Hätte er tatsächlich geschlafen, wäre er nicht so entspannt. Seine Kopfschmerzen mussten so übel sein, dass er nach dem Schlafen ziemlich fertig aussah, was Noir ihr so erzählt hatte.

»Massieren klingt gut«, sagte er schnell und setzte sich mit dem Rücken zu ihr aufs Bett, sodass seine Beine hinausschauten.

Jenna hockte sich hinter ihn. Zögerlich fuhr sie in sein dickes weiches Haar, bis ihre Fingerspitzen an die Stummel stießen, die so kurz waren, dass man sie normalerweise nicht sah. Kyrian zuckte und sie verharrte. »Nicht gut?«

»Doch«, sagte er rau. »Ist nur ungewohnt, dass mich ein anderer dort anfasst.«

Dann hatte ihn also schon lange keine Frau mehr berührt? »Sie sind empfindlicher, als sie aussehen.«

»Hm«, brummte er, während Jenna die warmen und leicht rauen Knubbel zwischen ihren Fingerkuppen rieb.

Dabei beugte sie sich kurz über seine Schulter. Kyrian hatte die Augen geschlossen, er atmete schneller. Gut, er war abgelenkt. Zeit, mit dem Verhör zu beginnen.

»Kanntest du deine Mutter?«, fragte sie vorsichtig. »Hast du von ihr die Hörner?«

Er nickte.

Sie dachte an Vincent, dessen Mutter bei seiner Geburt gestorben war.

»Und wer war dein Vater? Lebt er noch?«

»Ich weiß nichts über ihn«, murmelte er und ließ sich zurückfallen.

Jenna rutschte gerade noch zur Seite. Kyrian sah sie an und verschränkte die Arme hinter dem Kopf.

»Du redest nicht viel«, sagte sie und räusperte sich. Der Mann machte sie fertig. Seine Füße standen immer noch auf dem Boden, die Beine hatte er leicht geöffnet. Unter dem Stoff der Shorts war eine beachtliche Wölbung zu erkennen. Er schwieg und starrte sie weiterhin an, als würde er lauern, abwarten, was sie als Nächstes tat. Langsam legte sie die Hand auf seine Brust und fuhr abwärts, bis zu seinem Bauchnabel. »Du bist schlank und steckst doch voller Kraft. Dein Vater war also ein Mensch, hast du gesagt?«

Wieder antwortete er nicht. Sie würde ihn noch so weit bringen, mit der Wahrheit herauszurücken. Seine Erregung entging ihr nicht. Kyr atmete schneller, als sie seine Bauchmuskeln befühlte und immer mehr in Richtung seiner Lenden strich. Unter der Hose zuckte es.

»Du spielt mit dem Feuer«, knurrte er.

Ihr Herz drohte fast zu zerspringen, so schnell schlug es gegen ihre Rippen, aber sie wollte jetzt nicht aufhören. Sie wusste, wie verrückt sie sich verhielt. Was, wenn Kyrian doch gefährlich war? Gefährlich für sie? »Dunkler Mann« hatten ihn die Nymphen genannt, die … alle verschwunden waren, nachdem Jenna aus ihrer sexuellen Trance erwacht war. Er ist nicht böse, er hat mich gerettet!, leierte sie in Gedanken herunter. Noch konnte sie aufhören und zurück in ihr Zimmer. Noir würde sofort Nick oder Jamie beauftragen, ein Portal hierher zu erschaffen und sie holen lassen, sollte sie sich in Gefahr fühlen. Sie brauchte nur anzurufen oder eine SMS zu schicken. Noir hatte ihren Standort auf dem Monitor.

Kyrs blaue Augen wirkten schon wieder eine Nuance dunkler als gewöhnlich. Mittlerweile wusste Jenna, wann das passierte und sie schluckte.

»Du bist verdammt mutig«, raunte er.

»Nur neugierig«, sagte sie schwach. »Im rein wissenschaftlichen Sinne.«

»Ich weiß, dass du mich begehrst, Hexe«, grollte er, aber es war kein furchteinflößendes Grollen, sondern dieser animalische Laut wirkte äußerst erregend und schickte ein Prickeln durch ihren Körper. Sie ließ ihre Hände immer tiefer wandern, bis unter den Bund seiner Hose. Knurrend warf er den Kopf zurück, als sie an seine Erektion stieß. Seine Fänge waren länger geworden. Sie wollte sich seine Tätowierung genauer ansehen, denn es konnte sich um ein Stammeszeichen handeln, wenn auch ein nicht sehr ausgeprägtes. So weit hatte sie in der Schule aufgepasst. »Hattest du viele Frauen?«, fragte sie und umschloss seinen heißen Schaft.

Kyrian bäumte sich erneut auf. »Wann immer mir danach war.«

Ihr Daumen kreiste auf seiner Eichel, die sich feucht und glatt anfühlte. Aber sie durfte sich nicht ablenken lassen. Beinahe konnte sie das Tattoo sehen. Als sie seine Shorts anhob, warf er sich plötzlich auf sie und begrub sie unter seinem Körper.

»Ich nehme mir, was ich brauche. Immer.«

Seine Nase berührte ihre, so nah war er. Jenna schluckte. Er konnte bestimmt riechen, dass sie ein wenig Angst hatte, zumindest konnte Vincent das. Sie wollte keine Furcht zeigen. Seine Erektion drückte gegen ihren Oberschenkel. Würde er sie nehmen? Wild und animalisch? Ständig dachte sie an Noirs Worte.

»Jetzt lass uns über dich reden.« Er rieb seine Erektion an ihr. Seine düstere Ausstrahlung zog sie immer mehr in seinen Bann. »Wer bist du wirklich, Jenna Fairchild?«

Diese Frage wollte sie eigentlich ihm stellen, wissen, wer er war, und nun lief alles aus dem Ruder. Oder doch nicht? Sein halbnackter Körper auf ihr fühlte sich verdammt gut an. Ihre Nippel rieben durch den dünnen Stoff des Kleidchens an seiner Brust. Als er ihre Hände packte und über ihrem Kopf zusammenhielt, unterdrückte sie ein Stöhnen. Sie öffnete die Beine und legte sie um seine Schenkel, damit sie intensiver mit ihm verbunden war. Kyrians Haut war warm und brannte auf ihr. Sie hätte Angst haben sollen, allerdings gab er ihr das Gefühl, dass sie dieses Spiel jederzeit beenden konnte. Er lag nicht mit ganzem Gewicht auf ihr und ihre Arme hielt er auch nicht besonders fest.

»Ich spüre, dass du mehr bist als eine Hexe«, sagte er an ihren Lippen.

»Bin ich das?«, wisperte sie. »Woher willst du das wissen?«

»Was ist mit deinen Ohren?« Während er ihre Handgelenke mit einer Hand hielt, strich er ihr Haar zur Seite.

»Das kannst du nicht gesehen haben, die Narben sind fast unsicht… Warst du eben bei mir im Zimmer?« Sie hielt die Luft an und wartete gebannt.

»Ich habe zuerst gefragt.«

»I-ich wurde als Kind operiert«, erwiderte sie hastig. »Ich habe einen seltenen genetischen Defekt.«

»Was hast du mit meiner Wunde gemacht, als ich im Aufwachraum lag? Ich habe Wärme gespürt und eine Kraft, die nicht hexenmagisch war.«

Verdammt, er hatte es also bemerkt. Ihre besondere Gabe, die sie niemandem verraten durfte. Dad hatte es ihr streng verboten, doch sie kannte den Grund bis heute nicht. Sie war sich dieser Fähigkeit auch erst seit ihrer medizinischen Ausbildung bewusst. Ihr Vater war einmal von der Treppe gestürzt und hatte sich ein Bein gebrochen. Sie war zu ihm geeilt und hatte den Bruch inspiziert. Erleichtert hatte sie bemerkt, dass es keine offene Verletzung war. Sie hatte sich so sehr gewünscht, sie könnte den Bruch heilen, um Dad weitere

Schmerzen zu ersparen. Akribisch hatte sie sich vorgestellt, wie der Knochen zusammenwuchs, die Wunden heilten. Plötzlich hatten sich ihre Hände erwärmt und ihr Vater konnte aufstehen.

Nach dem Vorfall hatte sie erst recht versucht, herauszufinden, wer ihre Mutter war, aber Dad hatte geschwiegen und sich immer mit seinen schmerzhaften Erinnerungen herausgeredet.

Kyrian meinte, ihre Gabe sei keine Hexenmagie? Was dann?

Ihr Leben wurde immer mysteriöser.

»Jenna, was war das nach der Operation?«, fragte er eindringlich.

Als sie nichts erwiderte, verengten sich seine Augen. Sie wollte ihm gern sagen, dass sie es selbst nicht genau wusste, dass sie eine Kraft besaß, über die niemand Bescheid wissen durfte. Er streichelte noch einmal über ihr Ohr und umfasste wieder mit beiden Händen ihre Gelenke. Sein Gesicht nahm einen weicheren Ausdruck an.

»Und wieso studiert eine Hexe an einer gewöhnlichen Universität? Magst du mir darauf eine Antwort geben?«

Das konnte sie, ohne zu lügen. »Ich wollte keine Vorzugsbehandlung. Es gibt schließlich nur eine Magieruni in England, auf der man Medizin studieren kann, und dort ist Dad ein berühmter Arzt. Er hält dort regelmäßig Vorträge. Viele Professoren bewundern seine Arbeit.« Es war ihr allerdings verdammt schwer gefallen, ihre Gabe niemals einzusetzen.

Kyrian senkte den Kopf, um an ihrem Hals zu schnuppern. »Wenn ich dir helfen soll, musst du ehrlich zu mir sein«, raunte er.

Seine vibrierende Stimme schickte wohlige Schauder bis in ihren Unterleib, der längst in Flammen stand. Sie wollte Kyrian nur noch in sich spüren. »Ich … bin auch deshalb auf keine weiterführende Magierschule gegangen, weil ich eben eine miserable Hexe bin.«

»Das war alles?«

Sie drehte den Kopf, ihre Lippen streiften seine Wange. »Ich weiß nicht, wem ich trauen kann.« Zaghaft knabberte sie an seinem Kinn.

Kyrian schloss die Augen.

»Bist du denn ehrlich zu mir?«, fragte sie leise.

»Man kann niemandem trauen.«

Niemandem? Sie zitterte vor Aufregung. »Kann ich dir trauen?«

»Was sagt dir dein Gefühl?«

»Dass ich dich küssen will.«

Abrupt ließ er ihre Hände los. Doch er blieb auf ihr, starrte sie an. Ihr Blick ruhte auf seinem Mund, denn die Spitzen der Fänge blitzten hervor. Eine hauchfeine Narbe zog sich über seine Unterlippe, als ob er sich dort einmal mit einem Reißzahn verletzt hatte. Zögerte er, sie zu küssen, weil er ihr nicht wehtun wollte? Sie hob den Kopf, allerdings drehte sich Kyr zur Seite, sodass sie nur seine Wange traf.

»Noch kannst du gehen«, warnte er grollend. Er sprach leise und so nah an ihrem Ohr, dass er ihre Haut berührte. Sein warmer Atem streifte ihren Hals. »Aber ich werde mich nicht mehr lange zurückhalten können.« Wie zum Beweis rieb er seine Erektion über ihre Mitte. »Und ich werde nicht sanft sein, das liegt nicht in meiner Natur.«

Jenna dachte erneut daran, was Noir ihr über Vincent erzählt hatte und ihren wilden, animalischen Sex. Das Pochen in ihrem Unterleib steigerte sich ins Unerträgliche. Hatte sie jemals solche Lust verspürt, mit einem Mann zu schlafen? Sollte sie einmal in ihrem Leben etwas total Verrücktes wagen? Kyr war sexy, dunkel und verbarg definitiv etwas. Trotzdem fühlte sie sich mit Leib und Seele zu ihm hingezogen. Als ob er sie irgendwie ergänzte, als ob sie selbst etwas Düsteres in sich hätte, das sie wagemutig machte. Worauf ließ sie sich ein?

»Nimm mich«, wisperte sie, wobei sich ihr Herz überschlug.

Er presste sein hartes Geschlecht fester an sie. »Du bist wirklich verdammt mutig.«

»Oder verrückt.« Jenna vergrub die Finger in seinen Haaren und küsste ihn.

Als ihre Lippen aufeinandertrafen, wich Kyr ein Stück zurück. Er erwiderte ihren Kuss nicht, sondern starrte sie an. Jenna packte seinen Kopf fester und leckte über seinen sündhaften Mund, bis Kyrian leise knurrend die Augen schloss. Dabei streichelte sie seine Hörner und spürte, wie sein Penis sich aufbäumte und gegen ihren Slip drückte. Wieso beherrschte er sich weiterhin? Würde er so wild werden, dass er sie verletzte? Sie beide trugen immer noch ihre Unterwäsche, was sie schier verrückt machte, wo sie ihn endlich ganz und gar spüren wollte.

»Wie du willst«, sagte er rau und griff ihr ins Haar.

Jenna stieß einen überraschten Laut aus, so sehr stand sie unter Anspannung. Anstatt ihren zarten Kuss zu erwidern, küsste er ihre Wangen, arbeitete sich tiefer vor und saugte an ihrem Hals. Seine Hände legten sich auf ihre Brüste und kneteten sie durch den dünnen Stoff des Negligés. In ihren Brüsten zog es. Jenna hatte das Gefühl, sie würden unter seinen Händen anschwellen. Ihre Spitzen zogen sich so hart zusammen, dass sie unter dem dünnen Material deutlich zu erkennen waren. Kyrian starrte sie einen Moment an, bevor er mit beiden Händen den Stoff über einer Brust spannte und darüberleckte.

Jenna bäumte sich auf und eine Woge der Lust schwappte zwischen ihre Schenkel. Kyr saugte und leckte an ihrer Brustwarze, bis die Seide so nass war, dass ihr Nippel dunkel hindurchleuchtete. Auf dieselbe Weise verfuhr er mit der anderen Seite. Jenna krallte die Finger in seine Oberarme. Sie strampelte und wand sich unter ihm, aber er blieb hartnäckig, als würde er jeden Moment voll auskosten. Sie hingegen zersprang fast vor Lust. Endlich rutschte er tiefer, schob ihr Nachthemd hoch, sodass ihr Bauch frei lag, und küsste sie dort. Sie hielt die Luft an, um einen Aufschrei zu unterdrücken, als seine Zähne über ihren Venushügel schabten. Mit den Fängen riss er ihren Slip hinunter und half mit den Händen nach, bis ihr Unterleib entblößt vor ihm lag. Kyr schob ihre Beine auseinander; seine Nasenflügel bebten. Er starrte auf ihre Scham, die sich ihm feucht präsentierte. Wenn er sie nicht bald dort berührte, würde sie wahnsinnig werden.

Langsam stand er auf, ohne den Blick von ihr abzuwenden, und zog seine Shorts aus. Jenna stützte sich auf die Ellbogen, um seinen Körper im flackernden Schein des Fernsehers zu bewundern. Er war perfekt. Sein zerzaustes schwarzes Haar ließ ihn wie einen Dämon aussehen. Seine blauen Augen schienen zu glühen. Ein Brustmuskel zuckte, sein Bauch war so angespannt, dass ein Sixpack hervortrat. Jennas Puls raste beim Anblick seines Geschlechts und ihre inneren Muskeln kontrahierten. Provozierend fuhr sich Kyrian über seine Länge und verwischte die Tropfen, die aus der prallen Spitze perlten. Er atmete schnell, sah aus wie eine Raubkatze kurz vor dem Angriff. Leider war es zu düster, um mehr von dem Tattoo zu erkennen als dunkle Linien, die sich sogar um seine Erektion wanden. Außerdem war Jenna zu abgelenkt. Passierte das gerade wirklich?

Als er sich auf sie stürzte, schrie sie auf. Er packte sie und drehte sie schwungvoll herum. Sie wollte nicht auf dem Bauch liegen, wollte Kyr sehen, sich an ihm reiben. Aber er ließ ihr keine Chance, die Position zu ändern, sondern drapierte sie so, wie er sie haben wollte. Was dazu führte, dass sie nur noch mehr in Flammen stand. Heiß keuchte er in ihren Nacken, seine Erektion presste sich an ihren Po. Er packte ihre Hüften und hob sie an, sodass Jenna in der Hündchenstellung vor ihm kniete. Dann schob er das Nachthemd über ihren Kopf. Hastig schlüpfte sie hinaus und wartete gebannt, was ihr Goyle nun mit ihr anstellen würde. Er sprach nicht, kommentierte nicht, was er tat – was sie noch aufgeregter zurückließ. Sanft kniff er ihr mit den Lippen in den Nacken, als wäre er ein Wolf, der ihr zeigen wollte, dass sie ihm unterlag. Er schnupperte wieder, ließ seine

Nase über ihren Rücken gleiten, während seine Hände ihre Pobacken massierten. Sein Gesicht wanderte tiefer; er züngelte ihre Wirbelsäule entlang bis zu ihrem Steißbein. Sie zuckte zurück und kniff die Pobacken zusammen. Er würde doch nicht …

Doch, er tat es, zog mit beiden Händen ihr Gesäß auseinander und leckte über ihren Anus. Jenna vergrub ihr erhitztes Gesicht im Kissen und keuchte in abgehackten Schüben hinein. Es war ihr peinlich, dass sich Kyr ihre intimsten Zonen so schutzlos präsentierten, aber es gefiel ihr gleichzeitig. Ungeniert schnupperte er an ihrem Geschlecht und tauchte schließlich mit der Zunge zwischen ihre Schamlippen. Gierig leckte er die Feuchtigkeit aus ihr heraus und hob dabei ihre Hüften hoch, sodass ihre Knie kurz in der Luft hingen. Jenna verdrehte die Augen vor Lust; ihr Unterleib bestand nur noch aus Glut, die sich durch ihren Körper fraß und ein Feuer entfachte, das gelöscht werden musste.

»Kyr«, flehte sie. »Bitte!«

Plötzlich fühlte sie seine Härte zwischen ihren Schamlippen. Er rieb sie an ihrem empfindsamen Fleisch und reizte unentwegt ihren Lustpunkt. Auffordernd drückte sie ihm die Hüften entgegen, bis sie ihn endlich an ihrem Eingang spürte. Kyrian presste sich in sie, dehnte sie Stück für Stück. Immer tiefer kam er und hörte nicht auf, sich in sie zu schieben. Er war lang und pulsierte in ihr. Ein unvergleichliches Gefühl. Er füllte sie voll aus, und das sanfte Ziehen in ihrem Schoß steigerte ihre Erregung.

Er ließ ein Knurren hören, das durch ihren Körper vibrierte. Als Jenna glaubte, keinen weiteren Millimeter mehr aufnehmen zu können, verharrte Kyr. Er steckte so tief in ihr, dass er ihren Muttermund berührte. Jeder Nerv in ihr schien kurz vor der Explosion zu stehen. Kyrian schnaufte in ihren Nacken und leckte über die Haut. Die Hand presste er an ihre Brust, knetete sie und zwirbelte die harten Spitzen. Wieso bewegte er sich nicht mehr? Sie war so kurz davor! Ungeduldig drängelte sie sich an ihn, aber er zwickte sie sanft in die Brustwarze. Der zarte Schmerz schoss direkt in ihren Unterleib. Jenna hatte bisher keine Ahnung gehabt, dass es ihr gefallen könnte, auf diese Weise von einem Mann genommen zu werden.

»Wirst du wohl stillhalten«, grollte er.

Jenna grinste. Das war es dann wohl mit seiner Selbstbeherrschung. Sie presste sich ihm fester entgegen, woraufhin er ihre Brust umfasste und besitzergreifend zudrückte. Das fühlte sich so gut an.

Stöhnend legte sie den Kopf zurück. »Wenn du nicht endlich Gas gibst, werde ich über dich herfallen.«

»Du hast keine Chance gegen mich. Du bist mir ausgeliefert.«

Seine tiefe Stimme, seine Worte und die Art, die er an den Tag legte, machten sie scharf wie nie. Plötzlich wollte sie ungehorsam sein, um zu sehen, was er dann tat. Erneut presste sie sich an ihn. Kyrians Hand glitt ihren Bauch entlang bis zwischen ihre Beine. Er drückte ihren Schamhügel. Ein Finger seiner großen, rauen Hand spielte an ihrem Kitzler.

»Bitte, Kyrian«, flehte sie erneut, weil er immer aufhörte, wenn sie kurz vor dem Höhepunkt stand.

»Weißt du, was ich mit unfolgsamen Hexen mache?«

»Was?« Wenn er doch endlich etwas machen würde!

»Ich werfe sie auf den Rücken, kneble sie und fessle ihre Arme.« Sie wäre ihm ausgeliefert. »Dann spreize ich ihre Beine und lecke sie stundenlang, gewähre ihnen aber keinen Höhepunkt.« Jennas Mitte pulsierte heftig, weil allein diese Vorstellung beinahe einen Orgasmus auslöste. »Ich nehme sie mir und lecke sie, bis sie vor Erschöpfung und Erregung so demütig sind, dass sie alles für mich tun würden, nur um erlöst zu werden.«

Ob er das jemals bei einer Frau gemacht hatte? »Und was müssten die Hexen tun?«, fragte sie atemlos. Gott sei Dank bewegte er sich endlich in ihr, zog sich fast ganz aus ihr zurück und drängte sich wieder in sie.

»Ich würde ihnen den Knebel entfernen, damit sie mich mit dem Mund verwöhnen. So lange, bis …«

Er holte tief Luft und sein Geschlecht zuckte in ihr. Anscheinend brachte ihn diese Vorstellung selbst zum Höhepunkt. Er grollte etwas, dass sich wie »fuck« anhörte, und stieß fester in sie. Dabei rieb er weiterhin über ihre Klitoris.

Jenna fühlte sich vollständig von ihm eingenommen, sich ihm ausgeliefert. Es war wunderbar. Kyrians Stöße gewannen an Energie und Jenna spürte die erlösenden Kontraktionen. Ihr Höhepunkt baute sich langsam auf, wurde stärker und brach schließlich mit solcher Wucht über sie herein, dass sie beinahe aufschrie. Im selben Moment knurrte Kyrian und ergoss sich in sie. Jenna fühlte sich eins mit ihm, auf besondere Weise mit ihm verbunden. Ihre Herzen rasten und schlugen im Gleichklang. Das Zimmer drehte sich vor ihren Augen, während Kyr ihre Hüften packte und noch zwei Mal langsam und tief in sie stieß.

Er steckte immer noch in ihr, als er sie aufs Bett zog und sich von hinten an sie kuschelte. Sie hörte, wie er zur Fernbedienung auf dem Nachttisch griff und den Apparat ausschaltete. Dunkelheit hüllte sie ein. Jenna vernahm Kyrs Atmung, die sich langsam beruhigte, und wusste nicht, was sie jetzt tun sollte. Am liebsten wollte sie unter die Dusche. Zumindest hatte sie nach dem Sex mit Ben geduscht. Sie war verschwitzt und Kyrians feuchter Bauch presste sich gegen ihren Rücken. Auch zwischen den Schenkeln fühlte sie sich schmutzig, zugleich befiel sie eine wunderbare Trägheit, ein Glücksgefühl. Schmutzig … Ja, das war schmutziger Sex gewesen, zumindest für sie. Nicht so normal und steril wie mit Ben.

Kyr deckte sie beide zu und schwieg. Was ihm wohl durch den Kopf ging? War das eine einmalige Sache gewesen oder der Beginn einer Beziehung?

Seine Hand legte sich besitzergreifend auf ihre Brust, was ihr ein sicheres Gefühl gab. Sie spürte, dass er sie anstarrte, ihr förmlich Löcher in den Nacken brannte. Aber er ließ sie nicht los. Also würde sie diese Nacht bei ihm bleiben und einfach sehen, was der Morgen brachte.

Kapitel 13 - Seelennahrungssuche

Nicolas starrte auf Jamie, der vor seinem Kleiderschrank stand und sich ein bauchfreies Shirt überzog. Dazu trug er verdammt enge Röhrenjeans. Er sah aus wie einer der Toyboys, die sich im Desiderio anboten. Klar wusste Nick, dass er auf diese Weise mehr Männer auf sich aufmerksam machen konnte. Und das gefiel ihm nicht.

Wenigstens hatte ihr Liebesspiel bei Jamie keine Spuren hinterlassen. Im Gegenteil – der Kleine war bei bester Laune, obwohl er jetzt auf Seelenfang gehen musste, weil Zorell schon auf dem Zahnfleisch kroch. Mit Jamie zu schlafen war immerhin eine gute Möglichkeit, den Zash auszubremsen. Sobald Noir ihr Baby bekam, würde Nicolas den Kleinen so richtig rannehmen, damit dieser widerliche Dämon keine Chance bekam, Unheil zu stiften. Bei dem Gedanken zuckte sein Geschlecht.

»Und, wie sehe ich aus?« Jamie drehte sich vor ihm und wackelte demonstrativ mit dem Hintern.

»Wie eine männliche Hure«, murmelte Nick.

Der Kleine grinste. »Also perfekt.« Dann musterte er Nicolas von oben bis unten. »Aber so kannst du nicht mitkommen.«

Was war an seinem Outfit auszusetzen? Er sah aus wie immer. Der Türsteher hatte ihn bisher jedes Mal ins Desiderio gelassen.

»Wir gehen ins Popcorn«, erklärte Jamie, als ob damit alles gesagt wäre.

Nick runzelte die Stirn. »Von so einer Dämonenbar habe ich noch nie gehört.«

»Das ist ein Klub in Soho, Dummerle«, sagte er mit nasalem Klang und machte eine affektierte Handbewegung.

Nick lachte. Es war zu ulkig, Jamie in dieser Verkleidung zu sehen. Fehlte nur noch, dass er sich Lippenstift auflegte. Er war zwar schwul, doch das merkte man für gewöhnlich nicht. Jamie wirkte eher wie ein Frauenschwarm, war der männliche Typ, auch wenn er Nicolas manchmal wie ein Junge vorkam. Was wohl einerseits am Altersunterschied lag – immerhin war er 363 Jahre älter –, andererseits daran, dass Jamie die Jahre, während er zum Mann heranreifte, in der Unterwelt verbracht hatte.

Nick dachte kurz an seine eigene Kindheit und Jugendzeit. Er hatte viele schöne Erinnerungen daran, war wohlbehütet in Italien aufgewachsen. Im 17. Jahrhundert wurde er auf der venezianischen Friedhofsinsel San Michele geboren und verbrachte zahlreiche Jahre in Venedig – außer zu Zeiten, als die Pest grassierte, da hatten sie in anderen Städten gelebt. Venedig verdankte er die Liebe zur Oper. Seine Eltern waren über ein Jahrhundert zusammen gewesen, bis seine Mutter eines natürlichen Todes starb. Gargoyles wurden leider nicht so alt, lebten aber länger als Menschen. Manche sollten sogar fast doppelt so alt geworden sein. Das lag wohl am Steinschlaf.

Nicks Vater hingegen, der ein waschechter Inkubus war, trieb heute noch sein »Unwesen« in Italien und sie sahen sich ab und an, doch sie verband eher ein freundschaftliches Verhältnis als ein väterliches.

»Popcorn«, murmelte Nick. Das sagte eigentlich schon alles. Okay, sie gingen also ins Gayviertel von London. Da konnte er in seiner Goyle-Montur nicht so ohne Weiteres mitkommen. »Gut, ich hole meinen Mantel.« Niemand würde seine Schwingen darunter sehen, er würde höchstens wegen seiner ausladenden Schultern bewundernde oder seltsame Blicke kassieren.

Jamie stemmte die Hände in die Hüften und schaute auf Nicks Füße.

»Und meine Biker Boots«, knurrte er, weil er es hasste, Schuhe zu tragen. Die Stiefel waren ohnehin die einzigen Treter, in die er sich hineinzwängen konnte.

Was tat man nicht alles, um jemand anderen glücklich zu machen.

Zehn Minuten später erschuf Jamie ein Portal direkt in eine Toilettenkabine. Nick hatte Probleme, die enge Zelle zu verlassen, und trat beinahe die Seitenwand ein. Als er es endlich geschafft hatte, dem nach Urin stinkenden Raum zu entfliehen, wäre er am liebsten gleich wieder umgekehrt. Brüllend laute Diskomusik zerrte an seinen Nerven und strapazierte sein empfindliches Gehör.

»Das ist nicht dein Ernst!«, rief er Jamie zu, der ihn an der Hand hielt und durch tanzende, schwitzende Menschenmassen zog.

»Hier gibt's die beste Auswahl.«

Das Popcorn war ein megagroßer Partytempel. Auf einer Fläche, die einer Lagerhalle Konkurrenz machte, tummelten sich hunderte halbnackter Männer und Frauen. Ein gefundenes Fressen auch für ihn, aber da war ihm das Desiderio lieber: leise Musik und nicht so überfüllt. Nick hatte nie ein schlechtes Gewissen verspürt, wenn er für den Eigenbedarf ein wenig Lebensenergie stahl und sich dabei mit seinen Opfern verlustierte, doch jetzt plagten ihn zum ersten Mal Gewissensbisse. Wegen Jamie. Der Kleine musste Zorell Nahrung beschaffen, weil sich der notgeile Inkubus nicht hatte beherrschen können. Leider würde Jamie immer auf die Jagd gehen müssen, nachdem sie miteinander geschlafen hatten.

Na ja, es gab wohl Schlimmeres.

Vor vielen Jahrzehnten war Nicolas mal so eine Art Kopfgeldjäger gewesen und hatte für sexuelle Gegenleistungen gearbeitet. Eigentlich war er damals auch nichts anderes gewesen als eine Hure. Nick hätte tief fallen können, hatte sich aber rechtzeitig aus dem Sumpf befreit und war nun froh, in Vincents Klan leben zu dürfen und für Noir zu arbeiten. Er wollte nicht, dass Jamie seinetwegen in der Gosse endete, daher würde er besonders gut auf ihn achtgeben.

Als sie mitten auf der Tanzfläche standen, meinte Jamie: »Jetzt musst du mir ein wenig Freiraum lassen, sonst traut sich keiner an mich ran.«

Nick verstand und zog sich zurück, jedoch nur so weit, dass er Jamie nicht aus den Augen verlor. Eigentlich hätte er sich nun selbst ein wenig Lebensenergie beschaffen können, aber er hatte immer noch genug von ihrem heißen Sex unter der Dusche. Er begab sich zwei Etagen höher auf einen Balkon und beobachtete das Treiben von dort aus. Es dauerte nicht lange, da wurde Jamie von zwei Typen angetanzt. Sie machten ordinäre Gesten mit der Zunge und rieben ihre Unterleiber an ihm. Es war offensichtlich, worauf sie hinauswollten. Keiner der beiden fühlte sich von Jamies Narben auf der Wange abgestoßen – im Gegenteil. Sie schienen den Kleinen dadurch interessanter zu finden.

Jamie entschied sich für einen Mann in seinem Alter und ging mit ihm an die andere Seite der Halle, wo es etwas ruhiger und das Licht gedämmt war. Sie verzogen sich in eine düstere Ecke und begannen, wild rumzuknutschen. Zähneknirschend begab Nick sich wieder nach unten und hielt sich im Hintergrund. Er wusste, dass Ash, der ehemalige Dämon – jetzt Wächterengel ihres Goyle-Klans und des Stadtteils, in dem sie lebten – Jamie einst beigebracht hatte, wie er seinen Opfern nur einen unbedeutenden Teil der Seele rauben konnte, ohne die Menschen zu verderben oder umzubringen. Diese Methode erregte weniger Aufsehen. Jamie musste sich nicht um die Beseitigung eines Verrückten oder einer Leiche kümmern.

Er packte den jungen Mann am Hinterkopf und presste die Lippen fest auf dessen Mund. Der Kerl zog Jamie in eine enge Umarmung, weil er wohl dachte, sie würden nun richtig Gas geben. Wenige Sekunden später riss er sich von Jamie los und wischte sich über die Lippen.

»Wow, deine Küsse rauben einem ja den Atem. Das ist mir zu krass, Mann.«

Und weg war er, untergetaucht in der Menschenmasse. Nick atmete auf. Sein Süßer hatte es geschafft. Ihm selbst tränten mittlerweile die Augen vom Stroboskoplicht und unter seinem Mantel staute sich die Hitze. Er wollte nur noch hier raus.

Nachdem er sich aus den Schatten gelöst hatte, umarmte er Jamie von hinten. »Was soll ich nur mit dir machen, Kleiner?«, raunte er dicht an sein Ohr.

Strahlend drehte sich Jamie in seinen Armen um und griff ihm dreist in den Schritt. »Da wüsste ich schon was, Dämon.«

Wie sollte er das bloß überstehen?

Kapitel 14 - Seltsame Träume

»Schwester? Ich spüre dich«, flüsterte es in Jennas Kopf. Sie riss die Augen auf. Es war düster im Zimmer, Morgennebel waberte vor dem Fenster. Der Sonnenaufgang stand noch bevor.

Jenna wollte sich auf den Rücken drehen, weil ihre Schulter eingeschlafen war, aber sie war wie in einem Schraubstock gefangen. Lächelnd löste sie Kyrians Arm und änderte ihre Position. Sofort legte sich sein Arm wieder um sie, als ob Kyr Angst hätte, sie würde ihn verlassen.

Was für einen seltsamen Traum sie gehabt hatte. Er war so real gewesen. Sie hatte durch fremde Augen gesehen, fremde Gefühle gespürt. Es waren die Gefühle eines Mannes. Für Myra. Diese verdammten Nymphen hatten irgendetwas mit ihr angestellt. Oder hatte das Wasser eine Änderung bewirkt, vielleicht verborgene Kräfte aktiviert? Jenna wusste es nicht, nur, dass ihre Träume verdammt lebendig waren.

Langsam glitt sie zurück in den Schlaf und hörte erneut diese Männerstimme: »Es geht ihr gut. Kyrian braucht sich keine Sorgen zu machen. Ich passe auf Myra auf. Kommt nur niemals ins Dunkle Land …«

Jenna war abermals Dante, ein Dunkelelf, der Sohn des Königs. Sie hatte gesehen, wie er in einer Art mittelalterlicher Burg von einer Amme großgezogen worden war, hatte miterlebt, wie sein Vater – König Lothaire – ihn für kleinste Vergehen streng bestraft hatte und wie er das Mädchen Myra verteidigte, als andere Elfenjungs sie ärgerten …

Pyra und drei weitere Jungs hatten Myra in eine Ecke im Burghof gedrängt. Sie fauchte und schlug nach ihnen, während Olgidur ihre Hände mit einem Stock abwehrte und lachte. Dantes Magen verkrampfte sich. Diese Feiglinge suchten sich immer das schwächste Opfer aus. Und diese Elfen wollten einmal Soldaten des Königs werden?

»Pyra!«, rief Dante und lief auf die Gruppe zu. Die Jungs hatten sich verkleidet, trugen selbst gebastelte Lederharnische und Holzschwerter. »Was soll das?«

Pyras Grinsen reichte fast bis zu seinen Spitzohren. »Dieser hässliche Bolg weigert sich, unsere Gefangene zu spielen. Wir wollen sie nur ein wenig ärgern.«

Myra und hässlich? Dante musterte sie kurz. Er fand an ihr nichts auszusetzen, außerdem hatte sie nichts mit diesen unförmigen, scheußlichen Kobolden gemein, die unter der Erde hausten. »Der König will seine Sklavin unversehrt.«

»Aye, mein Prinz«, erwiderte Pyra spöttisch. »Wir werden ihr kein Haar krümmen.«

Pyra war Dantes bester Freund. Doch es war keine richtige Freundschaft, nicht für Dante, denn Pyra wollte sich durch ihn vermutlich die Gunst des Königs erschleichen. Eigentlich hatte Dante niemanden, dem er vertrauen konnte. Alle wussten, dass das Blut einer Lichtelfe in ihm floss, und akzeptierten ihn nur, da er Lothaires Sohn war.

Nachdem sich die Jungs maulend zerstreut hatten, ballte Myra zornentbrannt die Fäuste. Tränen liefen über ihre Wangen, ihre Fänge blitzten auf. »Ich werde ihnen die Augen auskratzen!«, zischte sie. Mordlust funkelte in ihren Pupillen.

Die Jungs mussten ihren Stolz schwer verletzt haben. Außerdem wusste Dante, wie sehr sie sich davor fürchtete, gejagt zu werden. Das hatte sich ihm offenbart, als er Myra einmal aus dem Turm seines Vaters geholt hatte, unter dem Vorwand, er und seine Freunde brauchten ein Opfer zum Jagen.

Dante zog sie zu den Ställen, wo sie ungestört reden konnten, und drängte sie in eine leere Box. »Bitte verhalte dich unauffällig. Zeige Demut oder Vater wird dich in den Kerker sperren.«

»Ich habe es satt, für alle ein Spielzeug zu sein, die willige Sklavin, die den ganzen Tag machen muss, was andere befehlen.« Langsam beruhigte sie sich. Sie drückte ihren zitternden Leib gegen die Holzwand und ließ den Kopf hängen. »Olgidur wollte …« Sie schluchzte auf. »Er hat gesagt, er zeigt mir, was er mit Gefangenen macht und wollte mein Kleid zerreißen.«

Hastig blickte Dante über den Rand der Box. Kein Elf befand sich im Stall, in dem es dunkel war und nach Pferdemist stank. »Versuch einfach, nicht aufzufallen, oder du wirst das Tageslicht nie mehr sehen.« Am liebsten wollte er Olgidur köpfen! Seine Hand wanderte zum Schwert an seiner Seite. Als Sohn des Königs war er schon früh im Schwertkampf unterrichtet worden und durfte neben seinem Vater und den Wachmännern als Einziger in der Festung eine Waffe tragen.

Dante musterte Myras einfaches Kleid, dessen Saum tatsächlich ein Stück eingerissen war. Ein Schmutzfleck befand sich an der Stelle, hinter der sich eine zarte Mädchenbrust wölbte. Wut brannte in seinem Magen.

»Ich wünschte, Kyrian würde kommen und mit mir von hier fliehen.« Sie hielt den Kopf immer noch gesenkt; Tränen tropften auf den Boden. »Wenn ihn das Training vorher nicht umbringt.«

Dante erkannte, dass er nicht der Einzige auf der Burg war, der sich verlassen fühlte. Wenn Kyrian es eines Tages schaffte, Myra freizukaufen, wäre Dante allein. Sanft schloss er Myra in die Arme und streichelte ihren Rücken. Sie hatten so viel gemeinsam, hatten beide ihre Mutter verloren, waren keine reinen Dunkelelfen und mussten sich ihrem Schicksal beugen. Er sollte an ihrer Stelle stehen, ihn sollten sie hänseln. Myra sah mit ihrem schwarzen Haar einer Dunkelelfe viel ähnlicher als er, dessen Haar die Farbe von Gold hatte.

Zitternd presste sie sich an ihn. »Wenn du nicht wärst, hätte ich mein Leben schon lange beendet.«

Er erschrak über ihre Worte und drückte sie von sich. »Daran darfst du niemals denken! Ich verspreche dir, dass du eines Tages frei sein wirst.«

Dafür wollte er sorgen.

Stöhnend drehte sich Jenna im Halbschlaf. In Dante floss das Blut einer Lichtelfe? Und sie waren Geschwister?

Jenna wollte diesen Traum verlassen, um diese wichtigen Fakten nicht zu vergessen, und doch war sie neugierig, wie es mit Dante und Myra weiterging. Daher entspannte sie sich und glitt erneut ins Traumgeschehen …

Jetzt war Dante erwachsen, sein Körper gestählt und mit Narben übersät. Sein Herz klopfte wild, als er die Festung seines Vaters betrat, in der auch er sein Zuhause hatte. Der Westturm gehörte ihm allein. Das Gebäude ähnelte einer Burg, wie die Menschen sie im Mittelalter gebaut hatten, nur war sie moderner ausgestattet. Es gab sogar fließendes warmes Wasser und elektrisches Licht.

Wie es wohl Myra ging? Hoffentlich hatte man sie während seiner Abwesenheit gut behandelt. Sie war wie eine Schwester für ihn, eine Seelenverwandte. Nur durfte das niemand herausfinden. Offiziell war sie seine Sklavin. Sein Vater hatte sie ihm vermacht, bevor Dante in den Krieg gezogen war, als Preis, wenn er wohlbehalten zurückkehrte.

Viele Monde lang hatte er sie nicht mehr gesehen. Die Schlacht hatte nicht enden wollen. Tausende Bolgs waren aus ihren Höhlen gekrochen und hatten versucht, das Königreich einzunehmen, sich gegen Lothaire aufzulehnen. Diese dummen Zwerge hatten nicht aufgegeben, bis ihre Kompanien alle niedergemetzelt hatten. Es war ein grausames, sinnloses Blutbad gewesen. Würde Lothaire sie nicht unterdrücken, von ihnen verlangen, für seine Sache zu kämpfen und immens hohe Steuern von ihnen fordern, könnten sie gemeinsam im selben Land leben, ohne sich zu behindern.

In der Haupthalle begrüßte der König ihn und seine Kameraden mit stolzgeschwellter Brust, lud sie zum Essen ein und gab mit seinem Sohn an. Dante lächelte an den passenden Stellen, erzählte, wie er die Bolgs abgeschlachtet hatte, machte dreckige Witze und führte sich auch sonst wie ein richtiger Dunkelelf auf.

Pyra saß am großen Tisch an seiner Seite und würzte seine Erzählungen mit passenden Anekdoten. Die Schlacht hatte sie zusammengeschweißt, Freundschaft war erwachsen. Pyra war ihm während der Kämpfe nie von der Seite gewichen und hatte ihn einmal vor dem sicheren Tod bewahrt. Sein Freund hatte die Feinde allein schon mit seinem wilden Auftreten erschreckt, denn Pyra sah mit dem zusammengebundenen Haarschopf und den rasierten Schädelseiten gefährlich aus.

Doch der Krieg hatte auch Dante verändert. Myra würde das nicht gefallen. Noch hatten sie nicht miteinander gesprochen, sich nicht begrüßt. Aber er spürte ihre Blicke, als sie ihn und die Männer bediente, ihnen Essen brachte und Wein einschenkte. Myra wirkte nicht erfreut. Jedes Mal, wenn er grölte oder einen derben Witz riss, zuckte sie zusammen.

Sein Kamerad Olgidur hatte wohl bemerkt, dass er einmal zu oft in ihre Richtung geschaut hatte, und rief so laut, dass es alle am Tisch hörten: »Deine Sklavin ist heute noch fällig, was, mein Prinz?«

Alle lachten, bis auf Myra. Sie riss die Augen auf, und ihr angsterfüllter Blick traf ihn mitten ins Herz. Dennoch sagte er: »Ich werde sie so lange vögeln, dass sie morgen nicht mehr laufen kann.«

Jeder grölte, nur König Lothaire, der zu seiner Rechten saß, flüsterte ihm zu: »Du darfst mit der Kleinen tun und lassen, was du willst, nur zeuge keinen Balg mit ihr.«

Dante schluckte. Ein Kind mit Myra? Er hatte noch nie mit einer Frau geschlafen, nicht einmal mit einer der Huren, die sein Vater ihnen in die Lager geschickt hatte. Dante hatte immer nur an Myra gedacht. Trotz ihres Unmuts sah sie noch schöner aus als an dem

Tag, an dem er sie verlassen hatte. Wie sehr er ihre Anwesenheit und ihre Gespräche vermisst hatte, war ihm erst im Krieg bewusst geworden. In den letzten Monaten war sie zu einer richtigen Elfe herangereift. Ihr langes schwarzes Haar trug sie zu einem dicken Zopf geflochten, weshalb er ihre Ohren sah. Diese süßen, spitzen Ohren, an denen er am liebsten lecken würde. Ihr Busen war voller geworden und drohte aus dem Ausschnitt ihres dunkelgrünen Kleides zu hüpfen, das unter ihrer Brust geschnürt war. Eine große Oberweite war eher ungewöhnlich für Elfenfrauen. Es zuckte in seiner Hose und er unterdrückte den Drang, sein eingeklemmtes Geschlecht zurechtzurücken. Zu seinem Leidwesen bemerkte er, dass die anderen seine Sklavin ebenfalls attraktiv fanden. Seine Hände ballten sich unter dem Tisch zu Fäusten. Er hatte Myra immer gemocht, sie schon beschützt, als sie klein waren, und sie hatten zusammen gespielt. Wie Geschwister. Nur waren sie keine Kinder mehr. Jetzt sah Dante sie mit anderen Augen.

Er war müde. Müde vom Krieg und müde, an einem Tisch mit Elfen zu sitzen, die sich am Leid anderer ergötzten. Er wollte nur noch ein Bad nehmen und ins Bett fallen. Und Myra von den grölenden Proleten wegbringen.

Daher stand er auf und sagte: »Ihr entschuldigt mich, aber ich habe eine Menge nachzuholen und die Nacht ist bereits halb um.« Seine Kumpel verstanden ihn und blickten auf Myra, die verschreckt davonhuschte.

Hastig verbeugte er sich vor seinem Vater und folgte seiner Sklavin.

Als er den Turm betrat, hörte er sie im Badezimmer hantieren. Dante blieb an der angelehnten Tür stehen und beobachtete, wie sie die goldenen Wasserhähne der marmornen Wanne, die in dem runden Turmzimmer stand, aufdrehte. Myra lief mal hierhin und mal dorthin, um Öle aus einem Schrank zu holen und Blüten aus einem anderen. Sie gab diverse Zutaten in die Wanne und fühlte immer wieder die Temperatur, bis duftende Dampfschwaden zur hohen Zimmerdecke stiegen. Da trat er ein und schloss die Tür hinter sich.

Myra wirbelte herum, die Augen erneut aufgerissen. »Ihr wollt sicher baden, mein Prinz«, sagte sie hastig. Ein paar Strähnen ihres Haares hatten sich gelöst und hingen ihr ins gerötete Gesicht.

»Ein Bad wäre wundervoll«, raunte Dante. Er stank wie ein Wurzelwicht.

Myra half ihm, den Lederharnisch und die Unterkleidung abzulegen, ohne ihn anzusehen. Ihre geschickten Finger lösten Bänder sowie Ösen und streiften ständig seine Haut, sodass er ein Stöhnen unterdrücken musste. Als er mit nacktem Oberkörper vor ihr stand, leuchteten ihre Wangen noch intensiver, doch sie keuchte vor Schreck, als sie seine Brust erblickte, über die sich eine lange Narbe zog. Hätte Pyra ihn nicht von seinem Feind weggerissen, hätte das Schwert nicht nur seine Haut geritzt. Starr blickte sie auf die rote Linie und ließ die Fingerspitzen über die zarte Erhebung gleiten. Dante stieß die Luft aus. Diese Berührung sandte ein Prickeln bis in seinen Unterleib. Sie riss die Hand zurück und öffnete hastig die Verschnürung seiner Hose.

»Es tut mir leid, mein Prinz, ich … wollte Euch nicht wehtun.«

»Das hast du nicht«, raunte er. Sein Gesicht glühte, als sie ihm die Hose nach unten zog und sein Geschlecht hervorsprang. Jetzt sah Myra, was ihre Anwesenheit bei ihm auslöste. Sie vermied sämtlichen Blickkontakt, packte seine Kleidung und warf sie in einen Schacht, der in den Keller des Turms führte. Dort würden sich Wäscherinnen um seine Sachen kümmern. Das Meiste davon war ohnehin nicht mehr zu retten.

Seufzend ließ sich Dante ins warme Wasser gleiten. Ihm taten alle Muskeln weh. Besonders schmerzte sein Oberschenkel, der von einem Pfeil durchbohrt worden war. Das Gewebe an der Stelle war vernarbt, weshalb er wohl für den Rest seines Lebens leicht humpeln würde.

Myra trat an seine Seite, einen Schwamm in der Hand. Behutsam ließ sie ihn über sein Gesicht gleiten. »Ihr seid dünner geworden, mein Prinz.«

Dante schloss die Augen und genoss ihre Berührungen. »Bitte, sprich mich nicht so formell an. Das hast du früher auch nicht, wenn wir allein waren.« Allein … Er schluckte. Allein mit seiner wunderschönen Sklavin, mit der er machen konnte, was er wollte.

Ihre Hand wanderte tiefer, wusch seinen Hals. In kreisenden Bewegungen fuhr sie über seine Brust und tupfte behutsam die Narbe ab. Sie schmerzte nicht mehr, sondern spannte nur ab und zu oder zog, wenn das Wetter umschwang. Er hatte Glück gehabt.

Dante blinzelte. Myras Hand zitterte. Ihr Busen befand sich so dicht vor seinem Gesicht, dass er den weiblichen Duft roch, der davon aufstieg. Oder waren das die Blütenblätter im Wasser?

»Habt Ihr das ernst gemeint, was Ihr zu Euren Kriegern sagtet?«, fragte sie, während sie seinen Arm schrubbte.

Er wusste, worauf sie anspielte. Hastig sah er auf. »Natürlich nicht. Ich …«

Jetzt sah er sie zum ersten Mal lächeln und sein Herz machte einen Sprung.

»Ihr wolltet nur keine Schwäche zeigen«, führte sie seinen Satz fort und legte den Schwamm auf den Wannenrand. Dann widmete sie sich seinem verhärteten Oberschenkel, den sie vorsichtig massierte. »Ich hatte wirklich geglaubt, Ihr hättet Euer Herz verloren.«

Nur an dich, wollte er antworten, stattdessen entwich ihm ein leises Stöhnen. Ihre knetenden Finger waren eine Wohltat. Dante lehnte sich zurück, schloss die Augen und genoss das Spiel ihrer Finger. Seine Erektion blieb ihr sicher nicht verborgen. Er war so hart wie schon ewig nicht mehr. Doch Myra ließ sich nichts anmerken, sondern rubbelte und drückte eifrig weiter, wobei ihre Hände seinen Lenden immer näher kamen. Würde sie ihn dort ebenfalls verwöhnen? Niemals zuvor waren sie sich so nahe gekommen. Dante spürte die Hitze, die in der Luft flirrte, aber sie rührte nicht vom heißen Wasser her, sondern von ihren erregten Leibern. Er hörte Myra leise keuchen. Strengte die Massage sie an oder war sie ebenfalls erregt?

»Ihr habt genauso verschnörkelte Linien auf Eurem Unterleib wie Kyrian«, sagte sie leise.

»Gefallen sie dir?« Dante war stolz darauf, diesem alten Kriegergeschlecht zu entstammen, obwohl er Gewalt eigentlich verabscheute.

»Sie sind wunderschön.« Zärtlich strichen ihre Finger über die Linien, wobei sie seine Erektion streifte.

Dante stöhnte auf. »Wie ist es dir ergangen, als ich weg war?«, fragte er rau. Plötzlich wollte er alles wissen. Hatte sie sich mit anderen Männern vergnügt?

Vorsichtig öffnete Dante die Augen, nachdem ihre Finger auf seinem Oberschenkel verharrten und sie nichts antwortete. Sein Puls raste. Hoffentlich gehörte ihr Herz keinem anderen.

Myra blickte unter halb gesenkten Lidern zu ihm, die Wangen tief gerötet, und wisperte: »Ich habe dich furchtbar vermisst.«

Er konnte nicht anders – er musste sie einfach zu sich holen. Mit einem Aufschrei plumpste sie ins Becken und landete auf seiner Brust. Bevor sie protestieren konnte und ihn sein Mut verließ, verschloss er ihren Mund mit Küssen. Wie oft er davon geträumt hatte, sie zu kosten. Doch die Realität übertraf alles.

Kurz versteifte sie sich, dann sank sie gegen ihn und erwiderte die Zärtlichkeiten. Ihr Kleid bauschte sich auf der Wasseroberfläche, sodass sich seine Erektion an ihre Mitte presste. Myra trug keine Unterwäsche, wie alle Sklavinnen. Weil sie ständig bereit sein mussten, wenn ihre Herren gewisse Gefälligkeiten verlangten.

Dante wollte nicht daran denken, wie oft sich sein Vater diese Gefälligkeit herausgenommen hatte, und schob seine Hand zwischen ihre gespreizten Schenkel. Er landete auf ihrem Geschlecht, das noch heißer war als das Wasser.

Stöhnend warf Myra den Kopf zurück, während er sie dort streichelte. Es gefiel ihr also; er schien es richtig zu machen. Wie interessant sie sich anfühlte. Weich, glatt, glitschig … Er konnte nicht mehr warten. Das hatte er bereits zu lange. Da er nicht wusste, wie eine Frau gebaut war, erforschte er die samtigen Lippen mit den Fingern, bevor er sein Geschlecht umschloss und zwischen sie tauchte.

Ihr Schoß nahm ihn nur langsam auf. Myra war eng. Sie zuckte, und Dante spürte den Widerstand, den er durchbrach, bevor er ganz in sie glitt.

Bei den Höhlentrollen, sie war unberührt! Sein Atem stockte und sein Herz verkrampfte sich. »Tut mir leid, das wollte ich nicht«, stammelte er. Sein Vater hatte tatsächlich die Wahrheit gesagt, dass er sich Myra nie genähert hatte. Weil sie das Erbe von Taimul, eines engen Vertrauten des Königs, in sich trug? Oder sollte Dante auch deshalb kein Kind mit ihr bekommen, damit er keinen Bastard zeugte wie sein Vater?

Sein Magen verkrampfte sich. Nur weil er der Erstgeborene war, stand ihm die Thronfolge zu, Halbblut oder nicht.

Liebevoll streichelte er Myras Gesicht. »Wieso hast du nicht erwähnt, dass du noch Jungfrau bist? Dann hätte ich niemals …«

In ihren Augen sammelten sich Tränen. Sie wollte etwas erwidern, schloss ihren Mund jedoch, umfasste seinen Kopf und küsste Dante auf den Mund. Mit verzweifelter Leidenschaft erwiderte er den Kuss. So hatte er sich das erste Mal für Myra nicht gewünscht. Er wäre zärtlich gewesen, hätte sie langsam vorbereitet. Nun hatte er sie entehrt. Falls Kyrian es schaffte, seine Aufgabe zu erfüllen, würden sie beide frei sein. Myra würde mit Kyrian von hier fortgehen und …

»Er wird mich umbringen«, flüsterte Dante. Kyrian würde ihn dafür töten.

Jenna fuhr aus ihrem Traum hoch. Sie wollte sich zwischen die Beine greifen, da sie immer noch das Gefühl hatte, einen Penis zu besitzen. Der Traum war so real gewesen. Natürlich war sie kein Mann, dafür klammerte sich einer an sie und schlief friedlich. Kyrian.

Er lag halb auf ihr, dicht an ihrem Busen, als würde er ihren Herzschlägen lauschen. Du bist nicht so kalt, wie du immer tust, dachte sie und strich ihm das Haar aus der Stirn.

Langsam öffnete er die Augen. Da Sonnenlicht durch das Fenster strahlte, leuchteten seine blauen Iriden wie magisches Feuer. Ihr Herz zog sich zusammen. Er war ein Bild von einem Mann. Und offensichtlich vergeben, falls ihr Traum der Wahrheit entsprach. Sollte sie Kyrian davon erzählen? Dass der Sohn des Königs der Dunkelelfen Myra entehrt hatte?

Lieber nicht, denn vielleicht waren es lediglich wirre Träume und bedeuteten nichts. Was wusste sie von den Dunkelelfen? Hieß der König Lothaire? Und hatte er einen Sohn namens Dante? Sie glaubte sich zu erinnern. In der Magierwelt wurde viel über die Dunkelelfen und die Bedrohung, die von ihnen ausging, geredet. Bestimmt spann sie sich diese Geschichte zusammen, weil sie diesen wunderbaren Mann für sich allein haben wollte und nun Angst hatte, er wäre vergeben. Schließlich wusste sie fast nichts von ihm.

Kyrian lächelte sie nicht an, sondern wirkte eher erschrocken. Räuspernd hob er den Kopf. »Guten Morgen«, sagte er kühl, als würden sie sich in ihrer Praxis treffen und nicht nebeneinander im Bett liegen. Rasch blickte er weg und setzte sich auf.

»Guten Morgen«, erwiderte sie leise. Ihr Puls klopfte hart. Sie hasste diese Distanz, die plötzlich wieder zwischen ihnen herrschte.

Mit gerunzelter Stirn starrte er auf die Matratze. Dann fuhr er sich durchs Haar.

»Hast du Kopfweh?«, fragte Jenna. Vielleicht war er nur ein Morgenmuffel und brauchte ein wenig Zeit, bis er aufgetaut war.

Die Augen zusammengekniffen, massierte er sich das Nasenbein, als würde er in sich hineinfühlen. »Nein.« Seinem Gesichtsausdruck nach zu urteilen, war er darüber erstaunt. »Vielleicht hat das Wasser im Nymphenbecken irgendwas mit mir angestellt, es soll ja heilende Wirkung haben. Ich hatte davon gekostet.«

Und sie bestimmt einen Liter geschluckt. Warum waren sie bloß in die Höhle gegangen? Seitdem war ihr Leben noch komplizierter. Und Kyrian tat, als wäre nichts zwischen ihnen gewesen, als hätten sie keinen wilden Sex gehabt.

Er stand auf und ging zum Kleiderschrank. Ihr den Rücken zugedreht, fragte er: »Möchtest du zuerst ins Badezimmer?«

»Hm«, erwiderte sie und eilte hinter ihm vorbei, damit er ihre Tränen nicht sah.

*

Sie frühstückten in einem kleinen Café und fragten den Kellner, welche Sehenswürdigkeiten er empfehlen könne. Er schlug vor, den Menhir von Rudston zu besuchen. Kyrian war froh, dass es endlich weiterging, auch wenn es eine Tortour sein würde, mit Jenna in einem Auto zu sitzen. Was hatte er sich nur gedacht, mit ihr zu schlafen? Er hatte seine Beherrschung verloren, verdammt! Er durfte keine Gefühle für sie entwickeln, auch wenn die Najaden ihm das geraten hatten. Was, wenn sie diejenige war, die er seinem König ausliefern musste? Und falls nicht, würde sie ihn verachten für das, was er war und bereits getan hatte.

Plötzlich bemerkte er vor dem Fenster eine Bewegung. Ein Mensch hätte sie nicht gesehen, doch seine Sinne waren darauf trainiert, jede Veränderung wahrzunehmen. Er setzte sich die Sonnenbrille auf und ließ den Blick schweifen, ohne den Kopf zu bewegen, während Jenna das Frühstück bezahlte.

Verdammt, vor dem Gebäude befand sich ein Dunkelelf und war ebenso ein Jäger wie er. Er beherrschte die Kunst, sich in den Schatten zu verstecken, sich für menschliche Augen unsichtbar zu machen. Kyrian hatte sich schon gefragt, wann Lothaire ihm jemanden hinterherschicken würde, denn der König vertraute ihm, einem Bastard, sicherlich nicht hundert Prozent. Doch warum ausgerechnet jetzt?

Äußerlich ließ er sich nichts anmerken, aber sein Puls beschleunigte sich schlagartig. Wenn der Elf Jennas Gesicht sah – wenn er das nicht längst hatte –, würde er sich genauso wie Kyr fragen, ob das Isla war. Nur würde der andere nicht so lange zögern wie er.

Jenna war in Gefahr. Und falls sie tatsächlich eine derjenigen war, die Lothaire unbedingt wollte, würde Kyrian sie sich bestimmt nicht wegnehmen lassen. Jenna gehörte allein ihm!

»Ich muss noch mal für kleine Mädchen«, murmelte sie und stand auf.

Er erhob sich ebenfalls. »Ich auch.«

»Für Mädchen?«, fragte sie schmunzelnd.

Kyr schenkte ihr ein schnelles Lächeln, ohne sie anzusehen. Er musste diesen Jäger loswerden, bevor er sich Jenna schnappte. Auf der Toilette war sie ein leichtes Ziel. Gemeinsam gingen sie an weiteren Tischen vorbei, die nur spärlich besetzt waren, bis ganz nach hinten.

»Also, bis gleich«, sagte sie vor der Tür, die zu den Damentoiletten führte. Die Herrenklos befanden sich im schmalen Gang gegenüber.

Kyrian nickte Jenna zu und verschwand in der Tür, noch bevor sie ihren Raum betreten hatte. Er wusste, dass er sich erst gar nicht vor das Café zu translozieren brauchte, sondern materialisierte sich gleich in der Damentoilette. Für den Bruchteil eines Wimpernschlages erschien seine Gestalt vor den Waschbecken, damit er sich orientieren konnte – genau als Jenna zur Tür hereinkam. Sie würde ihn in der extrem kurzen Zeit nicht wahrnehmen.

Im nächsten Moment befand er sich schon in der hintersten leeren Kabine. Er hörte, wie Jenna das Abteil daneben betrat und absperrte. Vorsichtig spähte Kyrian zur Tür hinaus. Der Jäger stand bereits im Raum, Kyr den Rücken zugekehrt. Anscheinend wartete er, bis Jenna wieder herauskam. Um unter den Menschen nicht aufzufallen, trug er schwarze Jeans und einen dunkelblauen Kapuzenpullover, der sein Haar verdeckte. In der Hand funkelte eine silberfarbene Klinge. Wollte er Jenna gleich töten?

Blitzschnell zog Kyrian eins seiner Messer aus dem Stiefel, drückte es dem Elf von hinten an den Hals und translozierte sich gemeinsam mit ihm ins Dunkle Land. Eine Reise in eine andere Dimension erforderte viel Energie und ließ ihn für einen Moment schwarze Flecken sehen. Zum Glück hatte er gut gegessen und war gestärkt.

Das Dunkle Land existierte auf der Erde, in einer Parallelwelt. Wie das physikalisch möglich war, hatte Kyrian herauszufinden versucht und in einer Bar einen betrunkenen Wissenschaftler befragt. Der hatte etwas von Lichtgeschwindigkeit, Wirbel, Materie und elektromagnetischer Strahlung geschwafelt. Komplette Universen waren miteinander verschachtelt, harmonisch ineinander verzahnt, ohne sich zu behindern. Nachdem Kyrian kein Wort davon verstanden hatte, hatte er diesen Zustand als gegeben hingenommen und nicht weiter darüber nachgedacht.

Kyrian und der Elfenkämpfer befanden sich nun auf einem Felsplateau eines hohen Berges, vor dem Eingang der Höhle, in der die Soldaten Myra und ihn einst aufgespürt hatten. Sofort riss er dem kleineren Jäger die Kapuze vom Kopf. Schwarzes Haar kam zum Vorschein und ein zierliches Gesicht mit einer spitzen Nase. Über sein Kinn zog sich eine lange Narbe bis über die Wange. Kyrian kannte den Mann nicht. Er war einer von vielen Jägern, die König Lothaire heimlich ausbilden ließ.

»Falls du dich translozierst, bist du tot«, zischte Kyr.

Alle Dunkelelfen konnten bei Körperkontakt den Energieimpuls spüren, der einer Translokation vorausging. Er hätte dem Kerl die Kehle aufgeschlitzt, noch bevor er sich aufgelöst hätte.

»Ah, der große Kyrian«, sagte der Krieger mit spöttischer Stimme. »Hab schon viel von dir gehört.«

»Warum schnüffelst du mir hinterher?«

»Der König vertraut dir nicht.«

Kyrian knurrte. Genau, wie er gedacht hatte. »Habe ich ihn jemals enttäuscht?«

»Er findet, du bist bereits zu lange bei den Menschen und sie würden dich womöglich verweichlichen. Er will Resultate sehen und du hast bis jetzt keine geliefert.«

»Ich habe ihm schon genug Adressen von Magiern genannt und einer anderen Spur bin ich dicht auf den Fersen.« Er drückte das Messer fester an die Kehle des Jägers, obwohl der sich keinen Millimeter bewegte.

»Die Hexe sieht aus wie Isla. Worauf wartest du?«

Fuck. Lothaire hatte den Kerl also tatsächlich auf dieselbe Fährte gesetzt. Für einen Moment lenkte ihn dieser Schock so ab, dass er zu spät reagierte, als der Dunkelelf den Kopf nach hinten rammte, in Kyrians Gesicht. Zeitgleich trieb er ihm die Ellbogen in die Seiten. Schmerzen explodierten an Kyrians Kinn und in seinen Eingeweiden, doch er hatte gelernt, sie zu ignorieren.

»Hiermit wirst du abgelöst!«

Der Krieger wand sich aus seiner Umarmung, wirbelte herum und warf sein Messer nach ihm. Kyr duckte sich rechtzeitig und trat dem Mistkerl gegen das Schienbein. Als sich der Jäger zu seinem Messer translozierte, das kurz vor der Kante des Felsvorsprungs zum Liegen gekommen war, grinste er bestialisch.

»Die Sache mit den Magiern ist ja wohl voll in die Hose gegangen. Du stellst dich reichlich dämlich an, um deine Schwester zurückzubekommen.«

Er wusste auch noch von der Vereinbarung! Der Jäger versuchte, ihn zu reizen und noch wütender zu machen, damit sich Kyrian nicht auf den Kampf konzentrieren konnte.

»Zweifelt der König an meiner Loyalität?« Falls Lothaire ihn abgeschrieben hatte, würde er Myra niemals freikaufen können. Oder wollte der Herrscher ihn loswerden?

Der Elf kicherte nur … und translozierte sich über ihm auf einen anderen Felsvorsprung. Kyr reagierte prompt und veränderte seinerseits die Position. Er materialisierte sich in der Höhle, wo er sich hinter einem Stein zusammenkauerte. Von dieser Position aus hatte er den Eingang gut im Blick.

»Wo bist du, feiger Bolg?«, rief der Jäger.

Kyr warf einen kleinen Stein zum Eingang, woraufhin sich der Elf sofort umdrehte. Langsam schritt er in die Höhle, das Messer kampfbereit in der Hand. Verdammt, Kyr musste etwas tun, um Lothaire milde zu stimmen, zumindest so lange, bis er wusste, was er wegen Myra unternehmen sollte. Für einen winzigen Moment dachte er daran, dem König Jennas Vater oder einen anderen Magier auszuliefern. Dank Noir kannte er eine Menge solcher Leute, die König Lothaire zu gern ausfragen und foltern würde.

In seine düsteren Gedanken stahl sich Jennas Blick, wie sie ihn ansehen würde, wenn er das täte. Sie würde ihn verachten. Hassen.

Der Jäger kam näher und bückte sich nach einem Schwert, das auf dem Höhlenboden lag. Da der Kerl nicht verschwand, konnte das nur eines bedeuten: Er wollte Kyrian ausschalten.

»Die Hexe gehört mir«, zischte der Elf, sprang hinter den Vorsprung und hieb auf Kyrian ein.

Er translozierte sich direkt hinter den Krieger, sodass dieser nur den Fels traf. »Niemals werde ich sie dir überlassen!«

Kyr wandte seine Tricks an, einen nach dem anderen. Geschickt wich er den Schwertattacken aus und blieb auf Abstand, schleuderte seine Klinge auf den Elf, erwischte ihn am Hals und den Armen. Kyr translozierte sich bereits während der Würfe durch die Höhle, um die fliegende Klinge hinter dem Jäger aufzufangen. Da ihn die Dunkelelfen seit jeher verachtet hatten, war sein Training unerbittlich gewesen – was ihm immer wieder zum Vorteil gereichte, auch wenn sein Feind die besseren Waffen besaß. Kyr war einfach schneller und listiger als andere, könnte jeden mit den bloßen Händen töten. Er hätte den Krieger längst umbringen können, doch er wollte Antworten. Daher schnappte er sich eines der Schwerter, die überall auf dem Boden lagen, und parierte einen Angriff. Metall krachte auf Metall, Funken flogen.

»Sollst du Isla töten?«, fragte Kyr. »Ich dachte, der König wollte sie lebend.«

»Will er auch, aber er hat mir nicht verboten, vorher ein wenig Spaß mit der Kleinen zu haben.«

»Das glaube ich dir nicht. Der König will sie unversehrt!« Kyrs Wut schwoll zu einem Glutball an, obwohl er sich sonst nicht so leicht provozieren ließ. Er translozierte sich hinter den Jäger und schnitt ihm die Kehle durch. Hastig ließ er ihn fallen, um von dem spritzenden Blut nicht getroffen zu werden. Er wartete kurz, bis sich sein Widersacher nicht mehr bewegte und spulte sein Programm ab. Er packte den Krieger an den Haaren und zerrte ihn tiefer in die

Höhle, vorbei an Waffen und Rüstungsteilen. Einige seiner Artgenossen verrotteten hier bereits. Kyrian empfand nichts für sie, bereute auch nicht, dass sie durch seine Hand gestorben waren. Dennoch hatte er das Töten satt. Nach all den Jahren wurde es Zeit, sich eine neue Aufgabe zu suchen, eine, die ihn erfüllte. Sein Leben als Lothaires Sklave machte ihn müde.

Er begab sich in den hintersten Teil der Höhle, in der ein großes Skelett lag, von dem nur die ledernen Schwingen noch nicht vermodert waren. Diese hatte Kyrian um die Knochen geschlagen. Den abgetrennten Kopf hatte er so drapiert, als wäre er nie vom Körper getrennt worden.

»So ein Leben hast du dir für mich sicher nicht gewünscht.« In der Stille hallten seine Worte von den kargen Wänden. Seufzend betrachtete er die Überreste seiner Mutter. Da die versteinert aussehende Haut der Gargoyles aus einer organischen Substanz bestand, verwesten sie genauso wie andere Leichen.

Wie wäre sein Leben verlaufen, wenn Myra und er mit seiner Mutter hätten fliehen können?

Kyr kam öfter an diesen Ort. Jedes Mal, wenn er einen Elfen getötet hatte, brachte er ihn hierher. Der Kerl, der seinen Schwanz abgeschnitten hatte, lag hier, und der andere, der ihn ebenfalls traktiert hatte. Es verschaffte ihm wenigstens ein bisschen Genugtuung. Eines Tages würde er auch den Krieger töten, der seiner Mutter den Kopf abgeschlagen hatte. An ihn war er bisher nicht herangekommen, weil er nicht auffindbar war. Doch Kyrian würde sein Gesicht immer wiedererkennen.

Er verweilte nicht lange, sondern trat vor die Höhle. Er musste zurück. Jenna fragte sich bestimmt schon, ob er sich runtergespült hatte. Aber er gönnte sich noch einen Moment und blickte über das Dunkle Land. Er gehörte weder hierher noch in die Menschenwelt, doch wenn er es sich aussuchen könnte, würde er für immer in Vincents Klan leben.

Die Morgensonne stand tief, tauchte den Berg in goldenes Licht. Das restliche Land lag noch im Schatten. Von dieser Position konnte er die Burg nicht sehen, nur einen Teil der Stadt, die vor den Mauern lag. Er würde sich allerdings sofort vor dessen Tore translozieren können. Der Wunsch, seine Schwester herauszuholen, war übermächtig. Aber er musste sich gedulden, sich einen Plan zurechtlegen. Einen, der funktionierte. Wie oft hatte er sich in den letzten Jahren den Kopf darüber zerbrochen. Das Gebäude war gesichert wie eine Festung und er konnte sich darin weder translozieren noch Magie anwenden – was ihm zum Vorteil gereichte, da er kaum Zaubersprüche beherrschte. Auch Waffen zu tragen war verboten. Kyrian würde sich voll und ganz auf seine Nahkampffähigkeiten verlassen müssen. Er wusste einen Weg hinein, doch allein gegen die Übermacht der Wachen anzutreten, stellte eine Herausforderung dar.

Nach einem letzten Blick auf die karge Landschaft, materialisierte er sich in die Herrentoilette des Cafés zurück, wusch das Blut von den Händen und dem Messer und klopfte sich den Staub von der Kleidung. Erst dann trat er vor die Tür.

Jenna stand dort, eine Schulter an die Wand gelehnt, und sah ihn fragend an, als sein Magen laut knurrte.

»Geht's dir gut?«

»Bestens.« Er hatte eine Menge Energie für die Translokation in eine andere Dimension und zurück verbraucht, weshalb er sich beim Hinausgehen noch einen Bagel mitnahm.

Wie ein Häuflein Elend saß Jenna neben ihm und starrte aus dem Fenster, als sie die Easton Road aus Bridlington hinausfuhren. Er hatte sie verletzt. Sicherlich erwartete sie mehr, aber er hatte keinerlei Erfahrung, wie man sich nach dem Sex verhielt. Abspritzen, abflitzen … Das war bisher sein Motto gewesen.

Er fühlte sich erbärmlich. Auch wenn sie eine Hexe war, hatte sie so eine Behandlung nicht verdient.

Verflixt, was hatte er für Gedanken? Diese Frau machte einen Softie aus ihm. Er war ein Krieger, verdammt, und ein Spion. Er musste seinem König bald Resultate liefern, oder Myra würde dafür büßen müssen. Lothaire hatte sie schon einmal ausgepeitscht, kurz nachdem Dante in den Krieg gezogen war. Um Kyr zu zeigen, wozu er fähig war, wenn er nicht spurte. Sein Hass auf Lothaire hätte ihn damals fast Amok laufen lassen.

Myra … Er musste sie da rausholen!

Er versuchte, sich zu entspannen und überlegte, ob er ein Gespräch beginnen sollte, nur um endlich diese erdrückende Stille zu durchbrechen, die ihm sonst immer gelegen gekommen war. Der Menhir befand sich lediglich sieben Meilen von Bridlington entfernt, trotzdem war diese kurze Fahrt die bisher längste seines Lebens. Außer Feldern und Waldstücken gab es nichts zu sehen. Kyrian fühlte sich in der Stadt wesentlich wohler. Diese kahlen Landstriche erinnerten ihn zu sehr an das Dunkle Land. Außerdem zog es sich zu, die Sonne versteckte sich hinter grauen Wolken und ein nebliger Dunst lag über den Wiesen, der sich auf sein Gemüt niederschlug.

Er lugte zu Jenna. Heute trug sie kein Kleid, sondern Jeans und eine helle Bluse. Als wollte sie ihm keinen Blick mehr auf ihren Körper erlauben. Aber er würde sich immer daran erinnern, wie sie sich unter ihm angefühlt hatte, wie er sich in ihr gefühlt hatte. Eins. Mit sich im Reinen. Als hätte sie Licht in sein dunkles Herz gebracht.

Kyrian hatte einen verdammt großen Fehler gemacht, als er sie so nah an sich herangelassen hatte. Er wusste nicht, ob er sie jemals ausliefern konnte. Vielleicht gab es einen anderen Weg, Myra aus der Festung zu holen. Doch dann wären sie für immer auf der Flucht. Wenn sie es überhaupt aus dem Gebäude schafften. Erst dann würde er sich mit Myra translozieren können. Wahrscheinlicher war allerdings, dass Lothaires Wachen sie längst getötet hätten, bevor sie den Ausgang erreichten.

»Meinst du, wir finden in Rudston einen Hinweis?«, fragte er. Sie hatten sich zuvor über diese Ortschaft im Internet informiert. Es war ein Kuhkaff, in dem kaum mehr als eine Kirche und ein paar Häuser standen.

»Ich weiß nicht«, sagte sie leise. »Vielleicht fahren wir besser nach Hause.«

Okay, sie wollte offensichtlich nicht reden, also hielt er den Mund.

Sie mussten nicht bis in den Ort fahren, denn die Kirche und der berühmte und angeblich größte Menhir Englands befanden sich auf einem Friedhof vor dem Dorf. Als er den Wagen vor der Kirche parkte, durchschnitt seinen Kopf ein so stechender Schmerz, als würde ihm jemand mit einer glühenden Eisenstange das Gehirn umrühren. Hastig stellte er den Motor ab und presste die Handflächen gegen die Stirn. Das war ein völlig anderes Kaliber als seine morgendlichen Kopfschmerzen.

»Was hast du?« Jenna war sofort bei ihm. Sie kniete auf der Mittelkonsole und berührte ihn an der Schulter.

»Höllisches Kopfweh.« Normalerweise war er nicht empfindlich, aber der Schmerz war so enorm, dass er kaum noch etwas sehen konnte. »Fuck«, fluchte er und schlug aufs Lenkrad. Er lehnte sich zurück und ballte die Hände so fest zusammen, dass sich seine Fingernägel in die Handflächen bohrten.

»Waren sie schon mal so heftig?«

»Noch nie.« Tränen liefen über seine Wangen, er konnte nichts dagegen machen – der Schmerz war übermächtig. Hinzu kam eine Übelkeit, die so gigantisch war, dass sein Frühstück jede Sekunde Hallo sagen würde. Er riss die Tür auf und taumelte aus dem Auto. Keine Menschenseele befand sich in der Nähe, dennoch würde er sich nicht vor einer Kirche übergeben, so viel Anstand besaß er. Kyrian schwankte weg vom Friedhof, lief über die verlassene High Street und brach schließlich zwischen einigen Bäumen zusammen. Zu seiner Überraschung war der Schmerz kaum noch spürbar und der Druck in seinem Magen weg.

Jenna kniete an seiner Seite, ihr Handy in der Hand. »Ich rufe jetzt Noir an und dann soll Nicolas sofort ein Portal in die Klinik schaffen.«

Er nahm ihr das Smartphone aus der Hand und lehnte sich an einen Baumstamm. »Es geht schon wieder.«

Jenna öffnete den Mund, um zu protestieren, aber er unterbrach sie. »Wirklich, es geht mir viel besser.«

Sie schüttelte den Kopf und kniff die Lider zusammen. »Das war der seltsamste Migräneanfall in der Geschichte der Medizin. Du musst sofort in die Röhre.«

»Da war ich schon«, murmelte er. Es hatte ihm damals überhaupt nicht gefallen, so durchleuchtet zu werden. Er hatte Panik gehabt, jemand würde irgendetwas Dunkelelbisches an ihm erkennen.

»Das könnte auch ein Schlaganfall gewesen sein. Wenn ein Blutgefäß geplatzt ist, kannst du sterben oder für den Rest deines Lebens behindert sein«, sagte sie, den Tränen nahe. »Okay, du tust sofort, was ich sage, oder ich rufe Noir an.«

Jetzt stand ihm der Mund offen. Außer Myra hatte sich nie jemand solche Sorgen um ihn gemacht.

»Lächle«, befahl Jenna.

»Warum?«

»Tu es einfach!«, rief sie und sah alles andere als freundlich aus.

Er grinste sie wahrscheinlich so dumm an, dass sie dachte, er wäre verrückt. Was er auch sein musste, schließlich hatte er den Befehl einer Hexe ausgeführt.

»Okay«, murmelte sie. »Streck die Arme aus, Handflächen nach oben.«

Er tat ihr auch diesen Gefallen. »Soll ich noch auf einem Bein hüpfen, einen Purzelbaum machen oder …« Translozieren?

Hörbar atmete sie auf und wischte sich mit dem Handrücken über die Augen. »Keine Symptome für einen Schlaganfall.« Unvermittelt setzte sie sich auf seinen Schoß.

Er zog sie an sich und Jenna vergrub ihr Gesicht an seiner Halsbeuge. »So schnell sterbe ich nicht, Hexe. Da hab ich schon Schlimmeres durchgemacht.« Beruhigend streichelte er ihren zitternden Rücken. Außer in seinen ersten Lebensjahren hatte er nie Geborgenheit erfahren und wusste nicht, ob er Jenna jetzt ein wenig davon abgab. Er wusste nicht einmal, ob er fähig war, zu lieben. Richtig zu lieben. Einen Partner, nicht seine Schwester, denn das war eine andere Art von Liebe. Aber er fühlte sich wohl mit Jenna auf seinem Schoß. Gebraucht. Sie hatte Angst um ihn. Er könnte sich glatt an ihre Fürsorge gewöhnen, auch an ihre Nähe, ihren vertrauten Duft, ihre zierliche Gestalt in seinen Armen … Er drückte sie fester an sich.

Vielleicht konnte er sich ihr anvertrauen? Ihr seine Geschichte erzählen? Aber was würde dann aus Myra werden?

Wie er es drehte und wendete – er kam zu keinem Ergebnis. Er fühlte ihre Finger im Haar und genoss die sanften Berührungen an seinen Hörnern. »Das macht mich geil, Hexe.«

Jenna lachte auf. »Okay, wenn das noch funktioniert, ist wirklich alles in Ordnung.«

»Das funktioniert immer«, flüsterte er und küsste sie.

Für Minuten schien die Zeit stillzustehen. Am liebsten wollte er vergessen, seine Vergangenheit hinter sich lassen und mit Jenna neu anfangen. Seine Gefühle für sie waren verdammt stark. Er war verzweifelt und dennoch glücklich – innerlich zerrissen und doch im Lot. Fuck, er war einfach nicht mehr er selbst.

Lächelnd löste sich Jenna von ihm und strich ihm über die Wange. »Heute Morgen dachte ich schon …« Sie räusperte sich. »Ich möchte trotzdem sichergehen, dass mit dir alles okay ist.« Mit sanftem Druck legte sie die Handflächen an seine Schläfen.

Was hatte sie vor? Er starrte ihr in die wundervollen Augen. Obwohl die Lider gerötet waren, strahlten ihre Iriden blauer denn je. Dieser Blick ging ihm durch und durch, als würde er ihn verzaubern.

»Du hattest recht, als du sagtest, ich wäre mehr als eine Hexe.«

Ihre Handflächen erwärmten sich und ein neuer Schlag durchzuckte sein Gehirn. Das kam nicht von Jenna, sondern von außerhalb. Er versuchte, sich nichts anmerken zu lassen. Wachsam streckte er die Fühler aus, während sie sprach.

»Nur weiß ich nicht, was genau ich bin, aber ich kann es dir zeigen.«

Er hörte ihr kaum zu. Etwas stimmte nicht, seine Schmerzen wurden schlimmer. »Still, Jenna, es nähert sich jemand.«

Sie rutschte von seinem Schoß und sprang auf. Auch Kyrian kam auf die Beine. Eine alte Frau stand auf der anderen Seite der Straße und blickte zu ihnen. Sie trug ein Kopftuch und stützte sich auf einem Stock auf. War das eine Bäuerin? In der Umgebung gab es viele

Höfe. Nein, das war keine Bauersfrau. Von ihr ging dieser Schmerz aus. Irgendetwas hielt sie in der Faust.

»Ist etwas passiert? Kann ich Ihnen helfen?«, rief sie.

»Lieben Dank, aber es ist alles in Ordnung!«, rief Jenna zurück.

»Mit der Frau stimmt etwas nicht«, sagte Kyrian. Ihre Erscheinung flackerte und für den Bruchteil einer Sekunde sah ihr Gesicht jung und wunderschön aus.

Jenna griff nach seiner Hand. »Was meinst du?«

Die Alte erkannte, was er war. Er sah es an ihrem Blick. Ob sie spürte, dass in ihm das Blut eines Dunkelelfen floss? Hatte ein Zauber seine Kopfschmerzen hervorgerufen, um Wesen wie ihn von hier fernzuhalten? Plötzlich wusste er, dass seine und vielleicht auch Jennas Antworten ganz nah lagen.

Er zog sie näher und legte einen Arm um sie. »Siehst du eine alte Frau oder eine junge?«

»Eine junge«, erwiderte sie. »Warum?«

»Ich sehe eine alte.«

»Geh weg von ihm, Mädchen!«, rief die Bäuerin. Ihre Augen verengten sich.

Kyrians Griff zog sich zu. Jenna machte jedoch keine Anstalten, zu fliehen – im Gegenteil. Sie schmiegte sich fester an ihn. Sein Blut pumpte wild durch seine Adern, der Kopfschmerz wurde schlimmer. Auf der anderen Straßenseite stand eine Lichtelfe, definitiv!

»Ist sie gefährlich?«, flüsterte Jenna.

»Das weiß ich noch nicht«, erwiderte er, um Zeit zu schinden, obwohl alles in ihm Ja schrie.

Jenna erhob ihre Stimme. »Wir sind nur auf der Suche nach Antworten. Kennen Sie meinen Vater? William Fairchild?«

Die Alte riss die Augen auf, als würde sie Jenna jetzt erst richtig sehen. »Islas Kind«, flüsterte sie, doch Kyrian hatte es gehört.

Sein Atem stockte. Falls die Alte meinte, Jenna wäre Islas Kind, bedeutete das, Jenna war eine der Personen, die er ausliefern musste.

Jenna, die das Wispern der Frau offensichtlich nicht verstanden hatte, fragte: »Oder kennen Sie vielleicht eine Ida? Sie war meine Mutter.«

Ida? Jenna glaubte, so lautete der Name ihrer Mutter? Ihr Vater musste sie angelogen haben oder die Lichtelfe irrte sich. Nun war Kyrian genauso schlau wie zuvor.

Die Bäuerin schlurfte über die Straße. Außer ihnen dreien war weiterhin niemand zu sehen, als wäre der Ort vergessen worden, eine

Geisterstadt. Wo waren nur die Touristen, wenn man sie brauchte? Kyrians Gehirn begann wieder zu hämmern.

»Was sucht ihr hier?«

Die Alte öffnete die Faust. Ein gelber Kristall lag in ihrer Hand. Sofort schnitt erneut ein scharfer Schmerz durch seinen Kopf. Kein Zauber, sondern dieser Quarz verursachte die Höllenqualen. Kyrian kannte solche Steine sonst nur von den Magiern, die bei ihnen alle möglichen Schutzfunktionen erfüllten.

»Dieser Kristall …«, knurrte er. »Mein Kopf zerspringt gleich!«

Jenna rieb sich über die Stirn. »Ich glaube, jetzt spüre ich auch was.«

Die Bäuerin starrte sie erschrocken an und murmelte: »Eng'dsch…«

Ein elbischer Zauber. Gefahr!

Kyrian legte die Arme um Jenna und translozierte sich mit ihr zurück ins Cottage, noch bevor die Alte den Zauber zu Ende gesprochen hatte. Natürlich hätte er gegen sie kämpfen können, doch das Risiko, dass Jenna verletzt wurde, war ihm zu groß. Außerdem hätte er es keine Sekunde länger mehr unter diesen Tortouren ausgehalten.

Er stand mit Jenna im Wohnraum des Ferienhauses; sie waren in Sicherheit.

»Ich wusste es«, sagte sie atemlos. Der Ortswechsel hatte ihr sämtliche Luft aus den Lungen gepresst. So erging es vielen beim ersten Mal. »Du warst in meinem abgeschlossenen Zimmer! Das seltsame Verschwinden der Najaden, deine vermeintliche Tätowierung … Sie zeigt mir, dass du von Dunkelelfenkriegern abstammst.« Steif hing sie in seinen Armen.

Verdammt, was sollte er jetzt sagen? Langsam ließ er sie los. »Bitte, hab keine Angst.«

»Das hab ich nicht, Kyr. Ich hab schon vermutet, dass du ein Dunkelelf bist.«

Hatte sie? »Nur zur Hälfte«, erwiderte er und machte zwei Schritte zurück. Jenna stellte jedoch kaum eine Gefahr für ihn dar; ihre Zauberkünste waren nicht der Rede wert. »Du hast keine Angst vor mir? Warum? Dunkelelfen sind eure Feinde.« Und in ihm floss Kriegerblut. Zwar hatte er keine Ahnung, wer genau sein Erzeuger war, aber die Stammeszeichen waren eindeutig. Nur bei den männlichen Nachfahren einer alten, mächtigen Kriegerkaste bildeten sie sich.

Fassungslos starrte Jenna ihn an. Sie sah enttäuscht aus. Verletzt. Ihre Augen zitterten, als würde sie gleich in Tränen ausbrechen. »Ich spüre, dass du was verheimlichst, aber wenn du mir etwas antun wolltest, hättest du es längst getan. Also, was wird hier gespielt?«

Sein Magen verkrampfte sich. Wenn sie wüsste … »Und was spielst du mir vor? Warum hast du nicht gesagt, dass du eine Elfe bist? Eine Lichtelfe.« Isla … Die Bäuerin hatte Isla in Jenna erkannt, bestimmt!

Kopfschüttelnd wanderte sie durch den Wohnraum und rieb sich über die Stirn. »Das kann nicht sein, wie kommst du da drauf?«

Kyrian fühlte, dass sie wirklich nichts wusste. »Jetzt mal rein theoretisch«, sagte er, »was wäre, wenn deine Mutter eine Lichtelfe gewesen wäre?«

Jenna blieb stehen und sah auf den Boden. Dabei rubbelte sie sich über die Schläfen. »Das sogenannte Hexengen sitzt auf dem X-Chromosom und wird gonosomal dominant vererbt. Mein Vater hat mir also sein X-Chromosom abgegeben, daher hab ich seine Kräfte geerbt. Die bei mir aber nicht besonders stark sind. Wäre meine Mutter eine Elfe …« Sie runzelte die Stirn und begann erneut, durchs Zimmer zu tigern. »Ich weiß nicht auswendig, wie das bei den Elfen ist. Wenn Elfenmagie auch dominant auf dem X-Chromosom vererbt wird, und mal angenommen, meine Mutter wäre eine Elfe, dann hätte ich die Fähigkeit zu fünfzig Prozent geerbt.«

Also war es möglich – Jenna konnte zur Hälfte eine Elfe und zur Hälfte eine Hexe sein. Von allen anderen Dingen, die sie vor sich hin murmelte, verstand er nichts. »Was ist mit deinen Ohren? Was, wenn dein Vater dich angelogen hat und er dich operiert hat, damit niemand deine elbische Herkunft erkennt?«

Jenna fasste sich ans Ohr. »Warum sollte er das tun?« Erneut sah sie verdammt zerknirscht aus.

»Um dich zu schützen«, sagte er und nahm sie in die Arme. Plötzlich wollte er sie beschützen, mehr denn je. Vor seiner Art und allen, die ihr schaden wollten.

Seufzend legte sie den Kopf an seine Brust. »Wovor sollte mein Vater mich schützen wollen? Die Lichtelfen sind nicht unsere Feinde.«

Aber die Dunkelelfen, die eine Lichtelfe suchen … »Diese Bäuerin war scheinbar auch dir nicht mehr wohlgesinnt, als du ebenfalls Kopfweh bekommen hast.« Plötzlich begriff Kyrian die Zusammenhänge. Die Gerüchte mussten wahr sein. Was, wenn Isla, als sie aus dem Dunklen Land geflohen war, bei William Fairchild Unterschlupf gefunden hatte und Jenna ihr gemeinsames Kind war? Dann war Jenna das Ticket, um Myra freizukaufen. König Lothaire wollte alle

Nachfahren seiner geliebten Sklavin Isla. Hatte Isla deshalb bei den Magiern gelebt? Um Lothaire nicht nach Gwandoria zu führen? Mieden die Lichtelfen Jenna deshalb, weil von ihr vielleicht eine Gefahr ausging? Doch wieso hatte der Stein ihr auch leichte Schmerzen zugefügt? Oder war das Zufall?

Alles Vermutungen. Wirre Thesen. Dennoch stieg Übelkeit in ihm auf. Würde er Jenna gegen Myra eintauschen können?

Sie schmiegte ihren zitternden Körper an ihn. »Ich habe diese Reise gemacht, um herauszufinden, wer ich bin. Irgendwie fühle ich tief in mir die Wahrheit, aber etwas blockiert mich ständig, sie herauszufinden. Falls das mit der Elfe stimmt, bin ich mehr Elfe als Hexe. Ich bin so miserabel in meinen Zauberkünsten, dass ich es nicht mal geschafft habe, ein brauchbares Wahrheitsserum zu mixen und meinem Vater unterzujubeln.«

»Dann hattest du das tatsächlich vermutet.«

»Ich habe immer gefühlt, dass er mir was verschweigt.«

Dieses brave Mädchen hatte tatsächlich ihren Vater austricksen wollen? Das verschaffte ihr noch mehr Sympathiepunkte. »Was, wenn er nicht wollte, dass du es herausfindest? Was könnte er dagegen tun?«

Auf einmal riss sie die Augen auf. »Ein Vergessenszauber! Dads Steckenpferd! Natürlich, warum habe ich das nicht gemerkt? Immer, wenn ich der Lösung so nah war oder ich einen DNA-Test machen wollte, fielen mir hundert wichtigere Dinge ein.«

Kyr verkrampfte sich. Verflucht, sie war Islas Tochter!

»Ich muss unbedingt Ben anrufen. Er muss mir noch einmal einen Gefallen tun. Meine Zahnbürste liegt noch bei ihm im Bad.« Sie atmete tief ein und löste sich von ihm, bevor sie sich auf die Couch niederließ und an die Seite griff. »Verdammt, ich habe meine Handtasche im Auto gelassen.«

Ihr Gepäck befand sich außerdem im Kofferraum. Sie hatten nicht geplant, eine weitere Nacht im Cottage zu verbringen. Zum Glück war es noch nicht wieder vermietet. Kyrian hatte nicht nachgedacht, sondern sie einfach hierher gebracht, weil … vielleicht, weil sie hier miteinander geschlafen hatten. Jenna hatte ihm vertraut. Ihm, einem Handlanger des Dunklen Königs, der bis vor Kurzem noch jede Hexe verachtet hatte.

»Wer ist Ben?« Meinte sie den Magier Benjamin Chastain? Er war bei der Operation dabei gewesen.

»Er ist mein Ex und arbeitet für meinen Dad.«

Ihr Ex? Ein scharfer Schmerz durchschnitt seine Brust. Was hatte er erwartet? Dass sie nie andere Männer gehabt hatte? Jenna war eine verdammt attraktive Frau. Sie konnte jeden haben.

»Ich hole deine Taschen.« Das war eine gute Gelegenheit, sich die vermeintliche Bauersfrau vorzuknöpfen, um an weitere Informationen zu kommen. Ihn interessierte brennend, warum die Lichtelfe auch in Jenna eine Bedrohung gesehen hatte. Insgeheim hoffte er außerdem, Jenna wäre nicht diejenige, die er ausliefern musste, und alles würde sich anders lösen.

Sie sprang auf und hielt ihn fest. »Nein! Diese Frau ist gefährlich!«

»Das war eine Lichtelfe.«

»Eben, und die hassen …« Hastig senkte sie den Blick.

Er umarmte sie. »Und, hasst du mich jetzt? Ich habe dich angelogen und bin dein größter Feind.« Hexen und Dunkelelfen führten seit Jahrhunderten Krieg. Würde sie ihn an die Magiergilde ausliefern? Dann wäre Myra verloren. Um sich machte er sich ohnehin keine Sorgen, doch konnte er Jenna vertrauen? Er verlor sich in dem Blau ihrer Augen. Warum musste das Leben so kompliziert sein? Er hatte mit einer Hexe geschlafen … und es war fantastisch gewesen. Dieses neue Leben im Klan und an Jennas Seite gefiel ihm immer besser. Es war so einfach. Stressfrei. Richtig.

Ihre Lippen waren seinen ganz nah. »Ich glaube nicht, dass du böse bist, Kyrian.«

Trocken lachte er auf. »Du weißt nichts von mir.«

»Bist du dir da sicher?« Ihre Hand legte sich auf seine Brust. »Du hast mich gerettet. Erst vor den Najaden, danach vor der Bäuerin.«

»Vielleicht aus reinem Eigennutz?«, erwiderte er sarkastisch. Verflucht, er wollte sie so sehr, dass es wehtat. Sein Herz bestand nur noch aus einem schmerzhaften Klumpen. Er wollte Jenna beschützen und konnte es nicht, weil er derjenige war, vor dem er sie beschützen musste. Wie konnte sie ihm nur vertrauen? Sie wusste doch, dass er sie belog.

»Vielleicht spürt der Elfenanteil in mir, dass du mir nie schaden würdest.«

Unwirsch machte er sich von ihr los und drehte ihr den Rücken zu. Er musste das jetzt irgendwie beenden und Myra holen. Kyrian hatte keine Ahnung, wie er das anstellen sollte, ohne Jenna auszuliefern. Er könnte sagen, Isla wäre tot und sie hatte keine weiteren Kinder. Lothaire würde es nie erfahren. Nein, der König würde die Wahrheit aus ihm herausfoltern. Er hatte Geräte … Kyrian erschauderte. Er musste sofort zurück nach Rudston. Die Lichtelfe hatte Antworten. Vielleicht wusste er dann, was er zu tun hatte.

»Ich bin gleich zurück«, sagte er hastig und war verschwunden, bevor sie protestieren konnte.

Natürlich translozierte er sich nicht in die Nähe des Autos, sondern einige hundert Meter abseits auf ein Hausdach. Er legte sich auf den Bauch und starrte hinüber zur Kirche, vor der seine Viper stand. Die Türen und der Kofferraum waren geöffnet, vier Personen schlichen um das Fahrzeug, eine wühlte in ihren Taschen und weitere erschienen auf dem Friedhof. Wie aus dem Nichts. Er zwinkerte, denn ein Sonnenstrahl spitzte durch die Wolkendecke und traf das Metallhütchen, das auf die Spitze des Steins gesetzt worden war, um den riesigen Monolith vor Witterungseinflüssen zu schützen. Seine Finger krallten sich ins Dach, als ihm bewusst wurde, was er da sah: Diese Touristenattraktion war ein geheimer Durchgang nach Gwandoria, das Reich der Lichtelfen. Nacheinander materialisierten sie sich, als sie rückwärts hinter der Steinsäule hervortraten und peinlich genau auf eine bestimmte Schrittfolge achteten. Angezogen waren sie wie gewöhnliche Menschen, doch ihr helles Haar schimmerte, selbst wenn die Sonne nicht schien, als wären silberfarbene Fäden hineingewoben. Gebannt beobachtete er, wie die Elfen das Auto untersuchten. Einer von ihnen telefonierte. Sie hatten also in dieser Welt Kontakte.

Die vermeintliche Bäuerin kontrollierte etwas Abseits die Gegend. Kyrian fühlte die Kraft des gelben Steines. Daher war die Alte an diesem Ort, um die Passage zu bewachen. Wenn er Lothaire so eine wertvolle Neuigkeit überbrachte, wäre die bestimmt mehr wert als alle Informationen, die er bis jetzt zusammengetragen hatte. Der König würde vielleicht auch Isla vergessen.

Sollte er sich augenblicklich ins Dunkle Land begeben? Er könnte sich direkt vor die Königsfestung translozieren. Dennoch zögerte er. Was würde aus Jenna werden? Wenn Lothaire die Lichtelfen hinterrücks überfiel – und das würde er –, hätten die Magier keine Verbündeten mehr im Kampf gegen die Dunkelelfen. Zumindest hatte Kyrian munkeln gehört, dass es zwischen ihnen ein Bündnis geben sollte. Hexen und Zauberer würden als Nächstes dran glauben. Jenna könnte sterben …

Fuck, er wusste nicht, was er tun sollte. Seine Gedanken gingen sogar so weit, dass er sich ausmalte, Jenna als seine Sklavin zu nehmen, sollte Lothaire ihn aus seinem Dienst entlassen. Wenn er sich auf die dunkle Seite schlug, der er ohnehin zur Hälfte angehörte, würde Jenna überleben.

Was hatte er nur für Gedanken? Jenna würde es nicht gefallen, seine Sklavin zu werden. Obwohl – wenn er daran dachte, wie sie sich ihm hingegeben hatte ... Nein, das war etwas anderes. Sie würde ihn verachten, ihn verabscheuen, wenn die Dunkelelfen seinetwegen die Menschheit versklavten.

Niemals hatte er sich verzweifelter gefühlt. Außerdem wurmte es ihn, nicht an sein Auto heranzukommen. Nein, es war Noirs Auto. Sie hatte ihm all die schönen Dinge ermöglicht, ihm eine Aufgabe gegeben, ein Heim geschenkt. Vincent und sie hatten ihn in ihre Gemeinschaft aufgenommen. Und wie hatte er es ihnen gedankt? Indem er sie ausspioniert, sich Adressen von Hexen und Zauberern beschafft hatte, die wichtige Posten im Magierrat innehatten und den Dunkelelfen gefährlich werden konnten. Er fühlte sich beschissen. Er fühlte Reue. Zum ersten Mal in seinem Leben. Alles stand plötzlich kopf.

Wo war nur die Bäuerin hin? Er konnte sie nicht mehr sehen. Wagemutig translozierte er sich auf die Kirche, und noch während er seinen Körper materialisierte, wurde er mit voller Wucht zurückgeschleudert. Seine Finger suchten auf dem Dach Halt, sodass er zwar zum Liegen kam, aber ein Ziegel herunterpolterte. Augenblicklich standen Dutzende Lichtelfen um ihn herum und Schmerz explodierte in seinem Kopf. Alle hielten sie gelbe Steine auf ihn gerichtet. Er spürte, wie sie ihn regelrecht aussaugten, ihm die Energie raubten, sich zu translozieren. Mit letzter Kraft schaffte er es zurück ins Cottage, wo er in das Bett fiel, in dem er die Nacht mit Jenna verbracht hatte.

Schwer atmend blieb er liegen und starrte die Decke an, die sich drehte, als würde er Karussell fahren. Er konnte sich kaum bewegen, jeder Muskel schmerzte. Fuck, das war knapp.

Ob Lothaire von den magischen Steinen wusste? Wie viele von diesen Kristallen gab es? Genug, um gegen das gesamte Volk der Dunkelelfen anzutreten? Wenn die Krieger geschwächt wären, hätten sie keine Chance. Nun hatte er weitere wertvolle Informationen für seinen König. Das musste doch ausreichen, um Myra freizukaufen.

Er war so erschöpft, dass er auf der Stelle hätte einschlafen können, aber er wusste, er musste von hier fliehen. Wie gut arbeiteten Magier und Lichtelfen zusammen? Sein träges Gehirn versuchte zu kombinieren. Kam Jennas Vater deshalb so oft hierher, weil er eine Art Mittelsmann war? Hatten die Magier die Steine entwickelt? Sie setzten magische Kristalle für Schutzzwecke ein. Ob es tatsächlich ein Bündnis zwischen Magiern und Elfen gab? Gegen zwei so mächtige Verbündete einen Krieg zu führen, wäre sogar für Lothaires starkes Heer aussichtslos. Wenn diese zwei Völker ihre Kräfte vereinten … wäre auch er keine Sekunde mehr sicher.

Sollte Noir schon erfahren haben, wer er war, würde sie keine Sekunde zögern und Jenna holen. Zum Glück lagen ihre Handys im Auto, also konnte Noir sie hier nicht orten. Er konnte sich noch ein wenig ausruhen … Kyrian schloss die bleischweren Lider und hörte Jenna im Nebenraum sprechen.

Ihre Handtasche! Jenna hätte sie gebraucht, weil sich darin ihr Smartphone befand. Aber hier im Haus gab es einen Festnetzanschluss. Fuck, Jenna telefonierte!

*

»Noir, bitte reg dich nicht auf!«, rief Jenna ins Telefon. Sie machte sich Sorgen um ihre Freundin, die regelrecht hysterisch klang. »Er ist nicht gefährlich, im Gegenteil, er hat mich gerettet.« Jenna hatte eigentlich nur kurz anrufen wollen, um sich nach Noirs Befinden zu erkunden, da war sie schon so aufgelöst gewesen. Ben hatte seinen Mund nicht halten können und war mit den DNA-Ergebnissen zu ihr gegangen.

»Ich komme dich jetzt holen«, sagte Noir.

Im Hintergrund hörte Jenna aufgeregte Stimmen. Na toll, der ganze Klan war wohl schon informiert und dank Ben mit Sicherheit auch ihr Vater.

Als sie eine Hand auf ihrer Schulter spürte, legte sie hastig auf und wirbelte herum. »Du bist zurück!« Kyrian sah furchtbar aus. Unter seinen Augen, die blutunterlaufen waren, lagen dunkle Schatten, seine Wangen wirkten eingefallen. »Was ist passiert?«

»Du hast Noir angerufen«, flüsterte er und schwankte.

Jenna dirigierte ihn auf die Couch und setzte sich neben ihn. »Natürlich hab ich das, ich mache mir Sorgen. Sie ist meine Patientin.«

Mit geschlossenen Augen lehnte er den Kopf zurück.

»Kyr, was hast du?«

»Du hast meine DNA untersuchen lassen«, erwiderte er mit matter Stimme.

Jenna legte ihm eine Hand auf die Wange, doch er drehte das Gesicht weg. Diese Reaktion war wie ein Schlag in den Magen. »Ich musste wissen, ob ich dir vertrauen kann.« Sie schluckte ihre Tränen hinunter und befühlte sein Gesicht. Es war eiskalt und schweißnass. »Aber ich vermutete es schon ohne den Test und habe dir vertraut, obwohl … du mir etwas Bedeutsames verschwiegen hast.« Hastig zog sie eine karierte Decke von der Lehne und breitete sie über Kyrian aus. Sie hatte mit ihm geschlafen – mehr Vertrauen ging wohl nicht. Aber schön zu wissen, dass Gefühle in ihm steckten, die ihn menschlich machten, auch wenn er zu keinem Teil ein Mensch war. Das stimmte nicht ganz, eigentlich stammten sie alle von derselben Rasse ab, Magier, Gargoyles, Elfen … die sich vor Jahrtausenden aufgespalten hatte. Kurz überlegte sie, ob sie ihn darauf ansprechen sollte, ob er ein Sklave der Dunkelelfen war, wie sie in ihren Träumen gesehen hatte, aber das verschob sie lieber. Er sah aus wie eine Leiche.

»War das die Elfe?«, fragte sie zögerlich und tastete seinen Körper ab, ob auch nichts gebrochen war. »Hat sie dich angegriffen?«

Plötzlich riss er die Augen auf, warf sich auf Jenna und löste sich mit ihr auf. Für einen Wimpernschlag hatte sie das blaue Leuchten an der Wand gesehen. Ein Dämonenportal! Noir schickte Jamie oder Nicolas, um sie zu holen. Kyrian wollte das verhindern. Warum nahm er sie mit? Wieso floh er nicht allein?

Als sie die Augen erneut öffnete, lag sie halb auf ihm, halb auf der Decke im warmen Sand. Feuchtwarmer Wind strich über ihr Gesicht und sie hörte die Brandung des Meeres. Erstaunt schaute sie sich um. Sie waren im Paradies gelandet. Um sie herum erstreckte sich ein kleiner weißer Sandstrand. Hinter ihr lag das türkisfarbene Meer und vor ihr wuchsen Palmen und saftig-grüne Büsche mit weißen, orangefarbenen, gelben und roten Blüten. Es war Hibiskus. Der süße Duft wehte in ihre Nase.

Stöhnend setzte sich Kyrian neben ihr auf.

»Wo sind wir?« Jenna drehte sich zum Meer, sah aber nichts als Wasser, dann blickte sie nach oben. Obwohl sie das Blau des Himmels vor lauter Wolken nicht erkennen konnte, war es so warm, dass sie in ihren langen Anziehsachen bald schwitzen würde.

»Malediven«, hauchte Kyr.

Also im Indischen Ozean. Dort gab es über tausend dieser Inseln, die meisten waren unbewohnt, auf anderen lebten Einheimische und auf einigen standen nur Hotelanlagen. Das wusste sie aus einem Reiseprospekt, denn auf die Malediven hatte sie schon immer gewollt. Schwankend kam sie auf die Beine, weil ihr von der Translokation schwindelig war, und sah sich genauer um.

»Hier ist niemand«, erklärte er matt.

»Auch keine giftigen Tiere?« Sie hasste Skorpione und Spinnen und alles, was viele Beinchen oder mehrere Augen hatte. Aber sie glaubte gelesen zu haben, dass es auf den Malediven keine giftigen Krabbler gab.

»Das Einzige, was dir hier gefährlich werden kann, ist die Sonne.«

Jenna blickte erneut in den Himmel, an dem so graue Wolken hingen, dass es eher nach Regen aussah. »Und was ist mit dir? Wirst du mir gefährlich? Warum hast du mich entführt? Warum kann ich nicht zu Noir? Ich würde sie bestimmt überzeugen können, dass du nichts Schlimmes im Sinn hast, aber langsam strapazierst du mein Vertrauen mit deinen Aktionen.« Noir hatte ihn ihr doch empfohlen. Kyr musste sie beeindruckt haben, denn Noir vertraute nur sehr wenigen.

»Glaub mir, ich bin keiner von den Guten«, murmelte er, rappelte sich auf und klopfte sich den Sand von der Hose. »Ich muss noch mal weg.« Schon war er verschwunden.

»Kyrian!« Panik befiel sie. Hatte er sie hier ausgesetzt? Was hatte er mit ihr vor? »Komm zurück!« Ihr Herz raste. Sie war hier ohne Handy, ohne Wasser und Nahrung. Bei der Hitze würde sie keine drei Tage überleben. Ich muss noch mal weg, hatte er gemeint. Also kam er gleich wieder? Wo war er hin? Er hatte ausgesehen, als ob er sich kein weiteres Mal mehr translozieren konnte. Was, wenn er es nicht mehr zurück schaffte? Oder er sich zu der Lichtelfe begab und die ihn überwältigte? Oder er sie? Ich bin keiner von den Guten, hatte er gesagt. Und so, wie er es ausgesprochen hatte, klang es beinahe überzeugend. Verdammt!

Jenna lief zum Wasser. Wohin sie blickte, gab es nur Meer. Die Insel konnte nicht groß sein, vielleicht sollte sie auf die andere Seite gehen, um zu überprüfen, wie die Lage dort aussah. Meistens reihten sich viele der winzigen Eilande aneinander. Möglicherweise war eine bewohnte Insel in der Nähe.

Unruhig tigerte sie zwischen Ufer und Böschung hin und her, ließ es aber bald bleiben, da es anstrengend war, im Sand zu laufen. Sie zog die Sandalen aus, weil die Körnchen hinter den Riemen bereits ihre Haut wund scheuerten. Um sich abzulenken, schüttelte sie die Decke aus und setzte sich darauf.

Wo blieb der Kerl nur? Hielt er sie hier gefangen? Sie sah auf die Uhr. Er war erst fünf Minuten weg, auch wenn es ihr wie fünf Stunden vorkam. Was, wenn er doch böse Absichten hegte und sie das wegen ihres Verliebtseins nicht sehen wollte?

Wut ballte sich in ihrem Magen zusammen. War sie für alle bloß ein Spielball? Ihr Vater belog sie und hatte höchstwahrscheinlich ihr Gedächtnis manipuliert, und jetzt hinterging sie auch der Mann, in den sie sich verliebt hatte? Auf einmal lief alles aus dem Ruder. Sie hätte nie diese Reise unternehmen sollen.

Als es im Palmendach hinter ihr raschelte, zuckte sie zusammen und schaute genauer hin. Eine riesengroße Fledermaus hing kopfüber vom Baum. Jenna erstarrte, ihr Herz raste wie ein Pressluftbohrer. Glänzende Augen blickten ihr aus einem pelzigen Gesicht entgegen.

Nein, das war keine Fledermaus, sondern ein Flughund.

Verkrampft atmete sie aus. Waren die gefährlich? Schlagartig wurde ihr bewusst, dass sie, außer in ihrer Studienzeit, niemals ihren schützenden Heimathafen verlassen hatte. Ihr Vater hatte sie in Watte gepackt, und jetzt bekam sie das Resultat geliefert. Sie war ein hilfloses, verlorenes Etwas, nicht mal fähig, einen Zauber anzuwenden, mit dem sie Hilfe herbeirufen konnte. Hoffentlich täuschte sie sich in Kyrian nicht.

Mit zitternden Knien stand sie auf, lief zum Wasser und ließ es sich über die Zehen laufen. Es war angenehm warm. Ein Schwarm bunter Fische schwamm nur einen Meter entfernt an ihr vorbei. Alles erschien unwirklich. Vielleicht träumte sie? Mit den Fingernägeln zwickte sie sich in den Handrücken.

Kein Traum.

Plötzlich hörte sie hinter sich ein Geräusch und wirbelte herum.

»Kyrian!«

Im Arm hielt er einen zusammengefalteten Sonnenschirm, eine Wasserflasche, Obst und an seinem kleinen Finger baumelte an einem Kleiderbügel ein schwarzer Bikini. Zu seinen Füßen lagen weitere Dinge.

»Hotel«, kommentierte er ihren überraschten Blick, bevor er alles in den Sand fallen ließ und auf der Decke zusammenbrach.

»Kyr!« Jenna rannte zu ihm. »Ich dachte, du schaffst es nicht mehr zurück!« … oder lässt mich hier absichtlich verrotten.

»Ich hab dir schon einmal gesagt, so schnell sterbe ich nicht«, flüsterte er, die Augen geschlossen. Als seine Mundwinkel zuckten, fiel sie in seine Arme und blieb auf ihm liegen.

Nein, er war nicht böse. Niemals! »Du dämlicher Kerl, ich hatte Angst um *mich*.«

»Gib's zu, du hast mich vermisst, Hexe.«

Unendliche Erleichterung durchströmte sie. Wenn er noch zu Scherzen aufgelegt war, konnte es nicht so schlecht um ihn bestellt sein. »Sag nicht immer Hexe zu mir, das klingt … abwertend.«

Da riss er die Augen auf und seine Lippen teilten sich, aber zuerst sagte er nichts. Hatte sie ins Schwarze getroffen?

»Es … sollte nicht so klingen«, flüsterte er nach einer Weile.

»Ich weiß.«

Seine Lider flatterten und fielen schließlich wieder zu. »Das hat es aber mal.«

Seine Ehrlichkeit freute sie, auch wenn sie schmerzte. Also hatte er einmal vorgehabt, ihr zu schaden?

»Du hast mich verändert, Jenna.«

Sie mochte es, wenn er sie beim Namen nannte. Das tat er viel zu selten.

»Aber das dunkle Blut in mir ist stark.«

»Ach, Kyr, was mach ich bloß mit dir«, sagte sie und kuschelte sich in seine Armbeuge.

»Ich wüsste da was«, murmelte er. »Kannst du mir vielleicht beim Ausziehen helfen?«

Sie hob den Kopf. Wie konnte er jetzt nur an das Eine denken? Er grinste wölfisch, als hätte er ihre Gedanken erraten. »Sex on the Beach muss leider warten. Erst muss ich meine Tanks auffüllen.«

Da verstand sie. Deshalb auch die Nähe zum Äquator. »Du brauchst Sonne.«

»Der Gargoyleanteil in mir.«

Er war ein Goyle, ein Beschützer. Also besaß er eine gute Seite. Nur welche war stärker? Zärtlich strich sie ihm das verschwitzte Haar aus der Stirn. »Und dein anderer Teil würde die Sonne lieber meiden?«

»Ja. Trotzdem fühle ich mich hier wohler, denn im Dunklen Land ist der Himmel oft mit Vulkanasche bedeckt. Das raubt Energie.«

Wie sehr musste er mit sich im Unreinen sein, innerlich zerrissen. Sie konnte es beinahe fühlen. Ihr ging es nicht anders – eigentlich waren sie sich ähnlich. Falls das mit dem Elfenanteil in ihr stimmte. Und dass es stimmte, daran gab es kaum noch Zweifel. Oder hatte es die jemals gegeben? Natürlich hatte sie nachgeforscht, aber auf den Gedanken, ihre Mutter könne eine Lichtelfe sein, war sie nie gekommen. Wegen des Blockierzaubers? Eher hatte sie gedacht, sie besäße eine außergewöhnliche Art von Hexenmagie. Meistens war Hexen oder Magier eine besondere Gabe zu eigen, die im Laufe des Lebens stärker wurde und andere Fähigkeiten verdrängte. Noir beherrschte die Elemente, wie es nur wenige Zauberer vermochten. Jamie erging es ähnlich wie Jenna, er konnte nicht besonders gut zaubern – was auch daran lag, dass Ceros es ihm verboten hatte –, dafür konnte er die Stimmen von Toten hören.

Jenna war miserabel im Anwenden von Zaubersprüchen, allerdings kannte sie sich bestens mit Kräutern aus und hatte immer gedacht, ihre Heilmagie wäre ihre besondere Hexengabe.

»Okay, dann macht sich deine Sklavin mal an die Arbeit«, sagte sie und griff an Kyrs Stiefel, doch sie erntete einen seltsamen Blick. Aus dem Mann wurde sie ohnehin nicht schlau. Erst war er ein Eisklotz, danach liebte er sie mit der Leidenschaft eines Wolfes und einen Tag später hatte er das alles wieder vergessen.

Wie es jetzt wohl mit ihnen weiterging? Wie nun überhaupt alles weiterging?

Sobald er sich besser fühlte, würde er ihr klipp und klar sagen müssen, was er für eine Show abzog. Anschließend musste er sie zurück zu Noir bringen. Sie war bestimmt kurz vor dem Durchdrehen. Hoffentlich löste das keine Geburt aus. Ihr Kind war zwar schon ausgereift, aber errechneter Termin war erst in zweieinhalb Wochen und das Baby könnte noch ein wenig Gewicht zulegen.

Zuerst zog sie Kyrian die Stiefel von den Füßen, was kein leichtes Unterfangen war, dann knöpfte sie seine Cargohose auf. »Heb wenigstens mal deinen Prachtarsch, wenn ich hier alles allein machen muss.«

»Du machst das prima«, sagte er und hob die Hüften.

Sie grinste. Man stelle sich vor, sein Slip war nicht schwarz sondern rot. Knallrot! Es gab also doch Farbe in seinem Leben, was Jenna mit Hoffnung erfüllte. Jetzt war sein Shirt dran, was einfacher ging, da er sich aufsetzte, bevor er zurücksackte, alle viere von sich gestreckt. Er sah zu lecker aus, nur in dem engen Slip. Der athletische Körper eines Elfen vereint mit der Kraft eines Gargoyles. Die Spitzen seines Tattoos lugten aus dem Bund des Slips hervor. Sein Stammeszeichen. Sie wollte es zu gern genauer betrachten, vor allem den Teil, mit dem er sie ungestüm geliebt hatte. Sie hatte nicht viel davon zu sehen bekommen. Jenna war versucht, die Hand auf die Wölbung seines Schritts zu legen. Beinahe konnte sie seinen Penis fühlen, wie er sich in ihre Handfläche schmiegen würde, warm und weich, bis er länger und härter werden würde.

Sie musste aufhören, an Sex zu denken. Das war nicht ihre Art. Mit Ben war es schön gewesen, aber nicht so besonders, dass sie ständig daran denken musste, mit ihm zu schlafen. Bei Kyrian war das anders. Vielleicht, weil er zu Beginn ihrer Bekanntschaft unnahbar gewesen war. Und wollte man nicht immer das, was man nicht haben konnte?

Die traumhafte Umgebung färbte auf sie ab, doch sie musste einen kühlen Kopf bewahren, was angesichts der Hitze zusätzlich schwer war. Wie ging es weiter? Das war die einzig wichtige Frage. Vorsichtig legte sie eine Hand auf seine Brust. Schlief er?

Er hob seinen Arm, ohne die Augen zu öffnen, und legte seine Hand auf ihre. Sie seufzte. Dieser Mann brachte sie durcheinander. Niemals würde er ihr ein Leid antun.

Ihr fielen die zahlreichen winzigen Narben an seinem Körper auf und sie erinnerte sich an ihre Träume, als die Gestalten in den Lederharnischen mit Kyr gekämpft hatten, bis er vor Erschöpfung zusammengebrochen war. Sie wollte gern mit ihm darüber reden. Aber was, wenn ihre Träume wahr waren? Dann käme das Gespräch unweigerlich auf Myra, und sie wollte Kyrian nicht an sie erinnern.

Vor Aufregung wollte sie an ihren Fingernägeln knabbern. »Wieso gehen wir nicht zu Noir? Sie wird uns helfen.«

Sein Brustkorb hob sich langsam, als würde es ihn Mühe kosten, Luft zum Sprechen zu holen. »Sie klang so aufgebracht, dass sie mich am liebsten in die Luft sprengen würde.«

Kyrian hatte ein sehr gutes Gehör.

»Lass uns später darüber reden«, murmelte er und drehte sich auf den Bauch.

Okay, aber später ließ sie keine Ausreden mehr gelten. Seine Muskeln zuckten, sein Atem ging flacher. Er schlief ein. Konnte sie ihm helfen, sich schneller zu regenerieren? Sie schloss die Augen, legte die Hände auf seinen Rücken und konzentrierte sich, ihm ein wenig von ihrer Heilkraft abzugeben. Ihre Hände erwärmten sich; Energie strömte aus ihnen und in Kyrians Körper. Leise stöhnte er im Schlaf, seine Muskeln zitterten. Was auch immer die Lichtelfen ihm angetan hatten, es hatte ihn sehr geschwächt. Jenna fühlte tiefer in ihn, sah sein langsam schlagendes Herz vor Augen und versorgte auch das mit neuer Kraft.

»Das habe ich nicht verdient«, murmelte er. »Trotzdem danke.«

Tief holte er Luft und regte sich nicht mehr. Er musste sich jetzt ausruhen. Und was sollte sie so lange machen?

Sie beschloss, zuerst aus ihren klebrigen Sachen zu schlüpfen, und fischte den schwarzen Bikini unter einer Mango hervor. Die feuchtwarme Luft und die Anstrengung, Kyr zu heilen und zu entkleiden, hatten sie zum Schwitzen gebracht. Nachdem sie das Preisschild entfernt hatte, zog sie den knappen Bikini an, der ihr ausgezeichnet passte. Ob Kyrian der schwarze Zweiteiler an ihr gefiel? Hatte er ihn deswegen ausgesucht oder einfach nach dem erstbesten Kleidungsstück gegriffen?

Sie wollte nachsehen, was er noch von seinem Beutezug mitgebracht hatte, stellte jedoch zuerst den Schirm auf. Auch wenn die Wolken nur wenig Sonne hindurchließen, war die Strahlung am Äquator nicht zu verachten. Sie positionierte den Schirm so, dass Kyrian keinen Schatten abbekam, sondern nur das Stück der Decke, das für sie reserviert war. Dann nahm sie einen großen Schluck aus der Wasserflasche und durchsuchte die Sachen. Neben Obst fand sie ein Handtuch und eine Rolle Toilettenpapier. Beinahe hätte sie losgeprustet. Kyrian war durchaus praktisch veranlagt.

Da sie im Moment nichts für ihn tun konnte, ging sie ins Wasser. Badewannenwarm umspülte das salzige Nass ihre Oberschenkel. Sie legte sich hinein, nicht ohne zuvor den sandigen Boden zu inspizieren, den sie durch das kristallklare Wasser hervorragend sah. Keine Korallen, keine Seeigel oder sonst etwas Lebendiges.

Eine Weile ließ sie sich treiben und genoss das Gefühl der Schwerelosigkeit. Dabei schossen ihr lächerliche Gedanken durch den Kopf. Sie stellte sich vor, hier mit Kyrian die Flitterwochen zu verbringen. In ihrem Magen kribbelte es. Wie schön und einfach könnte alles sein, wenn Kyr und sie herkömmliche Menschen wären. Sie eine gewöhnliche Ärztin und er … Ja, was würde er sein? In seiner Montur sah er aus wie ein Polizist einer Spezialeinheit. Oder besser: Er wäre ihr Bodyguard, mit dem sie ein heimliches Verhältnis hatte. Das wäre aufregend.

Kyrian hatte recht mit seinen Worten. Im Moment wünschte sie sich tatsächlich, normal zu sein und dass es keine anderen Welten neben der der Menschen geben würde. Aber dann hätte sie diesen düsteren und verdammt interessanten Mann niemals kennengelernt.

Sie setzte sich auf und blickte zum Strand, wo er auf der Decke lag. Jetzt sah er kein bisschen Furcht einflößend aus. Wenn er nicht immer nur Schwarz tragen und ein wenig freundlicher schauen würde, hätte er nichts Dunkles an sich. Er stellte sich schlechter dar, als er war.

Plötzlich bemerkte sie eine Bewegung zu ihrer Rechten. Zwei Mini-Flossen ragten aus dem Wasser und kamen in ihre Richtung.

Baby-Haie!

»Von wegen, keine gefährlichen Tiere«, murmelte sie und war so schnell aus dem Meer, als hätte sie sich transloziert. Sie wusste zwar, dass die kleinen Haie nicht angreifen würden und wohl mehr Angst vor ihr hatten als sie vor ihnen, aber darauf wollte sie es nicht ankommen lassen. Daher rubbelte sie sich mit dem Handtuch trocken und legte sich neben Kyrian auf die Decke. Sie umfasste sein Handgelenk, um den Puls zu fühlen. Er schlug beruhigend normal.

Normal … Jenna schloss die Augen. Erst jetzt bemerkte sie, wie müde sie war. Eine Heilung war jedes Mal anstrengend, doch die Sonne tat auch ihr gut. Wie war das bei den Elfen? Sonnenlicht konnte ihre Kräfte auch auffüllen, oder?

So viele Fragen stürmten auf sie ein. Ihr Vater konnte sich auf ein Riesendonnerwetter gefasst machen. Sie würde nicht länger hinnehmen, dass er sie belog. Egal, was er ihr verheimlichte – sie war alt genug, um es zu erfahren und gewiss auch verkraften zu können.

Ihre Gedanken kreisten um ihre Fantasie. Traumurlaub mit ihrem Bodyguard. Ob sie jemals heiraten würde? Ben hätte sie geheiratet. Ein wenig tat er ihr leid. Ob er sie wirklich geliebt hatte? Oder hatte er sie damals vor zwei Jahren nur zum Essen ausgeführt, weil ihr Vater es gewollt hatte? Er hatte in Ben schon den zukünftigen Schwiegersohn gesehen, als dieser in der Klinik angefangen hatte.

Heirateten Gargoyles? Noir und Vince waren nicht verheiratet, denn für sie zählte das emotionale Bündnis mit dem Lebenspartner mehr als gedruckte Worte. Die beiden wussten, dass sie sich liebten und sich nie mehr trennen wollten – gesellschaftliche Konventionen spielten keine Rolle.

Plötzlich rollte sich Kyrian zur Seite und legte die Hand auf ihren Bauch.

»Kyr?«, wisperte sie.

»Weißt du eigentlich, dass ich nach dem Schlafen keine Kopfschmerzen mehr habe, seit du in meiner Nähe bist?«

Ihr Herz klopfte schneller. »Du hast gemeint, das Wasser der Najaden wäre dafür verantwortlich.«

Seine Hand wanderte höher und legte sich auf ihre Brust. Sie erschauderte. Seine große, warme Hand fühlte sich gut an. Besitzergreifend hielt er sie fest, wobei seine Lippen ihren Oberarm berührten, während er sprach.

»Ich glaube, es liegt an dir. Lichtelfen absorbieren positive Energien aus ihrer Umgebung, vor allem aus der Natur. Diese können sie auch abgeben.«

»Nehmen Lichtelfen ebenfalls Sonnenenergie auf?«

»Ja.«

Sie drehte sich zu ihm, doch er ließ seine Hand an ihrem Busen. Jenna nahm sie und drückte sie an sich. »Du meinst, ich gebe dir unbewusst etwas von meiner Kraft ab?«

Er nickte, hielt die Augen geschlossen. »Und von deiner Heilenergie.«

Vielleicht tat sie das. »Wieso, glaubst du, hattest du diese Kopfschmerzen?«

Eine Weile schwieg er und Jenna streichelte über sein Haar. Sie dachte, er wäre wieder eingeschlafen, als er flüsterte: »Ich hatte eine nicht so schöne … Kindheit. Ich denke, das lässt mich nicht los.«

»Magst du darüber reden?« Die Träume kamen ihr in den Sinn. Wie diese Gestalten in den Lederharnischen ihn gequält hatten. Das konnte ein lebenslanges Trauma hinterlassen. Jenna würde seine Vergangenheit brennend interessieren. Sie wollte endlich Licht ins Dunkel bringen.

Langsam öffneten sich seine wunderschönen Augen, die so blau waren wie der Himmel. »Das würde ich gern. Aber ich kann nicht.«

»Warum?«

Er presste die Lippen aufeinander und wirkte so verzweifelt, dass sie seinen Kopf an ihre Brust zog und die Nase in seinen Haaren vergrub. »Du erzählst es mir einfach, wenn du so weit bist.« Sie spürte seinen Atem, der gegen ihre Brust stieß. War er erleichtert? Ihr großer, starker Goyle konnte nicht über seine Gefühle sprechen. Das war nichts Ungewöhnliches. Sie würde ihm alle Zeit der Welt geben und ihm zeigen, dass sie für ihn da war. Sie ließ ihre Nase durch sein weiches Haar wandern, das einen ganz eigenen Duft besaß. Balsamisch. Verlockend. Männlich. Als sie an ein Horn stieß, wusste sie, woher dieser außergewöhnliche Geruch kam. Jenna holte tief Luft und rieb ihre Nase fester an dem rauen Stummel.

»Du weißt, was das bei mir auslöst.« Kyr knurrte leise und legte den Arm um ihre Taille. »Unvernünftiges Weib.«

Sie machte weiter, nahm ihre Finger hinzu und massierte seine Hörner. Dabei blinzelte sie an seinem Körper hinab, der dicht gedrängt an ihrem lag, und starrte auf seine Erektion. Die Spitze seines Geschlechts ragte aus der Hose, und er rieb sich an ihrem Bein.

Ihr Herz machte einen Satz. Er war so ein leidenschaftlicher Mann. Sanft drückte sie ihn zurück, sodass er auf dem Rücken zu liegen kam.

Kyrian legte die Arme über den Kopf und murmelte: »Ich gehöre dir, Jenna.«

Ob er eine Ahnung hatte, was diese Worte für sie bedeuteten? Ihr kraftloser Goyle gab sich ihr hin, vertraute ihr. »Du lieferst dich einer Hexe aus?«

Er blinzelte und grinste verschmitzt. »Ich hab sogar einen Zauberstab für dich.«

Sie lachte auf. Ihr Dunkelelf besaß Humor. »Dann werde ich mir mal ansehen, ob er einer Hexe würdig ist.« Sie griff an den Bund seiner Hose und zog sie hinunter. Diesmal kam ihr Kyrian bereitwillig entgegen und hob die Hüften. Sein harter Schaft federte ihr entgegen. Als sie mit den Fingerspitzen darüberfuhr, zuckte er und ein Tropfen lief aus der Spitze. Jenna nahm die Eichel zwischen die Finger und beobachtete Kyrians Reaktion, als sie die empfindliche Spitze zusammendrückte und daran rieb.

Er knurrte lang und kehlig, wobei er den Kopf hin und her warf. »Du bringst mich um.«

»Keine Sorge, so schnell bringt dich nichts um.« Sie liebte es, mit ihrem wehrlosen Goyle zu spielen. Wäre er im Besitz seiner vollen Kräfte, würde er sie bestimmt nehmen. Bei diesem Gedanken zogen sich ihre inneren Muskeln zusammen. Sie sollte sich ablenken, um nicht über ihn herzufallen, also inspizierte sie seine Tätowierung. Keine Stoppeln waren auf seiner Scham oder dem Tattoo zu erkennen. Die Haut war glatt. Er war nicht rasiert, dort wuchsen bei ihm keine Haare. Sie wusste, dass Gargoyles eher spärliche Körperbehaarung besaßen und Elfen ebenfalls.

Sie schluckte. Wie bei ihr. Nur ein Flaum zierte ihren Venushügel.

Neugierig befühlte sie die bunten, flammenartigen Linien, die sich von der Peniswurzel bis zu den Lenden zogen; einige Ausläufer wanden sich sogar noch um den Schaft. Unter dem Muster erkannte sie schwarze Schnörkel. »Du hast dir das Stammeszeichen übertätowieren lassen, nicht wahr?«

»Hm«, brummte er, wobei er sie unter halb gesenkten Lidern beobachtete, wie ein Tier, das auf der Lauer lag. Die Arme hatte er hinter dem Kopf verschränkt.

Seine Erektion zuckte erneut, als Jenna die Schnörkel nachzeichnete. »Wolltest du nicht, dass jemand deine Abstammung erkennt oder wolltest du mit diesem Teil deines Ichs nichts zu tun haben?« Ihr Puls klopfte heftig. Was würde er antworten?

»Beides«, sagte er und setzte sich auf. »Manchmal hasse ich die Dunkelheit in mir so sehr, dass ich Angst habe, sie könnte mich verschlingen und auf ihre Seite ziehen. Für immer.«

Erneut sah er so verzweifelt aus, dass sie ihm nur noch Vergessen schenken wollte. Vielleicht konnte sie seine Kopfschmerzen mit der Kraft der Liebe heilen? Sie rückte nah zu ihm, umfasste seine Wangen und küsste ihn auf den Mund. »Ich werde nicht zulassen, dass dich die dunkle Seite bekommt«, wisperte sie an seine Lippen. »Niemals.«

Seine Finger fuhren in ihr vom Baden feuchtes Haar. »Jenna«, sagte er, bevor er sie hart küsste. Seine Mund war weich und doch unnachgiebig. Sie liebte das Gefühl, wie er sie anpackte. Als ob sie ihm allein gehören würde.

»Die Dunkelheit in mir droht mich schon mein Leben lang zu verzehren.«

Er stöhnte auf, als sie eine Hand über seine Brust wandern ließ und schließlich sein Geschlecht packte. Nicht zärtlich und vorsichtig, wie sie es vielleicht bei Ben getan hätte, sondern sie drückte fest zu.

»Du Biest«, stieß er hervor, doch sie merkte, wie sehr es ihm gefiel.

Der Schaft in ihrer Hand bäumte sich auf. Mehr Blut strömte hinein, er wurde noch dicker und klare Tropfen perlten unentwegt aus der Spitze. Jenna verteilte sie mit dem Daumen und brachte Kyrian erneut zum Knurren. Mit ihm fühlte sie sich zu jeder Schandtat bereit. Er hatte ohnehin schon alles von ihr gesehen. Vage erinnerte sie sich, wie sie sich den Najaden schamlos hingegeben und sogar ihre Beine angezogen hatte, um intensiver von ihnen verwöhnt zu werden. Kyrian hatte zugesehen. Hatte alles von ihr gesehen. Jetzt wollte sie all das von ihm. Als ob eine düstere Seite in ihr zum Vorschein kam. Eine verdorbene Seite. Sie ließ die Zunge in seinen Mund gleiten, und ihre Zungenspitzen umspielten sich ungestüm. Lust schoss wie Lava in ihren Schoß, nur weil dieser Mann sie küsste. Seine Finger suchten den Verschluss des Bikinis und öffneten ihn. Dann fuhr er zwischen ihre Körper und legte die Hand auf ihre nackte Brust.

Jenna stöhnte auf. Die Haut unter dem feuchten Stoff war empfindlich. Sofort richtete sich ihre Brustwarze auf, reckte sich Kyrian gierig entgegen. Er beugte sich hinab und saugte an ihr, woraufhin ihr Schoß in Flammen stand.

»Salzig«, sagte er mit rauer Stimme.

Er schubste sie spielerisch zurück auf die Decke, die Augen lustverhangen, zog ihr das Höschen hinunter und drückte ihre Schenkel auseinander. Ohne Umschweife presste er den Mund auf ihre intimste Stelle.

»Kyr!« Jenna vergrub die Finger in seinem Haar, weil sie das Gefühl hatte, sich irgendwo festhalten zu müssen. Ben hatte Oralverkehr nichts abgewinnen können, zumindest nicht, wenn er ihr auf diese Weise Lust verschaffen sollte, aber Kyrian tat es von sich aus.

»Du schmeckst fantastisch«, sagte er, als er kurz den Kopf hob und sich über die Lippen leckte.

Ihre Wangen glühten. Dieser Mann kannte keine Scham. Sicherlich besaß er viel Erfahrung. Er hatte gesagt, dass er sich eine Frau genommen hatte, immer wenn ihm danach gewesen war. Das schmerzte sie. Doch was war mit Myra? Er konnte keine Frau lieben, keiner treu sein, wenn er zwar an Myra dachte, aber jetzt mit ihr Sex hatte. Mehr als ein Abenteuer durfte sie sich von diesem Mann nicht erhoffen. Sie sollte ihn loslassen, um sich große Schmerzen zu ersparen. Sie war ohnehin viel zu verliebt in ihn. Leider raubten seine Zungenschläge ihr das letzte bisschen Verstand.

»Wie viele Frauen hattest du?«, wagte sie zu fragen.

»Das weiß ich nicht mehr. Aber keine war wie du.«

Das war zwar nicht die Antwort, die sie hören wollte, dennoch gab sie sich damit zufrieden. Weil es sich anhörte, als wäre sie etwas Besonderes für ihn. Zärtlich biss er sie mit den Lippen in ihr Geschlecht, verteilte raue Küsse darauf und versenkte schließlich die Zunge in ihr. Jetzt war sie diejenige, die den Kopf hin und her warf. Umgeben vom Paradies vergaß sie, wer sie war. Sie gab sich Kyrian hin, kannte keine Hemmungen. Hier und mit diesem Mann war sie sie selbst, nahm sich, was sie wollte. Sie drückte ihm ihren Unterleib entgegen und presste seinen Kopf auf ihre Scham.

Grollend kroch Kyrian über sie. Seine Augen funkelten wild. »Du willst, dass ich dich nehme?«

Sie konnte nur nicken.

»Ich werde nicht sanft sein.«

»Ich will keinen sanften Mann«, sagte sie, doch da drang er bereits in sie ein.

Unnachgiebig schob er sich in sie, füllte sie aus. Sie spürte ihn in sich, auf sich … überall, auch in ihrem Herzen, und konnte beinahe sein schweres Herz fühlen. Wie sehr sie sich wünschte, ihm ein wenig Ballast abnehmen zu können.

Als er ganz in ihr war, atmete er heftig und blickte sie an, ohne sich zu bewegen. Es war, als studierte er ihr Gesicht, als würde er zum ersten Mal einer Frau in die Augen sehen, wenn er mit ihr schlief. Zärtlich strich er über ihr Haar und die Wangen. Plötzlich küsste er sie. Es waren heiße Küsse, unnachgiebig, voller Verlangen und leidenschaftlicher Verzweiflung. Jenna spürte das bis in ihre Seele.

Nein, so leidenschaftlich küsste kein böser Dunkelelf. So leidenschaftlich küsste ein Gargoyle. Ihr Beschützer.

Sie umarmte ihn, streichelte seinen Rücken und kraulte seine Hörner, was ihn noch wilder machte. Schwer atmend bewegte er sich und streichelte sie, wobei er mit den Lippen tiefer wanderte.

Jenna bemerkte, dass er noch zu erschöpft war, um sie ungestüm zu lieben, dennoch tat er es. Als ob jeder Stoß ihn mit neuer Energie auflud. Dabei saugte er abwechselnd an ihren Brustwarzen oder leckte an ihrem Hals. Auch wenn das Gefühl überwältigend war, wollte sie Kyrian auf die intimste Weise, die es ihrer Meinung nach gab. Sie wollte seinen Mund, seine heißen Küsse. Sein Herz. Kurzerhand zog sie ihn an den Haaren höher und hielt ihn daran fest. Als sich ihre Lippen erneut trafen und Kyrian langsame, tiefe Stöße ausführte, explodierte die aufgestaute Lust.

»Kyr«, hauchte sie hilflos an seinen Lippen, woraufhin er sich schneller bewegte. Sie schrie auf, als die Erlösung kam und sie von der Ekstase fortgerissen wurde wie von einer gigantischen Welle. Ihr Körper bebte. Kyr erging es nicht anders. Sie spürte ihn in sich, wie er zu seiner vollen Größe anschwoll und sich in sie ergoss. Dabei küsste er sie fieberhafter als zuvor und stöhnte ihren Namen, die Augen auf sie gerichtet. In diesem besonderen Augenblick, als sie einander Körper und Geist öffneten, erkannte sie seine Einsamkeit und dass er voll verzweifelter Sehnsucht nach Nähe war. Ihre Liebe nahm dadurch nur zu.

Zitternd stützte er sich neben ihr ab und rang um Atem, bevor er sich mit ihr herumdrehte und sie sich an seine Brust schmiegte.

Das sanfte Rauschen der Brandung und sein langsam werdender Herzschlag lullten sie zunehmend ein. Jenna wollte nur noch vergessen und schlafen, bis es Kyrian so gut ging, dass sie zurückkehren konnten. Alles Weitere würde sich ergeben.

Kapitel 15 - Großfahndung

Nicolas war bestimmt nicht weniger aufgeregt als Vincent, der neben Noir am Krankenbett saß und sich offensichtlich die größte Mühe gab, Ruhe zu bewahren. Vor zehn Minuten hatten stärkere Wehen eingesetzt und kurz darauf war die Fruchtblase geplatzt.

In dem geräumigen Klinikzimmer wuselte es regelrecht und alle sprachen durcheinander. Ein Monitor überwachte die Herztöne des Babys und mit einem Wehenschreiber war Noir ebenfalls verbunden. Nick fühlte sich unwohl. Er wollte auf keinen Fall Zeuge einer Geburt werden. Das war nicht sein Fall. Allein der kugelrunde Bauch machte ihn nervös. Nur gut, dass Jamie nicht schwanger werden konnte. So einen Stress, solch eine Angst, wollte er nicht erleben.

»Wenn dir oder dem Kind was passiert, dann bring ich ihn um!«, rief Vincent.

Er hegte so einen Zorn gegen Kyrian, dem er die Schuld an allem gab, dass Nick befürchtete, es würde tatsächlich gleich Tote geben. Nicolas hatte längst mitbekommen, wie besorgt ihr Klanführer um seine Partnerin war, aber jetzt sollte ihm lieber keiner zu nahe kommen, der keine guten Nachrichten hatte.

»Es ist für Noir besser, wenn alle den Raum verlassen«, erklärte Dr. Fairchild resolut und fuhr sich durch sein lohfarbenes Haar. Rote Flecken tanzten auf seinem runden Gesicht. »Sie braucht Ruhe.«

»Moment noch«, warf Noir ein und strich sich eine lange weiße Strähne hinters Ohr. »Erst, wenn alles geklärt ist.«

»Du hast William gehört!« Vincent sprang auf. »Stress fördert die Wehen.« Er wandte sich an den Arzt. »William, erklär du es ihr, auf mich hört sie nicht.«

Dr. Fairchild kratzte sich am Hinterkopf, steckte anschließend wieder die Hände in den Kittel und antwortete: »So ist es.«

Es war, als hätte er Vincent gar nicht richtig zugehört. Offensichtlich war er in Gedanken bei seiner Tochter.

Neben ihm stand Dr. Benjamin Chastain, Jennas Exfreund, und reichte Noir einen Becher mit einer durchsichtigen Flüssigkeit. »Trink das, bitte. Das ist zur Beruhigung.«

Noir gehorchte, nachdem ihr Vincent einen warnenden Blick geschenkt hatte, und reichte Ben den Becher zurück. »Wann wird das Kind kommen?«

»In fünfzig Prozent aller Schwangerschaften führt ein vorzeitiger Blasensprung innerhalb von zwei Tagen zur Geburt«, erklärte Ben, der wesentlich entspannter wirkte als Dr. Fairchild.

Nick bemerkte allerdings seine zitternden Hände. Er musterte den Arzt flüchtig. Er besaß kurze braune Haare, ein männliches Gesicht, war schlank und entsprach durchaus Nicks Geschmack. Ben machte sich gewiss ebenso große Sorgen um seine ehemalige Freundin. Warum sich Jenna wohl von ihm getrennt hatte?

»Da du schon richtige Wehen hast, kann das Kind auch eher kommen. Vielleicht in einer Stunde, vielleicht erst morgen«, schloss Ben.

Noir sah gefasst aus, aber Nick erkannte, wie sie mit sich kämpfte. »Eigentlich hatte ich mir das anders vorgestellt«, murmelte sie und drückte Vincents Hand. »Jenna sollte hier sein.«

Tief atmete sie durch und blickte alle der Reihe nach an: Vincent, die Ärzte, ihn und Jamie, der als Einziger ganz hinten im Raum stand und bemerkenswert ruhig war. Viel zu ruhig für Nicks Geschmack. Irgendwas stimmte nicht. Nick ließ ihn ohnehin nicht mehr aus den Augen, weil er glaubte, dass Jamie momentan mehr selbstmordgefährdet war als jemals zuvor. Was würde der Zash tun, wenn das Baby kam? Nick wusste es nicht. Er würde auf jeden Fall Jamie nicht in Noirs Nähe lassen. Ihn juckte es ohnehin in den Fingern, den Kleinen schleunigst von hier fortzuschaffen. Sobald er wusste, was sie wegen Jenna unternahmen, würde er sich zuerst um Jamie kümmern.

»Jennas Leben hat jetzt oberste Priorität«, sagte Noir. »Benjamin wird bei mir bleiben und sich um mich kümmern, aber ich brauche euch da draußen. Bei Jenn.« Aus großen Augen schaute sie zu Vincent. »Auch dich.«

Vehement schüttelte Vincent den Kopf. »Ich werde garantiert nicht von deiner Seite weichen.«

»Sobald das Baby kommt, wird Ben dich anrufen und du kannst dich sofort von Nicolas zu mir bringen lassen.«

Vincent war ihr Klanführer, es war seine Aufgabe, sich um seine Goyles zu kümmern. Das wusste er und deshalb sah er unglücklich aus. Nicolas konnte ihn verstehen, aber sie mussten Kyrian finden.

»Also, lasst uns noch mal angestrengt überlegen«, sagte Noir in die Runde. »Sie haben ihre Handys zurückgelassen, weshalb wir den

Kontakt zu ihnen verloren haben. Doch Magnus kann zumindest Kyrian anhand seiner Energie-Signatur orten, wie alle Goyles. Jeder von ihnen ist so besonders, dass er andere Wellen abgibt.«

Nick spitzte die Ohren. Davon hatte er nichts gewusst und kam sich ein wenig beschattet vor.

Noir hatte wohl seinen missbilligenden Gesichtsausdruck bemerkt. »Ich hab das nur zu eurem Schutz eingerichtet, falls jemandem etwas passiert. Ich wollte euch demnächst darüber aufklären, wenn alles ordnungsgemäß funktioniert. Ich hoffe nur, Magnus bekommt ein Signal.« Seufzend schüttelte sie den Kopf. »Ich mache mir solche Vorwürfe! Ich habe Jenn geradezu aufgedrängt, Kyrian mitzunehmen. Ich habe ihm vertraut.«

»Das haben wir alle«, knurrte Vincent.

»Falls er mit ihr ins Dunkle Land gegangen ist, ist sie verloren«, sagte Noir leise.

Das Reich der Dunkelelfen lag in einer anderen Dimension, daher konnten die irdischen Satelliten dort niemanden aufspüren. Nick dachte scharf nach. Magnus Thorne, Noirs Freund und einer der mächtigsten Magier weltweit, hatte all seine Systeme auf Kyrians Suche programmiert. Er würde ihn finden, falls er sich noch in der irdischen Welt befand. Hoffte Nick. Und dann würde er Kyrian das Fell über die Ohren ziehen. Ein Dunkelelf in ihrer Mitte! Jetzt wunderte er sich nicht mehr über Kyrs seltsames Verhalten. Stets war er so still und verschlossen gewesen. Hatte er Jennas Entführung geplant?

Unwahrscheinlich. Aber dass er in Vincents Klan war, war sicher kein Zufall, immerhin unterhielt Noir beste Kontakte zur Magierwelt. Dunkelelfen wollten Hexen und Zauberer vernichten. Wollte er Jenna als Druckmittel benutzen?

»Wie ist das noch mal mit den Signaturen?«, fragte Nick. »Wenn sich die beiden in einem Gebäude befinden, können die Satelliten sie nicht aufspüren?«

Noir nickte. »Und bei starker Bewölkung klappt das auch noch nicht. Magnus arbeitet schon ewig an dem Problem.«

Vincent ballte seine freie Hand zur Faust. »Dann hoffen wir auf schönes Wetter und dass sich der Mistkerl mal draußen blicken lässt.«

»Jenn hat mir erzählt, dass er sich translozieren kann. Davon wusste ich auch nichts. Das macht alles noch komplizierter.« Plötzlich krümmte sich Noir zusammen und stöhnte. Vincent kroch halb auf sie vor Sorge, doch sie drückte ihn weg. »War nur 'ne Wehe«, erklärte sie atemlos.

Sie wirkte verzweifelt und alle im Raum waren sehr bedrückt – bis auf Jamie. Er beobachtete die Szenerie immer noch schweigend. Zorell befand sich wohl nah an der Oberfläche.

Nick trat ans Fenster und blickte auf die Themse, in der sich die Umrisse von Big Ben spiegelten. Besorgt musterte er das riesige Ziffernblatt des Uhrenturmes, dessen Zeiger im Wasser verschwammen. Jenna war schon zu lange weg, und wenn sich Noir weiterhin so aufregte, würde das Baby bald kommen.

Das war nicht gut.

Nick musste Jamie endlich hier rausbringen.

Kapitel 16 - Pläne mit Myra

Dante lugte ins düstere Turmzimmer seines Vaters und beobachtete, wie die kleine Myra dessen Füße massierte. Es strengte sie an, denn sie atmete schwer und Schweiß lief über ihr Gesicht. Vor Wut zog sich Dantes Magen zusammen. Wie konnte Vater ein so zerbrechliches Kind den ganzen Tag hart schuften lassen? Sie musste für Ordnung sorgen, ihm die Mahlzeiten bringen, den Dreck wegräumen und wurde überall eingesetzt, wo Hilfe benötigt wurde. Wenn sie nicht spurte, bekam sie nichts zu essen oder Vater schlug ihr ins Gesicht, sodass sie oft eine blaue Wange davontrug.

Kyrian erging es nicht anders. Die Soldaten trainierten ununterbrochen mit dem Jungen, bis er vor Erschöpfung bewusstlos zusammenbrach. Vater ließ dem Gargoyle-Halbling die beste militärische Ausbildung zukommen und folterte ihn auf körperlicher und geistiger Ebene. Dante hatte die Berater seines Vaters belauscht; sie wollten Kyrian zum Killer ausbilden, zu einem Jäger und Spion. Myra war das Druckmittel. Bestimmt ließ Vater sie nur deshalb am Leben, damit der Gargoyle-Junge tat, was man ihm befahl. Was genau hatte Vater mit ihm vor?

Konnte Dante wenigstens Myra für ein paar Stunden von ihrer Qual erlösen? Ob Vater sie ihm auslieh? Dante war ein paar Jahre älter als das Mädchen. Was für eine Ausrede konnte er sich einfallen lassen, wozu könnte sie ihm nützlich sein? Sie war eine Schönheit und machte ihn jedes Mal verlegen, wenn sie sich über den Weg liefen. Keine Ahnung, warum er sich in ihrer Nähe so seltsam verhielt und nicht mehr er selbst war.

Mutig klopfte er an die Tür, blieb allerdings an der Schwelle stehen. Vater besaß ein prächtiges Turmzimmer, dessen Wände mit schwarz glänzendem Metall beschlagen waren. Die Sitzmöbel, bezogen mit grauem Samt, wirkten gemütlich. Es gab nur ein rundes Fenster aus dunkelgrünem Glas, das kaum Licht hereinließ. Dantes Augen waren nicht ganz so hervorragend dafür geschaffen, in Finsternis zu sehen, daher ließ er sein Fenster immer offen, um das matte Tageslicht des Dunklen Landes hereinzulassen und um bis zum Horizont blicken zu können. Dante mochte das Reich, in dem die Sonne oft hinter den Rauchschwaden des Vulkans verborgen lag. Er liebte die raue Vegetation, die Schönheit der kahlen Landschaft, die kargen Bäume und stacheligen Büsche. Von seinem Turm aus besaß er eine hervorragende Sicht auf die Stadt und den Vulkan zur einen und die Berge auf der anderen Seite, wo sich rauschende Wasserfälle in natürliche Becken ergossen. In wilden Flüssen wand sich das Wasser durchs Land und bewegte große Räder, die Strom erzeugten. Dantes Großvater hatte Spione zu den Menschen geschickt und sich deren Technik abgeschaut, die sie zuerst für Magie hielten. Zu ihrer Erleichterung hatte kein Zauber dahintergesteckt, sondern etwas, das sich Naturwissenschaft nannte. Und die Natur machten sich die Dunkelelfen seitdem auch zu eigen. Alles und jeden versuchten sie zu unterjochen.

In diesen Bergen hatten die Soldaten des Königs Myra und Kyrian gefunden. Das war drei große Sonnenkreise her. Nur selten sprach Dante mit seinem Vater, denn eine Amme kümmerte sich seit Mutters Verschwinden um seine Bedürfnisse. Dante mochte seine Amme Eskira sehr gern. Sie teilte ab und zu Vaters Bett, schien aber nicht glücklich darüber. Dante wusste mittlerweile, was sich zwischen Mann und Frau abspielte; er hatte Bedienstete beobachtet. Der Akt machte ihn neugierig, nur wüsste er nicht, mit wem er ihn vollziehen sollte. Da gab es kein Mädchen, das ihn wirklich interessierte. Vater sähe es ohnehin lieber, wenn ihn eine erfahrene Frau in den Akt einführte. Vater hatte schon mit ihm darüber geredet, aber Dante hatte abgelehnt. Doch er musste aufpassen. Vater duldete keinen Widerspruch. Zum Glück hatte er ihm noch zwei Jahre Aufschub gewährt. Vielleicht sollte Dante ihm einfach erzählen, dass er bereits die nötige Erfahrung besaß? Nein – Vater durchschaute Lügen verdammt schnell und die Konsequenzen waren meist schmerzhaft.

Verstohlen lugte er auf die Kuppe seines kleinen Fingers, die eine dicke Narbe zierte. Vater hatte ihm das Stück beinahe abgeschnitten, als Dante ihn angeschwindelt hatte. Doch er war standhaft geblieben und hatte ihm nicht verraten, dass Myra bei Kyrian gewesen war, bis sein Vater die Lüge geschluckt hatte. Für Myra würde er wieder lügen.

»Was gibt es?«, fragte sein Vater und warf ihm einen kurzen Blick zu, bevor er sich erneut dem Dokument zuwendete, das er in der Hand hielt.

Myra sah nicht auf und beachtete keinen von ihnen, sondern tat ihre Arbeit.

Dante räusperte sich. »Ich habe mich gefragt, ob ich mir Eure Sklavin ausleihen dürfte, mein König.«

Myra zuckte kurz und sein Vater ließ das Papier sinken. Seine Brauen zogen sich zusammen. »Wozu?«

»Ich wollte mit Pyra und ein paar anderen Jungs Sklavenjagd spielen, doch uns fehlen noch …«

Sein Vater machte eine wegscheuchende Handbewegung, ohne ihn anzusehen. »Nimm sie mit. Eine Jagd ist eine ausgezeichnete Idee. Sie wird deine Instinkte trainieren. Ich will die Kleine heute Abend zurück.«

Vorsichtig atmete er auf. Das ging einfacher, als er gedacht hatte. Da er oft mit Pyra die Gegend unsicher machte, hatte Vater ihm geglaubt. »Wie Ihr wünscht, Vater. Ich werde sie auch möglichst wenig beanspruchen.«

»Von mir aus mach mit ihr, was du willst. Hauptsache, sie kann mir noch ein Bad richten.«

»Wie Ihr wünscht«, sagte er erneut und winkte Myra zu sich.

Sie wischte die öligen Hände an einem Tuch ab, räumte die Phiolen weg und verneigte sich vor ihrem König. Dann trottete sie mit hängendem Kopf zu Dante.

Sein Herz zog sich zusammen, weil Myra so unglücklich aussah. Er dirigierte sie zu einer geheimen Passage, die hinter einem riesigen Wandgemälde verborgen lag, das sich wie eine Tür wegklappen ließ. Der Weg führte in seinen Turm. Niemand würde ihn mit Myra sehen. Er schob sie einen dunklen Gang entlang, der so eng war, dass kaum zwei Elfen nebeneinander hindurchpassten. Sie ging immer schneller voran und bald lief sie, bis sie stolperte und auf den Boden fiel.

Dante war sofort bei ihr, um ihr aufzuhelfen. »Hast du dir wehgetan?«

Anstatt sich helfen zu lassen, fauchte sie und schlug nach ihm. Er fiel auf sie und sie wehrte sich verbissen, kratzte und versuchte, ihn zu beißen, obwohl er ihr nichts tat. Mit aller Kraft presste er ihr die Hände über dem Kopf zusammen. »Was hast du?«

Sie schluchzte auf. »Ich werde nicht Eure Beute sein!«

Verdammt, sie weinte. Was hatte sie? »Myra, was ist los?« Sofort lockerte er den Griff. Er sah sie kaum, weil es zu dunkel war und die wenigen Gucklöcher in den Wänden kaum Licht spendeten. Er spürte sie lediglich unter sich, ihren schmalen Leib, ihre Wärme.

»Bitte, mein Prinz«, sagte sie leise, wobei alle Kraft aus ihr wich. »Bitte jagt mich nicht.«

Da wusste er, was sie ängstigte. Sie erinnerte sich wohl an ihre Kindheit, als ihre Mutter mit ihnen geflohen war, sie in einer Höhle hausten, immer im Verborgenen leben mussten und schließlich aufgespürt worden waren.

»Es gibt keine Jagd, das war nur eine Ausrede.« Beruhigend streichelte er über ihr weiches Haar. »Und jetzt komm mit. Wir gehen in meinen Turm.« Er wollte ihr das neue Spiel mit den Holzfiguren zeigen, das seine Amme ihm gebastelt hatte. Es würde bestimmt Spaß machen, es mit Myra auszuprobieren.

»In Euren Turm?«, fragte sie mit zitternder Stimme.

»Bitte sprich mich nicht so formell an. Wenn wir unter uns sind, darfst du Dante zu mir sagen.«

»Dante«, wisperte sie und diesmal ließ sie sich helfen.

Dante drehte sich im Bett herum und legte die Arme um Myras Körper. Er kuschelte sich von hinten an sie und befühlte im Halbschlaf ihren nackten Leib. Die Narben auf ihrem Rücken hatte sie nicht lange vor ihm verbergen können. Vater hatte sie ausgepeitscht, als Dante im Krieg gekämpft hatte, um Kyrian unter Druck zu setzen. Dafür würde sein Vater büßen! Doch er musste sich zurückhalten, den folgsamen Sohn spielen, oder er würde im Kerker landen, bevor er bis drei gezählt hatte. Sein Vater hatte ihn nie richtig akzeptiert, bis zu dem Tag, als er siegreich aus der Schlacht zurückgekehrt war. Diese neue Beziehung und die daraus resultierenden Vorteile durfte er nicht aufs Spiel setzen.

In den letzten Monaten hatte Myra jede Nacht in seinem Bett gele gen, seit dem Tag, als sie sich in der Badewanne geliebt hatten. Irgendwie hatte er schon als Kind gewusst, dass sie füreinander bestimmt waren. Er fühlte sich wohl bei ihr, innerlich ausgeglichen. Nur die Tage waren anstrengend, wenn sie niemandem zeigen durften, wie sehr sie sich liebten. Zumindest hoffte er, dass Myra dasselbe für ihn empfand wie er für sie und nicht nur mit ihm zusammen war, damit er sie schützte und es ihr gutging. Was, wenn Kyrian seinen Auftrag eines Tages erfüllte und Myra ihre Freiheit geschenkt bekam? Nicht, dass Dante glaubte, sein Vater würde sein Versprechen einlösen – aber falls … würde Myra mit Kyrian gehen?

Seine Hand wog sanft ihre Brust, die sich viel größer anfühlte als früher. Auch ihr Bauch war runder geworden. Sie schuftete weniger und bekam mehr zu essen. Dante gefielen die neuen Kurven an ihr. Andere Elfenfrauen waren ihm viel zu schlank und knochig. Myra hingegen war perfekt. Wenn sie allein waren, hielt sie mit ihrer Meinung nicht hinter dem Berg. Sie kam aus sich heraus, zeigte ihm ihren Trotzkopf und fauchte wie eine Wildkatze, wenn sie sich über etwas aufregte. Dabei verlängerten sich ihre süßen Beißerchen. Dante war glücklich wie nie zuvor, läge da nicht ein Schatten über ihm. Er war der Thronfolger, der zukünftige König. Sein Vater war dabei, einen neuen Krieg anzuzetteln, und Dante sollte abermals eines der Heere anführen. Als ob Vater wollte, dass er in der Schlacht starb. Es liefen sicherlich noch ein paar Bastarde in der Burg herum, die seine Lenden hervorgebracht hatten. Sein Vater nahm sich, wen er wollte. Würde Dante sterben, gäbe es sicher genug andere Erben. Aber wollte Vater tatsächlich den Sohn einer Magd oder einer anderen Dienerin zum König machen? Dante wurde aus ihm nicht schlau. Er hatte sich unzählige Male den Kopf zerbrochen, ob sein Vater ihm wirklich die Herrschaft übertragen würde, sollte es irgendwann so weit sein. Immerhin war er kein reinrassiger Dunkelelf. Er hatte sogar mit dem Gedanken gespielt, mit Myra unterzutauchen, besonders jetzt, wo sie ein Kind von ihm erwartete.

Seine Mutter war in die Menschenwelt geflohen. Er hatte nie wieder etwas von ihr gehört, seit sie fort war. Warum hatte sie ihn zurückgelassen? Leider war er noch zu klein gewesen, um sich genau an sie zu erinnern. Er wusste nur, dass sie ihn oft im Arm gehalten hatte.

Er seufzte leise und kuschelte sich enger an Myra. Hätte er sich bei den Menschen überhaupt wohlgefühlt? Ihre Welt war interessant, keine Frage. Aber sie war grell, laut, hektisch, zu bunt. Er hatte seinen Vater ab und zu begleitet, wenn sie sich mit Kundschaftern getroffen hatten. Dunkelelfen setzten alles daran, Hexen und Zauberer zu schwächen. Sie entführten, folterten und töteten sie, falls sie diese nicht zu Sklaven machten. Immer wieder gelang es Vaters Jägern, Warenlager oder andere Einrichtungen der Magier in die Luft zu sprengen. Zahlreiche Menschen waren gestorben. Dante fühlte sich nie wohl, wenn er davon hörte. Es steckte zu viel von seiner Mutter in ihm. Zu viel Gutes. Umso mehr wunderte es ihn, dass er das Dunkle Land liebte. Myra schien es hier auch zu gefallen, sofern man sie anständig behandelte. Der Dunkelelf-Anteil in ihr war stark. Sie war mehr Dunkelelf als er. Ein wenig jähzornig, kämpferisch und mit düsteren Gedanken. An seiner Seite führte sie sich manchmal wie die zukünftige Königin auf. Sie würde alles tun, um Kyrian von seiner Aufgabe zu erlösen und ihn zurückzuholen. Ihre Bande waren stark, auch wenn sie sich viele Mondzyklen nicht gesehen hatten. Oft weinte sie im Schlaf und rief seinen Namen.

Dantes Verbindung zu seiner Schwester wurde jedoch auch immer stärker. Schon in jungen Jahren hatte er gespürt, dass er eine Schwester hatte. Nachdem Vaters Spione herausgefunden hatten, dass seine Mutter Isla vermutlich bei den Magiern Unterschlupf gefunden hatte, setzte er alles daran, sie aufzuspüren. Er ließ Kyrian härter trainieren und schickte ihn mit anderen Kriegern immer wieder in die Menschenwelt, um bei diversen Anschlägen auf Einrichtungen der Magier behilflich zu sein. Kyrian wurde von Kindesbeinen an zum Killer ausgebildet. Er beherrschte diverse Kampftechniken bis zur Perfektion und scheute sich vor keinem Auftrag.

Dante seufzte an Myras Nacken und bemerkte, wie er immer tiefer in den Schlaf glitt und sich seine Gedanken mit denen seiner Schwester mischten. Seit ein paar Tagen träumte sie von seiner Vergangenheit und Gegenwart. Auf einmal schien es, als wäre eine Blockade verschwunden, die jahrelang zwischen ihnen gestanden hatte. Er konnte jetzt alles deutlich vor seinem geistigen Auge erkennen, wenn er sich darauf konzentrierte. Ihre Träume und Gedanken verschmolzen.

Jenna … so lautete ihr Name. In diesem Augenblick sah er sie, umgeben von Meer, auf einer einsamen Insel. Ihr Gesicht war dem seiner Mutter sehr ähnlich. Neben ihr lag ein Mann auf dem Bauch. Plötzlich war es dunkel und er spürte Jennas Herzrasen, als wäre es sein eigenes. Im flackernden Schein eines Lagerfeuers tauchte plötzlich Kyrians Gesicht auf.

Bei den Höhlentrollen, er war bei ihr! Und sie fürchtete sich vor ihm. Die Zeit war wohl tatsächlich gekommen; Kyrian würde zurückkehren.

Dante fuhr aus dem Schlaf hoch. Er musste überlegen, was er jetzt tat.

Kapitel 17 - Aufregung

Plötzlich klingelte Noirs Smartphone und alle im Krankenzimmer zuckten zusammen, sogar Nick, der gedankenversunken Jamie betrachtet hatte. Nick hatte ihn nicht überreden können, in seinem Zimmer zu bleiben, und ließ ihn seitdem nicht mehr aus den Augen. Noirs Wehen hatten in den letzten Stunden zugenommen, und der Zash lauerte nah an der Oberfläche.

Vincent ging ans Telefon, weil Noir wegen des Beruhigungsmittels kaum noch ihren Arm heben konnte.

»Magnus hat sie geortet!«, rief er. »Sie sind auf den Malediven.«

Allen im Raum war die Erleichterung anzumerken. Mr. Fairchild sank auf einen Stuhl und Noir lief eine Träne über die Wange. »Lasst uns keine Zeit mehr verlieren. Nick, du musst sofort ein Portal erschaff…«

»Nein!«, erklang Magnus' kräftige Stimme aus dem Handy. Vincent hatte auf laut gestellt. »Wenn er sich translozieren kann, ist er weg, noch bevor sich das Tor aufgebaut hat. Die Insel ist so verdammt klein, dass er es auf jeden Fall bemerkt.«

Vincent tigerte neben Noirs Bett auf und ab. »Was können wir dann tun?«

»Ich kenne eine Halbelfe, die ihre Hilfe angeboten hat. Sie kann sich auf den Meter genau zu den angegebenen Koordinaten translozieren. Sie wird sich Kyrian schnappen und ihn direkt nach Maidstone bringen.«

An diesem Ort fanden die Magierversammlungen statt, wusste Nicolas. Jamie hatte ihm davon erzählt. Es war kurz nach einer solchen Versammlung gewesen, als er und Jamies Familie seinetwegen in der Unterwelt landeten.

»Dort gibt es einen speziellen Verhörraum, aus dem Kyrian nicht entkommen kann.«

»Okay, schick deine Halbelfe hin«, sagte Vincent und Noir nickte zustimmend.

Dr. Fairchild runzelte die Stirn. »Mr. Thorne kennt eine Halbelfe?«

»Magnus hat Beziehungen zu allen möglichen Wesen«, murmelte Noir und gähnte, während Vincent mit dem Smartphone in der Hand auf und ab schritt und sich schließlich ans Fenster stellte, um die Sonne anzustarren, deren glutroter Ball sich über die Dächer Londons senkte.

***

»Myra!«, hörte Jenna Kyrian rufen und schreckte aus dem Schlaf. Sie zwinkerte und musste sich erst orientieren. Es war stockdunkel, warmer Wind strich über ihren nackten Körper und ihr Rücken schmerzte. Sie streckte die Hand aus und fühlte Sand.

Malediven …

Die Wolken hatten sich verzogen. Über ihr funkelten Myriaden Sterne auf einem pechschwarzen Himmel. Keinerlei Lichtverschmutzung behinderte die Sicht, sodass Jenna das helle Band der Milchstraße erkannte. Es gab auf dieser Insel keine Lichtquelle, weshalb Jenna nicht einmal die Hand vor Augen sah. Ihr Herz raste noch von ihrem Traum und die Dunkelheit schürte ihre Angst. Sie schnappte nach Luft und spürte Kyrian dicht bei ihr.

»Ich werde ein Feuer machen, warte hier, ich hole Holz«, sagte er.

Sie hörte, wie er sich über den Sand entfernte. Es raschelte und knackste aus der Richtung, in der die Palmen lagen. Dann kam er zurück und hantierte neben ihr herum. Er schien im Dunkeln problemlos zu sehen.

Jenna blieb liegen und tat so, als wäre sie wieder eingeschlafen. Dabei hatte sie ihren Traum vor Augen. Myra – es gab sie also wirklich. Und Kyrian … Er war ein Spion. Ein Killer! Und er war wahrscheinlich für den Tod vieler Menschen verantwortlich.

Ihr Puls klopfte so laut in den Ohren, dass sie kaum noch das Rauschen der Brandung hörte. Mit angehaltenem Atem lauschte sie, während Kyr etwas in einer fremden Sprache murmelte. Plötzlich loderte neben ihr ein Feuer hoch in den Himmel und erhellte den Strandabschnitt. Jenna blinzelte in die Flammen, die erst bläulich leuchteten und dann ihre natürliche Farbe annahmen.

Kyrian konnte dunkelelbische Magie anwenden! Ihre Kehle schnürte sich zu, immer schwerer fiel es ihr, zu atmen.

»Keine Sorge, ich wurde nicht in der großen Kunst der Magie unterwiesen, sondern nur im Kampf. Ich habe bloß ein paar einfache Sprüche aufgeschnappt. Mehr als Feuer anzünden oder einen kurzen Verstummungszauber beherrsche ich nicht«, sagte er, bevor er, nackt wie er war, die wenigen Schritte zum Wasser ging.

Er bemerkte ihre Angst. Und er hatte ihr so viel verschwiegen. Alles, seine gesamte Identität. Jetzt wusste sie nicht mehr, ob sie ihm trauen konnte. Das schmerzte zutiefst. Diese verdammte Unsicherheit! Die Träume – oder diese Erinnerungen – die von Dante kamen, zeigten einen kaltblütigen und berechnenden Dunkelelf. Kyrian würde sie benutzen, um seine geliebte Myra freizukaufen. Dante – ihr Halbbruder – war sich da sicher.

Wie sollte sie sich nun Kyrian gegenüber verhalten, wo sie wusste, dass er ein Killer war? Eine Killermaschine, wenn sie ihren Träumen trauen konnte. Er wurde jahrelang ausgebildet und beherrschte bestimmt einwandfrei, ihr den harmlosen Goyle vorzuspielen. Sie musste einen klaren Kopf bewahren. Was wollte er wirklich von ihr?

Sie war eine Hexe und höchstwahrscheinlich zu einem Teil eine Lichtelfe. Beides Erzfeinde der Dunkelelfen. Ihr Magen verkrampfte sich. Verdammt. Hatte sie Kyrian falsch eingeschätzt? Und Noir ebenfalls? Wartete er hier mit ihr, bis andere seines Volkes sie holen kamen? Sie hatte schaurige Geschichten gehört, was Dunkelelfen Hexen und Zauberern oder allen, die sie verachteten, antaten. Versklaven und töten …

Nein, wenn er sie ausliefern wollte, hätte er das längst getan.

Langsam drehte sie den Kopf und schielte zum Ufer, wo sich Kyrian wusch. Dabei schaute er grinsend zu ihr.

»Ich weiß, dass du wach bist!«, rief er.

Mist, einem Wesen mit solch perfekten Sinnen konnte man nichts vormachen. Und wenn er sie so ansah, mit seinen Grübchen in den Wangen, flatterte ihr Magen nicht vor Furcht. Er hatte sich zuvor offenbart, war ehrlich zu ihr gewesen, hatte über seine dunkle Seite gesprochen. Was, wenn diese Träume oder Visionen sie bewusst verunsichern sollten?

Sie tat so, als wäre sie noch müde, gähnte und setzte sich auf. Sie konnte kaum die Augen von ihm abwenden. Sein verboten schöner Körper hielt ihren Blick gefangen.

Und seine beginnende Erektion.

Nicht ablenken lassen, ermahnte sie sich. Sie durfte ihn auf keinen Fall wissen lassen, was sie wusste, und versuchte, ein unverfängliches Gespräch zu beginnen. »Wie spät ist es?«

»Nach Mitternacht.«

»Du warst schon öfter hier?«

Er nickte, während er zurückkam und ein Stück Holz in die Flammen warf, das neben dem Feuer gelegen hatte. »Ich brauche die Sonne, aber direkte Strahlen vertrage ich nicht. Zur Monsunzeit herrschen hier genau die richtigen Bedingungen für mich.«

Als er zum märchenhaften und beinahe unwirklichen Himmel aufsah, schielte sie auf sein Geschlecht, das zum Glück nicht mehr hart war. Sie wünschte, er würde sich etwas anziehen.

Könnte sie mit ihren mickrigen Kräften gegen ihn ankommen? Sie wollte sich nicht mal vorstellen, ihn zu verletzen. Die Heilerin in ihr war stark. Sie wollte ihn unbedingt fragen, was er in Vincents Klan suchte, ob er ihnen schaden wollte und was er sonst noch alles verbarg – aber bei seinen intensiven Blicken wurde alles andere nebensächlich.

»Du siehst heiß aus in dem Teil«, raunte er.

»Bitte lenk nicht ab. Bring mich zu Noir.«

Er senkte die Stimme und sah sie nicht an, wobei er sich seine Unterhose von der Decke schnappte und hineinstieg. »Das geht nicht. Noch nicht.«

»Warum?«

»Weil es etwas gibt, das ich noch erledigen muss und ich nicht weiß, ob du mich lässt, nachdem du die Wahrheit kennst.«

Jenna schluckte. »Ich muss wissen, wie es Noir geht. Lass mich wenigstens mit ihr telefonieren.«

Seine Brauen zogen sich fast unmerklich zusammen. »Sie würden uns finden, wenn ich dir ein Handy besorge, und ich kann meine Pläne vergessen.«

Myra retten oder sie ausliefern oder alles beide? Wenn sie nur wüsste, was in seinem Kopf vorging. »Welche Pläne?«

Er betrachtete sie intensiv, doch ihre Frage beantwortete er nicht. »Ich sehe Angst in deinen Augen. Vertraust du mir nicht mehr?«

»Du bist ein Spion«, brach es aus ihr hervor und sie senkte hastig den Blick.

Kyrian kniete sich vor sie. »Woher weißt du das?«

Es stimmte also. »Ich weiß auch über Myra Bescheid.«

»Myra? Was weißt du von ihr?« Plötzlich klang er sehr aufgebracht. Seine Augen funkelten im Schein der Flammen.

»Erst erzählst du mir von deinen Plänen. Dann erzähle ich dir alles über Myra.«

Kyrian atmete tief ein und nickte. »Gut. Du hast ein Recht darauf, alles zu …«

Weiter kam er nicht, denn wie aus dem Nichts tauchte eine blonde Frau im Catwoman-Kostüm hinter ihm auf, legte die Arme um ihn und verschwand mit ihm genauso schnell, wie sie erschienen war.

Kapitel 18 - Flucht aus der Burg

Dante musste raus aus der Festung. Nur außerhalb konnte er sich mit Myra translozieren, wobei er das lieber vermied. Er hatte gehört, es würde dem Ungeborenen nicht bekommen und könnte eine Frühgeburt auslösen. Also würde er die Pferde nehmen.

Wohin er mit Myra gehen sollte, wusste er noch nicht, doch er hatte eine Idee, wo sie erst mal sicher sein würde. Hauptsache, sie war nicht da, wenn Kyrian zurückkam. Der würde mit ihr gewiss in die Menschenwelt verschwinden und dann würde er Myra nie wiedersehen, sein Kind ebenso wenig.

An der Hand zog er sie durch die düstere Burg und bedeutete ihr ständig, keinen Lärm zu machen.

»Was ist denn los? Wo willst du so spätnachts hin?«, fragte sie, während er sie in eine geheime Passage drückte, die hinter einem Wandteppich verborgen lag.

Wobei für Myra die Passagen längst nicht mehr geheim waren, mittlerweile kannte sie wohl alle. So würden sie ungesehen an den Wachen vorbeikommen, die an der Treppe standen.

»Ich bringe dich weg«, sagte er leise.

»Wohin? Und warum? Hat dein Vater herausgefunden, dass ich ein Kind bekomme?« Sie klang alarmiert und zog ihren weinroten Morgenrock fester um sich.

Dante hatte ihr erzählt, was sein Vater ihm angedroht hatte, falls er mit Myra ein Kind zeugte. Doch es war eben passiert. Und er bereute es kein bisschen. »Noch ahnt er nichts, aber dein Bauch wächst schnell und es ist besser, du bekommst das Baby nicht hier.«

Er kannte eine Jagdhütte in den Bergen. Dort hatte er vor Urzeiten mit Pyra und den anderen Jungs manchmal ein paar Tage verbracht, um mit ihnen Fährten zu lesen, Bogen zu schießen und ausgelassen zu feiern. In den letzten Jahren, vor allem während des Krieges, hatte er nicht mehr an diesen Unterschlupf gedacht. Soweit er wusste, wurde das Häuschen von niemandem bewohnt. Vater würde Myra dort nicht vermuten. Am besten, er nahm noch seine Amme mit oder translozierte sich später mit ihr zur Hütte, damit Myra nicht allein war. Und er wollte Pyra bitten, auf sie Acht zu geben, bis ihm eine andere Lösung eingefallen war. Er vertraute seinem Freund mittlerweile blind, was nicht immer so gewesen war, doch der Krieg hatte Pyras wahres Ich offenbart. Myra brauchte nicht zu wissen, dass das Kind nicht der einzige Grund war, warum er sie aus der Burg haben wollte.

Verdammt, Kyrian konnte jeden Moment auftauchen. Wenn Jenna ihm von Myra erzählte, dass er sie kannte und sie mit Dante verbunden war, würde Kyrian sicher jede Information aus ihr herauskitzeln. Kyrian würde erfahren, dass sie zusammen waren und … ihn töten und Myra mitnehmen. Dante war so sicher, dass er beinahe durchdrehte vor Sorge, Myra zu verlieren. In seinem Kopf wirbelte alles durcheinander. Sein Vorhaben würde niemals gut gehen, doch eine andere Lösung fiel ihm nicht ein.

Als sie aus einem kleinen Seitenausgang in den dunklen Burghof traten, atmete er auf. Der Stall lag vor ihnen, das Tor war nicht mehr weit und die Wachen kannte er. Es würde keine Probleme geben, nach draußen zu gelangen. Zuerst würde er sich mit Myra zur Hütte begeben und ihr dann alles bringen, was sie für ein angenehmes Leben brauchte.

»Wolltest du dich schon wieder heimlich mit deiner Sklavin vergnügen?«, hallte König Lothaires Stimme über den Hof.

Dante wirbelte herum. »Vater! Was macht Ihr so spät hier?«

Der König hielt eine batteriebetriebene Laterne in der Hand. Noch eine Erfindung, die er aus der Menschenwelt mitgebracht hatte. »Ich wollte ein ernstes Wort mit meinem Sohn reden. Nachdem mir Kendal geflüstert hat, dass du mit diesem Bolg jede Nacht dein Bett teilst.«

Kendal, dieser miese Verräter! Er war, seit Myra in Dantes Besitz übergegangen war, Vaters Kammerdiener und engster Vertrauter. Er musste sie bespitzelt haben. Dante kochte innerlich. Außerdem hasste er, dass alle Myra mit diesen hässlichen Bolg-Kobolden verglichen! Nur durfte er seiner Wut jetzt auf keinen Fall Luft machen.

Sein Vater hielt ihm die Lampe unter die Nase und betrachtete ihn mit zusammengeschobenen Brauen, die genauso weiß waren wie sein Kopfhaar. Er trug kein Nachthemd, sondern seinen Lederharnisch. Wahrscheinlich ging er damit sogar ins Bett. Dante hatte seinen Vater nur selten im Nachthemd gesehen.

Er wich nicht zurück, zeigte weder Furcht noch seinen Unmut. In Vaters Anwesenheit war es besser, so kalt wie möglich zu bleiben.

Der riss Myras Morgenrock auf, unter dem sie nackt war, und befühlte ihren leicht gewölbten Bauch. »Kendal hatte also recht«, knurrte er.

Hastig wich Myra zurück, das Gesicht starr vor Schreck, und schlang den Stoff um ihren Körper. Dann versteckte sie sich hinter Dante. Ihm lagen hundert Ausreden auf der Zunge, nur keine schien ihm plausibel genug, um dieser Situation zu entkommen. Daher schwieg er.

Zu seiner Überraschung sagte Lothaire: »Da du dich bis jetzt loyal erwiesen hast und siegreich aus dem Krieg zurückgekehrt bist, hast du gezeigt, dass du ein würdiger Dunkelprinz bist. Mutig und deinem Königsvater treu ergeben. Daher werde ich dieses Missgeschick ungestraft lassen. Für dich. Deine Sklavin jedoch wird mit mir kommen.« Lothaire trat hinter ihn, packte Myra am Arm und zog sie zurück in die Burg.

Sie fauchte auf, aber Dante schüttelte unauffällig den Kopf, damit sie keinen Widerstand leistete, und folgte seinem Vater hinein. »Was habt Ihr mit ihr vor, mein König?« Eiseskälte kroch tief in sein Herz, weil er das Schlimmste befürchtete.

»Ein Experiment. Das Ergebnis eurer Paarung könnte interessant werden.«

Dante versuchte, möglichst gleichgültig zu klingen, um sich seine Sorge um Myra nicht anmerken zu lassen. »Wo bringt Ihr sie hin?«

»Ins Labor.«

»Es gibt ein Labor? Hier, in der Festung?« Davon hatte er noch nie gehört.

»Es wird Zeit, dich in meine Pläne einzuweihen, mein Sohn«, sagte sein Vater und grinste Myra so bestialisch an, dass es Dante kurz schwarz vor Augen wurde.

Kapitel 19 - Zurück zu Noir

Als die Frau im Catwoman-Kostüm erneut auf der Insel auftauchte, wich Jenna zurück und streckte die Hände aus. »Ich warne dich! Einen Schritt weiter und ich …« Verdammt, wieso war sie so schlecht im Zaubern? »… ich sprenge dich in die Luft!«

Die blonde Frau grinste breit und machte erst recht einen Schritt auf sie zu, als wüsste sie, wie gefährlich ihr Jenna wirklich werden konnte. Im Schein des Feuers funkelten silberne Strähnen in ihrem Haar. Als sie eine davon zurückstrich, kam ein spitzes Ohr zutage. »Keine Angst, Süße. Ich bringe dich jetzt zu Noir.«

»Wer bist du? Wieso sollte ich dir vertrauen? Und wo ist Kyrian?«

»Mein Name ist Leraja und ich bin eine Dämonenhalbelfe.«

Dämonenhalbelfe? »Eine Dunkelelfe?« Sie war hier, um sie zu holen.

»Zur Hälfte Lichtelfe, Süße. Genau wie du.«

»Woher weißt du das?« Das musste Kyrian ihr verraten haben.

Leraja seufzte theatralisch, wobei ihre grünen Augen kurz aufleuchteten. »Ich bin eine Freundin von Magnus Thorne und der hat mir das verraten.« Dann lächelte sie schelmisch. »Ups, ich glaube, das hätte ich nicht sagen dürfen.«

Magnus wusste, dass sie eine Elfe war? Das wurde alles immer kurioser. »Wohin hast du Kyrian gebracht?«

»Nach Maidstone.«

Dort tagten die Magierversammlungen. »Und dein anderer Teil ist dämonisch, sagst du?«

»So ist es.«

»Dämonen reisen durch Portale, du kannst dich teleportieren.«

»Ich habe meine Elfenfähigkeiten trainiert und kann nun beides.«

»Das ist mir alles zu hoch«, murmelte Jenna.

»Du wolltest die Wahrheit wissen, Süße.« Leraja machte drei schnelle Schritte auf sie zu und umarmte sie. »Aber jetzt müssen wir los, ich hab heute noch ein heißes Date mit meinem Sonnenschein und das will ich um nichts auf der Welt verpassen.«

Bevor Jenna protestieren konnte, wurde ihr schwarz vor Augen. Sie klammerte sich an den schlanken Körper ihrer Entführerin, und als sie die Augen aufschlug, befand sie sich auf dem Dach der Klinik.

Leraja machte sich von ihr los, als wäre sie eine Klette, und wischte sich Sand von ihren Lederstiefeln. »Also dann, vielleicht sieht man sich ja noch mal.« Nachdem sie salutiert hatte, war sie verschwunden.

Schwankend lehnte sich Jenna für einen Moment an die kalte Wand neben dem Ausgang zum Dach und starrte auf eine flackernde Neonröhre in der Nähe des Hubschrauberlandeplatzes. Gänsehaut kroch über ihren Körper. Der plötzliche Klimawechsel ließ sie frösteln. Eben war sie noch auf den Malediven gewesen, doch ihr kam es bereits vor wie ein weit zurückliegender Traum.

Wieso hatte Magnus Kenntnis von ihrer Elfenseite?

Noir – sie hatte vielleicht Antworten, schließlich war Magnus ihr engster Vertrauter. Außerdem musste Jenna wissen, wie es ihr ging. Sie öffnete die Tür und hastete die Treppen hinunter, anstatt den Aufzug zu nehmen, bis sie im richtigen Stockwerk ankam. Der Flur wirkte wie ausgestorben, daher hörte sie das Klopfen ihres Pulses in den Ohren gleich kleinen Trommelschlägen. Sie eilte durch den Gang, wobei ihre nackten Füße ein patschendes Geräusch auf dem Linoleumboden hinterließen. Sie wollte plötzlich nur noch zu Noir, mit ihr reden und endlich Antworten erhalten. Außerdem brannte sie darauf, ihr alles über Kyrian zu erzählen. Sie musste fast bis zum Ende des Ganges laufen. Noirs Zimmer lag neben der Station, die um diese Zeit unbesetzt war. Damit Noir Ruhe hatte, hatte Dad sie auf die Privatstation für Magier verlegen lassen, in der sich fast nie jemand aufhielt. Die meisten Patienten waren leicht verletzte Wesen wie Gestaltwandler oder Vampire, die ihre Verbündeten waren, und die blieben selten über Nacht.

Vorsichtig öffnete sie die Tür und schlich an Noirs Krankenbett. Ein mattes Licht beleuchtete den Nachttisch, ansonsten lag der Raum im Dunkeln. Ben saß auf einem Stuhl und hielt den Finger an die Lippen, stand aber sofort auf, als er sie sah.

»Noir schläft endlich.«

Er trug einen weißen Kittel, sein braunes Haar war ein wenig durcheinander und Schatten lagen unter seinen grünen Augen. Auch seine Wangen wirkten eingefallen, was seinem Gesicht ein markantes und interessantes Aussehen verlieh. Er war ein attraktiver Mann, doch Jenna bereute nicht, ihre Beziehung beendet zu haben, trotz der Turbulenzen, die jetzt ihr Leben bestimmten. Für Ben gab es nur Arbeit, Arbeit, Arbeit, ständig an Vaters Seite. Er kam kaum aus der Klinik, und falls er sich tatsächlich mal ein wenig Freizeit gegönnt hatte, war es nur nach seinem Kopf gegangen.

Ben umarmte sie kurz und drückte sie an sich. »Ich bin so froh, dass es dir gut geht.«

Unter hochgezogenen Brauen musterte er Jenna, worauf sie sich nackt vorkam. Immerhin trug sie bloß den knappen schwarzen Bikini. Diese Dämonenelfe hatte ihr keine Zeit gelassen, sich anzuziehen.

»Ist Kyrian tatsächlich in Maidstone?«, fragte sie leise und ging auf Abstand.

Er nickte. Eifersucht funkelte in seinen Augen. Er begehrte sie noch immer, doch ihre Gedanken galten Kyrian. Und Noir. Sie sah bleich aus, aber entspannt. Jenna nahm die Krankenakte an sich und überflog sie hastig. Im Moment konnte sie nichts für Noir tun. Es ging ihr soweit gut.

»Ich bin putzmunter«, flüsterte Noir plötzlich. Ihre Lider flatterten.

»Ruh dich aus.« Jenna setzte sich zu ihr aufs Bett und griff nach ihren eiskalten Fingern. Ein Infusionsschlauch führte am Handrücken hinein. Sie fühlte sich miserabel. Es war ihre Schuld, dass Noirs Fruchtblase geplatzt war.

»Mach dir keine Vorwürfe«, wisperte Noir.

Jenna lächelte müde. »Schnüffelst du in meinem Kopf herum?«

»Kann ich bei dir doch eh nicht, außerdem hat Ben mir was gegeben, das meine Kräfte blockiert. Aber ich sehe es dir an.« Sie seufzte leise. »Wenn jemand Schuld hat, dann ich. Hätte ich dir Kyrian nicht aufgedrängt …«

Erst, als Ben sich räusperte, registrierte Jenna, dass er noch da war. Er stand auf und ging zur Tür.

»Ich hole dir was zum Anziehen.«

Jenna nickte. »Lieben Dank.« Sie hatten beide ihre Wohnungen im zwölften Stockwerk der Klinik, genau wie ihr Vater. Und Jenna hatte noch nicht all ihre Sachen aus Bens Apartment geholt. Er schien zwar traurig darüber zu sein, dass sie nicht mehr zusammen waren, aber immerhin war er nicht nachtragend. Da hatte seine Leidenschaftslosigkeit einmal etwas Gutes.

»Du könntest eine Dusche vertragen«, murmelte Noir, nachdem Ben die Tür hinter sich zugezogen hatte.

»Deine spitze Zunge scheint nicht gelähmt zu sein.« Jenna lächelte. Sie musste schrecklich aussehen, so, wie ihr die Haare am Kopf klebten, doch es gab jetzt Wichtigeres als sich wohlzufühlen.

Was der Rat gerade mit Kyrian machte? Sie wollte so gern zu ihm und ihm beistehen.

»Hör auf, an deinen Nägeln zu knabbern«, sagte Noir, die Augen geschlossen.

Hastig zog Jenna die Hand vom Mund weg. Sie stand dermaßen unter Anspannung, dass sie das nicht bemerkt hatte.

»Du gehst jetzt unter die Dusche und rufst dann Nicolas an.« Noir deutete auf das Handy, das neben ihr auf dem Nachttisch lag. »Er soll dich nach Maidstone bringen. Ich merke ja, wie nervös du bist.«

»Aber …«

Noir blinzelte. »Das ist ein Befehl. Nicolas wird dich sofort herbringen, wenn es bei mir losgeht.«

Jenna drückte ihre Hand. »Danke.«

»Hm«, machte Noir und gähnte herzhaft. »Ich brauche schließlich eine Verbündete, die mir später alles erzählt. Mein Herzallerliebster ist bestimmt zu aufgeregt, um sämtliche Einzelheiten zu behalten.«

Vincent sollte jetzt hier bei Noir sein, doch seine Pflichten hatten Vorrang.

»Und sobald ich wieder klar im Kopf bin, will ich alle Details über deine Reise hören«, setzte Noir hinzu.

Ben huschte herein und drückte Jenna einen Stapel Kleidung in die Hand: weiße Röhrenjeans, Socken, Sneakers und eine rosa Bluse. Ihr Gesicht erhitzte sich, als sie die Spitzenunterwäsche erblickte. Sie bedankte sich und verschwand hinter der angrenzenden Tür, die zu einem winzigen Badezimmer führte, in dem es nur ein Waschbecken, eine Toilette und eine Duschkabine gab. Jenna hatte ihren Wohnungsschlüssel nicht dabei und Ben wollte sie nicht fragen, ob sie bei ihm duschen durfte.

Nicolas eilte mit Jamie den Flur zum Wohntrakt entlang. Er hatte noch dreißig Minuten Zeit, den Zash auszuschalten, anschließend musste er Jenna aus der Klinik holen und zu seinem Klan nach Maidstone, wo Kyrians Verhör beginnen würde. Er war Vincent verpflichtet. Nicolas war ihm unterstellt, auch wenn Vincent ihnen alle Freiheiten ließ. Vince zählte jedoch auf ihn. Er brauchte ihn, um möglichst schnell zurückzukommen, wenn es Noir oder dem Baby schlechter ging. Immerhin hatte er Jenna überreden können, noch eine Weile bei Noir zu bleiben. Jamie hatte jetzt Priorität.

»Schneller, Nick, ich kann ihn kaum noch zurückhalten!«, rief der Kleine verzweifelt über seine Schulter, während er rannte, als wäre der Teufel hinter ihm her.

Endlich erreichten sie Nicks Wohnung. Er drückte den Finger auf den Scanner an der Tür und bugsierte Jamie ins Schlafzimmer. Sie hatten ausgemacht, dass Nick ihn an das Eisengestell des Bettes fesselte und Jamie so lange dort angekettet blieb, bis er zurück war. Danach musste er sich einfallen lassen, wie er Zorell von Noirs Baby fernhielt. Aber wie er es verstanden hatte, konnte der Zash nur den Körper des Kindes übernehmen, während es auf die Welt kam. Sobald es von der Mutter abgenabelt war, besaß es eine Seele und der Dämon hätte verloren. Das Kind wäre in Sicherheit und Jamie würde nicht sterben.

Der Kleine warf sich aufs Bett und streckte die Hände über den Kopf. »Schnell!« Vor Angst und Panik waren seine Augen weit aufgerissen.

Hastig legte Nick ihm Handschellen an – extra verstärkte – und schloss sie eng um seine Handgelenke. Keine Sekunde zu früh, denn plötzlich fing Zorell lautstark zu toben an und versuchte mit den Füßen nach Nick zu treten.

»Verdammter Schwanzlutscher! Mach mich los!«

Nicolas wich zurück und blickte auf den wütenden Dämon. Er hasste diesen Anblick und sein Herz schnürte sich zusammen. Wenn er Jamie doch von diesem Ekel erlösen könnte.

Auf einmal vibrierte das Bettgestell. Offensichtlich konzentrierte Zorell all seine Energie, um sich zu befreien. Das durfte Nick nicht zulassen. Zwar waren die Wohntrakte gegen Dämonenmagie gesichert, aber Nick befürchtete, dass die Schilde versagen könnten, weil sich der Kleine innerhalb dieser Schutzvorrichtung befand. Noir hätte nie einen Schutz installiert, der sich gegen ihren heißgeliebten Bruder richtete.

Immer schneller vibrierte das Bett, bis das Eisen einen tiefen Summton von sich gab. Zorells Augen waren pechschwarz. Nick musste diesen verdammten Mistkerl ausschalten. Und da gab es nur eine Lösung.

Er warf sich auf ihn und hockte sich auf Jamies Beine. Hastig öffnete er dessen Jeans.

Zorell erstarrte. »Das wagst du nicht!«

Die schwarze Flüssigkeit in seinen Augen drehte sich, sodass helle Flecken sichtbar wurden.

»Schlaf mit mir …«, hörte er schwach Jamies Stimme, bevor Zorell wieder aufbrüllte und versuchte, Nick abzuschütteln.

Obwohl seine Wut keine Grenzen kannte und er den Zash am liebsten in Stücke reißen wollte, setzte Nicolas sein laszivstes Lächeln auf. »Ich mag es, wenn du dich wehrst, Dämon. Das macht mich geiler.«

Zorell hielt abrupt inne und Jamies Augen wurden klar. Er atmete schwer, Schweiß lief über sein Gesicht. »Er drängt nach oben, ich … Nick, beeil dich!«

Erneut verdunkelten sich seine Augen. Nick legte sich auf ihn und streichelte über seinen Kopf. »Ich kann dich doch nicht mit Gewalt nehmen.«

»Bitte«, schluchzte Jamie, wobei eine dicke Träne über seine Wange kullerte. »Tu es. Für Noir … für mich. Ich liebe dich!«

Nicolas küsste ihn mit einer Niedergeschlagenheit, wie er sie niemals empfunden hatte. Er wollte Jamie lieben, wollte mit ihm schlafen, aber nur, wenn der Kleine bei ihm war. Verzweifelt rieb er sich an ihm, doch er wurde nicht hart.

»Schnell, zieh mir die Hose aus, Zorell ist nah!« Jamie zappelte mit den Füßen.

Hektisch riss ihm Nick Schuhe und Jeans herunter, sodass Jamie nur noch im T-Shirt vor ihm lag. Wie verletzlich er aussah … und er war ebenfalls nicht erregt. Wie sollte Nick da dem Liebesspiel etwas abgewinnen können?

Langsam öffnete er die Verschnürung seiner Wildlederhose und holte sein Geschlecht hervor. Es war nicht einmal angeschwollen. »Ich kann nicht.«

Jamie leckte sich über die Lippen. Seine Augen flackerten. »Komm her, schnell!«

Nick zögerte. War das eine List von Zorell? Wollte der Dämon ihn kastrieren?

»Bist du noch bei mir, Kleiner?«, fragte er.

»Nicht mehr lange!« Neue Tränen liefen über seine Wangen. »Zeig es dem Wichser, Nick. Fick mich so hart du kannst und treib mir diesen Teufel aus!«

Nick schluckte und wischte sich übers Gesicht. Seine Augen waren ebenfalls feucht. Wann hatte er das letzte Mal geweint? Er konnte sich nicht daran erinnern. Halb setzte er sich auf Jamies Brust, fasste in dessen Haar und hob seinen Kopf. Dann drückte er ihm sein weiches Geschlecht an die Lippen. »Leck ihn und sieh mir dabei immer in die Augen!«

Jamie verstand. Hingebungsvoll saugte er an Nick, ohne den Blick von ihm abzuwenden. Diese unterwürfige Geste brachte ihn schnell höher. Das hier war sein Jamie, der ihn verwöhnte. Als sich dessen Augen plötzlich tiefschwarz färbten, wich Nicolas sofort zurück. Gerade noch rechtzeitig, denn Zorell schnappte nach ihm.

Nick versuchte, ihn zu ignorieren und nicht auf sein Gebrüll zu hören, während er sich zwischen Jamies Beine hockte und sie an den Kniekehlen an dessen Brust presste. Der Kleine war wehrlos … Nicolas drückte sich vorsichtig in ihn. Schlagartig verstummten Zorells Schreie.

Jamie lag reglos unter ihm, und Nick stieß sanft in ihn. Energie durchströmte ihn. Nur deswegen machte er weiter, weil er wusste, dass er damit den Zash schwächte. Dennoch kam es ihm vor, als würde er Jamie vergewaltigen. Wieso stellte er sich so an, verdammt? Nick hatte in den letzten Jahrhunderten ständig irgendwelche Kerle genommen, die sich im Schlaf nicht gewehrt hatten, doch bei Jamie fühlte es sich falsch an.

Zorell drängte ständig kurz nach oben und drehte seinen Unterkörper, sodass Nick Mühe hatte, in ihm zu bleiben. Er packte fester zu und trieb sich mit aller Kraft in ihn. Jamie weinte lautlos und Nick weinte mit ihm. Die Proteste des Dämons wurden allerdings schwächer.

Die Minuten vergingen wie Stunden. Nick hatte Probleme, hart zu bleiben und die Energie strömte nur langsam, also stellte er sich ihren Sex unter der Dusche vor. Dabei streichelte er Jamies schlaffen Körper und fuhr über sein Geschlecht, das nur leicht erregt war.

Konnte er endlich von ihm ablassen? Würde es ausreichen? Hatte er Zorell genug geschwächt?

*

Alles in Jamie drehte sich. Er wünschte sich lediglich, dass Zorell keine Gelegenheit bekäme, Noirs Kind zu ergreifen. Ihm war egal, dass er sterben würde, sobald der Zash aus ihm wich, aber Noir und ihr Baby … Seine Schwester würde einen Dämon großziehen. Wenn Zorells Wirt alt genug war, um allein für sich zu sorgen, würde er Noir töten und sie würde nicht darauf vorbereitet sein.

Jamie verfluchte sich, weil er ihr nichts von Zorells Absichten erzählt hatte. Nicht einmal einen Brief hatte er geschrieben. Nichts! Er war zwar blockiert gewesen, doch er hätte sich mehr dagegen wehren müssen. All seine Hoffnungen ruhten auf Nick, aber der musste weg. Niemals hatte Jamie solche Angst verspürt. Hätte Nick ihn doch fallen lassen, dann wäre Noirs Baby in Sicherheit.

Jamie versuchte sich auf Nicks Stöße zu konzentrieren und auf die Hand, die an ihm rieb. Diese große, raue Hand, die er an seinem Schwanz liebte. Und er liebte Nick. Jamie war überglücklich, ihn im

Kampf gegen den Zash an seiner Seite zu haben. Jamie hatte wegen der trockenen Reibung zwar leichte Schmerzen, doch so wusste er wenigstens, dass er noch hier war und nicht Zorell.

Während sich sein Liebster in ihn trieb, um den Zash zu schwächen, versuchte Jamie, stark zu bleiben, um seinen Untermieter zurückzudrängen. Was ihm auch immer besser gelang. Er spürte, wie sich Zorell zurückzog. Dabei schaute Jamie aus dem Fenster, denn er konnte Nick nicht ins Gesicht sehen. Er merkte ihm an, wie sehr ihn der Akt quälte und anwiderte, ihm, einem halben Inkubus.

Plötzlich fesselte ein großer Mann mit schwarzen Haaren auf der Dachterrasse Jamies Blick. Sein Oberkörper war nackt, ansonsten trug er nur eine Jeans.

Ash! Schon ewig hatte er ihn nicht mehr gesehen, denn als Wächterengel von Vincents Klan hatte er viel zu tun. Jamie vermisste seinen ehemals besten Freund, vermisste ihre Gespräche und sogar ein wenig ihre gemeinsame Zeit in der Unterwelt, als Ash noch ein Dämon gewesen war.

Erzürnt starrte Ash durch die Scheibe, seine mächtigen schwarzen Schwingen zitterten. Für ihn musste es aussehen, als würde Nick ihn mit Gewalt nehmen, weil Jamie weinte und bestimmt eher gequält wirkte als erregt.

Ashs Körper löste sich in Rauch auf, der durch die geschlossene Balkontür ins Innere drang. Dort materialisierte er sich wieder, allerdings ohne seine Flügel.

»Mach mich auf keinen Fall los!«, rief Jamie sofort.

Auch Nick hatte den Engel nun bemerkt. »Es muss sein!«

Ash stand schon am Bett, bereit, Jamie zu befreien. Zwei tiefe Falten lagen zwischen seinen Brauen. »Was wird hier gespielt?«

»Zorell«, hauchte Jamie und senkte die Lider.

Ash hasste seinen Untermieter genauso wie er und wusste über ihn Bescheid, daher brauchte keiner viel zu erklären.

Hastig zog sich Nick zurück und schloss seine Hose. Hoffentlich hatte er dem verdammten Zash genug Energie ausgesaugt. Er sah miserabel aus, traurig. Er deckte Jamie zu und wandte sich an Ash.

»Gut, dass du da bist. Du musst ein Auge auf ihn haben, solange ich weg bin.«

Ash runzelte die Stirn. »Warum?«

Fragend sah Nick Jamie an.

»Sag es ihm«, bat er.

Tief atmete Nick durch. »Zorell will Noirs Baby.«

»Was?« Ash wich zurück. »Weiß sie das?«

Jamie schüttelte den Kopf. »Sie soll sich nicht aufregen.«

Ash nickte. »Kara hat mir mitgeteilt, dass es bald so weit sein könnte, deshalb bin ich hier. Um nach dir zu sehen. Sie meinte, du würdest bedrückt wirken.«

Ash war seinetwegen hier … Das tat so gut zu hören. Kara wusste bestimmt von Vincent, dass es bei Noir demnächst losging. Der hübsche blonde Engel war ja fast wie eine Mutter für ihren Klanoberen, und sie war Ashs große Liebe. Wenn es Ashs Pflichten zuließen, vergnügte er sich lieber mit seinem Engelchen, als Jamie zu besuchen. Oder warum ließ er sich sonst so selten bei ihm blicken? Oder war Jamie ihm nicht mehr gut genug als Freund, seit Ash wieder ein Engel war und Jamie bloß noch ein Häuflein Dreck?

Sein Magen zog sich zusammen. Er wollte nicht schlecht über Ash denken, aber der Zash verdarb wohl langsam seinen Verstand. Ash hatte alles Recht der Welt, sein Glück zu genießen. Zu lange hatte er die Hölle durchlebt.

Nick richtete sich zu voller Größe auf und fuhr sich durchs Haar. »Ich muss los, das Verhör beginnt.« Er sah Jamie an, als würde er tausend Qualen leiden, weil er ihn verlassen musste. »Tu, was nötig ist, Ash, um den Zash aufzuhalten. Auch, wenn du …« Als Ash skeptisch die Brauen hob, setzte Nick hastig hinzu: »Ich werde so schnell ich kann wieder hier sein.«

Jamies Herz klopfte heftig vor Zuneigung. Wieso musste sein Leben so verdammt kompliziert sein? Dankbar, dass er wenigstens noch Nicolas zum Freund hatte, schloss er die Augen, als er ihn auf die Stirn küsste. Dann verschwand sein Liebster durch die Balkontür und er blieb mit Ash und dem Monster zurück.

Kapitel 20 – Abwärts

Je tiefer sie die alten Gewölbe hinabschritten, desto mehr zitterte Dante. Er konnte es nicht abstellen. Sein Vater hielt Myra am Arm gepackt und zog sie neben sich die Treppen nach unten. Nur seine Laterne erhellte den Gang gespenstisch.

Dante ging hinter ihnen. Ständig drehte sich Myra mit angsterfülltem Blick zu ihm um, doch er bedeutete ihr, Ruhe zu bewahren. Dabei wanderte seine Hand zum Schwert an seiner Hüfte. Mit einem schnellen Hieb könnte er Vater das Leben nehmen. Er spielte ununterbrochen mit diesem Gedanken. Auch wenn sie nie ein enges Verhältnis gehabt hatten, vermochte er nicht, ihn hinterrücks zu erstechen. Immerhin war das sein Erzeuger.

Er musste jedes Wort abwägen, jeden Schritt genau überlegen, doch seine Gedanken kreisten ständig um dieses ominöse Labor. Er hatte gedacht, Vater hätte die Experimente vor Jahren eingestellt, nachdem Taimul von dem Gargoyleweibchen getötet und es mit den Kindern geflohen war. Wollte sich Vater jetzt an Myra dafür rächen?

Plötzlich machte sie sich los und warf sich in Dantes Arme. »Bitte, lass das nicht zu!« Ihre Augen schwammen in Tränen und sie zitterte noch mehr als er.

Dante wollte ihr so viel sagen, um sie zu beruhigen, doch dann würde sein Vater sofort wissen, was hier gespielt wurde. Vater bemerkte ohnehin, dass ihm Myra viel bedeutete, daher durfte er ihm nicht das Gefühl geben, sie wirklich zu lieben. Also sagte er: »Ist gut, Sklavin, dir wird es an nichts fehlen.«

»Aber … Dante!«

Sein Vater riss Myra an sich und schubste sie hart gegen die Wand, worauf sie mehrere Stufen nach unten flog. »Wie sprichst du mit meinem Sohn?«

»Vater!« Dante eilte Myra hinterher, obwohl seine Beine weich wie Wachs waren. Mit dem Angriff hatte er nicht gerechnet. »Seid Ihr von Sinnen?« Bei den Höhlentrollen! Hoffentlich war ihr oder dem Baby nichts passiert. Dante kniete sich neben Myra und streichelte ihr Gesicht. »Hast du dir …« Er konnte kaum sprechen. Wut und Angst lähmten seine Zunge. Wimmernd hielt sie sich die Schulter, mit der sie gegen die Wand geprallt war. Auf ihrer Stirn war Haut abgeschürft, doch die Wunde blutete nicht. »Hast du Schmerzen? Fehlt dir was?«

Myra starrte ihn mit aufgerissenen Augen an. Todesangst spiegelte sich in ihren Pupillen. Sie hatten sich verengt und ihre Fänge waren verlängert.

Barsch zog sein Vater ihn auf die Beine. »Hat dich deine Hure so verweichlicht?«

Langsam drehte sich Dante zu ihm um, beherrscht, seine Stimme ruhig klingen zu lassen. »Denkt nach, mein König. Wenn dem Baby etwas zustößt, könnt Ihr Euer Experiment vergessen!«

Myra schluchzte auf und krümmte sich auf den Stufen zusammen. »Dante …«, wisperte sie, doch er versuchte, sie zu ignorieren, obwohl sein Herz bei ihrem Anblick blutete.

Sein Vater klopfte ihm auf die Schulter. »Für einen Moment dachte ich …« Er schüttelte den Kopf und sagte streng: »Nimm deine Hure, Sohn, und folge mir.«

Vorsichtig hob er Myra auf die Arme. Sie stöhnte und drückte die Hände auf ihren Bauch.

»Geht es dem Baby gut?«, fragte er leise. Mehr konnte er nicht sagen, denn Vater hatte immer noch ein sehr gutes Gehör.

»Ich hoffe, es stirbt!«, spie sie ihm entgegen und fauchte ihn an.

Sein wilder Kobold … Wenn sie noch in der Lage war, zu schimpfen, ging es ihr hoffentlich nicht allzu schlecht. Er wünschte, sie beide und das Kind kämen heil aus dieser Misere heraus. Wozu war er ein Feldherr? Er musste das nur als Krieg sehen und strategisch vorgehen, auch wenn er Myra vorerst in dem Glauben lassen musste, dass er auf der Seite des Königs stand.

Kapitel 21 - Das Verhör

Jennas Herz raste, als sie mit Nicolas den kahlen Verhörraum betrat, in dem nur ein großer Tisch mit Computern, ein Wasserspender und zahlreiche Stühle standen. Das Gebäude sowie der Raum unterschieden sich kaum von den Einrichtungen, wie sie andere Behörden benutzten. Tatsächlich handelte es sich bei diesem Bau um eine ehemalige Kaserne, die nun der Magierrat verwaltete. Das Zimmer war fensterlos, bis auf eine riesige Milchglasscheibe, durch die sie nicht hindurchsehen konnte.

»Jenna!« Ihr Vater kam auf sie zugeeilt, in ein graues mantelartiges Gewand gekleidet, das einer Richterrobe glich. Alle sieben Mitglieder des Rates trugen so ein Kleidungsstück, jedoch waren nur drei anwesend.

»Dad!« Sie umarmte ihn und drückte ihn fest. Er musste Todesängste ausgestanden haben, weil er sich stets um ihr Wohl sorgte.

Über seine Schulter ließ sie den Blick schweifen, aber Kyrian sah sie nicht. Nur Vincent – in seiner menschlichen Gestalt – und seine Goyles, Magnus Thorne und ein weiteres Mitglied des Rates, das sie gut kannte. Immerhin gehörte ihr Vater seit vielen Jahren deren engstem Kreis an. Deshalb war er auch bei Kyrians Verurteilung dabei. Sie alle saßen an dem großen, runden Tisch.

»Geht es dir gut?«, fragte Dad.

»Bestens.« Sie löste sich von ihm und nickte Magnus zu. Er war ein großer Mann mit braunem Haar, in dem sich silberne Strähnen zeigten. Neben ihm saß Anthony Fricks, ein weiterer Magier, dessen Haar bereits ergraut war. Die restlichen Mitglieder des Rates waren nicht anwesend, weil die Pflichtanzahl eines Verhörs bei drei Personen lag. Dafür waren Akilah und Dominic hier. Jenna traf die zwei Gargoyles nur selten, weil sie tagsüber versteinerten. Während Dominic groß und breitschultrig war, gigantische Schwingen und eine wilde Löwenmähne besaß und wie ein Wrestler aussah, wirkte Akilah zierlich gegen ihn. Ihr langes schwarzes Haar hatte sie wie Nicolas zu Zöpfchen geflochten, ihre Schwingen wie einen Mantel um die Schultern gelegt. Alle Goyles, die Schwingen besaßen, hatten nackte Oberkörper, bis auf Akilah, die trug ein Bustier aus Leder. Akilah nickte ihr zu, als wüsste sie, was Jenna fühlte.

»Wo ist Kyrian?«, fragte Jenna, doch sie konnte es sich denken. Räuber jaulte vor einer Tür, die wohl in den Raum mit der Milchglasscheibe führte. Vincent hatte den Hund bestimmt mitgenommen, weil er die Unruhe spürte. Allein in der Wohnung würde er vielleicht das Mobiliar zerlegen, und zu Noir in die Klinik konnte er natürlich auch nicht. Der Hund merkte, dass es ihr nicht gutging. Hoffentlich lief die Geburt reibungslos und Mutter und Kind würden wohlauf sein.

»Räuber, sitz!« Vincent gab dem Tier einen Fingerzeig und es legte sich brav zu seinen Füßen neben den Stuhl. Räubers Ohren zuckten und er schielte ständig zur Tür.

»Ich will ihn sehen!« Jenna stellte sich an die Scheibe. »Bitte!«

Magnus und Mr. Fricks nickten ihrem Vater zu. Dad drückte auf ein Display, das in der Wand neben dem Fenster eingelassen war, und das Glas wurde durchsichtig. Es gab den Blick in den dahinterliegenden, kahlen Raum frei.

»Kyrian!« Sie eilte zur Scheibe und legte ihre Finger darauf. Dort stand er, isoliert von ihnen, die Hände und Füße wie ein X gespreizt. Dicke Schellen umschlossen seine Gelenke, die mit der Decke und dem Boden verankert waren. Außer dem roten Slip trug er nichts am Leib.

Kyrian ließ den Kopf hängen, weshalb ihm Strähnen seines Haares über die Augen gefallen waren und sie sein Gesicht nicht richtig erkennen konnte.

Es tat weh, ihn so ausgeliefert zu sehen.

»Kann er uns hören oder sehen?«, fragte sie und trommelte gegen das Glas. »Kyrian, geht's dir gut?«

Ihr Vater stellte sich neben sie. »Im Moment ist seine Seite des Glases verspiegelt und wir können nur über eine Sprechanlage mit ihm kommunizieren. Außerdem ist das Glas magisch verstärkt. Dir kann nichts passieren.«

Sie wirbelte herum. »Ich habe keine Angst vor ihm!« Das stimmte, denn trotz Unsicherheit war da ein Gefühl in ihr, das ihr sagte: Kyrian ist einer von den Guten.

Ihrem Vater lag offensichtlich ein Kommentar auf der Zunge, doch er schluckte ihn hinunter. Besser für ihn, denn sie war wütend, dass sie Kyrian keine Bewegungsfreiheit ließen. Und warum regte er sich kaum?

»Was ist mit ihm?« Er wirkte erschöpft.

Kyr hob den Kopf und starrte durch die Scheibe, als könnte er fühlen, dass sich Jenna dort befand. Jeder seiner Muskeln stand unter

Anspannung. Zwischen den Haarsträhnen funkelten seine blauen Augen hindurch.

»Wir haben ihm einen Wahrheitszauber auferlegt, wissen aber nicht, ob er bei ihm funktioniert. Laut DNA-Analyse ist der Dunkelelfanteil in ihm sehr hoch.«

Sie schluckte. Dunkelelfen waren teilweise sehr gut im Wirken von Magie. Kyrian könnte den Zauber mit einem Gegenspruch aufgelöst haben.

In diesem Moment wurde ihr klar, dass sie wirklich nichts von ihm wusste. Er hatte mittels Magie ein Feuer entzündet, doch wie mächtig er tatsächlich war, hatte sie nie erlebt. Er konnte ihr etwas vorgespielt haben. Täuschte sie sich in ihm?

Jenna überlegte, was ihr über Dunkelelfen einfiel. Sie waren teilweise resistent gegen Magie. Besonders Schlaf- und Lähmungszauber verfehlten bei ihnen gern die Wirkung.

»Ihr werdet ihm doch nicht wehtun?« Sie kam sich wie in einer Krimiserie vor, als sie die anderen Ratsmitglieder und Goyles betrachtete, die vor einem Computer standen und miteinander redeten.

»Wenn er kooperiert, geschieht ihm nichts«, antwortete Dad.

»Und falls nicht?« In ihrer Brust wurde es eng. Mit Dunkelelfen wurde nicht zimperlich umgesprungen, immerhin galten sie als Feind Nummer eins. Zu viele Menschen waren ihretwegen gestorben.

»Er hat dich entführt!« Tiefe Falten bildeten sich zwischen den Brauen ihres Vaters.

»Dad, er hat mir nichts getan.« Am liebsten wollte sie hinausschreien, was sie tatsächlich getan hatten, aber dann würde ihr Vater ihn wohl sofort umbringen.

»Er hat dir nichts getan, weil er dich vielleicht noch braucht«, murmelte er.

»Wie meinst du das?« Ihr Atem stockte. »Was hat er bis jetzt gesagt?«

»Er möchte nicht mit uns reden, bevor er sich nicht davon überzeugt hat, dass es dir gut geht.«

»Siehst du, er ist nicht böse.«

»Sei doch nicht so naiv, Kind. Das könnte eine Falle sein!«

»Ich will zu ihm.« Außerdem war sie schon lange kein Kind mehr. Sie wollte endlich eigene Entscheidungen treffen.

Vincent trat neben sie an die Scheibe und legte eine Hand auf ihre Schulter. Er sah niedergeschlagen aus. Die Sorge um Noir und der Verrat einer seiner Goyles standen ihm ins Gesicht geschrieben. »Nicolas wird zuerst gehen. Vielleicht kann er uns ein unschönes

Verhör ersparen.« Vincent nickte ihm zu und Nick stellte sich vor die Tür zum Isolationszimmer. Nach einem leisen Summen sprang sie auf. Im selben Moment krümmte sich Kyrian brüllend zusammen.

Jenna presste ihr Gesicht an das Glas. »Was hat er?« Zu drei Seiten der Wand öffneten sich kleine Luken, hinter denen sich gelbe Kristalle befanden.

Jenna fühlte sich hilflos. »Warum tut ihr das?«, rief sie unter Tränen. »Hört auf damit!«

Vincent drückte sie an sich. »Wir kennen seine Kräfte nicht und verhindern, dass er einen Zauber anwendet. Nicks Sicherheit geht vor.«

Plötzlich verstummten Kyrians Schreie. Sein Körper erschlaffte und hing matt in den Ketten.

»Diese Steine bringen ihn noch um! Einer allein setzt ihn schon für Stunden außer Gefecht.«

Ihr Vater trat zu ihr. »Woher willst du das wissen?«

»Ich weiß mehr, als du denkst, Dad. Trotzdem hast du mir noch eine Menge zu erklären.« Oh, sie war so wütend! Sie wollte nur noch, dass dieser Albtraum ein Ende fand.

Hastig drückte ihr Vater auf das Display und die Luken schlossen sich.

Während sich Kyrian nicht regte, ging Nicolas langsam auf ihn zu. Er nahm Kyrs Kopf in beide Hände und drückte die Stirn an seine.

Atemlos betrachtete Jenna das Geschehen und jede von Kyrians Regungen. War er bewusstlos? Nein, denn plötzlich ballten sich seine gefesselten Hände zu Fäusten. Er warf den Kopf zurück und fauchte Nicolas an, die Fänge weit ausgefahren. »Ich will sie sehen!«

Jenna nutzte die Gelegenheit, in der alle abgelenkt waren, und Räuber wild bellte. Sie hatte beobachtet, auf welches Bedienfeld ihr Vater gedrückt hatte, öffnete die Tür und rannte hinein. »Ich bin hier!« Noch bevor sie Kyrian erreichte, riss Nick sie weg und schaffte sie aus dem Raum.

»Bist du von Sinnen?« Zornentbrannt und zugleich weiß im Gesicht bugsierte ihr Vater sie Richtung Tisch, wo alle Anwesenden von ihren Stühlen aufgesprungen waren.

»Ich werde mich nicht hinsetzen!« Sie versuchte, die Kontrolle zu behalten. Ihre Aktion war dumm gewesen, aber sie hatte es nicht länger ertragen, Kyrian im Ungewissen zu lassen. Er machte sich Sorgen um sie. So jemand war nicht böse.

Schwarze Flecken waberten durch ihr Blickfeld, doch ihre Aufmerksamkeit galt Kyrian, der auf die Scheibe starrte und nur sein Spiegelbild erblickte. Sein Gesicht wirkte angespannt, und auch ihm liefen Tränen über die Wangen. Die Strahlung der Steine wirkte nach. Er musste höllische Kopfschmerzen haben.

»Jenna …« Während er sprach, in einer dunklen und rauen Tonlage, verstummte das Stimmengewirr und alle drehten sich zu ihm um.

Als Jenna erneut zur Scheibe eilte, wurde sie auf ein Nicken Vincents hin von Akilah und Dominic begleitet, die sie an den Oberarmen festhielten, damit sie keine Dummheit begehen konnte.

Ihr Atem stockte, denn Räuber befand sich in dem Raum. Er musste hineingelaufen sein, als sie die Tür geöffnet hatte. Der Hund lag zu Kyrians Füßen und stupste die Schnauze gegen sein Bein.

Hinter ihr redeten plötzlich alle durcheinander.

Vincent knurrte. »Noir wird mich umbringen, wenn ihm was passiert.«

»Wir können die Tür nicht noch mal öffnen«, sagte Jenna. »Nicht, wenn ihr erneut die Steine aktiviert. Tot nutzt er euch nichts. Kyr wird Räuber nichts tun.« Sie betätigte die Sprechanlage, damit er sie hörte, und fragte: »Was wolltest du mir sagen?«

Es kostete ihn sichtlich Mühe, ein Wort hervorzubringen. »Es … tut mir … leid, dass ich dich belogen habe. Aber …« Seufzend ließ er den Kopf sinken, seine Muskeln erschlafften.

»Kyrian?« Was hatte er ihr nur mitteilen wollen?

»Nicolas«, sagte Vincent, »was hast du gesehen?«

Jenna blickte über ihre Schulter zu Magnus und den Goyles, die sich um Nick versammelt hatten.

»Nicht viel, ich hatte zu wenig Zeit«, meinte er mit einem Seitenblick auf Jenna. »Aber das, was ich gesehen habe, wird euch nicht gefallen.«

Ihr Herz sank. Nicolas konnte sämtliche Geheimnisse an den Tag legen, denn er beherrschte es, mit seinem Geist tief in das Bewusstsein eines anderen einzudringen.

»Spann uns nicht länger auf die Folter!«, rief Dad.

»Als Magnus ihn aufspürte …«, begann Nick und Jenna starrte zu dem braunhaarigen Magier, dem Noir sehr viel verdankte, »… konnte Kyrian sein Glück kaum begreifen, denn somit saß er direkt an der Quelle. Er ist ein Spion der Dunkelelfen und sammelt in ihrem Auftrag Adressen von mächtigen oder berühmten Magiern, um sie seinem König auszuliefern, und so unsere Art zu schwächen.«

Ein Raunen ging durch die Menge und Vincent fluchte.

Jenna hingegen glaubte, zu ersticken. Langsam schüttelte sie den Kopf. »Du musst dich irren«, wisperte sie.

Nicolas fuhr sich durch die langen Zöpfe. »Er hatte auch den Auftrag, dich aufzuspüren, beziehungsweise alle, die etwas mit Isla und ihrem Verschwinden zu tun haben. Wer oder was auch immer Isla ist.«

»Nein«, hauchte sie. Ihre Knie gaben nach und sie fand sich in Dominics starken Armen wieder. Schützend legte er eine Schwinge um sie.

»Isla war meine Mutter. Sie hieß nicht Ida.« Jenna warf einen dunklen Blick auf ihren Vater, bevor sie sich an Nicolas wandte. »Bist du dir sicher?«

»Es stimmt«, sagte Kyrian, und alle schauten zu ihm.

»Dann hast du auch Noirs Büro durchwühlt?« Vincents Fänge hatten sich ebenfalls verlängert und anstatt seiner Fingernägel bohrten sich Klauen in den Holztisch, auf dem die Computer standen.

»Nein«, erwiderte Kyr matt. »Damit habe ich nichts zu tun, auch wenn ich mal daran gedacht habe.«

Vincent fauchte wie ein wildes Tier. Der Gargoyle schien kurz davor, hervorzubrechen. »William, gib diesem Verräter noch eine Strahlendosis!«

»Das war Jamie«, warf Nick schnell ein.

Vincent wirbelte herum. »Jamie?«

Nicolas nickte. »Erkläre ich dir später.«

»Und wieso will Kyrian Jennas Mutter?«

Bevor Vincent eine Antwort darauf bekam und auch Jenna etwas erwidern konnte, trat Magnus an die Scheibe. »Nenne uns die Namen der Hexen und Magier, die du verraten hast. Wenn du kooperierst, wird deine Strafe milder ausfallen.« Magnus musterte ihn unter hochgezogenen Brauen.

»Ts.« Kyr schnaubte und zerrte an den Ketten. »Lieber sterbe ich einen schnellen Tod durch eure Hände, denn wenn mein König erfährt, dass ich …« Er krümmte sich erneut zusammen und murmelte: »Scheiße.«

»Bitte, Kyrian.« Jenna musste endlich wissen, woran sie bei ihm war. Sie drehte sich zu ihrem Vater um und bat ihn, die Verspiegelung auf Kyrians Seite des Glases zu entfernen. Sie wollte, dass er sie sehen konnte.

Dad tat ihr den Gefallen. Anschließend wandte sie sich wieder an Kyr. »Erzähl ihnen alles. Mir zuliebe.« Sie würde sterben, wenn er nicht mehr da war.

Sein Blick bohrte sich durch die Scheibe in ihren. Seine Augen hatten ein dunkles Blau angenommen und schienen zu sagen: Danach wirst du mich hassen.

Kapitel 22 - Myras größter Albtraum

Myra klammerte sich an Dante. Er trug sie direkt in die Hölle und tat nichts dagegen. Nichts! Wie ein dressiertes Tier folgte er seinem Vater. Die Stufen schienen kein Ende zu nehmen und es roch umso muffiger, je tiefer sie unter die Burg schritten.

Als der König plötzlich stehen blieb und Dante sie fest an sich drückte, stöhnte sie vor Schmerz auf. Ihre Schulter stach heftig und irgendwas stimmte nicht mit dem Baby. In ihrem Unterleib zog es seltsam.

Sie hatte das zuvor nicht so gemeint, als sie sich gewünscht hatte, ihr Kind solle sterben. Nur wegen ihrer Angst und den Schmerzen hatte sie Dante angefahren.

Fast unmerklich streichelte er sie, während er sie sicher hielt, und sie drückte ihr Gesicht an seine Brust. Dante war so schlau, stark und mutig – ihm musste doch etwas einfallen.

Natürlich hoffte Myra, dass er seinem Vater nur etwas vorspielte, das hatte Dante immerhin schon öfter getan. Dennoch ärgerte sie sich, weil er bisher keine Anstalten machte, sie hier herauszubringen. Die Situation schien ausweglos.

Sie hörte, wie der König an Metall klopfte. Der dumpfe Laut hallte von den Steinwänden und brachte ihr eine Gänsehaut ein. Die Treppe endete vor einer gewaltigen Eisentür, die sich quietschend und schwerfällig öffnete.

Grelles Licht blendete sie.

Myra kniff die Lider zusammen und klammerte sich fester an Dante. »Ich will da nicht rein«, wisperte sie, doch wie immer antwortete er nicht. Er schwitzte am Nacken und mahlte mit den Zähnen.

Als er mit ihr in den grell beleuchteten Raum schritt, blinzelte sie. Im nächsten Augenblick staunte sie. Offensichtlich befanden sie sich im Kerker der Burg, nur war dies kein stinkendes Loch. Es roch zwar seltsam, aber sauber. Irgendwie unnatürlich.

»Willkommen, mein König«, sagte ein Elf in einem roten Gewand – wahrscheinlich der Türwächter – und verbeugte sich. Sie beachtete ihn nicht weiter, sondern sah sich nach einer Fluchtmöglichkeit um.

Jeder Zentimeter der gewölbeartigen Wände war hell gefliest worden. Vor vielen Nischen befanden sich glänzende Metallgitter. Das waren Zellen! Nur wesentlich komfortabler ausgestattet, mit Betten, einer Waschgelegenheit und einer Toilette. Der König hatte von einem Labor gesprochen und Experimenten. Als Myra die Frauen erblickte, die voneinander isoliert in den Zellen lagen, saßen oder in ihren Fesseln tobten – einige schwanger, andere mit kleinen Kindern in den Armen –, wusste sie, wo sie sich befand: an dem Ort, wo sie wahrscheinlich gezeugt worden war.

Bei den Trollen – würde sich Mutters Albtraum für sie wiederholen? Zitternd sah sie sich weiter um. Sie erkannte viele dieser fremdartigen Geschöpfe, weil Dante ihr erlaubt hatte, seine Bücher zu lesen. Hier wurden Dämoninnen, Gestaltwandler, Nymphen und andere Frauen, deren Abstammung sie nicht identifizieren konnte, gefangen gehalten.

»Was ist das hier, Vater?«, fragte Dante, der sie immer noch hielt. Sie wünschte, er würde sie niemals loslassen.

»Vor über einem Jahrhundert ging das Gerücht, die Magier würden mit Gargoyles experimentieren, um besonders starke Wesen zu züchten, die es mit ihren Feinden aufnehmen können. Also haben wir begonnen, unsere eigenen Experimente zu machen, um diesen Abschaum mit seinen Waffen zu schlagen, sollte es zu einem Krieg kommen.«

»Ich dachte, die Experimente wären vor vielen Jahren eingestellt worden, als … Taimul starb.«

»Das sollten alle denken, Sohn. Es gab zu viele Verräter.« Bestialisch grinste er Myra an. Sie drückte ihr Gesicht an Dantes Hals. »Taimul war dein Erzeuger, Sklavin. Ein großartiger Krieger. Du und Kyrian tragt sein Erbe in euch. Ich bin gespannt, was Dantes Samen für einen Krieger hervorbringen wird.«

Mutter hatte vom Tod ihres »Vaters« erzählt und Myra war nie traurig deshalb gewesen. Daher erschütterte sie diese Nachricht kaum. Was sie jedoch bis ins Mark ängstigte, war, dass ihr Kind – sollte sie lebend hier herauskommen – wohl für sie verloren war.

»Einige dieser Missgeburten haben wir bereits erfolgreich eingesetzt«, sagte der König.

Dante schluckte hart, was Myra an seinem Adamsapfel erkannte. »Ihr meint Leute wie Kyrian?«

Der König nickte. »Der Samen unserer besten Krieger fällt in diese Gefäße, die sonst für uns Dreck sind.« Er deutete auf eine Frau in der Zelle, die auf den ersten Blick wie ein Mensch aussah. Doch als der König so abwertend sprach, funkten Blitze in ihren Augen. Ob das eine Walküre war?

»Aber vereint mit unseren Wurzeln«, fuhr König Lothaire fort, »können sie Großes bewirken. Wir wollen das Beste aus verschiedenen Arten in einer neuen Rasse vereinen. Eines Tages werden wir eine starke Armee haben, um alle zu unterjochen.«

»Ist das auch Euer Samen, der in diese … Gefäße fällt?«, fragte Dante.

»Wo denkst du hin, mein Sohn. Kein Königssamen wird diese Bäuche füllen. Niemals! Er ist nur für die Thronfolger bestimmt. Allein der Samen unserer besten Krieger wird dazu verwendet.« Er lachte dreckig. »Bei dir werde ich eine Ausnahme machen. Dein Bastard wird ein interessantes Experiment und ohnehin nie den Thron besteigen.«

Myra hätte nur noch weinen mögen, doch sie musste stark sein. Mutter hätte das gewollt. Schließlich hatte sie es auch aus diesem Verlies geschafft.

Immer tiefer schritten sie in das seltsame Labor, in denen Dutzende Geschöpfe zu hausen schienen. Der König zeigte Dante Räume, in denen Reagenzgläser und seltsame Apparaturen standen, die aus der Menschenwelt stammten. Myra hatte das alles noch nie gesehen.

Inzwischen plauderte Dante munter mit seinem Vater. »Wollt Ihr deswegen meine Mutter zurück? Um mit ihr weiter zu … experimentieren?«

Sie horchte auf. Dantes Mutter hatte dasselbe Schicksal erfahren? Also stimmten die Gerüchte.

»Eine Lichtelfe würde uns tatsächlich noch fehlen«, antwortete der König.

Dante nickte in eine Zelle, in der eine nackte Frau auf der Pritsche saß. Nur besaß sie kein Gesicht, wie Myra es kannte, sondern ihr Haupt war das einer Ratte.

»Ihr habt sogar niedere Dämonen hier, Vater. Können die nicht fliehen?«

»Es hat lange gedauert, bis wir das Problem mit den Portalen gelöst haben, aber mit Kyrians Hilfe haben wir magische Hexensteine aufgetrieben, die einer Portalbildung vorbeugen. Von diesem Ort kann niemand verschwinden. Kein Elf, kein Dämon … und deine Hure wird ihnen nun auch Gesellschaft leisten. Du wirst dir eine andere suchen müssen.«

Flehentlich sah Myra ihren Liebsten an und klammerte sich an seinen Kragen, doch er beachtete sie nicht.

»Und wie steht es mit deren Verteidigung? Manche dieser Arten beherrschen Magie oder können Energiegeschosse abfeuern.«

»Mach dir keine Sorgen, Junge. Meister Brattok, der diese Einrichtung leitet, hat an alles gedacht. Innerhalb des Verlieses sind diese Kreaturen ungefährlich, ihre Fähigkeiten werden gebannt. Wir haben strenge Sicherheitsvorkehrungen getroffen.«

Dante musste überlegt handeln, eine falsche Reaktion – und er befand sich ebenfalls auf der anderen Seite des Gitters. Aber langsam machte er Myra Angst. Kannte sie ihn vielleicht doch nicht so gut, wie sie glaubte? Hatte der Krieg ihn verändert? Er sprach sehr interessiert mit seinem Vater.

»Ah, Meister Brattok, hier steckt Ihr«, rief der König vergnügt und winkte einem großen Elf, der gerade aus einer Zelle trat, in der es lediglich ein großes Wasserbecken gab. Eine junge, zierliche Frau saß darin. Ihr blondes Haar wallte bis über ihre Brüste. War das eine Nixe? Nein, sie hatte keinen Fischschwanz, sondern Beine.

»Ein Neuzugang, mein König?«, fragte der Elf in der Kutte.

»Keine Unbekannte, Meister Brattok«, erwiderte Dantes Vater. »Und bitte sprecht offen vor meinem Sohn. Es wird höchste Zeit, dass er von unseren Plänen erfährt.«

Myra hatte keinen Blick mehr für die hübsche Frau in ihrem Gefängnis übrig, sondern starrte auf den Meister. Als er die Kapuze vom Kopf schob, erkannte sie in ihm den Krieger, der ihre Mutter enthauptet hatte. Dieses Gesicht mit den zahlreichen Narben und der fehlenden Nasenspitze würde sie niemals vergessen. Es hatte sie jahrelang in ihren Albträumen verfolgt.

Von Panik erfüllt versuchte sie, sich aus Dantes Armen zu winden, doch er hielt sie eisern fest.

»Wir müssen hier raus!« Sie wollte Dante nicht wehtun, aber in ihrer Angst kratzte sie mit einer Kralle über seine Wange. Sie hatte nicht bemerkt, dass ihre Klauen ausgefahren waren. »D-das wollte ich nicht!«

Der König und der Mörder ihrer Mutter rissen sie aus Dantes Armen und zerrten sie zu einer leeren Zelle, die sich neben der Wasserfrau befand.

»Du wagst es, den Sohn des Königs zu verletzen?«, spie Brattok ihr entgegen. »Hier rein mit dir!«

Obwohl Dante um Vorsicht bat, schubsten sie Myra in ihr Gefängnis. Sofort sprang die Tür hinter ihr ins Schloss und Myra glaubte sich in ihrem schlimmsten Albtraum gefangen. So große Furcht hatte sie, dass sie Dante nicht einmal sagen konnte, wer der Meister war.

Während sich Brattok und der König über Fortschritte des Zuchtprojektes unterhielten, starrte Dante sie an und formte mit den Lippen lautlose Sätze, die sie in ihrer Panik nicht enträtseln konnte. Starr vor Schreck konnte sie nur auf das feine rote Rinnsal schauen, das über Dantes Wange lief.

Sie würden hier unten sterben. Dessen war sie sich nun bewusst. Sie und ihr Kind.

Ein Stich durchschnitt ihren Unterleib. Sie zog sich auf die Pritsche zurück und krümmte sich zusammen. Der kleine Raum drehte sich vor ihren Augen und Übelkeit stieg in ihr auf. Das hier war ihr Ende.

Sie glaubte, keine Luft mehr zu bekommen, ihr Hals war wie zugeschnürt. Nie wieder würde sie aus Dantes Turm die wunderschöne, raue Landschaft sehen, nie wieder in Dantes Armen liegen, nie wieder seine Wärme spüren. Ihre Träume schienen verloren, und all ihre Hoffnung ruhte nun auf ihrem Bruder.

Kyrian, bitte komm und hol mich hier raus, schickte sie ihre Gedanken auf eine ungewisse Reise und wisperte: »Dante, lass mich nicht allein.«

»Niemand fasst meine Sklavin an!«, sagte er plötzlich so laut, dass der König und Brattok verstummten und zu ihm sahen. »Ich will, dass sie gut versorgt wird. Ihr und dem Baby soll es an nichts fehlen!«

Schnaubend trat sein Vater neben ihn, wobei er einen verächtlichen Blick auf Myra warf. »Du bist weich wie deine Mutter, mein Sohn. Was kann dir diese Hure geben, was dir die Schönheiten unseres Volkes nicht schenken könnten?«

»Das ist es nicht. Ich denke nur an das Experiment.«

»Dante!« Myras Unterleib verkrampfte sich erneut. Seine Worte klangen so grausam und überzeugend, dass ihr Herz blutete.

Rasch drehte ihr Dante den Rücken zu und wandte sich an den König. »Was ist, wenn Kyrian seinen Auftrag erfüllt? Werdet Ihr Euer Versprechen halten und Myra und Kyrian die Freiheit schenken?«

Myra horchte auf und versuchte, den Schmerz in ihrem Bauch zu ignorieren, um jedes Wort, das Dante mit seinem Vater wechselte, zu verstehen.

»Ich glaube nicht mehr daran, dass er seine Aufgabe bewältigt«, meinte der König. »Kyrian ist schon zu viele Monde weg und die letzten Magier, die er uns ausliefern wollte, waren plötzlich wie vom

Erdboden verschluckt. Meine Erwartungen in ihn waren wohl zu hoch und er ist anscheinend in der Menschenwelt untergetaucht. Pah, immerhin hieß es mal, er sei unser bester Jäger.«

»Das ist er, Vater. Daher vermute ich, dass er bald zurückkehren wird.«

Myras Ohren zuckten. Kyrian kam zurück?

»Ich traue ihm nicht mehr. Ich habe die Befürchtung, er hat sich mit den Magiern verbündet. Die Zauberer, die er für uns aufgespürt hat, wurden offenbar alle gewarnt, bevor wir sie in die Finger bekamen. Außerdem hatte ich einen Spitzel geschickt, um Kyrian zu überwachen. Da mein Informant nicht mehr zurückkam, nehme ich an, Kyrian hat ihn umgebracht.«

Nach einer Pause, die Myra wie eine Ewigkeit vorkam, sagte Dante: »Kyrian hat etwas, das Ihr wolltet.«

Wovon sprach er denn? Reimte er sich eine Geschichte zusammen, um sie zu retten? Myras Puls klopfte noch schneller.

Der König packte Dante an den Schultern. »Sprich deutlicher, Sohn!«

»Meine Schwester.«

»Schwester?« Abrupt wich König Lothaire vor ihm zurück. »Woher weißt du von ihr? Niemand wusste das außer mir, einer Amme und der Seherin, die ich eigenhändig zu den Ahnen geschickt habe.«

»Seit Kurzem bin ich geistig mit ihr verbunden.«

Überrascht setzte sich Myra auf. Sie erinnerte sich, dass Dante in letzter Zeit unruhig träumte und das Wort »Schwester« murmelte, doch sie hatte sich nichts dabei gedacht. »Warum hast du mir nichts davon erzählt?«, fragte sie. Dann stimmte seine Geschichte? Das traf sie wie ein zusätzlicher Schlag in den Unterleib. Wieso hatte er ihr so etwas Bedeutsames verschwiegen? Traute er ihr nicht?

Der König grinste sie böse an. »Warum sollte er seiner Hure so etwas erzählen?« Lächelnd klopfte er Dante auf den Rücken. »Ich bin stolz auf dich, Sohn. Ich dachte immer, du hast das weiche Herz deiner Mutter geerbt, doch du bist listig wie dein Vater.« Er grunzte zufrieden. »Und nun erzähle: Warum ist Kyrian noch nicht mit deiner Schwester da?«

»Die Magier haben ihn gefangen genommen.«

»Ts«, machte der König. »Sollten wir tatsächlich noch den alten Kyrian haben, wird er sich befreien können und bald hier sein.«

»Eben noch habt Ihr nicht so viel auf ihn gehalten, Vater«, sagte Dante.

»Pah, ein König wird sich ja mal irren dürfen, mein Sohn.« Grinsend klopfte Lothaire ihm auf die Schulter, woraufhin Dante das Lächeln erwiderte.

»Warum habt Ihr mir nie gesagt, dass ich eine Schwester habe?«, fragte Dante leise.

»Ich wusste nicht, ob ich dir trauen kann«, erwiderte der König. »Und nun muss ich meiner Torwache Bescheid geben.« Er nickte Brattok zu, der etwas abseits stand, und eilte davon. »Sie sollen Kyrian sofort zu mir bringen, falls er auftaucht.«

Dante trat zu ihr ans Gitter. »Schone deine Kräfte.«

Sie wollte ihn erneut anflehen, sie herauszulassen, doch ein beißender Schmerz nahm ihr den Atem. Das Baby … sie würde es verlieren!

»Ich komme bald wieder«, flüsterte er und wandte sich an den Aufseher. »Meister Brattok, schickt mir sofort eine Nachricht, falls es meiner Sklavin schlechter geht. Sorgt gut für sie.« Er verabschiedete sich von Brattok und ging seinem Vater hinterher.

Myra blieb in der Hölle zurück.

Kapitel 23 - Das Verhör geht weiter

Jenna legte eine Hand an die kühle Glasscheibe des Isolationszimmers. »Bitte, Kyrian. Sag mir die Wahrheit.«

Schwerfällig hob er den Kopf und sah sie durchdringend an, das Gesicht vor Wut und Schmerz verzerrt. »Ja, ich wollte wissen, ob du die bist, die mein König sucht. Und dich ihm ausliefern!«, stieß er hervor.

»Was?« Von der plötzlich aufsteigenden Übelkeit verkrampfte sich ihr Magen und sie musste sich am Fensterrahmen festhalten, weil zugleich ein heftiges Schwindelgefühl sie erfasste. Jenna hatte sich also nicht getäuscht, als sie genau das vermutet hatte.

»Zuerst«, setzte er nach, woraufhin neue Hoffnung in ihr aufkeimte.

»Wegen Myra«, wisperte sie.

Kyrian spannte die Muskeln an. »Sag mir endlich, woher du sie kennst.«

»Dann gibt es sie wirklich?«

Er nickte.

Es gab eine andere Frau in seinem Leben. »Und existiert Dante auch?«

»Du weißt von Dante?«, fragte ihr Vater, bevor Kyrian darauf antworten konnte.

»Ich habe von ihm geträumt. Von ihnen beiden.«

»Myra«, warf nun auch Nick ein. »Ich habe den Namen aufgeschnappt, konnte ihn aber nicht zuordnen. Kyrian würde alles für sie tun.«

Alles … Jenna wollte nur noch, dass dieser Albtraum endlich endete. Sie bemerkte erst, dass ihr Vater mit ihr sprach, als er sie am Handgelenk packte. »Jenna! Was weißt du von Dante?«

»Vor Kurzem habe ich angefangen, von ihm zu träumen. Ich habe gesehen, was er erlebt hat, wie er aufwuchs und … dass er mein Bruder ist.«

»Dein Bruder?«, rief Kyrian, und Dad neben ihr holte zischend Luft.

»Halbbruder«, setzte sie nach.

Die anderen im Raum flüsterten aufgeregt.

»Du bist also wirklich mit ihm verbunden«, sagte ihr Vater und ging schwankend zum Tisch, um sich hinzusetzen. Er stützte den Kopf auf eine Hand und murmelte: »Genau, wie Ida es vorhergesehen hat.«

»Isla!«, rief Jenna erzürnt. »Nenn sie doch bei ihrem richtigen Namen!«

Er sah zu Boden, das Gesicht zu einer wächsernen Maske verzerrt.

»Hast du deshalb einen Blockierzauber auf mich gelegt, Dad? Damit ich nichts über ihn oder meine Mutter herausfinde?« Jenna trat zu ihm, zu wütend, um ruhig zu sprechen. Ihre Stimme zitterte. »Wieso habe ich einen Bruder, von dem ich nichts weiß? Willst du mir das bitte mal erklären!«

Abrupt hob ihr Vater den Kopf. »Wie hast du bemerkt, dass ich dich verzaubert habe?«

»Dad! Lenk nicht ab! Ich will Antworten!«

Magnus trat zu ihm und senkte die Stimme. »Ich denke, wir sollten dieses Gespräch im kleinen Kreis weiterführen und schon gar nicht vor diesem Dunkelelfen.«

Jenna wirbelte zu Magnus Thorne herum, der zum Bedienfeld der Sprechanlage ging. »Sie haben es auch gewusst! Wohl der ganze Magierrat?«

Ihr Vater nickte. »Wie konntest du den Bann brechen, Jenna?«

»Das weiß ich nicht. Es passierte, als ich mit Kyrian unterwegs war, um mehr über mich herauszufinden und wohin du immer verschwindest, wenn du nach Bridlington fährst.«

»Es waren die Najaden«, warf Kyrian hastig ein, bevor Magnus den Lautsprecher ausschalten konnte. »Ihr Wasser muss den Zauber aufgelöst haben.«

»Najaden?«, rief ihr Vater, das Gesicht rot vor Zorn, und hastete zur Scheibe. »Welcher Gefahr hast du meine Tochter noch ausgesetzt?«

Jenna stellte sich neben ihn und riss an seinem Arm. »Er hat keine Schuld! Ich wollte endlich etwas über meine Vergangenheit erfahren. Warum hast du mich mit einem Zauber belegt? Damit ich niemals nachforsche?« Sie erinnerte sich langsam vage an ihre Mutter. Jenna musste drei gewesen sein, als sie plötzlich nicht mehr da gewesen war. »Ich habe schon immer vermutet, dass du mir etwas verschweigst, aber dass du mir meine Mutter vorenthältst …«

»Es war doch nur zu deinem Schutz!«, rief ihr Vater und atmete tief durch. »Ida … Isla hatte befürchtet, dass dein Bruder und du eine Verbindung herstellen könntet, deshalb habe ich dich abgeschottet. Jetzt hat man ja gesehen, warum sie das wollte. Es hätte dich fast das Leben gekostet!«

»Weil sie eine Lichtelfe war«, flüsterte Jenna. Viele Zusammenhänge wurden ihr nun klar. »Dann war sie eine Sklavin?«

Dad nickte. »Sie gehörte dem Dunklen König, bis sie fliehen konnte.«

»Und Myra?«, warf Kyr ein. »Was ist mit ihr?«

Jenna sah ihm an, wie sehr er sich sorgte. »Ihr geht es gut. Dante beschützt sie. Er hat gesagt, wir sollen nicht ins Dunkle Land kommen.« Sie erzählte ihm nicht, dass Myra ein Baby von Dante bekam und es schlimm enden könnte, sollte König Lothaire davon erfahren. Sie wollte Kyrian jetzt nicht unnötig aufregen. Zuerst musste sie den anderen beweisen, dass er ihnen nicht schaden würde.

Vincent trat zu ihnen. Während er Kyrian nicht aus den Augen ließ, fragte er in die Runde: »Wieso wussten wir nichts von Isla?«

Magnus räusperte sich. »Es waren nur die Mitglieder des Magierrates eingeweiht. Sprechen wir später darüber. Ich brauche Namen!«

Kyrian tat, als hätte er Magnus nicht gehört, sondern blickte ununterbrochen zu Jenna. »Mein Dasein war nur darauf ausgerichtet, deine Mutter und jeden, den sie kannte und der ihr half, zu finden. Nebenbei musste ich zahlreiche andere Magier ausliefern. Um Myra auszulösen. Das war mein einziges Ziel. Und ich war erfolgreich, habe in der kurzen Zeit, in der ich für Noir gearbeitet habe, einige wichtige Persönlichkeiten der Magierwelt aufgespürt. Politiker, Berühmtheiten, Geschäftsleute: Montgomery Taylor, Peter Burns, Annika Raider …«

Während Kyrian die Namen aufzählte, lief Magnus zu einem der Rechner und tippte hektisch auf der Computertastatur herum.

»Doch als ich dich sah und wir diese Reise machten …« Kyrian holte tief Luft, als müsste er all seine Kräfte mobilisieren, um weiterzusprechen. »Das hat mich verändert. Du hast mich verändert, Jenna. Ich wusste nicht mehr, was ich tun sollte: dich ausliefern oder Myra opfern und somit auch mein Leben. Ich werde für immer König Lothaires Sklave sein, wenn ich ihm nicht die Menschen bringe, die er am meisten verabscheut.«

Plötzlich herrschte Totenstille. Nur das Klappern der Tastatur war zu hören. Jenna vermochte nicht den Blick von Kyrian abzuwenden. Ihr großer, starker Krieger hatte ihr eben ein Geständnis gemacht. Bedeutete das, er empfand etwas für sie, das über Freundschaft hinausging? Doch die Wahrheit schockierte sie, obwohl sie es eigentlich wissen müsste. Kyrian war nicht nur ein Krieger – er war ein Gefangener des Dunklen Landes, einer Welt, die sie niemals kennenlernen wollte.

»Sie leben!«, rief Magnus in die Stille, sodass Jenna zusammenzuckte.

Er drehte den Monitor herum, damit alle auf den Bildschirm sehen konnten, und deutete auf die Gesichter, die darauf aufleuchteten. »Das sind genau die Leute, die einen anonymen Tipp bekamen, kurz bevor es zu den Anschlägen kam. Ihnen ist nichts passiert. Alle fünfzehn Personen haben mittlerweile andere Identitäten bekommen.«

Jenna krallte die Finger in den Fensterrahmen und starrte Kyr an. »Du hast sie gewarnt, nicht wahr?« Bitte, lass es so sein!

Kyrian ließ den Kopf sinken.

»Kyr!«

Sein Kopf bewegte sich kaum merklich, aber Jenna hatte das Nicken gesehen. Gott sei Dank! »Warum?«

Lange herrschte Schweigen im Raum, bis Kyrian leise sagte: »Das, was ich bei Noir und in Vincents Klan gefunden habe … dieses Gefühl, irgendwo wirklich dazuzugehören …« Abrupt sah er sie an, seine Iriden blitzten. »Das hat mich verweichlicht.«

Jenna lächelte. Sie erkannte den gebrochenen Stolz in seinen Augen, doch da gab es noch etwas anderes. Kyrian war nicht mehr der Mann aus dem Dunklen Land, sondern er hatte sich tatsächlich verändert.

»Seht ihr? Er ist einer von euch. Einer von den Guten!«, rief sie erleichtert.

»Das kann alles nur gespielt sein«, sagte Dad. »Obwohl die Dunkelelfen in einer anderen Dimension leben, dringen sie immer mehr in unsere Welt vor. Sie infiltrieren uns schon seit Jahrzehnten. Ihnen ist nicht zu trauen, ansonsten werden sie uns eines Tages unterjochen.«

»Ihr seid nicht ganz unschuldig daran!«, rief Kyr. »Ihr habt dem Dunkelelfenvolk vor zweitausend Jahren, als es den Krieg verlor, befohlen, ihr Land nicht mehr zu verlassen. Habt sie dorthin verbannt, und sie konnten in Ruhe ihren Hass pflegen und finstere Gedanken schmieden. Das hat sie noch bösartiger werden lassen.«

Jenna erinnerte sich aus dem Schulunterricht an die Mythenweltkriege, in denen sich alle magiebegabten Wesen gegenübergestanden hatten, um ihre Macht auszuloten. Die Magier und Lichtelfen hatten damals die Dunkelelfen in die Knie gezwungen und sie in ihr Reich zurückbefohlen. Hexen und Zauberer lebten seitdem weiterhin in der Menschenwelt, während sich die Lichtelfen nach Gwandoria zurückgezogen hatten, ein Reich, in dem immer Frühling herrschen sollte.

»Dieses düstere Land stärkt die Dunkelheit in ihren Herzen. Daher gieren sie nach Lichtelfen.« Kyrian starrte Jenna intensiv an. »Sie gieren nach dem Licht in ihren Herzen.«

Ihr stockte der Atem. War Kyrian deshalb so auf sie fixiert? Er begehrte sie nur wegen ihrer Lichtseite? Er hatte gesagt, dass sie ihm etwas von ihrer guten Energie abgab. Waren Dunkelelfen süchtig danach?

Kyr blickte über die Köpfe der Anwesenden und grollte: »Doch es ist ihnen gelungen, zurückzukehren, während ihr nicht ins Dunkle Land könnt, um sie zu schwächen. Das hat die Dunkelelfen stark und stolz gemacht.«

Warum erzählte Kyrian ihnen das? Er verriet damit sein Volk. Nein, er sprach nicht von seinem Volk. Er musste es hassen. Wenn sie an die grausamen Bilder dachte, die Dante ihr geschickt hatte … Die Dunkelelfen hatten Kyr sein Leben lang malträtiert, er musste sie verachten. Sie hörte den Hass aus seiner Stimme. Kyr hatte all das nur für Myra getan.

»Sie schmieden Pläne, vernichten jeden, der sich nicht auf ihre Seite stellt, und rekrutieren alle anderen.«

Vincent schnaubte. »Und da habt ihr Angst, wir würden die Weltherrschaft an uns reißen wollen?«

»Wer hat dir das erzählt?«, fragte Jenna ihn leise.

»Noir.«

Beinahe musste sie schmunzeln. Noir, die Dämonen-und-alles-was-sonst-noch-böse-ist-Vernichterin. Ob sie der »guten alten Zeit« ein wenig hinterhertrauerte? Ein bisschen vielleicht, doch Jenna glaubte, dass ihre Freundin mit ihrem neuen Leben glücklich war.

»Denkst du auch so wie die Dunkelelfen?«, fragte Magnus.

Kyrian sah den Magier eindringlich an und sagte mit einem Blick auf Jenna: »Ich würde jedem Dunkelelfen eigenhändig den Kopf abschlagen, um Jennas Leben zu retten.«

Sein intensiver Blick ging ihr durch und durch. Seine Worte sowieso.

Tief atmete ihr Vater ein und stellte die Sprechanlage ab. »Wir müssen einen letzten Test machen.«

»Was für einen Test?« Sie las in Dads angespanntem Gesicht, dass ihr das nicht gefallen würde.

»Vincent«, sagte Magnus. »Wir brauchen deine Hilfe.«

»Was soll ich tun?«

»Du musst Jenna festhalten.«

»Warum?« Was hatten sie vor? Ihr Herz raste. Es musste etwas sein, das sie aufregte.

Vincents Stirn legte sich in Falten, doch er erwiderte nichts.

Magnus klopfte ihm auf die Schulter. »Vertrau uns einfach.« Dann stellte er die Sprechanlage wieder an.

Kyrian hatte sehr wohl bemerkt, dass etwas im Gange war. »Warum haltet ihr Jenna fest?«

Als Dad zu sprechen begann, jagte ihr seine emotionslose Stimme eine Gänsehaut ein. »Dadurch, dass du ihre Identität aufgedeckt hast, ist sie eine Gefahr für uns alle. Du weißt nicht, was du getan hast. Deinetwegen muss meine Tochter nun sterben.«

»Was?« Jenna verstand nicht, wovon er redete, und versuchte, sich aus Vincents Griff zu befreien, doch der hielt sie eisern fest. »Meine Identität? Weil meine Mutter eine Lichtelfe war?«

Kyrian knurrte mit gefletschten Fängen und zog an den Fesseln.

»Dad?« Ihr Herz klopfte ihr bis in den Hals.

»Falls die Dunkelelfen Jenna bekommen, sei es, weil Dante sie verrät oder Kyrian es bereits getan hat, sind wir alle in großer Gefahr«, erklärte ihr Vater. »Besonders die Lichtelfen. Ohne diese starken Verbündeten sind wir alle dem Untergang geweiht.«

»Ich habe ihnen nichts von Jenna erzählt!«, rief Kyrian. »Aber Dante weiß durch ihre Verbindung Bescheid.«

»Dante würde mich nie verraten, er hat mich sogar gewarnt.« Abwechselnd blickte sie von Dad zu Magnus und hinüber zu Mr. Fricks und den Goyles. Die Anspannung im Raum war fühlbar und auch Akilah wirkte alarmiert, doch niemand machte Anstalten, ihr zu helfen. »Wovon sprichst du, Dad? Welche Gefahr? Ich bin nicht mal eine besonders gute Hexe … oder Elfe. Ich kann niemandem gefährlich werden.«

»Das, was der Dunkle König möchte, steckt in dir. Wenn du in seine Hände fällst, sind wir alle verloren. Deshalb musst du sterben.«

Jetzt glaubte sich Jenna tatsächlich in einem Albtraum. Wenn es nur einer wäre! Ihr Vater wollte sie töten? Verzweifelt schüttelte sie den Kopf. »Das kannst du nicht ernst meinen.«

Hinter sich hörte sie Vincent knurren. »Ich werde nicht dabei helfen, Jenna umzubringen.« Er ließ sie los, doch schon im nächsten Moment konnte sie sich erneut nicht bewegen, obwohl sie keiner hielt. Ihre Arme und Beine waren wie erstarrt, nur den Kopf konnte sie drehen. »Was ist mit mir?«

»Ich habe dich gebannt«, sagte Magnus und blickte zu Vincent und den anderen Goyles. »Jedem, der uns in die Quere kommt, wird dasselbe widerfahren.«

Magnus Thornes Fähigkeiten waren außergewöhnlich, das wussten alle. Er vermochte es, lautlos Magie zu wirken. Mächtige Zauber. Jemanden erstarren zu lassen, machte er im Halbschlaf.

Angst und Verzweiflung ballten sich in Jenna zu einem heißen Gefühl zusammen, das anschwoll wie ein Glutball. Bevor er herausbrechen konnte, ertönte ein markerschütterndes Brüllen aus dem Isolierzimmer. Kyrian zog wie ein Berserker an den Ketten. All seine Muskeln schienen zum Zerreißen gespannt. »Wenn ihr Jenna auch nur ein Haar krümmt, bringe ich euch um!« Seine Gestalt flackerte, als versuchte er, sich zu translozieren, aber die magischen Fesseln verhinderten das.

Winselnd und den Schwanz eingezogen, tapste Räuber in eine Ecke und rollte sich zusammen, die Schnauze unter einer Pfote versteckt.

Alle im Raum starrten nur noch auf Kyr. Seine Pupillen verengten sich zu Schlitzen, seine Fänge wurden noch länger und anstatt Fingernägeln zeigten sich nun Klauen, wie Gargoyles welche besaßen. Jenna hatte nicht geahnt, dass er sich doch ein wenig verwandeln konnte. Aber dabei blieb es nicht. Unter einem Aufschrei, der das dicke Glas zum Vibrieren brachte, warf er den Kopf zurück, und auf einmal brachen Schwingen durch seinen Rücken. Sie waren genauso gigantisch wie die der anderen Goyles. Die Flughäute zitterten und streckten sich aus wie bei einer Fledermaus, dann fielen sie zusammen und Kyrian blieb reglos in den Ketten hängen.

***

Ash hockte sich zu Jamie aufs Bett und betrachtete ihn eingehend. Der Junge war verschwitzt und atmete schwer. »Wie fühlst du dich?«

Matt lächelte Jamie ihn an. »Schwach. Doch das ist gut. Ich muss Zorell zurückhalten, bis das Baby da ist.«

»Warum hast du mir nichts erzählt?«

»Das wollte ich. So sehr. Aber einerseits hat Zorell mich nicht gelassen und andererseits warst du nie da.«

Nachdenklich sah Ash aus dem großen Fenster, das den Blick auf die Dachterrasse freigab. London lag im Dunkeln. In der Ferne zeichnete sich die Silhouette der regsamen Stadt ab. Er hatte ein schlechtes Gewissen, weil er Jamie im Stich ließ, aber seine Pflichten forderten ihn momentan sehr.

»Ich bin froh, dass du hier bist.« Jamies Lider flatterten und fielen zu. Er musste wirklich erschöpft sein.

Ash zog die Decke höher. »Du hast dich auch um mich gekümmert, immer, wenn Ceros seinen Spaß mit mir hatte.« Der Dämonenfürst hatte sich mit Vorliebe an ihm abreagiert. Die Narben, die dessen Feuerpeitsche auf Ashs Rücken zurückgelassen hatte, trug er zum Glück nicht mehr. Der Erzengel und Heiler Raphael hatte ihm nicht nur seine Flügel wiedergegeben, nachdem Ash seine Seele zurückerlangt hatte, sondern auch seine missgestaltete Haut geheilt. Vielleicht konnte Raphael auch Jamies Narben verschwinden lassen. Wenigstens die äußeren.

»Bist du mit Nicolas zusammen?«, fragte Ash.

»Hm«, brummte Jamie. »Ich denke schon.«

»Behandelt er dich anständig?«

Ein Lächeln huschte über sein Gesicht. »Bestens.«

Erleichtert atmete Ash auf und strich Jamie eine Haarsträhne aus der schweißnassen Stirn. Sofort drehte der den Kopf, um seine Wange an Ashs Hand zu schmiegen.

Mit dem Daumen fuhr Ash über die zwei Narben. Er erinnerte sich, als wäre es gestern gewesen, dass Ceros den Kleinen dort verbrannt hatte. Ein halbes Kind war er damals, doch jetzt lag ein Mann vor ihm. Ash freute sich, dass sich Nicolas um ihn kümmerte. Der Kleine brauchte jemanden, der auf ihn aufpasste.

»Ich vermisse dich trotzdem«, sagte Jamie. »Wieso bist du nie da?«

»Kara und ich sind einer Sache auf der Spur und haben viel zu tun. Ich wünschte auch, ich könnte öfter nach dir sehen. Hoffentlich hat sich unsere Angelegenheit bald geklärt.«

Träge hoben sich Jamies Lider. »Was für eine Sache?«

»Darf ich dir nicht sagen.«

»Wegen Zorell?«

»Auch.« Der Scheißer würde wohl sofort zu Grimsley laufen und berichten, dass sie seine Machenschaften verfolgten. »Je weniger alle wissen, desto besser.«

Plötzlich knurrte Jamies Magen laut und Ash grinste. »Sitzt da ein wildes Tier unter deiner Decke?«

Jamie erwiderte das Grinsen, doch seine Augen fielen schon wieder zu. »Du hättest mein wildes Tier kennenlernen können, aber du wolltest ja nicht.«

»Manche Dinge ändern sich wohl nie.« Lächelnd verwuschelte Ash Jamies Haar und stand auf. »Soll ich dir was zu essen holen?«

Jamie riss die Lider auf. »Nein, bleib lieber hier!«

Eingehend betrachtete Ash ihn. Jamie sah aus wie ein Häuflein Elend, weiß im Gesicht und völlig ausgelaugt. »Kann Zorell im Moment gefährlich werden? Ich wäre nur wenige Minuten weg.«

»Ich hoffe, Nick hat ihn ausreichend geschwächt. Im Augenblick hält sich der Bastard zurück, doch irgendwas plant er. Ich kann es spüren.« Ein lang gezogener Seufzer entwich ihm. »Egal, was ich sage oder mache – öffne nur niemals die Handschellen.«

»Ich lass dich erst aus dem Bett, wenn Noir ihr Kind hat.« Ash machte sich wirklich Sorgen um ihn. Jamie wirkte plötzlich so zerbrechlich. Wie lange würde er noch mit dem Zash in sich leben können? »Auf jeden Fall musst du etwas essen, um wenigstens deine Kräfte aufzufüllen. Ich hole dir, was du möchtest.«

Selig lächelnd meinte Jamie: »Du müsstest mich füttern.«

»Mach ich. Dieses eine Mal! Also, was willst du?«

Ash dachte, Jamie wäre eingeschlafen, weil er lange nichts erwiderte, als er plötzlich sagte: »Erinnerst du dich noch an die Bar in Texas, in der ich dir meine Liebe gestanden habe?«

»Wie könnte ich das vergessen.« Ash schmunzelte. Der Kleine musste sechzehn oder siebzehn gewesen sein, als er sich unsterblich in ihn verliebt hatte. Doch Ash hatte noch nie Interesse am selben Geschlecht gehabt, weshalb er Jamie das Desiderio gezeigt hatte, eine Dämonenbar in Florenz. Da ging es sehr frivol zu. Jamie hatte dort seine Unschuld verloren und Männer gefunden, die ihm zumindest für kurze Zeit außer Sex noch Geborgenheit geschenkt hatten.

»Ich war schon ein paar Mal mit Nick dort«, sagte Jamie. »Da gibt's die besten Steaks auf der ganzen Welt. Auf so eines hätte ich jetzt tierischen Appetit.«

Ash salutierte neben ihm. »Steak. Kommt sofort.«

»Bitte beeil dich.«

»Kann er denn irgendwie freikommen?«, fragte er und rüttelte an den Handschellen. Sie sahen stabil aus, ebenso das Bettgestell.

Schwerfällig drehte Jamie den Kopf und betrachtete die Fesseln. »Ich glaube nicht. Er ist zu schwach, um Dämonenmagie anzuwenden, was er wegen Noirs Schutzvorrichtung ohnehin nicht kann. Ich glaube, es kann nichts passieren. Aber bitte beeil dich trotzdem. Ich möchte nicht mit ihm allein sein, wenn er sich nach oben drängt.«

»Gib mir fünf Minuten.« Ash schnappte sich ein T-Shirt aus Nicolas' Kleiderschrank – weil er nicht halb nackt das Steakhouse betreten wollte – und löste sich in eine Säule aus Rauch auf.

*

Noir fühlte sich verlassen in dem Krankenzimmer, obwohl Ben ununterbrochen an ihrer Seite saß. Alle Goyles, Jenna und sogar Räuber waren immer noch in Maidstone. Hoffentlich konnte Vincent bei ihr sein, wenn das Baby kam. Oder lieber nicht? Vielleicht war es gut, dass er abgelenkt war, wo er sich ständig um sie sorgte. Außerdem fühlte sie sich in dem Kliniknachthemd wenig attraktiv. Vince brauchte sie nicht so verklebt und zerzaust zu sehen.

Müde grinste sie vor sich hin. Was hatte sie nur für Gedanken? Wenn die Wehen richtig loslegten, hätte sie ganz andere Sorgen.

Als plötzlich die Tür aufging und Jamie das Zimmer betrat, freute sie sich über seine Gesellschaft.

»Hi, Schwesterlein!«

Er trug eine Sonnenbrille, obwohl es draußen dunkel war. Verdammter Zash! Es gefiel Noir nicht, dass Jamie seine Augen vor ihr verbarg. Ben sprang auch sofort auf, um ihn aufzuhalten. »Sie braucht Ruhe.«

»Lass ihn nur«, wisperte Noir.

Mit schnellen Schritten eilte ihr Bruder ans Bett, wobei Noir auffiel, dass er leicht schwankte.

»Geht's dir gut?« Seine Stimme klang weitgehend normal, betrunken war er also nicht und der Zash schien nicht das Kommando zu haben. Und falls doch: Ben war bei ihr und würde sie beschützen, immerhin war er nicht nur Arzt, sondern auch Magier.

Ben wollte ihn aus dem Zimmer bitten, aber Noir flüsterte: »Es geht mir gut.«

»Und dem Baby?«, fragte Jamie.

»All-les bestens.« Schmunzelnd schloss sie die Augen. Sie hörte sich extrem doof an, wenn sie so lallte.

Jamie wandte sich an Ben. »Warum spricht sie so komisch? Was ist mit ihr?«

»Ich habe ihr eben eine Beruhigungsspritze gegeben, die zugleich ihre magischen Fähigkeiten unterdrückt, damit sie nicht wieder auf die Idee kommt, zu zaubern.«

»So was gibt es?« Jamie klang überrascht.

»Wir haben lange daran geforscht, aber es ist noch nicht in Serie gegangen. Im Moment hab ich nur ein paar Ampullen«, erklärte Ben.

Schwerfällig drehte Noir den Kopf zu Jennas Ex, der auf seinen Arztkoffer deutete. Darin verwahrte er weitere Spritzen, die nicht in falsche Hände gelangen durften. Die Wirkung dauerte nicht lange an, doch damit konnte man einen Magier erfolgreich außer Gefecht setzen. Jenna und Ben hatten gemeinsam das Mittel entwickelt. Vielleicht hätte ihre Freundin Ben nicht verlassen sollen. Er war ein guter Kerl. Stattdessen hatte Noir sie in die Arme eines Dunkelelfen getrieben.

Plötzlich wirkte Jamie aufgeregt. »Schadet das nicht dem Baby?« Immer wieder wischte er sich die Hände an der Jeans ab, sofern er damit nicht das Bettgestell umklammerte.

Ben schüttelte den Kopf und tupfte Noirs schweißnasse Stirn ab.

Süß, wie ihr Bruder sich um sie und das Kind sorgte. Er würde ein guter Onkel werden, doch da gab es immer noch dieses Ekelpaket in ihm. Daher sagte Noir müde: »Zeig mir mal deine Augen.«

Jamie räusperte sich. »Lieber nicht.«

»Warum trägst du eine Brille? Ich will deine Augen sehen.«

»Ben hat gesagt, du sollst dich nicht aufregen, daher lasse ich sie auf.«

Jetzt hatte er sie erst recht neugierig gemacht. »Jamie! Was ist los? Ich merke doch, dass du schwach auf den Beinen bist.«

Beschwichtigend hob er die Hände. »Okay, aber bitte, wirklich nicht aufregen, es war nur eine harmlose Schlägerei zwischen Nick und mir. Es geht mir gut.«

Als er seine Brille abnahm, traten zwei zugeschwollene Augen zutage.

»Was ist passiert? Wieso hat Nicolas dich geschlagen?« Noir versuchte, sich im Bett aufzusetzen, woraufhin Jamie einen bösen Blick von Ben erntete, der ihren Bruder hinter sich drückte. »Es ist besser, du gehst vor die Tür. Ich komm gleich zu dir und seh mir deine Augen an.«

Seufzend ließ sich Noir in die Kissen zurücksinken, während Ben ihren Blutdruck kontrollierte. Eine neue Wehe fegte durch ihren Unterleib und raubte ihr sämtliche Kraft. Anscheinend wollte ihr Baby nicht länger warten. »Darüber reden wir später«, stieß sie hervor.

»Das glaube ich nicht«, sagte Jamie listig lächelnd und rammte Ben von hinten eine Spritze in den Hals. Zeitgleich riss er Bens Kopf herum und presste die Lippen auf seinen Mund.

Noir wusste sofort, was Jamie vorhatte, nur dass das nicht Jamie war, sondern der Zash: Er raubte Benjamins Lebensenergie! Ben versuchte, sich zu wehren, doch es ging zu schnell, außerdem wirkte die Spritze.

»Hör auf, du bringst ihn um!«, rief Noir.

Als Ben kraftlos zusammensank, ließ Zorell von ihm ab. »Ja, das würde ich, wenn ich Zeit hätte, aber wir müssen los.«

»Was?« Jetzt erst wurde Noir bewusst, dass sie allein mit dem Dämon war und sich nicht einmal gegen ihn wehren konnte.

»Vade retro!« Sie sprach einen für sie sonst einfachen Abwehrzauber – erfolglos.

Diese verdammte Spritze! Ben hatte ihr eine verpasst, kurz bevor Jamie aufgetaucht war.

Grinsend griff Zorell nach Bens Koffer, in dem sich sämtliche Injektionen befanden, und legte ihn zu Noirs Füßen auf das Bett.

»Was willst du?« Sie musste versuchen, Zorell in ein Gespräch zu verwickeln, um Zeit zu gewinnen. Hoffentlich würde Ben bald aufwachen, aber er rührte sich nicht.

Wenn doch noch jemand hier wäre! Sie schielte auf den Klingelknopf. War die Station auf dieser Etage überhaupt besetzt? Jenna und ihr Dad befanden sich in Maidstone, ansonsten wurde heute auf dieser Ebene nicht gearbeitet, hatte ihr Ben erzählt. Es lagen keine weiteren Patienten auf der Privatstation. In einem normalen Krankenhaus sähe das anders aus.

Als eine neue Wehe sie erfasste, diesmal viel heftiger als die erste, krümmte sich Noir zusammen und verdrückte sich eine Träne. Mit einem Mal fühlte sie sich so hilflos wie damals in der Unterwelt, als der Dämonenfürst Ceros ihre Eltern tötete und sie nichts dagegen unternehmen konnte. Obwohl sie kein Kind mehr war, konnte sie nichts gegen den Zash ausrichten. Verdammte Spritze! Noir hatte gewusst, dass sie lieber darauf hätte verzichten sollen.

Die Angst um ihr Baby wuchs mit jedem hektischen Atemzug und verbreitete eine Eiseskälte in ihr, doch die Angst durfte keine Macht über sie bekommen, das würde sie am Nachdenken hindern.

»Wir machen einen kleinen Ausflug«, sagte Zorell und löste die Bremsen des Bettes.

Panik verstärkte ihre Wehen und sie wandte die Atemtechniken an, die Jenna ihr gezeigt hatte. Dabei versuchte sie, aufzustehen und das Bett zu verlassen, doch Zorell drückte sie zurück. Sie hatte keine Chance gegen ihn. Als er aus den hinteren Jeanstaschen Handschellen zog, mobilisierte sie noch einmal all ihre Kräfte – vergebens. Schon waren ihre Hände ans Bettgestell gekettet.

Jetzt konnte sie die Tränen nicht mehr zurückhalten. »Jamie!«, rief sie, »bitte hilf mir!«

»Dein nutzloser Bruder wird dir nicht helfen«, murmelte Zorell und begann, ihr Bett zur Tür hinauszuschieben und in den nächsten Fahrstuhl hinein. Er drückte den obersten Knopf, die Türen schlossen sich. Der Lift führte aufs Dach, da dort auch Helikopter landen konnten. Oder Dämonenportale erzeugt werden, denn genau wie in ihrer Detektei und dem Wohntrakt war das in der Magierklinik unmöglich.

Unauffällig versuchte Noir, den Koffer mit den Spritzen vom Bett zu schubsen, nur ließ Zorell sie nie aus den Augen. »Soll ich deine Beine auch noch festbinden, Hexe?«

»Was hast du mit mir vor?«

»Wir machen einen hübschen Ausflug in die Unterwelt, wo du ganz in Ruhe dein Baby bekommen kannst.«

»Was?« Ihr Herz raste, mehr Schweiß lief über ihren Rücken. »Wieso?«

»Weil ich es kaum erwarten kann, den jämmerlichen Körper deines Bruders zu verlassen!«

Schlagartig wusste Noir, was der Zash beabsichtigte. »Du willst mein Baby!«

Bestialisch grinsend rieb sich Zorell die Hände und blickte abwechselnd zu ihr und der Anzeige des Aufzugs. Sie waren fast oben.

Nein, das durfte nicht wahr sein! Die Medikamente … sie verursachten Halluzinationen. Ben und Jenna würden was zu hören bekommen, wenn sie wieder bei Verstand war.

Doch als sich eine neue Wehe ankündigte und die Schmerzen ihren Unterleib durchschnitten, wusste sie, dass alles wirklich passierte. »Und wer soll das Baby großziehen?«, presste sie hervor.

»Du!«

»Niemals!« Sie würde nicht zulassen, dass es so weit kam.

»Dir wird keine Wahl bleiben, weil ich dich verzaubern werde. Jamies magische Kräfte sind gewachsen. Dadurch war es sogar ein Leichtes, mich von den Handschellen zu befreien, die mir dieser verdammte Schwanzlutscher angelegt hat. Nur ein bisschen Zauberei. Keine Dämonenmagie.« Kichernd betrachtete Zorell ihre gefesselten Arme. »Du wirst gar nicht wissen, dass ich in deinem Kind stecke, bis es alt genug ist, dass es allein überleben kann und ich dich töten werde.«

Jamie würde sterben und ihr Baby diesem Widerling gehören … »Dein Plan geht niemals auf!«

»Abwarten.«

Nein, das durfte nicht so einfach sein, da musste es einen Haken geben. Irgendwas musste ihr einfallen und zwar schnell!

Nach einem Klingeln öffnete sich die Fahrstuhltür und Zorell schob das Bett heraus. Ein kühler Wind wehte über das Dach und brachte ihren verschwitzten Körper zum Frösteln. Hastig blickte sie sich um. Mehrere Strahler beleuchteten die Landebahn für den Hubschrauber, doch es war weit und breit niemand zu sehen.

Verzweifelt zog sie an den Handschellen. »Jamie! Bitte halte ihn auf! Hilfe! Ist hier jemand?«, rief sie so laut sie konnte, aber schon im nächsten Moment nahm ihr eine weitere Wehe die Luft zum Atmen.

»Es ist keiner da, Hexe. Kyrians Verhandlung kam genau zur rechten Zeit. Endlich läuft einmal alles genau so, wie ich mir das vorstelle.«

»Warum in der Unterwelt?«, wisperte sie, während Zorell das Bett neben der Wand abstellte, hinter der der Fahrstuhl lag.

»Weil dort kein Engel hinab kann, um ihm eine Seele zu geben.«

Der Zash konnte nur ein seelenloses Lebewesen besetzen. Er musste das seit langer Zeit geplant haben. Vielleicht hatte er sogar mitbekommen, wie Noir mit Kara gesprochen hatte. Der Engel hatte Vincent und ihr mitgeteilt, dass ihr die ehrenvolle Aufgabe übertragen worden war, ihrem Baby die Seele einzuhauchen.

Vincent! Er würde vor Kummer sterben, wenn … Nein, sie durfte jetzt nicht in Mitleid versinken. Vincent war vielleicht ihre einzige Chance, diesem Albtraum zu entfliehen. Sie versuchte, sich zu beruhigen und wartete eine Wehenpause ab, bevor sie sich konzentrierte und all ihre Gedanken auf ihren Liebsten richtete. Ihr Band war eng. Vielleicht würde er spüren, dass sie in Gefahr war.

Währenddessen zeichnete Zorell mit der Hand einen großen Kreis an die Hauswand. »Heute muss mein Glückstag sein.« Das Portal öffnete sich knisternd und gab den Blick auf eine riesige Höhle frei, an deren Wand mehrere Fackeln brannten. Der mit Sand bedeckte Boden erweckte den Eindruck einer Arena. Noir wusste sofort, wo sie sich befand, und Angst kroch ihr eiskalt den Rücken hinunter.

»Ich war so frei und hab mir eine für dich vertraute Umgebung ausgesucht. Für dich und meinen zukünftigen Körper nur das Beste.« Lachend schob der Zash sie durch den blauen Feuerring.

Als sich das Portal hinter ihr schloss, wusste Noir: Das war das Ende.

Kapitel 24 - Test bestanden

Schlagartig konnte sich Jenna wieder bewegen, der Zauber war gebrochen.

Magnus wischte sich den Schweiß von der Stirn und sagte: »Kyrian hat den Test bestanden.«

»Test bestanden?« Jetzt wusste sie, warum Magnus ihr den Tod angedroht hatte. Sie wollten sehen, wie Kyrian reagierte. »Ich bin vor Angst beinahe gestorben!« Ihre Empörung war grenzenlos. Ohne Nachzudenken holte sie aus und hätte Magnus ins Gesicht getroffen, wenn der nicht blitzschnell zurückgewichen wäre.

Wütend ballte Jenna die Hand zur Faust und warf Dad einen bösen Blick zu. Jenna war so sauer, dass sie große Lust hätte, irgendwas zu zerstören.

»Es tut mir leid, Schatz«, sagte er. »Aber das ist kein Grund, Magnus anzugreifen.«

Der Magier winkte ab. »Schon okay. Ich an ihrer Stelle hätte wohl etwas in die Luft gesprengt.«

»Ich dachte wirklich, ihr wolltet sie umbringen«, knurrte Vincent.

Magnus klopfte ihm auf die Schulter. »Dann würde Noir wohl mich umbringen. Denkst du, das Risiko gehe ich ein?«

Langsam verschwanden die schwarzen Flecken vor Jennas Augen. Alles wirkte so unecht. Sie fühlte sich, als wäre sie in den letzten Tagen ununterbrochen Achterbahn gefahren. »Wir werden später noch darüber reden«, zischte sie Dad zu und trat an die Scheibe.

Kyrian bewegte sich nicht mehr. Schlaff hing er in den Fesseln.

»Die Ketten!«, rief Jenna. »Macht sie endlich los!« Sie drückte auf das Bedienfeld, damit sich die Tür zum Isolationsraum öffnete, und eilte zu Kyrian.

Vincent trat neben sie und stützte ihn ab, als sich die Schellen lösten. Vorsichtig legte Vince ihn auf den Boden.

Fahrig untersuchte Jenna ihn, fühlte seinen Puls und hob ein Augenlid an. Kyrian war ohnmächtig, doch der Zustand währte nur kurz. Allmählich erlangte er das Bewusstsein zurück. Leise stöhnend kniff er die Lider zusammen. Die Kristalle hatten ihm ganz schön zugesetzt. Der Kopf tat ihm wohl noch immer weh.

Jenna legte die Hände an seine Schläfen und blickte mit ihrem inneren Auge in Kyrians Gehirn. Sie spürte die überreizten Areale auf und heilte mit ihrer Kraft die winzigen Verletzungen. Wäre Kyrian länger bestrahlt worden, hätte das eine Hirnblutung zur Folge gehabt. Diese Steine waren für Dunkelelfen tödlich.

»Jenna«, zischte Dad. »Hör auf damit.«

Wütend drehte sie ihm den Kopf zu. »Jetzt, wo ich endlich weiß, wer ich bin, wird mir niemand mehr verbieten so zu sein, wie ich will. Auch du nicht oder irgendein Blockierzauber.«

»Geht's dir gut?«, hörte sie plötzlich Kyrians leise Stimme, woraufhin sie sich ihm rasch zuwandte.

»Alles ist gut. Du bist gut.« Selig umarmte sie ihn und küsste ihn stürmisch, trotz seines wilden Aussehens. Die Fänge waren noch immer stark verlängert, seine Pupillen geschlitzt und … »Du hast Schwingen!«

Anstatt darauf einzugehen, knurrte er: »Ich bringe jeden um, der dir auch nur ein Haar krümmt.«

Kyrian hatte keine Ahnung, wie glücklich sie seine Worte machten. Schnell zwinkerte sie eine Träne weg. »War wirklich nur ein Test.«

Langsam rieb er sich über die Schläfen, die Augen zusammengekniffen. »Meiner Schwester geht es tatsächlich gut?«

»Deiner Schwester?« Von wem sprach er?

»Myra.«

Jenna stockte der Atem. »Sie ist deine Schwester?«

»Wusstest du das nicht?«, fragte er.

»Nein.« Oh Gott, wie dumm sie gewesen war. Ihre Eifersucht musste sie geblendet haben. Jennas Erleichterung war grenzenlos. »Dante passt auf sie auf. Sie ist glücklich mit ihm.«

»Glücklich?« Kyr stützte sich auf die Ellbogen und Vincent half ihm, sich aufzusetzen. Schwer atmend lehnte sich Kyrian an die Wand. »Ist sie mit ihm … zusammen?«

»Hm.«

Seine hellblauen Augen sahen mit der geschlitzten Pupille aus wie die einer Katze. »Warum hast du mir das so lange verschwiegen?«

»Weil ich dachte, du würdest Myra lieben. Ich wusste nicht, dass sie deine Schwester ist.«

Seine Mundwinkel zuckten. »Du warst eifersüchtig?«

Sie nickte. »Es tut mir leid. Entschuldige.«

Räuber kam angetrottet und legte den Kopf auf Kyrians Oberschenkel. Während Kyr ihn hinter den Ohren kraulte, sagte er leise zu Jenna: »Du brauchst dich nicht zu entschuldigen. Wenn, dann bin ich derjenige, der …« Es entstand eine Pause, als er die Leute betrachtete, die mit ihnen im Raum standen. Die meisten zogen sich zurück, doch Vincent, Magnus und Dad blieben.

»Wieso hat niemand gewusst, dass du dich in einen Goyle verwandeln kannst?«, fragte Vincent und griff Kyrian unter die Arme, als dieser schwankend aufstand.

Schwanzwedelnd kam Räuber ebenfalls auf die Pfoten und sprang aufgeregt um sie herum.

»Ich hatte keine Ahnung, dass ich das kann.« Über die Schulter warf Kyrian einen Blick auf seine Schwingen. Sie zitterten. »Und ich weiß auch nicht, wie ich das getan habe.«

»Ich habe eine Vermutung«, sagte Jenna. »Du hast in dieser Extremsituation alles gegeben, um mich zu beschützen, alles mobilisiert, was dir möglich erschien. Das muss die Gargoyle-Seite in dir hervorgeholt haben.«

»Wieso erst jetzt?« Kyr lehnte sich gegen die Wand und sah zu Boden. »Während meiner Ausbildung, als sie …«

»Warst du vielleicht zu geschwächt«, unterbrach sie ihn hastig, weil sie die grausamen Bilder nicht noch einmal vor Augen haben wollte, als sie Kyrian verprügelt und gefoltert hatten.

Murmelnd schüttelte er den Kopf. »Das war ich gerade auch und bin ich immer noch.«

Rasch blickte sie zu Vincent, der Kyrians Vergangenheit nicht kannte, doch er hielt sich mit Fragen zurück.

»Ich habe gesehen, was dir Schlimmes widerfahren ist«, sagte sie leise zu Kyrian.

»Was?« Er sah sie an, als wüsste er nicht, wovon sie sprach, doch dann wurden seine Augen groß. »Woher?«

»Ich habe davon geträumt.« Sie würde ihm später alles genau erzählen. Die Zeit drängte. So sehr sie auch bei ihm bleiben wollte – bald musste sie zurück zu Noir. »Dein eigenes Leben war dir eventuell egal, vielleicht wolltest du sterben.«

»Ich würde Myra niemals zurücklassen, aber …« Kyr runzelte die Stirn und holte tief Luft. »Sie hatte Dante. Er hat sich immer um sie gekümmert, schon, als sie ein kleines Mädchen war. Sie hatte ihn gern.«

»Siehst du. Außerdem kanntest du keine Gargoyles, hast nur unter dem Einfluss der Dunkelelfen gestanden. Du hast dich verändert.« Jennas Herz raste vor Aufregung. Anscheinend hatten ihre Liebe, Kyrians Verbundenheit zum Klan und seine eigenen Gefühle den Dunkelelfanteil in ihm bezwungen.

»Das habe ich nur dir zu verdanken und …« Er richtete sich zu voller Größe auf, obwohl ihn das sichtlich anstrengte, und schaute zu Vincent. »Und Noir und deinem Klan.«

Vincent nickte mit ernstem Blick. Würde er Kyrian verstoßen? »Wir werden einiges zu besprechen haben.«

»Das haben wir«, erwiderte Kyr.

Dad trat dicht zu ihr. »Dass du in Gefahr bist und zugleich eine Gefahr bist, war nur halb gelogen.«

Jenna sah alle, die im Raum standen, der Reihe nach an und sagte dann zu ihrem Vater: »Lass uns später darüber reden, ja? Gebt ihr mir bitte einen Moment allein mit Kyrian?«

Tatsächlich zogen sie sich zurück. Vincent nahm Räuber mit und schloss die Tür, doch ihr Vater bewachte sie mit Argusaugen durch die Scheibe.

»Wehe, er hört uns zu«, murmelte Jenna.

Kyr nickte zum Glas. »Siehst du die kleine Lampe an der Wand? Wenn sie rot leuchtet, besteht keine Verbindung.«

Aufatmend wandte sie sich wieder Kyr zu, doch bevor sie etwas sagen konnte, sagte er: »Dein Vater hat recht. Du bist in Gefahr. Deine besondere Gabe macht dich für viele interessant. Für Herrscher, für … den Dunklen König. Jeder würde dich in einem Krieg an seiner Seite haben wollen.«

»Ich kann niemanden von den Toten auferstehen lassen.«

»Aber Wunden heilen. Diese Information sollte dieses Gebäude wirklich nicht verlassen.«

»Der Rat ist loyal.« Hoffte Jenna. Es gab überall schwarze Schafe. Zumindest Magnus Thorne vertraute sie, denn ohne ihn wäre Noir wohl nicht mehr am Leben.

»Außerdem bist du zur Hälfte eine Lichtelfe«, sagte Kyr. »Die sind ohnehin sehr begehrt beim Dunkelvolk.«

Ihr lag ein Kommentar auf der Zunge, ob er sie denn auch begehrte, aber auf andere Art, doch der passte nicht hierher.

Jenna atmete tief durch und lehnte sich mit einer Schulter neben ihn an die Wand. »Ich möchte jetzt nicht über mich sprechen, sondern über dich. Ich bin so glücklich, dass deine Unschuld bewiesen ist.«

Den Kopf gesenkt, drehte er sich zu ihr. Kyrian war ihr so nah, dass sie die Wärme fühlte, die sein Körper ausstrahlte. Noch vor Kurzem hatte sie in diesen starken Armen gelegen. Das schien Ewigkeiten her zu sein.

»Ich bin alles andere als unschuldig«, murmelte er. »An meinen Händen klebt eine Menge Blut.«

»Du hast die Leute gewarnt.«

Zwei tiefe Falten bildeten sich zwischen seinen Augen. »Ja, aber nur die in deiner Welt. Ich habe viele Dunkelelfen getötet.«

»Deine Leute?«

»Ich hab mich nie wie einer der ihren gefühlt. Umso leichter fiel es mir, ihnen die Kehlen aufzuschlitzen.«

Er sagte das, als wäre es selbstverständlich für ihn. Was es vielleicht auch war. Immerhin wurde er zum Söldner ausgebildet, und wenn sie die Stammeszeichen richtig deutete, floss Kriegerblut in ihm. »Was hatten sie getan?«, fragte Jenna zögerlich.

»Ihr Volk verraten. Sie waren Spione oder haben die Befehle des Königs nicht befolgt. Andere wollten mich aus dem Weg räumen.«

Es erleichterte sie ein wenig, dass er keine Unschuldigen getötet hatte und nur auf Order des Dunkelelfen handelte, der sein Leben und das von Myra in der Hand hatte. Doch Mord war Mord, das durfte sie nicht vergessen. Dennoch sagte sie: »Das war in deinem alten Leben. Und du hast das nur getan, um deine Schwester eines Tages zu befreien.«

»Das ist keine Entschuldigung.«

»Natürlich nicht«, wisperte Jenna und war erleichtert, dass er so dachte wie sie.

»Außerdem habe ich andere Dunkelelfen getötet, um mich an ihnen zu rächen. Meine Ausbilder, meine Peiniger …« Kyrian fuhr sich durchs Haar und blickte dann auf seine Krallen. »Dir habe ich nur Ärger gebracht und dich Gefahren ausgesetzt.«

Langsam dämmerte es ihr, worauf er hinaus wollte, und ihr Magen verkrampfte sich. Sie starrte auf seine Finger, die sich langsam in menschliche Hände zurückverwandelten. Jenna legte ihre Hand auf seine und Kyr zog sie an seine Brust. Diese Geste verriet viel über ihn, ob er wollte oder nicht.

»Sobald ich im Besitz meiner Kräfte bin, werde ich den Klan verlassen. Niemand wird mich davon abhalten.«

»Wirklich niemand? Gibt es nichts, was dich hier hält?« Ihr Griff um seine Hand zog sich zu und Tränen stahlen sich in ihre Augen. Sie wollte nicht weinen und Kyr bestimmt keine Szene machen, also versuchte sie, ihren Kummer hinunterzuschlucken. Bedeutete das, er würde sie ebenfalls verlassen? Jenna hatte kein Anrecht auf ihn, wenn sie auch hoffte, er würde es sich anders überlegen.

Lange sah er sie an, ohne etwas zu sagen. Dabei bewegten sich seine Lippen, als ob er nach den richtigen Worten suchte. Sein Mund kam näher und Jenna wünschte, er würde sie küssen, doch schließlich senkte er den Blick und flüsterte: »Wenn du mich liebst, lässt du mich gehen.«

Wütend entriss sie ihm die Hand. »Wo hast du denn den blöden Spruch her?« Sie hatte es gewusst, er wollte sich von ihr trennen. »Du hast wohl zu viel ferngesehen?«

Tief atmete sie durch und versuchte, sich zu beruhigen. Das hier war noch nicht geklärt. »Bitte bleib wenigstens noch so lange, bis Noirs Baby da ist. Ich möchte nicht, dass wir so plötzlich auseinandergehen.«

»Das macht es doch nur schwerer.«

Sie sah, wie er mit seinen Gefühlen kämpfte. Er würde nicht mehr hier sein, wenn sie zurückkam. Aber sie rechnete es ihm hoch an, dass er sie nicht auslieferte. Das bedeutete, er würde ein Leben in Sklaverei vorziehen. Für sie.

Nun konnte Jenna die Tränen nicht mehr zurückhalten. »Was wird aus Myra?«

»Im Moment hat sie Dante, doch ich werde sie irgendwie dort rausholen.«

Allein? Konnte er das schaffen? »Die Magiergilde wird euch sicher Asyl gewähren. Sie kann auch dir helfen. Gemeinsam finden wir eine Lösung.«

Kyrian schüttelte den Kopf. »Ich werde niemanden mehr einer Gefahr aussetzen.«

Er hatte sich entschieden und sie würde ihn nicht abhalten können.

»Bekomme ich wenigstens noch einen letzten Kuss?«, fragte sie mit tränenerstickter Stimme.

Kyrian kniff die Lider zusammen und drehte den Kopf weg. »Bitte, geh«, knurrte er.

Blindlings stürzte Jenna aus dem Zimmer und lief in Vincent hinein. »Er ist so stur!« Weinend schmiegte sie sich an ihn.

»Das liegt in unserer Natur.« Beruhigend streichelte ihr Vincent über den Rücken.

»Was macht ihr jetzt mit ihm?«

»Der Rat und mein Klan werden uns besprechen. Da gibt es einiges zu klären. So lange ist Kyrian unser Gefangener.«

Es bestand also Hoffnung, ihn noch einmal zu sehen.

»Du kannst im Moment nichts für ihn tun. Aber für Noir.« Vincent senkte die Stimme und zog sie fester an sich. »Ich habe schon die ganze Zeit ein seltsames Gefühl, dass etwas mit ihr nicht stimmt.«

»Du machst dir eben Sorgen. Das ist normal. Außerdem hätte sich Ben gemeldet, wenn es ihr nicht gut gehen würde.« Jenna wischte sich die Tränen aus dem Gesicht und löste sich von ihm. »Aber ich werde trotzdem sofort nach ihr sehen oder ich komme nie hier weg.« Sie nickte Nicolas zu und wollte sich auf den Weg machen, als ihr Vater sie zu sich winkte.

»Was willst du?«, fragte sie möglichst kühl und bereute es im nächsten Moment, weil Dad sehr zerknirscht aussah.

»Ich habe das nur zu deinem Besten getan.«

»Wie meine Ohren operiert?«

Er erstarrte. »Das weißt du auch?«

»Wenn ich zurück bin, wirst du mir einiges erklären müssen, Dad.« Damit wandte sie sich ab und verließ mit Nicolas den Raum.

Nicolas bestand darauf, Jenna vom Dach der Klinik noch bis in Noirs Zimmer zu bringen. Sie wirkte bedrückt, ihre Augen waren immer noch gerötet. Kein Wunder, nach allem, was sie durchgemacht hatte. Zwischen ihr und Kyrian existierte tiefe Zuneigung, das hatte Nick gespürt. Doch vielleicht war es besser, wenn sich die beiden eine Weile nicht sahen, bis sich alles aufgeklärt hatte.

Außerdem hatte Vincent ihn gebeten, ihm Neuigkeiten von Noir zu überbringen, und diesen Gefallen würde Nick seinem Klanführer gern tun. Dabei konnte er noch einen Abstecher machen und auch nach Jamie sehen.

Als sie das Krankenzimmer erreichten, stieß Nick einen Fluch aus. »Porca vacca!«

Dort, wo einmal das Bett gestanden hatte, krümmte sich Ben auf dem Boden. Hilflos streckte er den Arm nach ihnen aus, offensichtlich zu schwach, um aufzustehen oder etwas zu sagen.

Jenna war sofort bei ihm. »Ben! Was ist passiert? Wo ist Noir? Bist du verletzt?«

»Dsch … dsch …« Kraftlos sank sein Arm nach unten.

Jenna legte die Hände an seine Schläfen und schloss die Augen. Nicolas vermutete, dass sie versuchte, ihre Gabe einzusetzen.

»Nick!« Verzweifelt sah sie ihn an. »Ich weiß nicht, was er hat. Seine Organe scheinen alle in Ordnung zu sein.«

Jenna machte Platz und ließ ihn zu Ben. Er drückte seine Stirn an die des Arztes und sah sofort, was sich zugetragen hatte.

»Zorell! Er hat Ben fast ausgesaugt!« Nicolas lief es eiskalt den Rücken hinunter. »Verdammt!« Wie hatte er sich nur befreien können? Und warum hatte Ash nicht auf den Kleinen aufgepasst?

Just in dem Moment zischte eine Rauchsäule durch das geschlossene Fenster und der Engel materialisierte sich. »Ist Jamie bei …« Als Ash das Ausmaß der Katastrophe erkannte, fluchte auch er.

Wutentbrannt stürmte Nick auf ihn zu und stieß ihn an den Schultern zurück. »Wie konnte er dir entwischen?«

»Er …« Kopfschüttelnd starrte Ash auf Ben. »Wo ist er mit Noir hin?«

»In die Unterwelt!«, rief Nick erzürnt.

»Was?« Jenna stand taumelnd auf und sank auf einen Stuhl, während Nicolas weiterhin Ash anbrüllte.

»Du kennst den Bastard seit Jahren, wieso hast du ihn losgebunden?«

»Das habe ich nicht! Jamie hat mir versichert … Ach, Scheiße!« Ash kniete sich neben Ben und legte ihm eine Hand auf die Brust.

»Könnt ihr euch später streiten?!« Jenna weinte so sehr, dass sie kaum sprechen konnte. »Noir ist irgendwo da unten und in größter Gefahr.«

»Und Ben hat sehr viel Lebensenergie verloren«, rief Nick. »Er braucht Hilfe.«

»Ich kümmere mich drum«, sagte Ash sofort.

»Versau es besser nicht wieder«, erwiderte Nick knurrend. Dann stürmte er aus dem Raum.

Anstatt des Aufzuges nahm er die Treppen aufs Dach, weil das schneller ging. Draußen angekommen, baute er sofort ein Portal nach Maidstone auf. Er war jetzt der Einzige, der alle auf einmal zurückbringen und in die Unterwelt schaffen konnte.

»Vincent wird ausrasten«, murmelte er, als er durch das Portal schlüpfte und sich in einer Sicherheitsschleuse der Kaserne befand. Ihr Klanführer hatte gespürt, dass Noir in Gefahr war und auch Nick hatte ein mulmiges Gefühl nie verlassen. Diese verdammte Verhandlung!

Wenn etwas schieflief, dann richtig. Es kam immer alles auf einmal.

Nachdem der Sicherheitsbeauftragte ihn aus dem Raum gelassen hatte, eilte Nick zum Verhörzimmer und riss die Tür auf. Alle saßen an dem runden Tisch, Kyrian in ihrer Mitte, und die Gespräche verstummten abrupt.

Vincent sprang auf. »Was ist passiert?«

»Zorell hat Noir!«

Aus dem Gesicht seines Klanführers schien sämtliches Blut zu weichen, doch der Schock währte nur kurz. Mit einem Mal heulte Vincent auf. Seine Klauen fuhren aus, die Brust schwoll an und das Shirt zerriss, als seine Schwingen hervorbrachen. Kaum noch ein menschlicher Zug war in dem verwandelten Gesicht zu erkennen, das Zorn und Schmerz zu einer wilden Maske verzerrten. »Wo ist sie?«, brüllte er und seine Fänge blitzten im Licht der Neonröhren auf. Er stürzte auf Nick zu, der Vincent an den Schultern zurückhielt.

»Vermutlich in der Unterwelt.«

Vincent fauchte. »Wieso? Was will er von ihr?«

»Euer Baby.«

Schwer atmend starrte Vincent ihn an, seine Nasenflügel blähten sich. Kraftlos flüsterte er: »Da unten finde ich sie niemals.«

»Ich hoffe sehr, dass er sie in seine alte Unterkunft gebracht hat.« Nick war Jamie heimlich oft genug dorthin gefolgt. »Dann finden wir sie.«

Magnus hatte sich neben Vincent gestellt, hielt aber ausreichend Abstand. Mit einem wütenden Gargoyle war nicht zu spaßen. »Ich komme mit.«

Dominic und Akilah begaben sich ebenfalls an seine Seite. »Wir auch.« Sogar ihnen stand die schreckliche Nachricht ins Gesicht geschrieben.

»Und Jenna?«, fragte Kyrian. Seine Handgelenke steckten in dicken Spezialhandschellen, damit er sich nicht translozieren konnte.

»Es geht ihr gut«, erwiderte Nicolas, »aber Ben ist verletzt. Der verdammte Zash hat ihm fast das Leben ausgesaugt.«

Nun meldete sich auch Dr. Fairchild zu Wort. »Ich muss sofort zu Ben und meiner Tochter.«

»Ich bring euch hin«, sagte Nick.

Kyrian trat zu ihm. »Ich komme mit!«

Magnus schüttelte den Kopf. »Du wirst so lange in Sicherheitsverwahrung bleiben.«

»Ich muss sehen, ob es Jenna gut geht«, knurrte Kyrian, die Fänge gefletscht. Seine Schwingen bebten.

»Keine Zeit für Diskussionen!« Vincent, der trotz Sorge um Noir erstaunlich kontrolliert wirkte, übernahm das Kommando. »Nicolas, du erschaffst ein Portal in die Unterwelt und ich gehe mit Magnus und dem restlichen Team voran. In der Zwischenzeit bringst du William und Kyrian zu Jenna und folgst uns dann.«

»Ich bleibe in der Zentrale, falls ihr Verstärkung braucht«, rief Anthony Fricks von weiter hinten im Raum.

Magnus nickte. »Gib eine Suchmeldung nach James Hadfield raus und stell die Satelliten auf seine Signatur ein, irgendwann muss er wieder auftauchen.«

Nicks Herz überschlug sich vor Aufregung. Sie behandelten Jamie, als wäre er ein Verbrecher, als hätte er allein Schuld an der Misere. Nick schwor sich: Sobald er den Kleinen fand, würde er alles tun, um ihn von dieser Zecke zu befreien.

»Was ist mit Räuber?«, wollte Kyrian wissen.

Vincent pfiff den Hund zu sich. »Der kommt mit mir. Jede weitere Spürnase ist mir in der Unterwelt willkommen.«

Sie alle folgten Nicolas in den Raum mit der Schleuse, wo er ein Portal erschaffen konnte. »Ich lass euch im Tunnel vor Jamies altem Unterschlupf raus, zwei Biegungen vorher, damit Zorell eure Ankunft nicht bemerkt.«

»Mr. Thorne«, unterbrach sie der Sicherheitsbeamte. »Ihre Bekannte hat zuvor noch die Sachen von der Insel gebracht.« Er deutete auf einen großen Karton in der Ecke. »Was soll ich damit machen?«

Magnus nickte ihm zu. »Danke, Mr. Melton, darum kümmere ich mich später, wir haben es eilig.«

Hastig zog Nicolas einen großen Kreis und forderte alle auf, leise zu sein, denn der Zash würde sie sonst bemerken.

Vincent hielt Räuber kurz das Maul zu und der Hund hörte auf zu winseln. Die beiden eilten voran, Magnus, Dominic und Akilah stürmten hinterher.

Sofort schloss Nick das Tor und baute ein weiteres auf, das sich auf dem Klinikdach öffnete.

*

Kyrian würde sich jetzt die beste Gelegenheit bieten, zu verschwinden. Die Handschellen loszuwerden wäre sein geringstes Problem, da würde sich schon ein Magier finden, den er dazu »überreden« konnte. Nur ein Kampf gegen Nicolas würde hart werden. Kyr wollte ihn nicht verletzen, ebenso wenig Jennas Vater, der sicher nicht davor zurückschrecken würde, seine Zauberkünste einzusetzen. Doch über seine Flucht konnte er sich später den Kopf zerbrechen –

zuerst musste er sich vergewissern, dass mit Jenna wirklich alles in Ordnung war. Allerdings wollte er ihr nicht in Unterhosen entgegentreten.

»Ihr habt sicher nichts dagegen, wenn ich mich anziehe?«, fragte er und holte seine Einsatzhose und die Stiefel einfach aus dem Karton, ohne eine Antwort abzuwarten. Die anderen schienen ohnehin beschäftigt und beachteten ihn kaum.

So schnell er es mit den gefesselten Händen vermochte, schlüpfte er in die Hose, schnappte sich die Stiefel, in der noch seine Klingen steckten, und eilte den anderen hinterher durch das Portal. Sein Shirt konnte er wegen der Schwingen und der Handschellen nicht anziehen.

Nachdem er auf das Klinikdach getreten war, nahm Kyrian einen tiefen Atemzug der Nachtluft. Sie war gemischt mit Autoabgasen, Essensgerüchen, dem eigentümlichen Aroma der Themse und anderen Düften, aber so roch Freiheit. Die Geräusche des Stadtverkehrs drangen matt an seine Ohren und über ihnen versuchten sich die hellsten Sterne gegen die Lichter der Stadt durchzusetzen, woraufhin sich Kyrian zurück auf die Malediven wünschte, zurück zu Ruhe und Abgeschiedenheit. Es fühlte sich seltsam an, wie der Wind über seine Schwingen strich. Fremdartig und doch, als wären sie schon immer da gewesen. Er streckte sie aus und wollte am liebsten über die Dächer Londons gleiten, legte sie dann aber um sich wie einen Mantel. Das ungewohnte Gewicht zog ihn nach hinten. Er musste erst damit vertraut werden.

Seine Flughäute wärmten ihn; er spürte sein Blut durch die Membran fließen. Sobald er konnte, würde er seine neu gewonnenen Fähigkeiten trainieren. Auch seine Zähne fühlten sich anders an. Die Fänge schienen dicker und länger zu sein, weshalb sein Kiefer leicht spannte. Die Krallen hingegen kamen ihm gelegen. Es war immer vorteilhaft, zusätzliche Fähigkeiten zu haben. Kyrian konzentrierte sich, stellte sich vor, wie seine Fingernägel zu Klauen wurden – und es klappte. Die Verwandlung funktionierte ähnlich wie die Translokation: durch Vorstellungskraft.

Seine Gedanken wurden jäh unterbrochen, als er aus den Augenwinkeln eine Bewegung wahrnahm. »Jenna!« Sie stand weit hinten auf dem Dach in inniger Umarmung mit einem Mann, dessen Haar genauso blond war wie ihres. Mit dem Schwert an seiner Seite und dem Lederharnisch sah er wie ein mittelalterlicher Ritter aus. »Dante!«

»Kyrian!« Jenna starrte zu ihnen, wobei sie eine braune Tasche an sich gedrückt hielt. Dante riss die Augen auf und wirkte erschrocken, ihn zu sehen.

Im nächsten Moment waren die beiden verschwunden.

»Dante!«, brüllte Kyrian aus Leibeskräften und versuchte verzweifelt, sich zu translozieren, doch diese verdammten Handschellen hinderten ihn. Zornig riss er die Arme auseinander, sodass die Kette zersprang, aber die Schellen lagen wie festgegossen um seine Gelenke. Solange er diese Fesseln am Körper trug, konnte er Jenna nicht folgen.

»War das ihr Bruder?«, fragte Dr. Fairchild aufgelöst. »Wo ist er mit ihr hin?«

»Ins Dunkle Land, wohin sonst?«, rief Kyrian rasend vor Wut und schlüpfte in seine Stiefel. »Machen Sie mir endlich diese verdammten Dinger ab, damit ich Jenna zurückholen kann.« Er hielt Dr. Fairchild die Hände hin, doch der starrte immer noch auf die Stelle, an der seine Tochter verschwunden war.

Sie hatte nicht ängstlich ausgesehen oder als ob Dante sie gezwungen hätte, mit ihm zu kommen. Der Kerl war geistig mit ihr verbunden, sicher hatte er gewusst, wie er Jenna manipulieren konnte. »Fuck!«

Wie hatte er nur glauben können, Jenna zu beschützen, indem er sie verließ? Er war der Einzige, der sie vor seinesgleichen beschützen konnte.

»Verdammt, Mann! Worauf warten Sie?«

Hilflos blickte sich Dr. Fairchild zu Nicolas um, als könnte der ihm helfen. »Ich darf das nicht entscheiden. Es braucht mindestens drei Ratsmit…«

»Wenn Sie Ihre Tochter zurück wollen, bin ich Ihre einzige Chance«, fuhr Kyrian ihn an.

Er sah, wie Dr. Fairchild mit sich rang. »Dann komme ich mit«, sagte er schließlich.

»Sie würden keine fünf Minuten überleben. Als einer von ihnen kann ich mich unter ihnen bewegen, mich in die Festung schleichen.« Erneut hielt er ihm die Hände hin, doch Jennas Vater schien wie erstarrt.

Kyrian platzte gleich der Kragen. »Nicolas, schau in meinen Kopf, verdammt!« Je mehr Zeit verstrich, desto schlechter standen seine Chancen.

Immerhin war Nicolas nicht so schwer von Begriff und legte unverzüglich die Hände an seine Schläfen. Kurz darauf nickte er. »Kyrian sagt die Wahrheit. Er würde alles tun, um Jenna zu retten.«

Anscheinend hatte das Dr. Fairchild endlich überzeugt, denn er rief: »Aperi vinculos!« Sofort sprangen die Schellen auf und landeten klirrend auf dem Boden.

»Ich werde sie zurückholen«, versprach Kyrian und hatte sich eine Sekunde später bereits aufgelöst.

Kapitel 25 – Weit weg von zu Hause

Jenna klopfte das Herz bis zum Hals. Ihr war nicht wohl bei dem Gedanken, sich im Dunklen Land zu befinden und nur auf Dantes Hilfe angewiesen zu sein. Er allein vermochte es, sie zurückzubringen. Aber Jenna vertraute ihm. Er war ihr Bruder, und sie hatte in der kurzen Zeit, die sie miteinander verbunden waren, sein gutes Herz kennengelernt.

Als sie ihn plötzlich in der Klinik gesehen hatte, glaubte sie erst an Halluzinationen. Der Schock um Noirs Verschwinden steckte ihr noch in den Knochen und sie wollte auch so schnell wie möglich zurück.

Nachdem Ash verschwunden war, um Ben zu einem Heiler zu bringen, hatte Dante plötzlich vor ihr gestanden – und jetzt schritt sie mit ihm immer tiefer in die Burg hinab.

Myra sei sehr krank, hatte er gesagt und sie angefleht, mit ihm zu gehen, um nach ihr zu sehen.

»Du hast uns doch gewarnt, nicht ins Dunkle Land zu kommen«, sagte Jenna.

»Ich weiß.« Dante sah verzweifelt aus. Tiefe Falten lagen zwischen seinen Brauen und Schatten unter den Augen. »Aber Myra braucht deine Hilfe.«

Sie wusste, wie sehr er Myra liebte und dass sie alles für ihn bedeutete, nur war Jenna durcheinander wegen Noir. Was, wenn die anderen sie fanden und sie Hilfe brauchte? Ben konnte ihr im Moment nicht beistehen, da er selbst Hilfe benötigte. Hoffentlich vermochte Ash ihn zu retten. Dad war zwar noch da, doch Jenna konnte keinen klaren Gedanken mehr fassen, musste wissen, was mit Noir passiert war. Im Moment folgte eine Katastrophe der anderen. »Ich kann nicht weg, meine Freundin ist in Not.«

Dante hatte sie in den Arm genommen, versucht, sie zu beruhigen, und sofort hatte sie sich mit ihm verbunden gefühlt. Er trug eine Kraft in sich, die zugleich dunkel und stark war und doch gütig.

»Unser Baby … Ich glaube, es stirbt«, flüsterte er in ihr Ohr.

Oh nein, nicht noch ein Kind in Gefahr!

»Ich bringe dich sofort zurück«, versprach er … und sie hatte eingewilligt. Wenn sie Noir schon nicht beistehen konnte, dann wenigstens der großen Liebe ihres Bruders.

Doch als sie Kyrian auf dem Dach entdeckt und in sein vor Wut und Panik verzerrtes Gesicht geblickt hatte, hätte sie ihre Entscheidung am liebsten rückgängig gemacht. Mit Dunkelelfen war nicht zu spaßen.

Quatsch, Dante war genauso wenig ein waschechter Dunkelelf wie Kyrian. Die beiden besaßen gute Seelen.

Dante hatte sich mit ihr vor die Burg transloziert. Jenna drehte sich noch immer der Kopf von dieser seltsamen Reise. Durch Portale zu gehen war wesentlich angenehmer und frei von Nebenwirkungen, und gleich in eine andere Dimension gebeamt zu werden, musste ihr Körper erst einmal verarbeiten. Dante hatte ihr erklärt, dass auch er lange gebraucht hatte, um sich an das Gefühl zu gewöhnen.

Leider hatte Jenna nicht viel von diesem düsteren Land gesehen, weil dort Nacht herrschte, genau wie in der Menschenwelt, nur ein paar beleuchtete Fenster der nahe gelegenen Stadt. Aus einem Mauerspalt hatte Dante einen Kapuzenumhang gezogen, damit er sie in die Burg schmuggeln konnte, denn offiziell war sie jetzt eine Kräuterfrau. Unter dem Mantel trug sie ihre auffälligen weißen Röhrenjeans und ihre rosa Bluse. Hoffentlich fiel niemandem auf, wer sie wirklich war.

An den Torwachen waren sie ohne Weiteres vorbeigekommen und problemlos in die Burg gelangt, in der ebenfalls an allen Ecken bewaffnete Soldaten standen. König Lothaire hatte allen Grund, sich vor Angreifern zu fürchten, so wie er die Bewohner seines Reiches unterdrückte. Mit Schaudern erinnerte sich Jenna an die wenigen Bilder, die Dante ihr vom Krieg mit den Bolgs gezeigt hatte. So viel Blut, abgetrennte Köpfe, Zwerge mit abgeschlagenen Gliedmaßen …

Immer tiefer ging es unter die Erde; die Treppe wollte nicht enden.

»Wenn ich mich seltsam verhalte, dann spiel bitte mit. Niemand darf Verdacht schöpfen. Im Moment ist alles ein wenig kompliziert.«

Das sagte er ihr jetzt?

Jenna verstärkte den Griff um die Henkel ihrer Arzttasche, die sie unter dem Umhang verbarg, und zog sich die Kapuze tief ins Gesicht. Währenddessen klopfte Dante an eine massive Tür, die sich wenige Sekunden später öffnete. Grelles Licht blendete ihre Augen und sie hörte, wie ihr Bruder mit jemandem sprach, vom dem sie nur den roten Umhang erkannte, weil sie den Kopf nicht heben wollte.

Der Dunkelelf ging voran, bis er vor einer der zahlreichen Zellen stehen blieb, die sich aneinanderreihten. Wo hatte Dante sie bloß hingeführt?

»Oh, wen hast du da mitgebracht, Königssohn?«, hallte eine liebliche Frauenstimme durch die Gewölbe.

Jenna kam sie irgendwie bekannt vor.

»Das geht dich nichts an, Najade«, knurrte Dante.

Ein Kichern folgte, das Jenna eiskalte Schauder über den Rücken kriechen ließ. Eine Najade!? Was machte eine Nymphe hier unten?

Vorsichtig hob Jenna den Kopf, sodass sie in die Zelle blicken konnte, und sah ein nacktes blondes Mädchen in einem Wasserbecken. Sie glich den anderen Wesen, mit denen Kyrian und sie in der Höhle Bekanntschaft gemacht hatten, bis aufs Haar.

Die Najade grinste sie an und sang: »Ich weiß, wer du bist, Freundin vom dunklen Krieger.«

»Komm!« Dante ergriff ihren Arm und führte sie eine Zelle weiter. »Lasst die Kräuterfrau zur Gefangenen, Meister Brattok.«

»Wie Ihr wünscht, mein Prinz«, erwiderte der Wächter und Jenna hörte das Klirren eines Schlüsselbundes sowie eine andere Frauenstimme, die sie aus ihren Träumen kannte.

»Dante!«

Das war Myra. Sie lag in der Zelle auf einer Pritsche und hielt sich den Bauch. Sie musste Schmerzen haben, denn sie schaffte es nur langsam, sich aufzusetzen. Tränen liefen ihr über die Wangen. »Bitte, hol mich endlich hier raus!«

Darauf antwortete er nicht, sondern sagte nur: »Ich habe eine Kräuterfrau mitgebracht. Sie wird dich und das Baby gesund machen.« Er drückte Jenna in die Zelle, die hinter ihr abgesperrt wurde. Dann hörte sie, wie sich Dante und der Wärter redend entfernten.

»Scht, alles wird gut«, flüsterte Jenna und beugte sich über Myra. Als diese ihr Gesicht sah und ihre Augen vor Überraschung aufriss, drückte ihr Jenna schnell einen Finger auf die Lippen.

»Du bist keine von hier«, zischte Myra und schlug ihre Hand weg.

»Ich bin Dantes Schwester. Er hat mich geholt, um dich zu heilen.«

»Du bist … seine Schwester?« Die Brauen skeptisch zusammengezogen, musterte Myra ihr Gesicht.

»Ja, aber das darf keiner erfahren!«

»Der König …«, wisperte Myra und legte sich wieder auf die Pritsche, wobei sie die Lider zusammenpresste. »Er würde dich hier genauso gefangen halten wie mich.«

Das war Jenna nur allzu bewusst, daher wollte sie sich beeilen, um schnell nach Hause zu kommen. In ihre Welt. »Dante wird einen Weg finden, dich hier rauszuholen. Vertrau ihm. Und jetzt lass mich nach dem Baby sehen.«

Als Myra zögerlich nickte, schob Jenna ihren Morgenrock auf. Ein wenig Blut klebte zwischen ihren Schenkeln. Hoffentlich war es noch nicht zu spät.

Jenna legte die Hände auf den nackten Bauch, schloss die Augen und sah in Myra hinein. Zuerst widmete sie sich dem Baby. Dessen Herz schlug normal und es befand sich genug Wasser in der Fruchtblase, doch leider auch Blut! Hinter der Plazenta saß ein Hämatom, das den Mutterkuchen ablöste.

»Bist du gestürzt?«, fragte Jenna.

»Der König hat mich geschubst.«

Noch ging es dem Baby gut, aber nicht mehr lange. In solch einer Situation musste die Schwangere sofort in die Klinik und alles für einen Kaiserschnitt vorbereitet werden, doch das kleine Mädchen war außerhalb des Mutterleibes noch nicht überlebensfähig.

Jenna konzentrierte sich stark, um die Plazenta zu reparieren. Obwohl es ihr meist mühelos gelang, wollte es diesmal nicht richtig funktionieren. War sie zu aufgeregt, weil sie sich um Noir sorgte und auch Angst um sich hatte? Niemals zuvor hatte sie so etwas Riskantes unternommen.

***

Vincent war schon einmal in Jamies Behausung gewesen, damals, als sie gegen den Dämonenfürsten Ceros angetreten waren. Nur zwei schmale Betten und wenige persönliche Dinge hatten sich darin befunden. Doch als er jetzt mit Magnus, Akilah und Dominic die winzige Höhle betrat, fiel ihm sofort eine Veränderung auf: Bis unter die Decke stapelten sich Wasserflaschen, Konserven und … Babynahrung! Aber von Noir und Zorell war nichts zu sehen.

»Verdammt, was hat der Bastard vor?« Vincent knurrte leise vor Wut und Verzweiflung.

»Wenn er hier Lebensmittel bunkert, ist er vielleicht nicht weit«, sagte Magnus leise. Er hielt eine Fackel in der Hand, die er gefunden und mittels Magie entzündet hatte. »Lasst uns weitergehen, mal sehen, wo der Tunnel hinführt.«

»Zu Ceros' ehemaligem Unterschlupf.« Vincent eilte voran, da ihm ein wenig Restlicht ausreichte, um zu sehen, doch bald teilte sich der Gang und er wusste nicht, welcher Weg der Richtige war. Die in den Fels gehauenen Tunnel sahen alle gleich aus.

*

»Ash, ich bin so froh, dass du hier bist!« Mit diesen Worten begrüßte ihn Kara, während er auf dem Klinikdach landete.

»Was ist passiert? Haben sie Jamie gefunden?«

Sein Engelchen schüttelte so heftig den Kopf, dass ihr blondes Haar um den Nacken schwang. »Sie sind immer noch da unten und zu allem Übel ist auch noch Jenna entführt worden.«

»Was?« Das durfte nicht wahr sein! Ash hatte gedacht, der Tag könnte nicht schlimmer werden. Erst schaffte er es nicht, den Kleinen im Auge zu behalten, und dann war auch noch Noirs beste Freundin verschwunden.

»Was ist passiert?«

»Dante hat sich mit ihr davontransloziert. Kyrian versucht, sie zurückzuholen.« Seufzend schmiegte sich Kara an ihn, während Jennas Vater unruhig auf dem Dach herumlief, eine große Arzttasche in der Hand, um für den Notfall gerüstet zu sein. Nun musste er sich nicht nur um Noir kümmern, falls sie es aus der Unterwelt schaffte, sondern hatte erneut den Verlust seiner Tochter zu betrauern.

»Hoffentlich ist es noch nicht zu spät für Noirs Baby«, sagte Kara. »Ich fühle, dass es jeden Moment seine Seele braucht.«

»Wo hast du sie?« Ash spürte eine starke Präsenz, die von seinem Engelchen ausging. Unbefleckt und absolut rein. Das konnte nicht von Kara herrühren, denn sie war alles andere als unschuldig.

Kara strich sich über den Bauch. »An einem sicheren Ort verwahrt.«

Also dort, wo sie einst das magisches Artefakt versteckte, hinter dem Ash her gewesen war. Das schien Äonen her zu sein. »Irgendwie läuft gerade alles schief«, murmelte er. Bei ihrem Geheimfall kamen sie auch nicht wirklich voran und langsam fühlte sich Ash wie ein Versager, weil nichts klappte. Als Dämon hatte er sich nicht so dämlich angestellt.

Zärtlich küsste ihn Kara auf die Wange. »Du musstest Ben retten und konntest Jenna nicht mitnehmen. Niemand wusste, dass Dante auftaucht.«

»Wenn ich nur irgendwas tun könnte!«

»Im Moment können wir bloß abwarten.«

Kapitel 26 - Es gibt kein Zurück

Jenna schaffte es zwar, die Blutung zu stoppen und das Baby fürs Erste zu retten, doch das hatte sie so verausgabt, dass sie sich nicht mehr um Myras andere Verletzungen kümmern konnte: eine eingerissene Kapsel am Schultergelenk und eine kleine Abplatzung am Knochen.

»Meine Kräfte wollen nicht so recht, aber dein Baby ist vorerst außer Gefahr, wenn du dich schonst.«

»Ich danke dir«, sagte Myra und legte ihre Hand auf Jennas. »Du hast viel Gutes in dir.«

»Genau wie Dante.«

»Ach, der!« Zornesfalten bildeten sich zwischen Myras Augen. »Ich habe den Glauben an ihn verloren.«

»Du darfst niemals deinen Glauben verlieren.« Jenna besah sich Myras Schulter. Ein Bluterguss hatte sich dort gebildet. »Ich muss deinen Arm ruhigstellen.« Sie holte eine Tuchschlinge aus ihrer Tasche und legte sie der Halbelfe an.

Myra schnappte nach Luft, doch sie ertrug den Schmerz tapfer. »Ich hatte mein Leben lang so viel Wut in mir, aber je länger ich mit Dante zusammen war, desto ausgeglichener wurde ich. Ich hatte mir gewünscht, seine Frau zu werden. Seine Königin. Zuerst, um mich an all denen zu rächen, die mich mein Leben lang unterdrückt haben, doch dann habe ich durch Dante inneren Frieden gefunden.«

»Das muss die Lichtseite in ihm ausgelöst haben«, vermutete Jenna.

»Er hat keine helle Seite, ist wie sein Vater!«

»Sag das nicht. Er hat mich gewarnt, hierherzukommen, und ich habe gespürt, wie sehr er dich liebt.«

»Aber jetzt tut er genau das, was sein Vater von ihm verlangt. Das ist die Strafe für meine bösen Gedanken. Auch dass ich das Kind verliere.«

»Abwarten«, sagte Jenna. Dante würde sie doch nicht wirklich im Stich lassen? Und was war mit Kyrian? So wie er ausgesehen hatte, wollte er sie auf der Stelle zurückholen. Hoffentlich kam er nicht hierher.

Jenna holte einige Beutelchen mit Magnesiumgranulat heraus, das sich im Mund auflöste, und öffnete Myra eins. »Iss das. Ist gut für dich und das Baby.«

Skeptisch schnüffelte sie an der kleinen Packung, schüttete sie sich jedoch in den Mund.

»Du hast bemerkenswerte Kräfte«, flüsterte Myra, als sie das Pulver geschluckt hatte. »Vielleicht bringen sie uns hier raus?«

»Sie funktionieren nicht richtig, irgendetwas hemmt mich.«

Myra blickte zu den Gitterstäben; sie waren immer noch allein. Dante und der andere Elf unterhielten sich in einiger Entfernung. »Diese Burg«, sagte Myra mit gesenkter Stimme, »folgt ihren eigenen Gesetzen. Kein Elf kann sich innerhalb der Mauern translozieren oder zaubern, und all die anderen Wesen, die hier unten eingesperrt sind, können ihre Fähigkeiten nicht anwenden.«

»Es gibt eine Art Schutzvorrichtung?«

»Hm«, machte Myra. »Der König traut niemandem. Nur ein wenig elbische Magie, die niemandem schadet, oder andere Heilzauber können gewirkt werden. Vielleicht konntest du mir helfen, weil du zur Hälfte Lothaires Tochter bist.«

Jenna verschluckte sich beinahe an ihrem Speichel. »Oh, nein, ich bin nicht seine Tochter.« Welch schreckliche Vorstellung. »Mein Vater ist ein Magier. Dante und ich haben nur dieselbe Mutter.«

»Die Lichtelfe.«

Jenna nickte. »Vielleicht ist die Magie der Licht- und Dunkelelfen gar nicht so verschieden und ich konnte deshalb ein bisschen heilen.«

»Möglich.« Erneut schielte Myra zu den Gitterstäben. »Schade, dass du hier keine fiese Hexenmagie anwenden kannst, dann könntest du diesen Meister Brattok in die Luft sprengen.«

»Dazu bin ich ohnehin eine zu miserable Hexe. Meine Künste sind gleich null.« Jenna erkannte, dass sie in dieser Welt völlig hilflos war. Wann holte Dante sie endlich hier raus?

»Wenn ich irgendwie freikomme, wird das Erste sein, was ich tue, Brattok zu töten.«

»Warum?« Der plötzliche Hass, der ihr von Myra entgegenschlug, schockierte sie.

»Er hat unsere Mutter geköpft, vor Kyrians und meinen Augen.«

»Das ist ja furchtbar!« Jenna fühlte sich noch ängstlicher. Wo hatte sie Dante nur hingeführt?

»Ich habe Angst, meine Augen zu schließen, weil ich denke, er kommt in meine Zelle, um mir ebenfalls den Kopf abzuschlagen.«

Plötzlich hörten sie ein Kichern und eine süßliche Stimme, die sang: »Brattok hat zumindest schon mal dran gedacht.«

Die Najade! Wütend erhob sich Jenna und trat ans Gitter. Sie konnte die Nymphe nicht sehen, weil Mauern die Zellen trennten, doch Jenna erblickte einen zarten Arm, den die Najade herausstreckte und winkte.

»Warum sagst du so was?«, zischte Jenna und spähte in den Gang. Niemand war da. Verdammt, wo war Dante? »Ihr Gefangenen solltet zusammenhalten.«

Myra hinter ihr schnaubte. »Dieses Miststück macht gemeinsame Sache mit Brattok. Sie bekommt eine Sonderbehandlung und ist nur hier unten, weil ihr Wasser heilende Wirkung hat. Brattok gibt es den Gefangenen, wenn sie nach seinen grausamen Experimenten kaum noch am Leben sind, um sie wiederherzustellen. Hat sie mir zuvor alles brühwarm erzählt.«

Aber natürlich, das Wasser! Warum war sie nicht eher darauf gekommen? Die Najaden hatten nicht nur seherische Gaben, auch ihr »Badewasser« besaß Heilkräfte. »Hat Brattok dir nichts davon gegeben?«, fragte sie Myra.

Sie schnaubte erneut. »Er hat gemeint, er liebt es, mich leiden zu sehen. Obwohl er Dante versprechen musste, sich gut um mich zu kümmern, hält er sich nicht daran.« Stöhnend schloss sie die Augen und presste die Hand auf ihren Bauch. Oh nein, sie hatte wieder Schmerzen!

Jenna holte einen kleinen Becher aus ihrer Tasche und stellte sich dicht an die Gitterstäbe. »Najade«, flüsterte sie, »wenn du mir etwas von deinem Wasser gibst, verspreche ich dir, dass ich mich dafür revanchieren werde.«

»So?«, klang es interessiert zu ihr herüber.

Jenna musste aufpassen, was sie sagte. Najaden waren listig. »Es wird etwas sein, das dir gefallen wird.« Sie hatte keine Ahnung, was das sein würde, aber ihr würde schon etwas einfallen.

»Du weißt genau, was mir gefällt, Jennalein.«

Dass diese Nymphen auch immer alles wissen mussten. »Das kann ich dir nicht geben.« Ihr letztes Bad mit den Najaden war ihr noch in peinlicher Erinnerung.

Jenna wedelte mit dem Becher, passte jedoch auf, der anderen Zelle nicht zu nahe zu kommen. Sie traute der Nymphe nicht über den Weg. Aber sie brauchte das Wasser. Einen Schluck für sich, um ihre Energiereserven aufzufüllen, der Rest wäre für Myra. Falls das Wasser sie nicht heilte, konnte Jenna ihr mit ihren wiederhergestellten Kräften helfen.

»Meinen Schwestern hast du gegeben, was sie wollten«, säuselte die Najade beleidigt. »Schade, dass dein Jäger sie aus ihrer schönen Höhle geholt hat.«

Stimmt, Kyrian hatte die Nymphen verschwinden lassen, bloß wusste Jenna nicht, wohin.

»Ja, du weißt noch viel nicht von ihm. Wenn mich dein dunkler Freund zu meinen Schwestern bringt, helfe ich dir.«

»Okay, versprochen«, beeilte sich Jenna zu sagen und reichte der Najade den Becher, denn im Gang tat sich etwas. Jemand klopfte an die Tür und sie hörte Schritte.

War das Kyrian? Wenn die Najade wusste, dass er sie zu ihren Schwestern bringen konnte, musste er auf dem Weg hierher sein.

Himmel, Dante musste sie endlich aus der Zelle lassen. Jenna musste zurück, gemeinsam mit Kyrian. »Ist er schon hier?«, wollte sie wissen, als die Nymphe ihr den Becher zurückgab. Jenna nahm einen Schluck und reichte ihn sofort an Myra weiter. »Trink das.«

Sofort fühlte sich Jenna frischer und neu gestärkt. Dieses Wasser wäre eine Bereicherung für die Klinik. Leider verlor es schnell seine Wirkung.

»Ts«, machte die Nymphe. »Du hast deine Leistung schon erhalten, seltsame Elfe.«

Myra setzte sich auf und streckte sich. »Meine Schulter tut nicht mehr weh.«

»Und das Baby?« Jenna eilte an ihre Seite.

»Es geht mir bestens.«

Erleichtert atmete sie auf. Sogar Myras Abschürfung an der Stirn war verheilt.

»Vater!«, hörte Jenna plötzlich Dantes Stimme, wobei sie fühlte, was er fühlte. Er hatte Angst um Myra, Angst vor seinem Vater und Angst um Jenna. Das Najadenwasser hatte sie erneut sensibilisiert; sie fühlte sich so eng mit ihrem Bruder verbunden wie nie.

»Kyrian ist immer noch nicht da«, hallte die Stimme des Königs durch das Verlies. »Ich will ihn sofort sehen, ich will deine Schwester, mein Sohn, und du wirst sie mir bringen!«

Jenna stockte der Atem. Der König wusste über sie Bescheid.

Myra hatte ihren erschrockenen Gesichtsausdruck wohl bemerkt und sagte: »Er darf dich hier nicht sehen.«

Mit zitternden Händen zog sich Jenna die Kapuze über den Kopf, als sie auch schon hörte, dass die Gruppe der Elfen vor der Zelle angekommen war.

»Ich weiß aktuell nicht, wo sie ist, Vater«, vernahm sie Dantes Stimme. »Wie es scheint, funktioniert die Verbindung zu meiner Schwester nur, wenn sie schläft.«

Jenna hielt die Luft an, während sie sich über Myra beugte und tat, als würde sie ihren Bauch abtasten. Was hatte sie sich nur gedacht, Dante zu begleiten? Verdammt, sie war so naiv. Und was war im Kopf ihres Bruders vorgegangen? Wenn sein Vater herausfand, dass er sie hergebracht hatte, würde der König ihn wohl sofort töten.

In diesem Augenblick wünschte sich Jenna mehr denn je, sie wäre niemals auf die Suche nach ihren Wurzeln gegangen.

»Du wirst sie aufspüren!«, rief Lothaire. »Nachdem du mir erklärt hast, wer das bei deiner Sklavin ist.«

Jenna sah sich bereits in der Zelle neben Myra, als Dante sachlich und kühl erwiderte: »Nur eine Kräuterfrau, die sich um die Verletzungen meiner Sklavin kümmert.«

Jenna hätte an seiner Ehrlichkeit gezweifelt, würde sie nicht spüren, wie aufgewühlt er innerlich war.

»Kräuterfrau …« Die Najade in der Nachbarzelle kicherte.

Verdammte Nymphe! Sie schaufelte ihrer aller Grab.

»Hast du mir etwas mitzuteilen, Amalena?«, hallte die Stimme von Brattok durch die Gewölbe.

Jenna schielte unter ihrer Kapuze durch die Gitter, denn Brattok wandte sich an Dante. »Najaden sind wirklich praktische Geschöpfe. Diese ist verpflichtet, mir immer die Wahrheit zu sagen.«

Jenna musste sich beinahe übergeben, so schlecht war ihr vor Angst. Jetzt waren sie alle verloren.

Plötzlich tat es ihr unendlich leid, dass sie sich mit Dad gestritten hatte. Was würde sie dafür geben, in diesem Moment bei ihm zu sein.

»Ich gehe sofort und hole meine Schwester, Vater.« Dante wollte den König von der Zelle weglocken, doch der hielt ihn auf. »Warte, Sohn, ich will erst hören, was die Najade spricht.«

»Sie hat das Baby geheilt«, antwortete diese. »Sie ist eine gute Kräuterfrau.«

»Dann sollte ich sie vielleicht behalten«, murmelte der Elfenmeister.

»Zuerst sollten wir uns um Kyrian kümmern.« Dante wieder. Er versuchte weiterhin, das Übel abzuwenden.

»Du hast recht, mein Sohn. Kyrian aufzuspüren hat ebenso große Priorität wie deine Schwester zu finden. Ich habe über ihn nachgedacht und ob er mir noch loyal gesinnt ist. Mir fiel die Höhle ein, in der wir die beiden Gargoylekinder einst fanden, und habe einen Späher hingeschickt. Der verdammte Berg ist voller Leichen. Das ist Kyrians Handschrift, und mein Spion, den ich ihm in die Menschenwelt hinterhergeschickt hatte, ist ebenfalls unter den Toten. Ich hatte also recht mit meiner Vermutung. Seine Gefangenschaft durch die Magier war bestimmt nur eine Farce, er arbeitet mit ihnen zusammen. Ich will den Verräter tot sehen!«

Oh Gott! Jetzt trachtete er auch noch Kyrian nach dem Leben.

»Ja, Vater«, sagte Dante.

»Da habe ich jahrelang meine Energien in diesen Bastard verschwendet und seiner Schwester eine Sonderbehandlung zukommen lassen und nun fällt er mir in den Rücken«, zischte Lothaire.

Zu Jennas unendlicher Erleichterung entfernte sich die Gruppe von ihrer Zelle, während Dante unaufhaltsam redete.

»Ich brauche Eure Hilfe, Vater. Falls meine Schwester bei Kyrian ist, muss ich zuerst ihn aus dem Weg räumen. Er wird sie benutzen wollen, um Myra freizukaufen. Ein so starker und listiger Krieger wie er wird sich seine Beute nicht wegschnappen lassen. Daher werde ich mich von hinten an ihn heranschleichen müssen. Sobald ich ihn habe, transloziere ich mich vor das Burgtor. Verstärkt Eure Wachen am Eingang, damit sie ihn in Gewahrsam nehmen können. Dann werde ich mich um meine Schwester kümmern.«

Die Anzahl der Wachen verstärken?, fragte Jenna ihn durch ihre geistige Verbindung. *Was, wenn Kyrian bereits unterwegs hierher war?*

Nachdem er gesehen hat, wie ich mit dir verschwunden bin, wird er sicher herkommen, doch er wird mir nicht Myra wegnehmen!, vernahm sie von Dante, bevor der König sagte: »Ich war noch nie so stolz auf dich, Sohn!«, und sie beide aus dem Verlies verschwanden.

Puh, das war knapp gewesen, aber nun saß sie hier fest.

Ich muss nach Hause, versuchte sie, Dante ihre Gedanken zu schicken. Tatsächlich empfing sie noch schwach etwas von ihm: *Ich komme zurück, sobald ich Vater weggelockt habe.*

Mit zitternden Knien setzte sie sich zu Myra auf die Liege. Verdammt, verdammt, verdammt! Jetzt war sie ebenfalls eine Gefangene. Hoffentlich ließ Brattok sie bei Myra in der Zelle. Sie wollte hier unten nicht allein sein. Und würde Dante sie wirklich befreien? Dass er Myra nicht hergeben würde, hatte er ernst gemeint. Jennas Herz raste so schnell, dass sie sich aus ihrer Arzttasche Beruhigungstropfen holte, die sie eigenhändig zusammengemixt hatte.

»Ich hab dir ja gesagt, Dante hat sich verändert.« Neue Tränen perlten über Myras Wangen.

Jenna schüttelte den Kopf und drückte ihre Hand. Nicht nur, um Myra Trost zu spenden, sondern vor allem sich selbst. »Nein, er liebt dich sogar so sehr, dass er Kyrian opfern würde, damit du bei ihm bleibst.«

»Was?« Myra riss die Augen auf und es huschte tatsächlich ein Lächeln über ihre Lippen. »Wenn Kyrian nicht mein Bruder wäre, den ich über alles liebe, würde ich mich sogar darüber freuen.« Doch dann nahm ihr Gesicht einen düsteren Ausdruck an, wobei sie sich über den Bauch strich. »Wenn Kyrian herausfindet, was Dante getan hat … bringt er ihn um.«

Kapitel 27 - Verzweiflung

»Jamie! Bitte hilf mir!«, rief Noir während einer Wehenpause und zog an den Handschellen, denn das Baby drängte unaufhaltsam hinaus. Da sie sich wegen der Schmerzen ständig zusammenkrümmte, waren ihre Handgelenke schon blau und wundgescheuert.

»Jamie …« Wo war nur ihr Bruder? Bisher hatte er den Dämon in sich doch immer zurückdrängen können, wenn es darauf ankam.

Zorell rieb sich die Hände. »Dein Jamielein wird nie mehr zurückkommen, dafür habe ich gesorgt.« Seine schrille Stimme hallte durch die gigantische Höhle und brachte die Fackeln zum Flackern.

»Was hast du mit ihm …« Eine neue Wehe nahm ihr die Luft zum Sprechen. Noir fühlte sich unendlich schwach und hilflos, und die Umgebung, die grauenvolle Erinnerungen weckte, tat ihr Übriges dazu. Zorell hatte sie in Ceros' ehemalige Waffenkammer gebracht, wo Noir, Vincent, Ash und Jamie den Dämonenfürsten einst besiegt hatten. Ob die Überreste des Stierdämons immer noch unter dem riesigen Berg der goldglänzenden Waffen und Artefakte lagen? Noir wollte nicht daran denken, ihr Baby hier zu bekommen. Zu viel Blut war hier geflossen und Ash wäre beinahe umgekommen.

Sie schnappte nach Sauerstoff, als sie dachte, ihr Unterleib würde zerreißen, und nahm eine Prise der rußgeschwängerten Luft. Diese Umgebung würde für sie und ihr Baby tödlich sein. Hier gab es nichts außer Dreck und Dreckspack. Und wie lange wirkte diese verdammte Spritze? Sie brauchte endlich ihre Zauberkräfte zurück! Dann würde sie Zorrel mal so richtig in den Arsch treten.

»Warum dauert das so lange, verdammt?« Der Zash wurde merklich unruhig und sah sich ständig um, als hätte er Angst, dass jeden Moment jemand sein Vorhaben gefährden könnte.

Wenn es doch so wäre!

»Dein bescheuerter Plan geht nie auf«, stieß Noir zwischen zusammengepressten Zähnen hervor und zwinkerte einen Schweißtropfen aus dem Auge. Mittlerweile klebte ihr Nachthemd am Körper. »Wie willst du denn Portale erschaffen, wenn du in meinem Baby steckst? Wir Menschen wachsen nicht so schnell, Arschloch!«

»Glaub mir, ich hab an alles gedacht«, erwiderte Zorell lieblich. »Wir werden eine Weile in der Unterwelt bleiben, bis mein neuer Körper mir gehorcht.«

Dieser Mistkerl war so krank. Sie würden alle hier unten sterben.

Es tut mir so leid, Vincent, schickte sie ihre Gedanken ins Nirgendwo, während neue Tränen ihre Sicht trübten. Noir hatte sich für sie alle nichts sehnlicher gewünscht, als endlich eine richtige Familie zu sein. Vincent hätte das mehr als verdient. Ob er überhaupt schon erfahren hatte, dass sie verschwunden war?

»Verdammt, Hexe, press endlich deinen Balg raus!«

Noir wollte die übelsten Flüche aussprechen, um den Zash auszuschalten, als sich ihr Bauch abermals verhärtete. Alles dort unten schien zum Zerreißen gespannt. Die Schmerzen waren höllisch und Noir wünschte sie diesem Mistkerl an den Hals.

»Das dauert mir alles zu lange«, rief er entnervt und ging zum Waffenhaufen. Dort zog er bestialisch grinsend eine kurze Klinge heraus. »Ich glaube, ich muss ein bisschen nachhelfen, wenn das heute noch was werden soll.«

*

»Räuber, such Noir!«, befahl Vincent. Der Hund war vielleicht ihre einzige Chance. Zwar besaßen Vincent und seine zwei anderen Goyles selbst einen hervorragenden Geruchssinn, doch Räubers Spürnase war die beste. Er war ein richtiger Jagdhund. Vincent hatte in seiner Freizeit mit ihm trainiert und sogar eine Hundeschule besucht. Jetzt zahlte sich das Training aus, denn Räuber gehorchte auf all seine Kommandos, wobei er keinen Laut von sich gab. Guter Hund. Noir wäre stolz auf ihn.

Magnus ging in ihrer Mitte, die Fackel in der Hand, mit der er immer wieder weitere Fackeln an der Wand entzündete, um Nicolas den Weg zu weisen, als ihre Schritte plötzlich zu knirschen anfingen. Weißer Kies bedeckte den Boden, dessen Geräusche jeden Neuankömmling verrieten. Totenköpfe von Menschen und anderen Wesen schmückten wie Trophäen die Felswände. Sie waren nicht weit weg von Ceros' ehemaliger Behausung.

»Silentium«, flüsterte Magnus einen Zauber, der ihre Tritte verstummen ließ. Genau wie es Noir damals gemacht hatte. Die verdrängten Erinnerungen stiegen wie Faulgas an die Oberfläche und waren so präsent, als hätte sich Vincent erst gestern hier unten befunden. Sie mischten sich mit der Sorge um seine Gefährtin. Noir war einfach alles für ihn. Ohne sie und sein Kind hätte das Leben den Sinn verloren.

Vincent versuchte, sich zusammenzureißen. Sie hatten es bereits einmal hier hinausgeschafft.

Während er seinem Hund folgte, die Schwingen dicht an den Körper gepresst, damit er nirgendwo hängen blieb, horchte Vince in sich hinein. Er hörte seinen Puls laut in den Ohren klopfen und sein Atem pfiff in den Lungen. Vince glaubte, Noirs Angst sowie ihre Schmerzen zu spüren, was bedeutete, dass sie lebte.

Als plötzlich ein Schrei ertönte, gefror ihm das Blut in den Adern. Das war Noir! Sie musste es einfach sein.

Räuber sprintete los und blieb so plötzlich vor einer Felswand stehen, dass Vincent nicht mehr abbremsen konnte. Er wollte sich an der Wand abstützen, stattdessen griff er ins Leere und fiel nach vorn.

Der geheime Durchgang! Durch diese durchlässige Mauer war er schon einmal gegangen.

Er rollte sich ab und befand sich in der ehemaligen Waffenkammer des Dämonenfürsten Ceros. Mitten auf dem Sand stand Noirs Krankenbett, doch Vince konnte seine Gefährtin nicht sehen, denn Zorell beugte sich, ihm den Rücken zugewandt, über das Bett, ein Messer in der Hand.

Vince reagierte, ohne auf die anderen zu warten. Brüllend stürzte er sich von hinten auf den Zash, noch bevor er sich ganz zu ihm umgedreht hatte, und entriss ihm die Klinge. Dann war bereits Dominic an Vincents Seite, um ihm zu helfen, den tobenden Dämon festzuhalten, während Magnus zu Noir rannte und mit einem Zauberspruch ihre Handschellen öffnete.

»Ihr seid hier!« Sofort fiel Noir Magnus in die Arme.

Nachdem Akilah und Dominic den vor Wut brüllenden Zash auf dem Boden fixiert hatten, eilte auch Vincent an ihre Seite. »Hat er dir was getan?«

»Es geht mir so weit gut.« Die langen Haare klebten ihr im Gesicht, das von roten Flecken überzogen war. Ihr Körper strahlte Hitze ab, das Nachthemd haftete an ihr wie eine zweite Haut, doch sie schien bis auf die blutigen Handgelenke tatsächlich unverletzt.

Vincent kam sich in die Zeit zurückversetzt vor, als Noir noch aktiv Dämonen gejagt hatte und er ihr heimlicher Beschützer gewesen war. Diese ständige Sorge um sie hatte ihn fast den Verstand gekostet, umso erleichterter war er jetzt und musste aufpassen, dass ihn die Gefühle für seine Liebste nicht übermannten. Er hätte die Welt umarmen können, doch noch war es nicht ausgestanden.

»Vince! Ich habe gedacht, wir würden uns niemals …« Weinend klammerte sich Noir an ihn und krümmte sich gleich ein weiteres Mal zusammen. »Das Baby … kommt.«

»Magnus!« Hilfe suchend wandte sich Vincent an den Magier, der als Einziger von ihnen Erfahrung mit dem Kinderkriegen hatte, weil er vor einigen Monaten Vater geworden war. »Was sollen wir tun?«

»Kümmert euch zuerst um den Zash«, presste Noir hervor. »Er kann sich Jamies Zauberkräfte zu eigen machen, so hat er die Handschellen aufbekommen.«

Sofort legte Magnus einen Schweigezauber auf Zorell, dessen Fluchen abrupt verstummte, und setzte noch einen Lähmungsspruch hinzu, sodass der Zash wehrlos auf den Boden sackte.

Anschließend wandte sich Magnus wieder Noir zu, während Vincent sich in einen Menschen zurückverwandelte, um Noir mit seinen Klauen nicht zu verletzen. Die Prozedur schmerzte jedes Mal, doch heute spürte er kaum etwas. Wenn er Noir ansah … Was musste sie durchgemacht haben! Wenn Jamie nicht ihr Bruder wäre, hätte Vince ihm längst den Kopf abgerissen, um den verdammten Lenkerdämon zu töten.

Aus großen Augen starrte sie Magnus und ihn an. »Ich werde … mein Baby … bestimmt nicht … in der Unterwelt bekommen.«

»Hier unten erhält es keine Seele!« Vincent fluchte und schluckte hart. »Ohne Nicolas sitzen wir hier fest.« Verzweifelt wandte er sich an Dominic und Akilah, die neben dem reglosen Jamie standen, und schickte sie mit Räuber den Weg zurück zu Jamies ehemaliger Wohnhöhle. »Bringt Nicolas sofort her, wenn er ankommt!«

»Vince!« Noir stieß einen Schrei aus und krallte die Finger in seinen Oberarm. »Keine Zeit mehr.«

»Ich sehe das Köpfchen!«, rief Magnus, und Vincent kam sich vor wie in einem schlechten Film.

Kapitel 28 - Enthüllungen

Dante hatte Jenna ohne Probleme aus der Zelle bekommen und befand sich nun auf dem Weg nach oben. Durch das viele Treppensteigen schmerzte sein im Krieg verletztes Bein.

Jenna bemerkte sein leichtes Humpeln und fragte: »Kann ich dir helfen?«

»Keine Zeit, du musst hier weg.« Er überlegte, über den Hof zu gehen, damit er sich vor den Mauern mit Jenna translozieren konnte, doch sein Vater hatte überall Wachen aufstellen lassen. Das Tor wurde streng kontrolliert, niemand konnte es passieren, selbst Dante nicht. Verflucht, daran war er selbst schuld.

Ihnen blieb nichts anderes übrig, als abzuwarten, bis sich die Situation entspannte.

»Ich bringe dich in meinen Turm, bis sich die Lage beruhigt hat«, sagte er. Vater betrat seine Gemächer äußerst selten und würde heute hoffentlich anderweitig beschäftigt sein. Außerdem glaubte er, Dante wäre in der Menschenwelt.

Die Arzttasche hatten sie im Verlies zurückgelassen, unter Myras Pritsche. So konnte Jenna ihm in Gedanken übermitteln, was Myra nehmen musste, falls es ihr wieder schlechter ging.

In einer dunklen Nische bat Dante sie, den Umhang zu wenden. Auf der Innenseite besaß das Futter eine purpurne Farbe. Der Mantel sah dann wie einer aus, wie manche Mägde ihn trugen. So würde Jenna neben ihm weniger auffallen, wenn sie den Wohntrakt erreichten.

Kurz vor dem Eingang zu seiner Behausung kroch es ihm eiskalt den Rücken hinunter, als plötzlich die Stimme seines Vaters durch den Gang hallte.

»Du hast sie schon gefunden?« Er war so schnell an seiner Seite, dass Dante nichts erwidern konnte.

Sofort riss sein Vater die Kapuze von Jennas Kopf und starrte sie an. »Tatsächlich. Sie ist es! Ein Ebenbild ihrer Mutter.«

Jenna starrte zurück, ihr Gesicht von Angst gezeichnet. Dante spürte, wie sie sich fühlte, und hörte ihre Gedanken: *Warum bin ich nur mitgekommen? Jetzt sitze ich in der Falle. Was wird er tun? Hilf mir doch, Dante!*

»Wo ist Kyrian?«, fragte sein Vater barsch und packte Jenna am Arm, als befürchtete er, sie gleich wieder zu verlieren.

»Ich habe ihn nicht gesehen. Jenna war allein.«

»So, Jenna heißt meine Tochter also in der Menschenwelt.«

»Eure Tochter?« Dante verstand nicht. »Ihr Vater ist doch ein Magier?«

»Ein Magier?« Lothaires Stimmung verfinsterte sich so abrupt, dass Dante befürchtete, er würde ihm gleich den Kopf abschlagen. »Kein Mensch kann so ein Geschöpf hervorbringen.«

Wovon spricht er, Dante? Jenna, kreidebleich im Gesicht, sagte weiterhin kein Wort, sondern starrte nur auf den König.

Ich habe keine Ahnung, erwiderte er in Gedanken.

»Isla war von mir schwanger, als sie fliehen konnte«, erklärte Lothaire. »Indira ist von mir.«

»Indira?«, fragte Dante.

»So hätte sie heißen sollen.« Er wandte sich an Jenna. »Wo ist deine Mutter?«

»T-tot«, murmelte sie.

»Du lügst!« Sein Griff um Jennas Arm zog sich so fest zu, dass sie aufschrie.

Dante legte die Hand auf seinen Arm. »Nein, Vater, sie sagt die Wahrheit.«

Tatsächlich lockerte er den Griff. »Wie ist sie gestorben?«

»Umgebracht von Ihren Leuten«, sagte sie leise. »Sie kam bei einem Anschlag ums Leben.«

Dante konnte es kaum glauben, aber sein Vater wirkte für einen Moment bestürzt. Als hätte Jenna ihm einen elektrischen Schlag verpasst, ließ er sie los und blickte über ihre Schulter in die Ferne.

Hatte er Isla vielleicht geliebt?

Als Vaters Gesicht jedoch einen harten Ausdruck annahm und er sagte: »Egal, nun habe ich ja dich«, wusste Dante, dass sein Erzeuger nicht fähig war zu lieben.

»Jetzt, wo Ihr Jenn… Indira habt, werdet Ihr Myra freilassen?«

»Du kannst deine Sklavin haben, aber das Kind bleibt bei Brattok«, erwiderte er wütend und zog Jenna mit sich.

»Wohin bringt Ihr sie, Vater?«

»In sperre sie in meinen Turm, so lange, bis ich weiß, wo Kyrian ist. Wenn dieser Plagegeist erledigt ist, überlege ich mir, was ich mit Indira mache. Ich habe so viele Jahre Pläne geschmiedet, dass ich nun nicht weiß, womit ich anfangen soll.«

Alles geriet aus der Bahn. Jetzt würde Kyrian ihn wirklich umbringen.

***

Verdammt, wie lange war er bewusstlos gewesen? Als Kyrian träge die Augen öffnete, starrte er in der Finsternis eine riesige Mauer an. Immerhin hatte er sein Ziel erreicht, doch die Translokation in eine andere Dimension hatte ihn seiner letzten Kräfte beraubt.

Schwerfällig rollte er sich auf dem staubigen Boden herum und kniete sich hin. Dabei zog ihn das Gewicht seiner Schwingen ständig nach hinten. Fuck, er war hilflos wie ein Baby.

Nachdem er es endlich geschafft hatte, taumelnd aufzustehen, schlug er die Krallen in die Burgmauer, um nicht zu fallen. Wäre er nicht so geschwächt, weil der Magierrat diese blöden Steine gegen ihn benutzt hatte, wäre er jetzt nicht derart hilflos. Er brauchte Nahrung, um seine Reserven wenigstens ein bisschen aufzufüllen. In diesem Zustand würde er Jenna gewiss keine Hilfe sein. Die Wachen hätten ihn blitzschnell überwältigt.

Rasch sah er sich um. Die Stadt lag nicht weit entfernt, nur eine halbe Meile, dort würde er bestimmt genug Essbares finden, aber er war zu schwach zum Laufen und hatte ohnehin schon zu viel Zeit verloren.

Erneut sank er auf die Knie, um mit den Krallen in der Erde zu scharren. Ein Käfer ergriff die Flucht, doch Kyr spießte ihn mit einer Klaue auf und steckte ihn sich in den Mund. Als er den Panzer zerbiss und die schleimige Flüssigkeit sich auf der Zunge verteilte, unterdrückte er ein Würgen. Es war zu lange her, dass er sich von dem ernähren musste, was die Natur ihm bot, aber Insekten lieferten viel Protein und das brauchte er jetzt. Leider fand er außer einer Made und einer Spinne nichts mehr. Er hatte ohnehin keine Zeit. Jenna war womöglich in Gefahr.

Er blickte ein weiteres Mal nach oben, wo die Burgmauer in den nachtschwarzen Himmel wuchs und kein Ende zu nehmen schien. Wenn er dort hinaufgelangen könnte … Niemand würde vermuten, dass er über die Rückseite des Gebäudes angriff. Auf den Zinnen gab es einen Wachturm, in dem kein Licht brannte, doch Kyrian witterte, dass er besetzt war. Außerdem sah er noch besser im Dunkeln als sonst. Die neuen Fähigkeiten, die er vermutlich Jenna verdankte, weil sie seine Gargoyle-Instinkte geweckt hatte, wollte er voll einsetzen, um sie zu retten.

Was hatte Dante bloß mit ihr vor?

Es gab nur eine logische Erklärung: Er wollte sich die Gunst seines Vaters erschleichen. Aber warum erst jetzt? Worauf hatte Dante die ganze Zeit gewartet? Er war doch bereits länger mit Jenna verbunden.

Neue Wut und der Drang, Jenna zu befreien, weckten Kyrians Lebensgeister. Energisch trieb er die Klauen in die Mauer, sodass Steinchen herabrieselten. Die messerscharfen Krallen blieben tatsächlich stecken. Wow, Kyrian liebte sein neues Ich.

Mit aller Kraft zog er sich nach oben, setzte eine Hand vor die andere und versuchte, mit den Stiefeln in Spalten Halt zu finden. Sein Gewicht nur mit den Fingern zu tragen strengte ihn an und forderte Muskeln, die er sonst kaum nutzte, doch er schaffte es sogar in beachtlicher Geschwindigkeit, die gigantische Mauer zu bezwingen.

Kyr hätte versuchen können, die Schwingen verschwinden zu lassen, aber er hatte Angst, keine Kraft mehr zu haben, um sie erneut hervorbrechen zu lassen. Falls er abstürzte, musste er keine Energie für eine Translokation verschwenden.

Oben angekommen, stellte er sich auf die Zinnen und sprang mit einem Satz in den Wachturm. Der überraschte Soldat hatte keine Chance. Kyr erledigte ihn, indem er ihm mit einem Ruck das Genick brach, noch bevor der Elf wusste, wie ihm geschah. Dann blickte Kyrian auf die leblose Gestalt … und zum ersten Mal kamen ihm Zweifel, ob er richtig gehandelt hatte. Er hätte den Mann auch anders außer Gefecht setzen können, ihn nur bewusstlos schlagen oder fesseln. Doch die Gefahr wäre zu groß, dass er Alarm schlug. Hier ging es um Jenna, er durfte sich kein Mitleid mit seinen Feinden erlauben. Ob die neuen Emotionen ebenfalls durch seine Gargoyleseite hervorgerufen wurden? Gargoyles waren Beschützer … und besaßen einen außergewöhnlichen Geruchssinn, wie er abermals feststellte. Der Duft von gebratenem Fleisch stieg ihm verlockend in die Nase und ließ ihm das Wasser im Mund zusammenlaufen.

Kyrian hob den Beutel auf, den er am Boden fand, und schnüffelte daran. Er enthielt Proviant. Hastig riss er den Stoff auseinander und schlang eine kalte Geflügelkeule sowie ein Stück Brot hinunter. Er spülte mit einem milden Rotwein nach, der in einer Flasche am Ausguck stand, begab sich erneut auf die Zinnen und sprang in die Tiefe.

Normalerweise würde er nie aus solcher Höhe springen, doch sein Beschützerinstinkt ließ ihn alle Ängste vergessen. Außerdem vertraute er auf seine neuen Fähigkeiten. Sofort breitete er die Schwingen aus. Die ungewohnte Kraft, die nun auf seinen Schulterblättern lastete, gab ihm das Gefühl, als würden seine Sehnen und Muskeln reißen, aber er landete sicher und fast geräuschlos zwischen Mauer und Burg. In diesem Hinterhof waren weitere Ställe untergebracht; es gab Gärten, in denen Gemüse angebaut oder Nutztiere gehalten wurden. Große weiße Vögel, die den Gänsen der Menschenwelt ähnelten, schnatterten los und flatterten in ihrer Voliere umher, als sie ihn bemerkten. Rasch kletterte Kyrian auf das Stalldach und duckte sich, denn ein Wachmann mit einer Fackel in der Hand erschien und sah sich um.

»Blöde Viecher, machen nichts als Lärm und Dreck«, schimpfte der Elf. Bevor er verschwand, kontrollierte er jedoch die Ställe, aber aufs Dach blickte er nicht.

Kyrian durfte sich nicht in Sicherheit wiegen. Die Festung war schwer bewacht. Weitere Fackeln säumten den Hof auf der Rückseite und Soldaten patrouillierten ununterbrochen um das riesige Gebäude.

Kyrian hielt sich dicht an der Mauer auf, sprang von einem Stalldach zum anderen und bewegte sich in den Schatten, bis er die Tür sehen konnte, die in Dantes Turm führte. Das Gebäude war riesig, daher wollte er dort mit der Suche beginnen.

Er passte einen günstigen Moment ab, als ihm zwei Wachen den Rücken zukehrten, und segelte über den Hof bis vor die schmale Tür. Pech nur, dass sie verschlossen war.

Er stieß einen lautlosen Fluch aus und drückte die Schulter gegen das Holz. Er hätte die Tür auftreten können, doch das hätte jede Wache im Umkreis auf ihn aufmerksam gemacht.

Zum Glück gab das verrostete Schloss schnell nach und der Eingang war nicht zusätzlich von innen verriegelt. Kyrian schlüpfte ins Dunkel und schloss die Tür sofort hinter sich. Dann rannte er die schmalen Stufen nach oben, wobei er die Schwingen jetzt in seinem Körper verschwinden ließ. Das ging einfacher als gedacht, außerdem hatte die Nahrung ihn gestärkt, doch stechende Schmerzen waren eine unschöne Begleiterscheinung der Verwandlung. Er hatte schon schlimmere Qualen erlebt, also biss er die Zähne zusammen und lief, immer höher, immer schneller, obwohl in seinen Oberschenkeln ein Feuer wütete. Leider hatte er seine gewohnte Kondition noch nicht zurück und in seinem Kopf drehte sich alles, doch die Sorge um Jenna trieb ihn an.

Ohne Schwingen kam er schneller im engen Aufgang voran, außerdem könnten sie ihn bei einem Kampf eventuell behindern. Zudem würde er weniger auffallen, wenn er einem anderen Elf begegnete. Einmal in der Burg, hielt man ihn vielleicht für einen Lakaien, von denen der König Hunderte beschäftigte.

Kyrian hatte keinen Plan, wie er mit Jenna das Burggelände verlassen sollte, weil er sich mit ihr nicht einfach translozieren konnte. Mit ihr aus einem Fenster segeln? Das würde nicht gut gehen. Die Schwingen schienen ihn gerade einmal selbst zu tragen. Dazu waren die Muskeln noch zu wenig ausgebildet. Er würde es sich nie verzeihen, wenn er mit Jenna abstürzte.

Mehr noch als die Muskeln brannten bald seine Lungen, doch da hatte er endlich das Ende der Stufen erreicht. Vorsichtig drückte er ein Wandgemälde zur Seite und lugte in den Gang, während er versuchte, zu Atem zu kommen. Er roch Jenna, sie musste vor Kurzem in der Nähe gewesen sein.

Eine Fackel erhellte eine Passage, die hauptsächlich die Dienerschaft nutzte. Im Moment war niemand zu sehen.

Er erinnerte sich noch zu gut daran, wie Dante ihn einst durch diesen engen Treppenaufgang in die Festung geschmuggelt hatte. Sie waren beide noch halbe Jungs gewesen und Dante hatte zugesehen, als Kyrian sich während seiner Ausbildung gegen zwei bewaffnete Soldaten behaupten musste. Natürlich hatte er keine Chance gehabt. So war es oft gewesen.

Schwer verletzt und aus zahlreichen Wunden blutend hatten sie ihn im Staub liegen gelassen. Nur Dante war gekommen, hatte ihn hier heraufgeschleppt und zu einer Näherin gebracht, die ihn heimlich zusammengeflickt hatte. Ans Bett gefesselt, damit er sich wegen der Schmerzen nicht wehrte, hatte er Stunden der Pein ertragen und sich gegen die Fesseln gesträubt, bis er das Bewusstsein verloren hatte. Myra war während seiner Genesung bei ihm gewesen, um ihn zu füttern, als er nicht mal seinen Arm hatte heben können.

Dante hätte ihn verbluten lassen sollen, denn dieser Fehler würde ihm nun zum Verhängnis werden.

Es dauerte nicht lange, da erreichte Kyrian den Eingang zum Wohntrakt. Er war nicht gesichert, weil die Wachen am Ende des Ganges – ihm den Rücken zugekehrt – beim Treppenabgang standen, der zum großen Saal und zum Ausgang führte.

Tief durchatmend trat Kyrian aus den Schatten und wurde sich gewahr, dass er mit nacktem Oberkörper, der schwarzen Cargohose und den Einsatzstiefeln sehr elfenuntypisch aussah. Dennoch hoffte er, die Soldaten würden sich nicht umblicken. In der Burg war es neben der Translokationsblockade niemandem möglich, Angriffsmagie zu wirken, daher musste er sich auf seine Sinne und Muskelkraft verlassen.

Behutsam öffnete er die Tür und lauschte kurz. Als er nichts hörte, huschte er in die Behausung des Königssohnes. Kyr offenbarte sich ein kleiner Vorraum, in dem sonst Besuch oder Personal empfangen wurde. Die Bediensteten konnten von dort zu beiden Seiten in eine kleine Küche oder andere Kammern gehen, während vor ihm, hinter einem Wandteppich versteckt, der Wohnraum lag. Das wusste er von Myra.

Seine Instinkte meldeten, dass Dante zu Hause war, daher schob Kyrian den Teppich zur Seite und trat ein, so leise er konnte.

Dante stand vor dem geöffneten Turmfenster, die Hände auf dem Sims abgestützt, und ließ den Kopf hängen. Als sich Kyrian anschlich, wandte sich der Prinz um. Ein Krieger ließ sich nicht so leicht überlisten und die Sinne des Königssohnes schienen ausgezeichnet zu funktionieren.

»Kyrian!« Dante wirkte erschrocken, ihn zu sehen, doch er zog sein Schwert nicht. Das einzige Hindernis zwischen ihnen waren ein großer Tisch und ein paar Stühle, aber die würden Kyr nicht aufhalten, seine Messer zu zücken. Wenn er wollte, könnte er Dante mit einem Wurf der scharfen Klingen töten, nur musste er zuvor wissen, wo er Jenna hingebracht hatte und wo Myra steckte. Kyrian würde die Wahrheit aus dem miesen Verräter foltern, wenn es sein musste. Mit bloßen Händen. »Wo sind sie?«, fragte er gefährlich leise, wobei er versuchte, seinen Zorn zu unterdrücken. Der würde ihn nur zusätzlich schwächen.

»Lass mich alles erklären und du wirst verstehen.«

»Ich will nur wissen, wo Jenna und Myra sind«, sagte Kyrian. »Dann lass ich dich vielleicht am Leben.«

Dantes Schwerthand legte sich auf den Griff seiner Klinge. »Es war nie meine Absicht, dass ihnen etwas passiert.«

Sämtliche Alarmglocken begannen in ihm zu schrillen. »Was hast du getan?« Brüllend sprang Kyrian über den Tisch und stürzte sich auf Dante, noch bevor er das Schwert ziehen konnte, und begrub ihn unter sich.

»Hör mir zu!« Dante rammte ihm den Kopf ins Gesicht und traf seine Nase, sodass es Kyrian durch den scharfen Schmerz kurz schwarz vor Augen wurde. Doch von einer gebrochenen Nase ließ er sich nicht aufhalten und nagelte seinen Feind weiterhin fest.

Aber Dante war ein Krieger, ein würdiger Gegner und ein hervorragender Kämpfer, genau wie er, ausgebildet von des Königs besten Soldaten – und Kyr verließen langsam die Kräfte.

»Du hast mir nicht nur meine Schwester, sondern auch Jenna genommen!« Wütend fauchte Kyrian ihn an, da er seine Fänge am liebsten sofort in Dantes Kehle rammen wollte. »Du bist genau wie dein Vater!«

»Du hast keine Ahnung!« Ein harter Faustschlag traf ihn an der Schläfe, weitere trommelten auf seine Nieren. Dante schaffte es, sich mit ihm herumzurollen und Kyrian unter sich zu bringen. »Hör mir zu! Ich habe Jenna nur geholt, weil ich mir Sorgen um Myra und das Baby mache. Ich wollte sie sofort zurückbringen, aber alles lief schief.«

Sämtliche Kraft wich auf einmal aus Kyrs Muskeln. »Welches Baby?«

»Myras und mein Baby!«

Plötzlich sah er rot. »Du Schwein! Was hast du ihr angetan?« Mit einem Aufschrei warf er Dante von sich, sodass dieser gegen die Wand neben dem Fenster knallte. Als sich Kyr auf ihn warf, rammte ihn der Königssohn die Füße in den Unterleib und zog sein Schwert, während er auf die Beine kam.

Kyrian landete auf dem Tisch, der krachend zerbarst.

Auch wenn Dante nie das harte Training erlebt hatte, wie es Kyrian kannte, schlug sich der Bastard ausgezeichnet, das musste er zugeben.

Schwer atmend blieb Kyrian in den Holztrümmern liegen, um sich ein wenig auszuruhen. Als sich Dante auf ihn stürzte, packte Kyr ihn an den Ärmeln, nutzte die Wucht des Angriffs und rollte sich mit ihm herum, um ihn abermals unter sich zu bringen, doch nur kurz. Hätte Kyrian seine gewohnte Kraft zurück, hätte der Mistkerl keine Chance gegen ihn. Sie rollten über den Boden, rangen miteinander und schlugen weiterhin mit den Fäusten aufeinander ein.

Obwohl Kyr es schaffte, Dante erneut unter sich festzunageln, drückte der Königssohn das Schwert gegen seine Kehle. Längst hatte Kyrian seinerseits ein Messer gezückt und presste es Dante an den Hals. Seine Hand zitterte, er war völlig am Ende.

»Wenn du mich tötest, sind die beiden verloren«, zischte Dante.

Plötzlich stürzten zwei Wachen in den Raum. Es waren Pyra, einer von Dantes engsten Vertrauten, und dessen Vater, der auf der Seite des Königs stand. Beide trugen ihre volle Ausrüstung und Lederharnische. Pyra sah richtig wild aus, fast wie ein Irokese: das schwarze

Haar auf dem Kopf zusammengebunden, die Seiten des Schädels rasiert. Seine Augen blitzten. Sofort spannte er den Kurzbogen und zielte auf Kyrian. »Ein Wort von dir, Dante, und ich schieße ihm einen Pfeil in den Kopf.«

»Vorher ist er tot«, knurrte Kyrian, wobei er das Messer so fest an Dantes Hals drückte, dass dem ein Rinnsal Blut in den Nacken lief. Sollte er hier und jetzt sterben, würde er zumindest Dante mit in die ewige Finsternis nehmen.

»Raus mit euch!«, befahl Dante zu seiner Überraschung. »Das ist eine Sache zwischen ihm und mir!«

Das Prinzlein hatte tatsächlich Mumm.

»Wir haben Befehl vom König, ihn gefangen zu nehmen«, sagte Pyras Vater, ein hagerer Soldat mit ergrautem Haar, das gezückte Schwert in der Hand. Beide Männer blieben jedoch in ausreichend Abstand stehen.

Dante kniff die Lider zusammen. »Ich kenne die Befehle, verdammt, aber ich habe alles im Griff.«

Der Vater eilte bereits hinaus, während Pyra nicht von der Stelle wich, den Pfeil weiterhin auf Kyrian gerichtet. »Was wird hier gespielt?«

»Vertrau mir, Pyra«, sagte Dante nachdrücklich. »Bitte warte vor der Tür. Ich erkläre dir alles später.«

»Falls es ein Später gibt«, grollte Kyr.

Dante schnaubte. »Danke, dass du es mir so einfach machst, Kyrian.«

»Wenn er dich tötet, bringe ich dich danach noch mal um«, rief Pyra erzürnt und verschwand.

Als sie wieder allein waren, zischte Dante: »Ich will dir nichts tun«, das Schwert immer noch an Kyrs Hals.

»Nenn mir einen Grund, dich nicht zu töten.«

»Ohne mich ist Myra verloren. Vater hat sie ins Verlies gebracht. Was er mit Jenna vorhat, weiß ich noch nicht, aber es ist bestimmt nichts, was ihr oder dir gefallen wird.«

Mühsam beherrschte sich Kyrian, das Messer nicht noch tiefer in Dantes Hals zu treiben. Auch dessen Schwert hatte bereits seine Haut geritzt, was Kyrian in seiner Wut kaum mitbekommen hatte. Warmes Blut lief über seinen Oberkörper.

»Jetzt hör dir endlich meinen Vorschlag an, denn Vater wird gleich mit seinen Männern hier sein, und in deinem Zustand hast du nicht den Hauch einer Chance gegen sie.«

Frustriert knurrte Kyrian auf. Verdammt, Dante hatte recht. Ihm blieb nichts anderes übrig, als ihn anzuhören. Danach konnte er ihn immer noch töten.

Kapitel 29 - Zurück

Als Nicolas Jamies und Ashs ehemalige Unterkunft durch ein Portal erreichte, fand er außer einem Haufen Lebensmittel niemanden vor.

»Verflucht!« Wo waren sie? Hatte Zorell ihnen etwas angetan?

Plötzlich hörte er, wie sich jemand näherte. Es waren mindestens zwei große, schwere Gestalten und eine leichte auf mehreren Beinen. Außerdem vernahm Nick ein Hecheln.

Räuber!

Sofort drehte Nicolas auf dem Absatz um und lief ihnen entgegen. Vincents Hund sprang um ihn herum, während Akilah und Dominic ihn schnell aufklärten.

Jamie lebte und Noir war nichts passiert.

Erleichtert befahl er Räuber, ihnen den Weg zu zeigen. Sie hetzten die dunklen Gänge entlang, in denen sie als Gargoyles ausgezeichnet sehen konnten, auch, weil sie immer wieder an brennenden Fackeln vorbeikamen.

»Der Kopf ist draußen!«, rief Magnus gerade, als Nicolas die durchlässige Wand durchschritt.

Jamie lag reglos auf dem Sand, sah jedoch unverletzt aus, daher wandte sich Nicolas sofort an seinen Klanführer. »Vincent!«

»Ein Portal zur Klinik! Das Baby kommt!« Vincent wirkte aufgebracht wie nie. Seine weit aufgerissen Augen funkelten wild, sein Gesicht war verschwitzt und übersät mit roten Flecken. Er stützte Noir, die sich stöhnend im Bett aufbäumte.

Nick sprintete zur nächsten Felswand und malte hastig einen großen Kreis, während Magnus und Dominic das Bett samt Noir auf das Portal zuschoben, was wegen des Sandes kein leichtes Unterfangen war. Noir hingegen krümmte sich ununterbrochen zusammen und stöhnte.

Als sie auf der anderen Seite, auf dem Klinikdach, Kara und Ash erblickten, rief Vincent: »Das Baby kommt!«

Die beiden Engel zogen das Bett Richtung Aufzug, wobei Magnus sein Handy zückte, um Dr. Fairchild Bescheid zu geben.

Nick lief zurück und nahm Akilah Jamie ab, den sie über der Schulter trug.

Sie erreichten gerade noch den großen Aufzug, bevor sich die Türen schlossen. Dann ging alles ganz schnell und Nick sah nur mit einem Auge hin, als Noir das glitschige und blutbefleckte Bündel unter einem letzten Aufschrei herauspresste, direkt in Magnus' Hände, und er es auf ihre Brust legte.

Kara stand dicht neben dem Bett und fasste sich … in den Bauch. Als wäre die Haut eine durchlässige Membran. Daraus zog sie eine goldleuchtende Kugel, die auf ihrer Handfläche schwebte. Die Seele!

Nick wusste, dass das normalerweise niemand zu sehen bekam, denn die Engel verrichteten ihre Arbeit unsichtbar, bloß es blieb keine Zeit mehr und Kara kannte hier ohnehin jeder.

Zu ihrer aller Entsetzen waberten aus der Kugel leuchtende Fetzen in Jamies Richtung, während Kara dem Neugeborenen die Seele einhauchte.

Nick hielt den Kleinen an sich gedrückt wie ein Kind, aber selbst im betäubten Zustand versuchte Zorell, die Seele einzusaugen.

Winzige Stückchen rissen von der goldenen Kugel ab und drangen in Jamies Nase, doch der Großteil verschwand im Säugling, der daraufhin sofort zu schreien anfing.

»Ist er okay?«, fragte Noir unter Tränen, die ihren kleinen Jungen immer noch behutsam an sich gedrückt hielt.

Kara nickte lächelnd. »Alles okay, er hat seine Seele und ist gesund und munter. Jetzt könnt ihr die Nabelschnur durchtrennen.« Sie küsste Vincent auf die Wange, aber er kniete einfach nur auf dem Bett und starrte auf sein Kind, wobei Noir abwechselnd beide anlächelte. »Herzlichen Glückwunsch, ihr beiden.«

Als sich die Aufzugtür öffnete, stand dort bereits Dr. Fairchild und dirigierte alle in das nächste Zimmer, wo er sich sofort um Noir und das Baby kümmerte. Ihn begleiteten jedoch nur Vincent und Kara, die anderen blieben im Gang stehen. Sie hörten Noir rufen: »Wo ist denn Jenna?«, und Nick wollte jetzt nicht in der Haut desjenigen stecken, der ihr eine Antwort darauf geben musste.

»Was wird mit ihm?«, fragte Nicolas Magnus und die anderen und blickte auf den reglosen Jamie in seinen Armen. Sosehr er sich für Vincent und Noir freute – für ihn zählte im Moment nur Jamie.

Ash trat zu ihm. »Bringen wir ihn in ein Isolationszimmer. Dr. Fairchild hat mir vorhin erzählt, eine Etage tiefer gibt es einen speziellen Bereich für Dämonen. Da wird er wohl am besten aufgehoben sein.«

Akilah und Dominic teilten sich auf. Akilah hielt auf dem Dach der Klinik Wache, falls Kyrian mit Jenna zurückkam, während Dominic in ihrem Zuhause wartete. In all der Aufregung um Noir behielt Magnus den kühlsten Kopf und regelte alles, wofür Nick ihm unendlich dankbar war.

Fünf Minuten später befand er sich mit Magnus und Ash in einem separaten Zimmer auf einer anderen Etage und betrachtete Jamie, der dort ans Bett gefesselt lag.

»Ich nehme den Zauber von ihm. Hören wir mal, was der Bastard uns zu erzählen hat«, sagte Magnus und wirkte seine Magie.

Sofort fing Zorell an zu toben und spuckte um sich, doch die Fesseln hielten ihn sicher. Dieses Mal waren es solche, die sich mit einem einfachen Spruch auch nicht so leicht öffnen ließen.

»Ich glaube, das wird nichts. Wir müssen mit Jamie reden.« Nick tat das Einzige, was half, um seinen Liebsten zurückzuholen: Er packte ihn an den Haaren, damit Zorell ihm nicht ins Gesicht biss, und küsste ihn. Wenige Sekunden später zog sich der Dämon zurück, der Körper erschlaffte.

»Jamie?«, flüsterte Nick an dessen Lippen.

Obwohl seine Augen bis auf die verheilenden Blutergüsse normal aussahen, blieb sein Blick leer.

Sanft rüttelte Nick ihn an den Schultern. »Du bist in Sicherheit. Noir und dem Baby geht es gut.«

Nichts passierte. Apathisch sah der Kleine durch ihn hindurch, als würde er ihn nicht wahrnehmen. Ein ungutes Gefühl machte sich in Nicks Magen breit. »Verdammt, er ist nicht da!«

Magnus trat zu ihm, besah sich Jamie genauer und testete mit einer Taschenlampe seinen Pupillenreflex.

»Zorell hat Noir erzählt, Jamie käme nie wieder zurück«, erklärte Ash und wirkte fast so verzweifelt wie Nick. »Das konnten wir aus Ben herausbekommen.«

Nick hatte keine Ahnung, wen Ash mit »wir« meinte und es war ihm im Moment egal, denn glühende Wut fraß sich durch seine Eingeweide. »Was hat der Wichser mit ihm gemacht?« Erneut fasste er an Jamies Kopf, nur sanfter diesmal, und presste seine Stirn daran. »Ich geh nachsehen.« Sofort befand er sich in Jamies Gedankenwelt, an seinem Rückzugsort. Nick stand diesmal vor der Kinderzimmertür im Haus der ehemaligen Familie LeMar und hörte Zorell eine Etage tiefer fluchen und schreien. Am liebsten wollte Nick nach unten stürmen, um diesen Widerling umzubringen. Aber er musste erst wissen, was mit Jamie war. Außerdem brauchte Jamie dieses Arschloch, ohne das er nicht existieren konnte.

Nicolas wurde so richtig bewusst, wie furchtbar es für den Kleinen sein musste, mit diesem Monster in dem imaginären Haus eingesperrt zu sein.

Leise öffnete er die Zimmertür, an der am Griff ein Schild mit der Aufschrift »Bitte nicht stören« hing, und schloss sie genauso vorsichtig hinter sich, damit der Zash seine Anwesenheit nicht bemerkte.

Normalerweise fand Nick den Kleinen friedlich schlafend in seinem Bett vor, doch heute wand sich Jamie gefesselt darin. Von Kopf bis Fuß war die jugendliche Ausgabe seines Liebsten mit Paketschnur eingewickelt.

»Jamie!« Er war sofort bei ihm und durchschnitt mit einer Kralle das dünne Seil, das sich an einigen Stellen tief in die Haut gedrückt hatte. Dann setzte er sich auf das Bett und zog Jamie an sich.

»Nick!« Zitternd presste sich der Junge an ihn. »Was machst du hier? Wie kannst du bei mir sein? Ist das auch kein Traum?« Tränen liefen über sein makelloses Gesicht.

»Kein Traum.« Sanft streichelte Nicolas über das kurze braune Haar. »Ich komme, um dich zu retten.«

»Wie willst du das denn anstellen?«

»Wirst schon sehen.« Zorell hatte ihm die Lösung eben eigenhändig präsentiert.

»Und Noir?«

»Ist in Sicherheit. Das Baby auch, beiden geht es gut.«

»Ben?«

Nick las Furcht und Verzweiflung in den grünen Augen.

»Ash hat sich sofort um ihn gekümmert. Er kommt durch.«

»Gott sei Dank!« Neue Tränen perlten über Jamies Wangen. »Ich bin so froh, dass du hier bist.«

Jamie streifte mit den Lippen seinen Mund, doch Nick drehte den Kopf weg. Er konnte kein Kind küssen. Obwohl das sein Jamie war, fühlte es sich falsch an. »Was ist passiert?«

Jamie holte tief Luft und richtete sich auf. »Zorell kam in mein Zimmer. Das hat er bisher noch nie betreten. Hier ist meine einzige Rückzugsmöglichkeit und das hat er bis jetzt immer akzeptiert. Aber heute …« Er schluchzte auf und schmiegte sich wieder an Nick. »Es war so schrecklich. Ich hatte solche Angst.«

Beruhigend streichelte Nick ihm über den zitternden Rücken, doch in seinem Inneren fegte ein Hurrikan. »Ich werde es diesem Mistkerl heimzahlen, ihn mit seinen eigenen Waffen schlagen.«

»Du hast keine Chance gegen ihn. Er ist riesig und widerlich.«

»Er ist nur ein kleines, hageres Männlein.« Zorell erinnerte ihn immer noch an Gollum aus dem Film Herr der Ringe.

»Nein! Er ist eine riesige Spinne mit giftigen Klauen. Du siehst ja, dass er mich in seinen Faden gewickelt hat.«

Eine Spinne? »Das war nur Paketband.«

Jamie schüttelte den Kopf. In seinen Gedanken war er anscheinend immer dreizehn geblieben, ein verängstigter Junge, der viel Übel erlebt hatte, und eben sah er aus, als würde er tausend Tode sterben. »Riesig. Ekelhaft!«

»Aber ich habe Zorell doch gesehen, er ist nur ein Wicht.«

Jamie krallte die Finger in seine nackten Oberarme. »Wo und wann?«

»Ich war schon öfter in deinem Kopf.«

»Was?« Für einen Moment blieb sein Mund offen stehen. »Warum hast du dich nie gezeigt?«

»Weil Zorell nicht wissen sollte, dass ich das kann. Jetzt wird sich das auszahlen. Lass uns den Bastard ordentlich in den Arsch treten.«

Vehement schüttelte Jamie den Kopf. »Ich bleibe hier.«

»Komm, sieh dir diesen Loser an.« Nick fasste ihn an der Hand und zog ihn vom Bett. »Er ist wirklich nur ein Zwerg.«

»Für mich ist er eine gigantische Spinne, so groß, dass er den halben Raum ausfüllt. Ich habe mich daher nie aus meinem Zimmer getraut.«

»Er muss dir diese Illusion vorgegaukelt haben.« Erneut wurde Nicolas bewusst, welche Ängste der Kleine stets ausgestanden hatte. Kein Wunder, dass er sich hatte umbringen wollen. Hätte Nick doch schon früher für ihn da sein können! »Er kann dir nichts tun. Ich bin hier und beschütze dich. Vertrau mir.«

Entschlossen nickte er. »Ich vertraue dir.«

Gemeinsam schlichen sie zur Zimmertür hinaus in den vermüllten Flur und hörten Zorell im Untergeschoss schimpfen. Sofort packte Jamie ihn am Arm, aber er folgte Nick. Er freute sich über das Vertrauen und hoffte inständig, dass sein Plan wirklich funktionierte. Jamie sollte endlich ein einfacheres Leben führen dürfen. Er hatte genug gelitten.

Unten angekommen, spähte Nick ins Wohnzimmer. Wie so oft saß Zorell vor dem Fernseher, doch diesmal schaute er sich keine Videos an, sondern konnte durch das Gerät sehen, was gerade im Krankenzimmer passierte. Nick hörte Ash mit Magnus reden, erkannte aber ihre Gesichter nicht, nur ein verschwommenes Bild, weil sich Nick über Jamies Kopf beugte. Der verdammte Zash hatte also einen Weg gefunden, alles heimlich zu beobachten. Verdammt, ob er wusste, dass sich Nick eingeschlichen hatte? Noch schien er nichts bemerkt zu haben, denn er konzentrierte sich nicht auf den Bildschirm, sondern riss fluchend die Magnetbänder aus den Kassetten.

Kurz drehte sich Nick zu Jamie um. Seine Augen waren vor Schreck weit aufgerissen, er bebte am ganzen Körper und formte mit den Lippen das Wort »Spinne.«

Nicolas schüttelte den Kopf. Für ihn sah Zorell aus wie immer: klein, grau, hässlich – ja – aber kein bisschen Furcht einflößend. Bekleidet war er mit einer dunkelblauen Boxershorts, die vielleicht einmal Jamie gehört haben mochte.

Jetzt oder nie, dachte sich Nick, stürzte ins Wohnzimmer und riss den Zash von der Couch. Das zierliche Männlein blieb unter ihm liegen, die Augen weit aufgerissen, wobei ihm Nick sämtliche Luft aus den Lungen presste.

Zorells Gesicht verdüsterte sich, als er ihn erkannte. »Du!«, spie er ihm entgegen und versuchte, sich aus Nicks Griff zu winden. Der Wicht war erstaunlich stark für seine Größe und Nick musste sich anstrengen, den Körper auf dem Boden zu halten.

»Jamie!«, rief er, »bring mir was, womit ich diesen Mistkerl fesseln kann.«

Wie erstarrt stand der Junge an der Tür und zwinkerte. Konnte er Zorells wahre Gestalt sehen?

»Jamie!«, brüllte Nick, als er sich nicht bewegte. »Ich brauche ein Seil!«

Jamie zuckte zusammen und setzte sich endlich in Bewegung. Hastig sah er sich um und nahm schließlich ein altes Telefon mit Wählscheibe an sich. Es besaß ein langes Kabel. Jamie riss es aus dem Gerät und der Wand und brachte es Nick.

Hastig wickelte er damit den Zash ein. Überraschenderweise eilte ihm Jamie erneut zu Hilfe, eine Rolle Klebeband in der Hand, mit der er Zorells Handgelenke sowie seine Füße zusätzlich umwickelte. »Du hast recht«, sagte er schwer atmend, »er ist nur ein schmächtiges Männlein.« Dann stopfte er ihm einen Socken in den Mund, den er am Fuß getragen hatte, und fixierte diesen, indem er das Klebeband um Zorells Kopf wickelte. »Das wollte ich schon ewig tun.«

Je mehr sie Zorell verschnürten, desto älter schien Jamie zu werden. Es ging eine deutliche Verwandlung mit ihm vor. Aus dem Jungen wurde der Mann, den er kannte.

Nick atmete auf. »Wir müssen ihn irgendwo einsperren.«

»In den Keller!«, befahl Jamie, nun kein bisschen verängstigt. »Dort gibt es eine große Kiste.«

Nick schulterte das sich windende Paket und folgte Jamie weitere Stufen hinunter in einen düsteren, fensterlosen Raum. Nur eine alte Glühbirne erhellte den völlig zugestellten Bereich. Alles, was sich im Laufe eines Lebens ansammelte, fand er hier vor: alte Möbel, Kartons, Fahrräder, Ski, Kinderspielsachen, Säcke, in denen wahrscheinlich Kleidung verschnürt war … und an einer Wand stand eine große Holztruhe. Jamie war bereits dabei, sie auszuräumen und warf den Inhalt achtlos auf den Boden. Es handelte sich um Zeitschriften, irgendein Magier-Magazin, wie Nick auf die Schnelle erkannte.

Als Jamie ihn herbeiwinkte, warf er den Zash in die Truhe. Hastig schloss Jamie den Deckel und setzte sich drauf. »Dort an dem Fahrrad ist ein altes Schloss.« Er deutete auf ein Kinderrad. »Der Schlüssel steckt, das können wir hernehmen.«

Nick machte es ab und befestigte es an der Truhe. Nun konnte Zorell sich nicht daraus befreien, falls er es überhaupt schaffte, in der Enge seine Fesseln loszuwerden.

Sie hörten gedämpfte Laute und Schläge gegen das Holz, doch Nick ignorierte das und zog Jamie mit sich.

Über die Schulter blickte der Kleine auf die wackelnde Kiste. »Er wird mich umbringen, falls er es schafft, aus seinem Gefängnis auszubrechen.«

»Keine Angst, ohne dich ist er ein Nichts. Außerdem werde ich jeden Tag nach dem Bastard sehen.« Nick würde ihn fortan nie wieder aus den Augen lassen.

Nachdem die Kellertür im Schloss eingerastet war, fiel ihm Jamie um den Hals und küsste ihn stürmisch.

Diesmal ließ Nick es zu und erwiderte die Zärtlichkeiten nur zu gern.

Als er die Augen aufschlug und sich zurück im Krankenzimmer befand, lag er halb auf seinem Liebsten, und ihre Lippen waren auch im wahren Leben miteinander verbunden.

Rasch setzte sich Nick auf, immerhin hatten sie Zuschauer, während Jamie ihn anlächelte. »Danke, mein Retter.«

Magnus und Ash starrten sie entgeistert an.

»Es ist alles okay«, erklärte Nicolas grinsend. »Ihr könnt Jamie losmachen. Zorell ist ausgeschaltet. Wir sind vor ihm sicher.«

Natürlich musste er erst die ganze Geschichte erzählen, aber dann löste Magnus die magischen Fesseln ohne zu zögern.

»Onkel Magnus!« Jamie umarmte ihn lächelnd und erntete kumpelhafte Klopfer auf den Rücken. Anschließend wandte er sich an Ash. »Du hast bestimmt ’ne Menge Ärger bekommen.«

»Ja, vor allem von mir«, knurrte Nick, doch er meinte es nicht mehr böse. Die Freude, dass er seinen Jamie zurück hatte und alles gut ausgegangen war, überwog.

Kapitel 30 - Gefangen

König Lothaire zerrte Jenna durch die düstere Burg. Jeder Winkel, jede Passage sah gleich aus. Wo steckte Dante? Wieso half er ihr nicht? Sie fühlte sich machtlos wie nie und zitterte wie Espenlaub. Was hatte der Herrscher – ihr Vater! – nur mit ihr vor?

König Lothaire, mächtigster Mann im Reich der Dunkelelfen, war ihr Erzeuger. Das wollte nicht in ihren Kopf. Dantes Warnung kam ihr ständig in den Sinn: Kommt nie ins Dunkle Land.

Hätte sie nur darauf gehört, selbst, als er sie um Hilfe gebeten hatte! Aber dann hätte Myra mittlerweile ihr Kind verloren.

Sie war Ärztin – Leben zu retten musste über allem anderen stehen. Nur war das im Moment kein Trost.

»Mein König!« Als ihnen eine grauhaarige Wache aufgeregt entgegeneilte, zuckte Jenna zusammen.

Der Mann verbeugte sich hastig und sagte außer Atem: »Euer Sohn kämpft gegen den Verräter, auf den Ihr wartet.«

»Kyrian«, knurrte Lothaire und sein Griff um Jennas Handgelenk zog sich schmerzhaft zu.

Als Jenna Kyrians Namen hörte und der Soldat nickte, klopfte ihr Puls noch wilder. Hatte Kyrian fliehen können oder hatte der Rat ihn entlassen, um sie zurückzuholen? Doch wieso kämpfte er gegen Dante?

»Warum habt Ihr den Prinzen nicht unterstützt, Soldat?«, fragte Lothaire.

»Mein Sohn Pyra ist bei ihm, aber er wollte keine Hilfe.«

»Wo sind sie?«

»Im Turm Eures Sohnes.«

»Nehmt die Gefangene und folgt mir!« König Lothaire schubste Jenna in die Arme des Soldaten und eilte voran durch die Burg. Die Wache brauchte sie nicht hinter sich herzuschleifen, denn Jenna rannte so schnell sie konnte. Sie wollte zu Kyrian, musste wissen, warum er gegen ihren Bruder kämpfte.

Sie liefen durch weitere Gänge und sprinteten Treppen nach oben, immer höher, bis der König plötzlich zu einer Tür kam, vor der ein wild aussehender Krieger mit Irokesenfrisur stand.

Der Elf machte sofort Platz, und Lothaire stieß die Tür auf, zog sein Schwert und teilte damit einen Teppich, der nun den Blick auf den dahinterliegenden Raum freigab.

Jenna erschrak: Ihr Bruder hatte Kyrian in seine Gewalt gebracht. Er lag unter Dante, der auf seiner Brust saß und ihm das Schwert an die Kehle hielt.

Kyrian hingegen schien seinem Tod furchtlos ins Auge zu schauen. Er wirkte kühl und gefasst. Sein Blick streifte kurz den ihren und sie glaubte, ein kurzes Aufblitzen in seinen Pupillen zu erkennen, doch dann wirkte er genauso gefasst wie zuvor.

Wollte er damit andeuten, dass niemand erfahren sollte, welche Gefühle sie füreinander hegten? Dieses Wissen ließ sich zu leicht missbrauchen.

»Worauf wartest du noch?«, fragte Lothaire.

Dante lächelte listig. »Es würde mir keine Freude bereiten, diesem Verräter mit einem winzigen Schnitt das Leben zu nehmen. Er soll einen fairen Kampf bekommen. Ich will ihn leiden sehen. Gebt mir ein Schwert für ihn!«

Dante, was tust du da? Jenna wurde es schwarz vor Augen.

Vertraue uns, wir haben einen Plan, schickte er zurück.

Deshalb wirkte Kyrian so gefasst. Beinahe war sie erleichtert.

»Das ist mein Sohn!«, rief Lothaire mit stolzgeschwellter Brust und winkte dem grauhaarigen Krieger. »Dein Schwert!«

Der Soldat warf es Dante zu, der es geschickt mit der linken Hand auffing, doch er blieb noch auf Kyrian sitzen, denn der fragte den König: »Was willst du von Jenna?«

»Meine Tochter heißt Indira, Verräter«, spie der König ihm entgegen.

»Deine … Tochter?« Kyrians Gelassenheit verschwand schlagartig und Jennas Magen verkrampfte sich. Kyr wirkte regelrecht entsetzt.

Lothaire grunzte. »Ach, das hast du wohl nicht herausgefunden, Meisterspion?«

»Stimmt das?«, fragte Kyrian, wobei er Jenna beinahe gequält ansah.

Mechanisch nickte sie. Himmel, ihr Erzeuger – Vater wollte sie ihn nicht nennen – war für alles Übel verantwortlich, das Kyrian widerfahren war. Würde er sie dafür hassen?

Jenna sah, wie Kyr hart schluckte, und sich erneut an Lothaire wandte. »Ich sollte deine Tochter nur suchen, damit du sie für deine Zwecke, wie auch immer sie geartet sein mögen, missbrauchen kannst?«

»Was heißt missbrauchen«, erwiderte Lothaire. »Sie könnte meine Eintrittskarte ins Reich der Lichtelfen sein, und davon würde selbst Indira profitieren. Endlich sind wir wieder eine Familie. Wenn wir unsere Mächte bündeln, werden wir stärker als alle anderen sein.«

Oh mein Gott! Wenn er herausfand, dass sie nichts besonders gut konnte außer Wunden heilen … Was würde er dann mit ihr tun?

»Warum hast du deine Pläne nie mit Dante umgesetzt?«, wollte Kyrian wissen. »In ihm fließt doch auch Islas Blut.«

»Nicht genug«, grollte Lothaire. »Isla hat früh gespürt, dass zu wenig Licht in ihm ist, und das hat sich ja nun bestätigt. Er schlägt eher nach mir.« Er lachte hämisch. »Daher ließ sie ihn wohl auch zurück.«

Jenna spürte Dantes Enttäuschung, als wäre es ihre eigene. Wie Säure brannte sie in ihrer Brust. Doch äußerlich ließ sich ihr Bruder nichts anmerken.

Langsam stand er auf und reichte Kyrian das zweite Schwert. Kyrs Blick glitt kurz zum König, bevor er aufsprang und mit der Waffe ausholte. Jenna hielt die Luft an, als das Metall klirrend aufeinanderkrachte.

Die beiden kämpften verbittert, zumindest sah es so aus, und hieben ununterbrochen aufeinander ein. Kyrian konnte einem Schwertstoß gerade noch ausweichen, aber die Spitze der Schneide ritzte seine Brust.

Jenna war zu aufgeregt, um etwas von Dante zu empfangen, falls er ihr überhaupt etwas mitteilte. Der Kampf wirkte verdammt echt. Ihr Vertrauen in Dante wankte, weshalb sie trotz Ablenkung versuchte, sich in seine Lage zu versetzen. Wie musste er sich nun fühlen, seit er wusste, dass die eigene Mutter ihn zurückgelassen hatte? Ob ihn das wütend machte?

Plötzlich verharrten die Klingen über ihren Köpfen, und Dante drängte Kyrian nach hinten, zum geöffneten Fenster hin, bevor erneut Metall auf Metall krachte.

»Zeig's dem Bastard!«, rief Lothaire und feuerte Dante ununterbrochen an, Kyrian den Kopf abzuschlagen.

Plötzlich saß Kyr halb auf dem Sims, während er sich verbissen verteidigte, doch Dante war so verdammt stark und Kyrian offensichtlich immer noch zu geschwächt wegen der magischen Kristalle. Kyrians Schwert flog aus der Hand und Dante drückte ihm die Klinge an den Hals.

»Hört auf!«, rief Jenna. Sie konnte das nicht länger mit ansehen.

Nach einem letzten Blick auf Jenna stürzte Kyrian rückwärts aus dem Fenster.

»Nein!« Sie wollte sich aus dem Griff der Wache befreien, doch die hielt sie eisern fest. Wieso hatte er das getan? »Er hat sich transloziert, nicht wahr?«, fragte Jenna möglichst ruhig, obwohl ihre Kehle wie zugeschnürt war und sie gegen ihre Tränen ankämpfte.

Dass er aus dem Fenster springt, gehörte nicht zu unserem Plan. Dante, der etwas bleich um die Nase war, schüttelte den Kopf, wirkte aber gefasst. »Das funktioniert hier nicht.« *Ich habe nicht damit gerechnet, wirklich. Ich glaube, er vertraute mir nicht.*

Kyrian war ein Krieger, einer der besten. Er würde niemals aufgeben. Auch wenn er geschwächt war, würde ihn ein Sturz aus einem Turm – einem verdammt hohen Turm – doch nichts ausmachen?

Schon, denn das konnte keiner überleben.

Dante beugte sich über den Sims.

»Siehst du ihn?«, fragte Jenna.

Ihr Bruder schüttelte den Kopf. »Der Turm ist zu hoch, die Nacht zu dunkel.«

»Gut gemacht, mein Sohn!« Lothaire klopfte ihm auf den Rücken und wandte sich zufrieden lächelnd an Jenna. »Sieh an, meine Tochter hat ein Faible für meinen Ex-Spion?«

»Nein ... ich ... bin nur überrascht, dass ... er war sonst so stark.«

»Er hat gekämpft wie ein Bolg.« Lothaire lachte vergnügt. »Wirklich gut gemacht, mein Sohn.«

Sie spürte Dantes Stolz und fühlte sich zugleich ängstlich wie nie zuvor. Kyrian, ihre einzige Hoffnung auf Rettung – tot? Sie musste sich mit eigenen Augen davon überzeugen, doch ihre Beine waren wie gelähmt. Außerdem hielt die Wache sie unerbittlich fest.

»Ich will seine Leiche!« Lothaire schickte die beiden Soldaten weg, sodass sie nur noch zu dritt im Turm waren, und der Krieger lies Jenna los.

Sie rieb sich über den Arm und starrte ununterbrochen auf das Fenster. Dante stand daneben, und Jenna empfing nichts von ihm, in seinem Kopf schien Chaos zu herrschen, genau wie in ihrem.

Dennoch bemerkte sie die Bewegung am Fenster. Sie zwinkerte. Vier Finger klammerten sich an den Sims, deren Krallen sich in den Stein bohrten. Dann vier weitere auf der anderen Seite.

Ihr Herzschlag geriet ins Stolpern.

»Was hast du?«, fragte Dante, und im selben Moment sprang Kyrian ins Zimmer. Die Schwingen von sich gespreizt und die Fänge gefletscht, stürzte er sich mit gezückten Messern auf den König.

Lothaire reagierte sofort und zog sein Schwert, noch bevor Kyr ihn erreicht hatte.

Er lebte! Kyr musste während des Sturzes seine Schwingen entfaltet haben und war die Mauer hochgeklettert. Jenna war niemals glücklicher gewesen, ihn zu sehen.

Endlich hörte sie auch wieder Dante in ihrem Kopf: *Anscheinend wollte er die Anzahl der Wachen dezimieren. Aber er ist trotzdem zu schwach, er wird gegen Vater keine Chance haben. Was ist mit ihm geschehen?*

Magische Steine, erwiderte Jenna bloß, weil sie Kyrian erneut dem Tod ausgeliefert sah. Er versuchte, den Schwerthieben auszuweichen und die Messer auf Lothaire zu schleudern, doch der König bewegte sich für sein Alter erstaunlich schnell. Eine Klinge streifte lediglich seinen Arm, eine andere prallte am Harnisch ab.

Die zwei vollführten eine Art Tanz, dem Jenna mit den Augen kaum folgen konnte. Mal zischten die beiden hierhin, mal dorthin, als wären sie Schatten.

Als Kyrian am Boden zu liegen kam, erkannte Jenna mit Schrecken, dass Lothaire ihn schwer verletzt hatte. Ein Schwertschlag hatte die Schulter getroffen, er blutete stark und bewegte seinen Arm nicht mehr.

Dante, bitte tu doch was!, flehte Jenna, als Lothaire Kyrian die Schwertspitze in die Brust drückte, genau dort, wo sein Herz lag, und ihn so auf dem Boden festhielt.

Kyrian atmete schwer, Schweiß lief in Strömen über sein Gesicht und mischte sich mit dem Blut auf seiner Haut.

Dante lief zu ihnen. »Halt, Vater!«

»Möchtest du es zu Ende bringen, mein Sohn?«, knurrte er.

»Das wäre nicht klug, Vater. Kyrian hat bestimmt wertvolle Informationen für uns, wenn er mit den Magiern gemeinsame Sache gemacht hat.«

»Und? Hast du?« Lothaire trieb die Klinge tiefer ins Fleisch.

Kyrian zuckte nicht einmal, sondern knurrte nur bedrohlich, während seine Kiefer mahlten.

»Sag ihm doch etwas«, rief Jenna weinend. »Bitte!« Lothaire würde ihn noch umbringen, aber das würde sie nicht zulassen.

Plötzlich baute sich eine Energie in ihr auf, die sie sonst nur in ihren Händen spürte. Ihr Inneres erwärmte sich und strahlte nach außen ab, erhitzte ihre Wangen und Fingerspitzen. Ihr einziger Gedanke galt Kyrian, seiner Rettung und der Heilung seiner Wunden. Jenna ignorierte das Gefühl, von einer unsichtbaren Macht gehemmt zu werden, und legte all ihre geistige Kraft in den Wunsch, bis ihr Körper in ein goldenes Leuchten getaucht wurde. Sie fühlte sich wie eine Atombombe kurz vor der Explosion und bekam tatsächlich Angst vor sich selbst. Sie wusste nicht, was geschehen würde, wenn sie weitermachte, doch aufhören wollte sie nicht.

»Verflucht! Halte mein Schwert, Sohn!« Lothaire übergab Dante seine Klinge, damit er Kyrian weiterhin festhielt, und zog die Waffe seines Sohnes aus der Scheide. Damit stellte er sich neben Jenna, das Schwert an ihrer Kehle. »Hör auf damit!«

Sofort erlosch ihre Kraft und sie fühlte sich erschöpft.

Als sie das kühle Metall spürte, brüllte Kyr auf. »Lass sie aus dem Spiel!« Er versuchte aufzustehen, aber Dante drückte ihn mit dem Fuß zurück.

»Was war das?«, fragte ihr Bruder. *Wieso weiß ich nichts davon?*

Ich weiß selbst nicht, was ich getan habe, erwiderte sie.

»Lichtelfen sind so reine Wesen, dass sich ihre Magie nur schwer bannen lässt«, erklärte Lothaire. »Indira ist genau wie ihre Mutter, die musste ich auch immer in ihre Schranken weisen.« Er drückte die Klinge noch fester an ihren Hals. »Versuch das noch ein Mal, und du bist tot.«

»Dann werde ich dich töten und zwar so qualvoll, dass du dir wünschst, mir nie begegnet zu sein!«, rief Kyr.

»Sieh an, das Interesse beruht auf Gegenseitigkeit.« Lothaire drückte die Klinge weiterhin an ihren Hals, wobei er Kyrian nie aus den Augen ließ. »Sprich, Verräter!«

»Ich kenne eine geheime Passage nach Gwandoria«, stieß er hervor.

Jenna stockte der Atem.

»Du lügst!«, brüllte Lothaire, sodass ihre Ohren klingelten.

»Nein, Jenna und ich waren da.«

»Stimmt das?«

Jenna schluckte. Kyrian musste Bridlington meinen. Die Elfen dort, die ihm so zugesetzt hatten … Vorsichtig nickte sie. Auch wenn sie falsch lag, verschaffte ihnen das ein wenig Zeit.

»Gut, wenn sie weiß, wo der Durchgang ist, brauche ich dich nicht mehr«, grollte Lothaire. »Töte ihn, Dante!«

»Noch nicht, Vater. Sieh ihn dir an. Er kann sich in einen Gargoyle verwandeln, in eines der stärksten und mutigsten Wesen. Wir brauchen seinen Samen für das Projekt.«

»Dein kühler Verstand gefällt mir, Sohn!«

Erneut fühlte Jenna, wie Stolz und Befriedigung in Dante aufstiegen, weil er endlich die Anerkennung bekam, auf die er so viele Jahre verzichten musste.

Plötzlich stürmten die beiden Soldaten wieder in den Raum, doch sie überblickten die Situation sofort und fesselten auf Lothaires Befehl hin Kyrians Hände auf den Rücken.

Jenna blutete das Herz, ihren mutigen Krieger so wehrlos zu sehen.

»In den Kerker mit ihnen! Brattok wird wissen, wie die Informationen aus ihnen herauszuholen sind.« Lothaire lachte dreckig, als die Soldaten Kyrian abführten und er sich selbst ihrer annahm.

»Wo ist der zuvor gelobte Familienzusammenhalt geblieben?«, knurrte Kyrian, wofür er vom König einen Faustschlag ins Gesicht kassierte, sodass Blut spritzte.

»Der war für meinen getöteten Spion.«

Kyrian lächelte und zeigte seine blutigen Fänge. »Gern geschehen.«

Ein weiterer Schlag traf sein Gesicht. »Und der für deine Respektlosigkeit!«

Warum musste Kyr ihn auch noch reizen? »Hör auf!«, rief sie ihm zu, und zu ihrer Erleichterung hielt er den Mund.

Die Zeit, die sie die zahllosen Stufen hinabschritten, kam Jenna auf einmal sehr kurz vor, denn sie wusste: Was sie dort unten erwartete, würde schlimmer als die Hölle sein.

Kapitel 31 – Fast ein Happy End

Nachdem Dr. Fairchild Jamie noch einmal von Kopf bis Fuß durchgecheckt hatte, durfte er mit Nicolas die Klinik verlassen.

»Du kommst mit zu mir«, sagte Nick, als sie mit dem Fahrstuhl auf das Dach fuhren. »Ich habe von Vincent die Auflage bekommen, dich Tag und Nacht zu bewachen. Er stellt mich so lange von allen Pflichten frei.«

»Tag und Nacht klingt verlockend.« Jamie grinste ihn so süß an, dass er – ein Inkubus! – ganz weiche Knie bekam und es fast nicht geschafft hätte, ein Portal zu erzeugen.

Nick wollte jetzt nicht an Sex denken. Jamie hatte eine Menge durchgemacht, außerdem wusste Nicolas nicht, ob der Zash ihn nun regenerieren könnte, wo er eingesperrt war. Zorell konnte nicht ewig in der imaginären Truhe bleiben. Er brauchte schließlich Seelennahrung. Ihnen musste etwas anderes einfallen. Doch fürs Erste wollte er sich keine Gedanken über den Dämon machen, sondern nur genießen, dass sein Jamie wieder da war.

Auf dem Dach der Wohntrakte angekommen, marschierte Nick schnurstracks zu seinem Apartment und begann, sich und Jamie zu entkleiden.

»Du willst unsere Duschszene wiederholen?«, fragte der Kleine und zwinkerte ihm zu.

Als seine schlanke Gestalt zum Vorschein kam, schluckte Nick. »Nichts da, wir bleiben artig, solange wir nicht wissen, wie sich dein Körper nun verhält, wenn ich …« Er konnte es nicht aussprechen, geschweige denn darüber nachdenken, denn er wurde allein von Jamies Anblick hart.

»Vielleicht sollten wir uns filmen und Zorell das Video zeigen, in Endlosschleife«, sagte Jamie, schlüpfte aus der Boxershorts und verschwand im Badezimmer.

Nick folgte ihm, wobei er sich die Wildlederhose auszog und nun ebenfalls nackt war.

Mit lustvoll funkelnden Augen starrte der Kleine auf seine Erektion. Nick hatte nicht vergessen, was sie in der Dusche getrieben hatten. Am liebsten wollte er das tatsächlich wiederholen. »Manchmal frage ich mich, wer von uns beiden der sexgeile Dämon ist.« Er schloss die Glastür der geräumigen Kabine und stellte das Wasser an.

Schreiend wich Jamie zurück. »Das ist eiskalt!«

»Genau das, was wir brauchen.«

»Sorry, aber ich bin Warmduscher und stehe dazu.« Grinsend drehte sein Süßer am Regler, bis warmes Wasser auf sie prasselte.

Nick konnte Jamie nur anstarren, musste jedes Detail des wunderschönen Körpers in sich aufnehmen: der zarte Bartschatten, der ihm etwas Verwegenes gab, die harten Linien der Wangenknochen, der ausgeprägte Kehlkopf, die zarte Wölbung der Muskeln.

Wasser lief in feinen Rinnsalen über Jamies Bauch. Er war flach und beinahe makellos, bis auf eine feine Narbe an der rechten Seite.

»Wenn ich nicht schon nackt wäre, würde ich glauben, du ziehst mich mit den Augen aus.« Jamie gab sich Duschgel auf die Handflächen und rieb sie so lange zusammen, bis es schäumte. Dann sagte er leise: »Du hast was gut bei mir, mein Retter«, und legte die Hände auf Nicks ausgeprägte Brustmuskeln.

Stöhnend lehnte sich Nicolas zurück und genoss die kräftigen Berührungen. Jamie fuhr über seinen Hals, die Arme, berührte die Schwingen und arbeitete sich schließlich auf seine Körpermitte zu. Als er seine Erektion umschloss und kräftig rieb, hätte Nick den Kleinen fast an sich gerissen, um ihn in der Dusche zu nehmen, in seine enge Hitze zu stoßen, genau wie beim letzten Mal.

Das würde seine härteste Prüfung werden, denn diesmal durfte er sich nicht erlauben, mit Jamie zu schlafen. Zum Glück gab es andere Wege, Erfüllung zu finden, auch wenn Nick sich nach Lebensenergie sehnte.

»Es ist verdammt unvernünftig von dir, einen Inkubus zu reizen«, knurrte er und versuchte, mit den Krallen nicht das Glas zu zerkratzen, während Jamie den Schaum von seinem Körper spülte und ständig seinen steinharten Schwanz streifte.

Für den Bruchteil einer Sekunde huschte ein Schatten über Jamies Gesicht. »Ich werde nie müde, damit weiterzumachen.«

Er war noch nicht über den Berg, erkannte Nicolas schockiert. Der Kleine reizte ihn mal wieder mit voller Absicht. Gewiss wollte er Zorell in seiner Kiste aushungern, bis er umkam. Keiner von ihnen wusste, wie es weiterging und ob Jamie wirklich keine Gefahr mehr für sie alle war. Zorell hatte sie schließlich schon einmal überrumpelt. Mit so einem listigen Dämon war nicht zu spaßen. Nick würde nicht von Jamies Seite weichen dürfen.

Sein Hirn lief auf Hochtouren, als er überlegte, wie der Kleine diesen Mistkerl in Zukunft versorgen sollte. Nick könnte in seinen Kopf eindringen und Zorell festhalten, solange Jamie ihn nährte – aber das war eine gefährliche Angelegenheit und kompliziert dazu. Der Zash war verdammt stark, wenn er Nahrung bekam.

»Der kleine Inkubus ist jetzt sauber.« Grinsend beugte sich Jamie zu ihm hinunter, um ihm einen Kuss auf die Eichel zu geben – was Nick fast zum Abspritzen brachte – und machte sich anschließend daran, sich die Haare zu waschen. Währenddessen sah Nick nur zu und versuchte, sich abzukühlen, was ihm schwerfiel, wenn er den Süßen betrachtete. Daher eilte er aus der Dusche und schnappte sich zwei Handtücher. Eins warf er Jamie zu, der kurz nach ihm die Kabine verließ, mit dem anderen rubbelte er sich hastig trocken.

Als Jamie gähnte, wurde Nick erst bewusst, wie lange sie alle bereits auf den Beinen waren. Bald würde der Morgen grauen. Eigentlich war es für den Gargoyle und den Inkubus in ihm langsam an der Zeit, ins Bett zu gehen.

»Komm.« Er nahm Jamie das Handtuch ab, warf es über das Waschbecken und marschierte ins Schlafzimmer, Jamie im Schlepptau. Der Kleine kuschelte sich in sein riesiges Bett, während Nick das Licht löschte und die Jalousie vor dem Panoramafenster herunterließ.

Nick hieß die Dunkelheit willkommen, auch wenn er noch Jamies Umrisse wahrnahm. Doch nicht mehr jedes Detail des Süßen zu sehen, machte es leichter, ihm zu widerstehen.

»Mach mal Platz«, sagte Nick, drängte sich von hinten an den nackten Leib und zog die Laken über sie beide. Er brauchte nicht unbedingt eine Zudecke, höchstens für seine Füße, denn er legte einfach die Schwingen um sich, aber Jamie war immer so verfroren.

Als sich sein Schwanz zwischen die festen Pobacken seines Liebsten drückte, drehte sich Nicolas rasch auf den Rücken. Allerdings drehte sich Jamie ebenfalls um, rollte auf seine Schwinge, sodass sich Nicolas nicht mehr von ihm abwenden konnte, und schmiegte sich in seine Armbeuge.

»Nick?«, flüsterte er.

»Hm?«

»Falls Vincent dich nicht beauftragt hätte, auf mich aufzupassen, würdest du es trotzdem tun?«

Sein Herz krampfte sich zusammen. »Ich dachte, das zwischen uns wäre für dich klar?«

»Ich bin keine Last für dich?«

Porca miseria, was dachte der Süße nur? »Merkst du das denn nicht?«

Jamie ließ die Finger an Nicks Bauch abwärts wandern und umkreiste seinen Nabel, bevor er sich langsam in noch tiefere Regionen aufmachte. »Du bist zur Hälfte ein Sexdämon. Die treiben es doch mit jedem.«

Hastig stoppte Nicolas seine Hand und hielt sie an die Lenden gepresst fest. »Die Zeiten waren für mich vorbei, als du in mein Leben getreten bist.«

»Das hatte ich gehofft, aber mich nicht getraut, daran zu glauben«, sagte Jamie und begann, Nicks Brust zu küssen.

Dieser Kerl! »Du bist zu oft enttäuscht worden«, presste er hervor. Sein Schwanz stand schon wieder stramm.

»Ich weiß, dass du normal essen kannst, aber du brauchst doch auch Lebensenergie.«

»Na ja, ich …« Er stöhnte auf, als Jamie ihn sanft in einen Nippel biss und daran saugte. »Hör auf, mich ständig herauszufordern, ich weiß genau, was du vorhast, aber das werde ich nicht zulassen. Ich werde nie wieder zulassen, dass dir was passiert.« Wütend warf er Jamie auf den Rücken und legte sich halb auf ihn. »Wenn du Sex willst, kannst du ihn haben, doch ich werde nicht mit dir schlafen.«

»Ich liebe dich, Nick«, flüsterte Jamie an seinen Lippen und grub die Finger in Nicks Haar, bevor er ihn fast schon brutal küsste.

Drei Herzschläge lang ließ Nicolas die mächtigen Worte sacken, bevor er ihre Tragweite begriff. Dann hielt er sich nicht mehr zurück, sondern küsste seinen Süßen ebenso leidenschaftlich. Dabei fuhr er mit einer Hand zwischen ihre Körper, umschloss ihre Erektionen und rieb sie gegeneinander.

Jamie stöhnte in seinen Mund, was Nick noch mehr entflammte. Er massierte fester, um endlich diesen Druck loszuwerden, der ihn dazu verführte, in Jamie einzudringen.

Nick fasste mit der freien Hand in Jamies Nacken und genoss das Gefühl von Haut auf Haut. Tief sog er ihren Moschusgeruch auf und wollte am liebsten Jamies Schwanz in den Mund nehmen, um wenigstens etwas von ihm zu bekommen, doch auch das traute er sich nicht. Je enger der Körperkontakt, desto mehr Energie floss.

Es musste schnell gehen, denn Nick wollte nichts riskieren. Er stieß seine Zunge noch ein paar Mal in Jamies Mund, strich mit erfahrenen Bewegungen über ihre Erektionen und spürte kurze Zeit später, wie es warm und feucht über seine Hand lief, während sein Süßer unter ihm bebte und stöhnte.

Nick folgte ihm gleich hinterher und streichelte so lange weiter, bis auch der letzte Tropfen aus ihm geflossen war.

»Jetzt müssen wir noch mal unter die Dusche«, sagte Jamie schläfrig.

»Du bleibst brav hier liegen, ich mach das schon.« Im Dunkeln eilte Nick ins Bad, wusch seinen klebrigen Bauch und holte einen feuchten Lappen, mit dem er auch von Jamie die Spuren ihrer Leidenschaft entfernte.

Nein, nicht nur von ihrer Leidenschaft. Von ihrer Liebe.

Ein warmes Gefühl breitete sich in seiner Brust aus, als der Kleine murmelte: »Hm, was für ein Service.«

Nick küsste ihn auf die Nase. »Alles inklusive.«

»Dann bin ich schon mal auf das Frühstück gespannt.« Gähnend drehte sich Jamie auf die Seite, während Nicolas den Lappen ins Badezimmer brachte. Seine Knie waren weich wie Gummi. Die aufregenden Stunden hatten auch bei ihm Spuren hinterlassen. Er war eben nicht mehr der Jüngste, dachte er grinsend. Auch wenn es für Jamie kein richtiges Happy End gab, fühlte sich Nicolas zufrieden. Den Kleinen wiederzuhaben, war das größte Geschenk für ihn.

Als er ins Schlafzimmer zurückkam, hörte er seinen Liebsten leise schnarchen. Nick sah noch einmal nach, ob Zorell weiterhin in der Truhe eingesperrt war, und schloss dann die Augen.

Kapitel 32 - Das Biest in ihm

Kyrian zwinkerte, als sie das Verlies erreichten. Das grelle Licht tat ihm in den Augen weh und er vermisste seine Sonnenbrille, doch die war jetzt sein geringstes Problem.

Die verletzte Schulter schmerzte höllisch, weil seine Arme auf den Rücken gefesselt waren, aber auch das versuchte er zu ignorieren. Jenna und Myra zu retten war alles, was zählte. Falls er es nicht schaffte, ruhte all seine Hoffnung auf Dante.

Als Kyrian ihn vorhin im Turm hatte umbringen wollen, hatte er im Laufe ihres Gesprächs bemerkt, dass er sich geirrt hatte. Dante stand nach wie vor auf ihrer Seite, auch wenn es für die anderen nicht so ausgesehen hatte. Trotzdem hatte Kyr sich zurückhalten müssen, seine Wut nicht an Dante auszulassen – und der Kampf hatte ihn mehr geschwächt, als er sich eingestehen wollte. Als er absichtlich aus dem Fenster stürzte, hoffend, der König samt Wachen würde abziehen, damit Kyr sich kurz erholen konnte, war sein Plan nicht aufgegangen. Lothaire war trotz seines Alters immer noch ein starker Gegner, gegen den Kyrian zwar ankommen würde, aber dafür brauchte er Jenna und ihre Heilkräfte. Dann würde er sie alle hier herausholen.

Das Einzige, was ihn wirklich schockiert hatte, war die Tatsache, dass Jenna Lothaires Fleisch und Blut war. Zum Glück war sie ganz anders als ihr Vater. Ob das daran lag, weil sie unter Menschen aufgewachsen war? Oder an ihrer Lichtseite? Sie musste wirklich sehr stark sein, obwohl sie das anscheinend bis jetzt nicht gewusst hatte. Ihre goldene Aura hatte reine Energie abgestrahlt, die Kyrian bis ins Knochenmark gespürt hatte. Das hatte ihm sogar ein wenig Kraft zurückgegeben, die er nun hütete wie einen Schatz. Er würde sie bestimmt bald brauchen.

Nur Jenna machte ihm Sorgen. Sie wirkte erschöpft und blass, wie sie in Lothaires Griff hing.

Irgendetwas Dunkles musste in ihr stecken, denn Kyrian vermutete, sich deshalb zu ihr hingezogen zu fühlen. Weil sie eine Gemeinsamkeit hatten.

Pyra zerrte ihn durch einen hell gefliesten Korridor, vorbei an zahlreichen eingesperrten Wesen. Was war das hier? Für ein Gefängnis sah es zu gepflegt aus. Es stank weder nach Unrat und Tod noch hörte er Folterschreie. Und Kyrian wusste, wie jemand schrie, der gefoltert wurde. Er selbst war immer wieder in einem dunklen, schmutzigen Loch erwacht, bis seine Peiniger dachten, ihn gebrochen zu haben. Doch das hatten sie nie. Er hatte all die Qualen und die harte Ausbildung nur für Myra auf sich genommen, um sie eines Tages zu befreien.

Als er seine Schwester in einer der Zellen erblickte, rief er ihren Namen.

»Kyrian!« Sie trat sofort ans Gitter. »Du hast Schwingen?« Zuerst lächelte sie, aber als sie ihn und ihre Gruppe musterte, krampften sich ihre Finger um die Stäbe und ihr Gesicht verdüsterte sich. »Was haben sie mit dir gemacht?«

Und was mit ihr? Sie trug nur einen Morgenrock und sah zerzaust aus, doch es schien ihr soweit gutzugehen. Sie lebte – das war das Wichtigste.

Nachdem er ihr keine Antwort gegeben hatte, weil er ihr nicht noch mehr Hoffnungslosigkeit vermitteln wollte, wandte sie sich an Dante, nur der ignorierte sie.

»Was ist hier los?«, rief Myra nun Jenna zu.

Der König rammte seine Faust gegen die Gitterstäbe, aber Myra wich nicht zurück. »Ihr könnt gleich miteinander plaudern, solange ich mich um den Verräter kümmere.« Die Vorfreude stand ihm deutlich ins Gesicht geschrieben. »Meister Brattok«, brüllte er, »es wartet Arbeit auf Euch!«

Als ein Elf in einer roten Kutte auf sie zukam, traute Kyr seinen Augen nicht. Die fehlende Nase, das vernarbte Gesicht … Das war der Mörder seiner Mutter!

Für den Bruchteil einer Sekunde fing er Myras Blick auf und sie nickte ihm zu.

Kyrian unterdrückte ein Knurren und zerrte an den Fesseln – vergeblich. Er musste auf eine andere Gelegenheit warten, doch er schaffte es nicht, sich zurückzuhalten, der Hass auf diesen Mann gewann die Oberhand. Kyrian sah nur noch rot. Er spannte die Schwingen an, die daraufhin Pyra ins Gesicht schlugen, und nutzte das Überraschungsmoment, um sich loszureißen, die Arme weiterhin auf dem Rücken gefesselt. Er brauchte seine Hände nicht. Mit einem einzigen Satz sprang er auf Brattok, warf ihn mit der Wucht seines Körpers zu Boden und trieb die Fänge in dessen Hals. Blut spritzte und die warme, metallisch schmeckende Flüssigkeit füllte Kyrians Mund, als der Kehlkopf knackte. Kyrian zerfetzte ihn regelrecht, spürte das wilde Tier – den Gargoyle – in sich und genoss den Moment, bevor er ausspuckte.

Gurgelnd holte Brattok ein letztes Mal Luft, den überraschten Blick auf ihn gerichtet, bevor sich seine Lider für immer schlossen.

Der Mörder, nach dem er so lange gesucht hatte, war tot. So ein schnelles Ende hatte er nicht verdient, doch Kyrian hatte sich diese einmalige Chance nicht entgehen lassen wollen. Wer wusste schon, was dieser Bastard mit Myra anstellte oder bereits angestellt hatte?

Er drehte den Kopf, blickte in Myras erleichtertes Gesicht und wusste, dass er richtig gehandelt hatte. Eine Sekunde später traf ihn ein Schlag am Hinterkopf und die Welt um ihn herum verdunkelte sich.

*

Lothaire fluchte und tobte, während Jenna ihn gemeinsam mit Myra von der Zelle aus beobachtete. Dante und Pyra hatten Kyrian mit Gurten auf eine Liege geschnallt, die nun vor ihrem Gefängnis stand, damit sie sehen konnten, wie Lothaire ihn foltern würde. Kyrian war jedoch nicht wieder erwacht und Jenna machte sich Sorgen. Er hatte in den letzten Stunden zu viele körperliche Schäden davongetragen und eine Menge Blut verloren.

»Ich brauche Brattok nicht, um hier weiterzumachen, ich habe oft genug mit ihm zusammengearbeitet«, grollte Lothaire. »Daher ist er für mich kein großer Verlust. Dennoch wird der Bastard büßen!«

Pyra und sein Vater hatten den Toten weggebracht und hielten an der Eingangstür Wache, sodass Jenna sie von der Zelle aus nicht sehen konnte. Sie versuchte, von Dante etwas zu empfangen, aber ihr Band wurde deutlich schwächer. Anscheinend verstärkte nur das magische Wasser ihre geistige Verbindung außerhalb der Traumwelt, und die Wirkung ließ langsam nach. Wenn sie doch noch etwas von dem Najadenwasser haben könnte. Oder besser: Kyrian brauchte dieses Wasser, dann würde er schnell genesen.

Leider konnte Jenna die Nixe jetzt nicht fragen. Lothaire würde es sofort mitbekommen.

»Kyrian hat getan, was er tun musste«, flüsterte Myra ihr zum wiederholten Male zu, weil Jenna immer noch über den grausamen Mord schockiert war. Welch schrecklicher Anblick. Doch was erwartete sie von einem Wesen, das halb Dunkelelf, halb Gargoyle war? Und was sollte sie erst über sich sagen? Sie war die Tochter eines blutrünstigen Herrschers.

Tief in ihrem Inneren nagte die Angst. Was, wenn ihre düstere Seite einmal hervorbrechen würde?

»Was habt Ihr mit ihm vor, Vater?«, hörte sie Dante fragen.

Jenna konzentrierte sich auf das Geschehen außerhalb der Zelle. Kyrian, dessen Arme durch die Gurte dicht am Körper anlagen, bewegte langsam den Kopf. Er erwachte.

»Ich werde die nötigen Informationen aus ihm herauskitzeln.« Lothaire schob ein Wägelchen neben die Liege, auf dem zahlreiche Instrumente lagen: Messer, Daumenschrauben, Haken, Klemmen … Oh Gott, das waren Folterwerkzeuge!

»Und was ist mit seinem Samen?«, fragte Dante, wobei er einen kurzen Seitenblick auf Jenna warf. Wollte er die Prozedur herauszögern?

»Sitzen die Fesseln straff, Sohn?«

»Als wären sie aus Metall.« Dante überprüfte noch einmal akribisch die Gurte und lächelte Kyrian milde an. »Sieh an, wer da aufgewacht ist.«

Kyrian spannte die Muskeln an, woraufhin er von Dante sofort einen Schlag gegen die verletzte Schulter erntete.

Vor Schmerzen fauchte Kyr, doch das schien Dante völlig kalt zu lassen.

»Ich mach es dir diesmal garantiert nicht so einfach wie damals«, sagte er.

Lothaire trat zu ihm an die Liege. »Wie meinst du das, mein Sohn?«

»Als er noch ein halbes Kind war, brachte Myra ihn schwer verletzt zu mir und ich habe nach einer Näherin geschickt, die ihn zusammengeflickt hat. Damals hatten wir ihn gefesselt, damit die Frau in Ruhe ihre Stiche machen konnte.« Dante starrte Kyrian intensiv an, während er immer deutlicher und langsamer sprach. »Leider haben die Fesseln sich gelöst und er konnte sich befreien. Das wird ihm heute nicht passieren.«

Lothaire klopfte Dante auf die Schulter. »Du warst früher viel zu weich. Ich bin froh, dass du endlich einer von uns bist.«

Jenna schluckte. Sie hasste es, nicht zu wissen, ob ihr Bruder ihnen etwas vorspielte oder jedes Wort ernst meinte. *Dante!*, rief sie in Gedanken. *Rede mit mir!*

Vertraue uns … Kyr wird den Wink verstehen, empfing sie schwach. Oder hatte sie sich das eingebildet? Und was für einen Wink?

»Nun gut«, fuhr Lothaire fort, »lass uns zuerst seinen Samen holen, bevor er nicht mehr zu gebrauchen ist.« Diabolisch grinsend öffnete er den obersten Knopf von Kyrians Hose. »Taimul war ein großartiger Krieger, in dir steckt viel von seinem Blut, Verräter. Nur daher bist du noch am Leben, damit wir Taimuls Erbe weitergeben können.« Er hob den Kopf und rief: »Najade! Seinen Samen!«

»Na, dann sperrt die Tür auf, mein König«, säuselte gleich ihre liebliche Stimme durch das Verlies.

»Pyra!« Dante winkte in Richtung Tür. »Brattok hatte den Schlüssel. Hast du …«

»An alles gedacht«, sagte der wilde Krieger, der sich bereits an der Nachbarzelle zu schaffen machte.

Jenna hörte ein Plätschern, danach tapsende Schritte von nassen Fußsohlen.

»Amalena!« Flehend sah Jenna die Nymphe an, als sie majestätisch und splitternackt auf die Liege zuschritt. Dabei spielte sie an einer Strähne ihres blonden Haares, das sich über ihren Brüsten kringelte.

Dieses hinterhältige Wesen war im Moment neben Dante ihre einzige Hoffnung. *Erinnere dich an mein Versprechen*, dachte Jenna. *Wenn du Kyrian rettest, kann er dich zu deinen Schwestern bringen.* Hoffentlich würde die Najade sie verstehen. Diese Wesen wussten ja sonst auch immer alles.

Amalena lächelte sie listig an und zeigte ihre Zähne, die plötzlich wie die eines Piranhas aussahen. Damit wollte sie doch nicht Kyrians Samen … Die Najade nickte ihr zu.

Verdammt! Vor Wut und Verzweiflung füllten neue Tränen ihre Augen. Sie fühlte sich immer noch erschöpft und unfähig, irgendetwas anderes zu tun, als hilflos zuzusehen.

Ohne Umschweife legte Amalena los und fuhr mit der Hand in Kyrians Hose. Dort streichelte sie ihn ausgiebig, aber er knurrte nur. »Ich bin immun gegen deine Reize, Najade.«

Als sie versuchte, ihn auf den blutverschmierten Mund zu küssen, drehte er den Kopf weg. »Du lässt mich kalt, genau wie deine Schwestern.«

Lothaire lachte. »Kein letzter Kuss von einer hübschen Frau, bevor du stirbst, Verräter? Ich würde dir einen gewähren. Vielleicht beißt sie dir ja die Zunge ab.«

»Ich möchte einen Kuss von deiner Tochter«, grollte er.

»Ts, das würde dir so passen«, sagte Lothaire, »damit sie dir von ihrer Lichtkraft etwas abgibt.«

Amalena warf ihr einen raschen Blick zu, wobei ein wenig klare Flüssigkeit aus ihrem Mundwinkel trat.

Jenna verstand und konnte vor Aufregung kaum sprechen. »K-küsse sie, Kyrian, und denk dabei an mich!«

Rasch hob er den Kopf, soweit das der Gurt um seinen Hals zuließ. »Das ist nicht dein Ernst!«

»Bitte!« Sie nickte heftig, die Finger um das Gitter verkrampft. »Erfülle mir diesen Wunsch.«

Lothaire grinste in ihre Richtung. »Den Wunsch meiner Tochter wirst du hoffentlich nicht ausschlagen. Ich glaube, sie ekelt sich vor dir.«

Kyrians Mund, an dem noch Taimuls Blut klebte, sah wirklich nicht einladend aus, doch Jenna hätte ihn geküsst, wenn sie damit sein Leben retten könnte.

»Nur einen kurzen Kuss«, grollte Kyr, aber da hatte er die Rechnung ohne Amalena gemacht. Sie packte seinen Kopf und presste die Lippen fest auf seinen Mund. Dabei fielen ihre langen Haare über ihre Schultern und verdeckten die Sicht auf Kyrians halben Oberkörper.

Während der Kuss nie zu enden schien, amüsierte sich Lothaire prächtig. »Na, dein Gespiele scheint sich ja hinreichend mit meiner Nixe zu vergnügen, Tochter. Sollen wir ihn gemeinsam dafür bestrafen?«

Jenna knirschte mit den Zähnen. Was brauchte das Miststück so lange?

Als die Najade den Kopf hob, wusste Jenna es: Amalena hatte gewartet, bis sich Kyrians Schulterwunde geschlossen hatte. Das Wasser hatte ihn geheilt. Obwohl Kyrian ansonsten gegen Najadenmagie immun zu sein schien, zumindest was den Sexappeal dieser Wesen betraf, zeigte wenigstens das Wasser heilende Wirkung. Dankend nickte Jenna ihr zu und nahm gedanklich das »Miststück« zurück.

Lothaires Lächeln erlosch abrupt. »Was …?« Weiter kam er nicht, denn Kyr riss sich von den Gurten los, als bestünden sie aus Papier, und stürzte auf ihn zu. Dante hatte sie gar nicht richtig befestigt. Daher hatte er Kyrian zuvor auf die Wunde geschlagen und diese seltsame Geschichte erzählt.

Im selben Moment wie Kyrian aufsprang, zog Dante Lothaires Schwert aus der Scheide, sodass er unbewaffnet war, und rief Kyr zu: »Bring ihn nicht um!«

»Keine Sorge«, knurrte er, als er Lothaire zu Boden riss, »einen schnellen Tod hat er nicht verdient.«

Der König wand sich unter ihm, hatte aber nicht die geringste Chance, freizukommen. Kyrian hatte ihn regelrecht auf die Fliesen genagelt.

Jenna atmete auf. Offensichtlich hatte er seine alte Form zurück.

Pyra und sein Vater standen mit gezogenen Waffen über ihnen, doch Dante hielt sie zurück.

»Was soll das, Sohn?« Lothaires Augen blitzten. »Was wird hier gespielt?«

Dante sah aus, als würde er gleich einen Rückzieher machen, aber dann schaute er an Jenna vorbei auf Myra, und sein Gesicht nahm einen entschlossenen Ausdruck an. »Es wird Zeit, dass Ihr abdankt, Vater. Eure Herrschaft bringt nur Leid und Tod.«

»Ach, so ist das«, zischte er. »Du willst den Thron!«

»Nein, darauf bin ich nicht erpicht. Doch ich lasse es nicht länger zu, dass Ihr unschuldige Geschöpfe versklavt, Eure Experimente mit ihnen macht und nur Krieg im Sinn habt.«

»Bist du angepisst, weil ich deine Sklavin auspeitschen ließ?«, rief Lothaire.

Kyrian brüllte auf und ließ die Hand auf Lothaires Kopf sausen, sodass seine Krallen dessen Wange aufrissen.

»Wachen!«, brüllte Lothaire mit schmerzverzerrtem Gesicht, aber er versuchte sich nicht mehr freizukämpfen, denn Dante drückte ihm das Schwert an die Kehle, während er Kyrian seine Messer überreichte.

Lothaire schrie vor Zorn. »Köpft diese Verräter! Verschont auch meinen Sohn nicht!«

Pyra regte sich nicht, doch sein Vater trat einen Schritt näher.

Jenna verfolgte alles gebannt von ihrer Zelle aus, Myra dicht an ihrer Seite. Amalena stand etwas abseits, sah ebenfalls zu und schien abzuwarten, wobei sie an ihren Haaren spielte.

»Halt, Vater!«, sagte Pyra und stellte sich neben Dante. »Was wird hier gespielt?«

»Es ist an der Zeit, endlich unsere Geschichte zu ändern«, sagte ihr Bruder zu dem wilden Krieger. »Dieses Land sollte von einem gerechteren Mann regiert werden.«

»Von dir?«, fragte Pyra.

Erneut schüttelte Dante den Kopf. »Vielleicht braucht es keinen Alleinherrscher. Aber darüber habe ich mir nie Gedanken gemacht, denn ich habe nicht damit gerechnet, dass ich mich tatsächlich einmal gegen meinen Vater stelle.«

»Ich vertraue Euch nicht, Prinz«, zischte Pyras Vater und hielt die Schwertspitze bedrohlich auf Dante gerichtet.

Pyra fletschte die Zähne und richtete seinen Bogen auf den grauhaarigen Mann. »Ich will nicht zwischen dir und meinem Prinzen wählen müssen.«

Plötzlich wirbelte der alte Soldat knurrend auf dem Absatz herum und rannte davon. »Ich werde Verstärkung holen, mein König!« Die massive Tür wurde aufgezogen, und er war verschwunden.

»Pyra, verriegle den Eingang!«, befahl Dante, »dann lass Jenna und Myra aus der Zelle.«

»Najade!«, brüllte Lothaire, der immer noch unter Kyrian lag, das halbe Gesicht blutüberströmt. »Du hast mir zu gehorchen! Töte die Verräter!«

Amalena regte sich nicht, sondern lehnte lässig an der Wand und inspizierte ihre Fingernägel.

Kyr lachte dunkel. »Siehst du, du hast keine Verbündeten, weil du nie deine Versprechen hältst und alle nur unterjochst.«

»Einige der älteren Soldaten sind ihm treu ergeben, die sollten wir nicht unterschätzen«, warf Dante ein und half Kyrian, Lothaire auf die Beine zu ziehen und festzuhalten.

Dieser spuckte Dante ins Gesicht. »Du hast ja keine Ahnung! Du machst einen Riesenfehler! Wir brauchen eine mächtige Armee, wenn wir gegen den Feind bestehen wollen!«

Kyrian hob die Brauen. »Deine Feinde müssen nicht unsere Feinde sein.«

Während Pyra Myras Zelle aufsperrte, drängte Dante ihren Vater zu einer leeren Kammer.

»Das werden sie!«, brüllte Lothaire.

Aufatmend trat Jenna in den Gang und sah den Männern zu, wobei sie Myra zurückhielt. »Warte, bis sie ihn eingesperrt haben.«

Als Dante und Kyr Lothaire in das Verlies schubsten und die Gittertür zuzogen, rief er: »Willst du mir nicht auch die Kehle zerfleischen, Verräter?« Offensichtlich wollte er Kyrian provozieren, um die Chance auf einen Kampf zu erhalten, in der Hoffnung, sich aus der misslichen Lage zu befreien.

»Nein, aber nur aus dem einzigen Grund, weil du Jennas und Dantes Vater bist. Du wirst hier drin verrotten.«

»Dante!« Myra riss sich von ihr los und lief in die Arme ihres Bruders. Sie umarmte ihn kurz und gab ihm einen Kuss, bevor sie Kyrian um den Hals fiel, obwohl er voller Blut war. »Ich bin so glücklich, dass du lebst!«

Kyr steckte seine Nase in ihr Haar und erwiderte die innige Umarmung. Jenna war froh, die beiden zusammen zu sehen, doch die Gefahr war noch nicht vorüber. Sie würde sich erst sicher fühlen, wenn sie wieder zu Hause war.

Zu Hause … das klang so weit entfernt. In all der Aufregung hatte Jenna ihre Freundin ganz vergessen. Hoffentlich lebte sie noch. Hoffentlich gingen ihre Geschichten alle gut aus.

*

Kyrian konnte es kaum glauben, aber er hielt seine Schwester im Arm. Ihr weicher Körper fühlte sich fremd an und doch roch sie vertraut. Sie hatten sich zu lange nicht gesehen. »Ist es wahr, du bekommst ein Baby von Dante?«

»Ja.« Zitternd schniefte sie in sein Ohr. »Ich liebe ihn, auch wenn ich kurz dachte, er würde mich fallen lassen.«

Auch Kyrian hatte in einigen Momenten seine Zweifel gehabt. »Er ist ein guter Schauspieler.«

Seufzend hob sie den Kopf. »Und ein guter Mann. Ich hab dir so viel zu erzählen.«

»Später. Erst müssen wir hier rauskommen. Pyras Vater hat bestimmt schon sämtliche Burgwachen alarmiert. Sie werden uns erwarten.«

Als Myra an Dantes Seite eilte, trat Kyr zu Jenna, nur traute er sich nicht, sie zu umarmen, obwohl er nichts sehnlicher tun würde. Er war voller Blut. »Wie geht es dir?«

Jenna lächelte matt. »Ich fühle mich ein wenig erschöpft. Aber das ist egal. Hauptsache, du bist wieder gesund.« Sie sah aus, als würde sie einschlafen, wenn sie die Lider länger als drei Sekunden schloss, denn dunkle Schatten hingen unter ihren Augen und ihr Gesicht war so weiß wie die Fliesen. Außerdem wankte sie leicht.

Kyr legte einen Arm um sie und führte sie zur Zelle der Najade. »Du brauchst auch etwas von dem Wasser.«

»Moment mal!« Amalena versperrte ihnen den Weg, die Arme vor der Brust verschränkt, und zeigte ihre nadelspitzen Zähne. »Zuerst will ich zurück zu meinen Schwestern. Wir haben eine Vereinbarung.«

Kyrian konnte sich vorstellen, was sie verhandelt hatten, und sagte: »Im Augenblick müssen wir alle zusammenhalten, sonst wird keiner hier herauskommen. Sollte ich überleben und es dich dann auch noch geben, werde ich dich zu ihnen bringen. Innerhalb der Mauern funktioniert die Translokation ohnehin nicht, wie du wissen müsstest.«

Murrend trat sie zur Seite und ließ sie passieren.

Jenna kniete sich an das Wasserbecken und trank ein paar Schlucke aus der Hand. Als Farbe auf ihre Wangen zurückkehrte, hockte sich Kyrian neben sie, um sich die gröbsten Blutspuren von Gesicht und Körper zu waschen. Der metallene Geruch verursachte ihm Übelkeit, obwohl Gargoyles rohes Fleisch liebten. Das zeigte ihm erneut, wie viel von der dunklen Seite in ihm steckte.

Jenna schaute ihn durchdringend an, doch ihr Blick war unergründlich. Ekelte sie sich vor ihm? Hatte es sie abgestoßen, wie er Taimul getötet hatte?

Natürlich hatte es das und er konnte es ihr nicht verdenken. Er sollte nach wie vor daran festhalten, sie nicht mehr zu sehen. Sobald er sie nach Hause gebracht hatte, würde er sein Leben in Vincents Klan aufgeben. Die Goyles würden ihn ohnehin nicht mehr in ihrer Mitte haben wollen.

Mal abwarten, wie sich die Situation im Dunklen Land entwickelte. Lothaire war gestürzt und Jenna dann hoffentlich in Sicherheit, vielleicht würde Dante ihn hier akzeptieren.

Plötzlich hallten Donnerschläge durch das Verlies und Jennas Augen weiteten sich. »Was ist das?«

Sie liefen in den Gang, wo Dante mit gezücktem Schwert stand, Pyra mit dem Bogen an seiner Seite. »Die Wachen versuchen, die Tür einzurammen!«

Wenigstens sah sie massiv aus, die Männer würden eine Weile beschäftigt sein, doch … »Wir sind hier eingesperrt. Gibt es keinen anderen Weg hinaus?«

Lothaire in seiner Zelle lachte. »So, wie es scheint, werdet ihr alle mit mir hier verrotten oder von meinen Leuten niedergemetzelt. Lasst mich frei, und ich werde aushandeln, dass euch nichts geschieht.«

Niemand beachtete ihn, dafür wurden die anderen Gefangenen unruhig. Rufe ertönten. »Lasst uns frei und wir kämpfen an eurer Seite!«

Die Häftlinge hatten bis jetzt keinen Laut von sich gegeben. Wie eingeschüchtert sie sein mussten. Kyrian konnte sich genau vorstellen, was Lothaire und seine Handlanger ihnen angetan hatten.

»Lasst sie heraus!«, befahl Dante und überreichte Kyrian Lothaires diamantenbesetztes Schwert. »Jeder Kämpfer mehr erhöht unsere Chancen.«

Kyr bewunderte seine Ruhe. Der Krieg hatte den Königssohn tatsächlich verändert, von dem weichen Knaben schien zumindest äußerlich nichts mehr übrig zu sein.

Pyra machte sich mit Myra und Jenna daran, die Zellen zu öffnen, wobei Kyrian sie nicht aus den Augen ließ. Zuerst musste er sehen, wer sich hinter den Gittern verbarg. Da gab es verängstigte Menschenfrauen, eine schwarzhaarige Dämonin mit einem Baby auf dem Arm, deren Augen grün aufleuchteten, und sogar eine Handvoll weiblicher Dunkelelfen. Insgesamt schienen es über dreißig Frauen zu sein.

»Mutter konnte von hier fliehen. Hatte sie nicht einen geheimen Ausgang erwähnt?«, rief Myra Kyrian über ihre Schulter zu.

Sie hatte recht!

Pyra drückte Jenna den Schlüssel in die Hand und sagte: »Ich werde das Verlies danach durchsuchen«, woraufhin er davoneilte.

Kyrian blieb dicht bei Jenna und seiner Schwester, denn einige Gefangene sahen nicht sehr einladend aus, wie zum Beispiel ein blonder Vampir mit blutunterlaufenen Augen, der den Tumult mit gefletschten Fängen beobachtete. Er schien der einzige männliche Insasse zu sein.

Jenna zögerte, seine Zelle zu öffnen. Da er nur eine Pyjamahose trug, sah sie jeden seiner angespannten Muskeln und Sehnen.

Die Dämonin mit dem Baby trat neben sie und sagte abfällig: »Er ist okay, er wird euch nichts tun. Er hat gestern erst gefrühstückt.«

Kyrian beobachtete den Vampir genau, als er sich zur Dämonin stellte und auf das Baby starrte.

»Halte Abstand«, knurrte Kyrian.

»Das ist mein Kind«, erwiderte der Vampir genauso ungehalten, doch sein Gesicht wurde weich, als die Dämonin ihm tatsächlich das Baby in den Arm drückte.

»Nimm deinen blutsaugenden Balg.«

Der Kleine trieb sofort die Mini-Fänge in das Handgelenk des Vampirs und nuckelte, während er verzückt dabei zusah.

Bei den Höhlentrollen, was hatte Lothaire hier verbrochen? Ein Vampir mit einem Baby. Von einer Dämonin! Der König hatte das Erbgut zweier Todfeinde miteinander gekreuzt. Kyrian wollte gar nicht wissen, wie.

Er verschwendete keine weiteren Gedanken mehr an die beiden, denn Pyra kam zurück. »Ich habe alles durchsucht, hier gibt es keinen anderen Weg.«

»Es muss einen geben!« Kyrian überlegte scharf. Was wusste er noch von den Erzählungen seiner Mutter? Kaum etwas – es war zu lange her. »Vielleicht wurde der Gang zugemauert. Najade!« Er suchte die Nymphe und fand sie in ihrem Wasserbecken. Sie durfte nicht zu lange an der Luft bleiben, da ihre empfindliche Haut schnell austrocknete.

Aus einer anderen Zelle holte er einen blauen Bademantel, tauchte ihn ins Wasser und reichte ihn Amalena. »Zieh den an und komm mit. Ich brauche deine Hilfe.«

Demonstrativ drehte sie ihm den Rücken zu. »Schon wieder? Könnt ihr hier unten denn nichts ohne mich auf die Reihe bringen?«

»Willst du nun zurück zu deinen Schwestern oder nicht?« Dass man dieses Wesen auch immer erst treten musste!

Zischend entriss sie ihm den Mantel und zog ihn widerstrebend an. »Na gut, ein letztes Mal!«

»Und beeil dich!« Die Hammerschläge an die Tür nahmen an Intensität zu. Die Soldaten hatten wohl eine größere Ramme besorgt.

»Ja, ja, ich mach schon.« Amalena legte den Kopf schief und starrte ins Leere. Nach wenigen Sekunden sagte sie: »Die Tür hält nicht mehr lange stand.«

»Wo ist der Geheimgang?«, knurrte Kyrian. Mittlerweile hatten sich alle um ihn versammelt. Jenna und Myra trugen je ein Kleinkind im Arm, wohl ein Geschwisterpärchen, Zwillinge wie er und seine Schwester.

»Sie haben niemanden.« Myra drückte das schwarzhaarige Mädchen an sich, das sich Schutz suchend an sie kuschelte, während der Junge auf Jennas Hüften saß. Außer schmutzigen Hemden hatten sie nichts an.

Jetzt erst registrierte Kyrian, wie viele Kinder unter den Gefangenen waren. Es mussten über zwanzig sein, und so erhöhte sich ihre Anzahl auf etwa fünfzig Personen. Manche Kinder hielten die Hände ihrer Mütter, andere versteckten sich hinter ihnen. Der älteste Junge, der Schwingen besaß wie Kyrian, schien zehn Jahre alt zu sein. Ob er auch ein Gargoyle war?

»Najade!«, rief Kyrian. »Wo ist der Ausgang? Du weißt doch sonst alles!«

»Setz mich nicht unter Druck«, kreischte sie. »Kannst du mir nicht mal einen Tipp geben?«

»Wir waren Babys!« Kyrian besaß keinerlei Erinnerungen an seine Zeit in Gefangenschaft.

Als Amalena plötzlich sein Handgelenk umklammerte, hätte er sie beinahe mit dem Schwert geköpft. Diese Nymphe machte ihn nervös. Und die Schläge an der Tür erst recht. Die Scharniere bröckelten langsam aus der Mauer.

»Was soll das?«, knurrte er und wollte ihr die Hand entziehen, aber sie ließ nicht los.

»Ich suche in dir nach verschollenen Erinnerungen und wenn ich dich berühre, geht es schneller.«

Kyrian entspannte sich ein wenig. Mittlerweile war er ja daran gewöhnt, dass man in seinem Kopf herumschnüffelte.

»Ich sehe den Ausgang, ein dunkles Loch mit einem Gitter davor.« Sie ließ ihn hastig los und rannte in einen Nebenraum, der voller Reagenzgläser und seltsamer Geräte war.

»Dort ist es!« Amalena deutete auf die Mitte des Bodens, doch der sah genauso hell gepflastert aus wie der Rest des Verlieses. »Unter den Platten!«

Kyr verstand. Rasch suchte er den Raum nach einer Axt oder einem anderen schweren Gegenstand ab, mit dem er den Boden aufreißen konnte. Als er nichts fand, trieb er kurzerhand seine Klauen in den Stein, um die Fliesen herauszureißen.

Er wunderte sich, wie gut ihm das gelang. Seine Gargoylekrallen erwiesen sich als sehr robust und nützlich. Die Bruchstücke flogen nur so um seine Ohren, bis er auf eine Metallplatte stieß, die er mit dem Schwert aufhebelte und von sich warf, sodass sie laut scheppernd in einer Ecke landete. Tatsächlich fand er ein Loch im Erdboden vor, gerade groß genug, um eine Person hindurchzulassen.

»Da ist der Gang!«

Pyra hatte sich zwischenzeitlich eine Lampe geschnappt und stellte sich an den Rand des Loches. »Wir müssen uns beeilen! Einer nach dem anderen.« Dann sprang er hinein, um den Nachfolgenden zu helfen.

»Aus dem Weg! Schönheit und Weisheit vor den Seekühen!« Amalena drängte sich an einer hochschwangeren großen Frau mit wolfsähnlichem Aussehen vorbei, schnürte ihren Bademantel enger und hüpfte in den Abgrund.

»Pass doch auf!«, erklang es verstimmt heraus. Die Najade hatte Pyra wohl voll erwischt. »Die Nächste! Na los!«

»Vater!«, rief Dante plötzlich. »Wir können ihn nicht zurücklassen. Wenn die anderen ihn befreien, war alles umsonst.«

»Er hat recht.« Kyrian eilte mit ihm zurück, vorbei an den Gefangenen, die sich in den Raum quetschten, und stieß im Hauptgang auf Myra und Jenna. Sie hatten ein paar Mütter und Kinder um sich geschart und versuchten, sie zu beruhigen. Myra hatte inzwischen beide Zwillinge auf dem Arm, während Jenna mit ihrer Heilkraft kleinere Wehwehchen versorgte.

»Mach dich mal nützlich, Vampir!«, rief Kyrian dem Blutsauger zu, der immer noch sein Baby hielt. »Hilf den Kindern und Frauen in den Tunnel.« Sie konnten jede Unterstützung gebrauchen, und der Mann sah aus, als würde er nicht gleich in Panik ausbrechen.

»Mein Name ist Rakesh«, erwiderte er, die Brauen zusammengezogen. »Und ich werde mich nicht vor einem Kampf scheuen.«

Der Kerl wollte doch nicht etwa warten, bis die Tür fiel?

Bevor Kyrian ihn ein zweites Mal auffordern musste, hatte er sein Kind der Dämonin in den Arm gedrückt, die nun glücklich aussah, es zurückzuhaben. Kyrian beobachtete, wie sie das Baby verstohlen auf den Scheitel küsste.

Sollte einer Dämonenweiber und Vampire verstehen. Beides Geschöpfe, die Kyrian nicht besonders mochte. Eigentlich konnten sich auch die beiden Rassen untereinander nicht leiden, aber jetzt hatten sie alle einen gemeinsamen Feind und das schweißte zusammen.

Lothaire wurde gerade von Dante freigelassen, wie Kyrian über die Köpfe der anderen erkannte. Als Dante die Zellentür öffnete, rammte Lothaire von innen dagegen, sodass sie gegen den Kopf seines Sohnes prallte und er auf den Boden geschleudert wurde. Benommen blieb er liegen.

Die Menge schrie auf und zerdrückte Kyrian beinahe. Er kam nicht an den Leuten vorbei. Er konnte nur hilflos zusehen, wie Lothaire auf den Wagen mit den Folterwerkzeugen zusprintete und ein langes Messer an sich riss.

Kyrian reagierte sofort, schleuderte eins seiner Messer über die Köpfe der drängelnden Gefangenen, traf den König jedoch nur an der Schläfe, weil jemand Kyrian angerempelt hatte. Verflucht!

Unbeeindruckt von dem Mordversuch schnappte sich Lothaire die nächste Person, die in seiner Nähe stand – und das war Myra mit den Kindern auf dem Arm.

Verflucht! Kyrian hatte zwar noch ein Messer, aber er könnte Myra treffen. Die Frauen ließen ihm keine Bewegungsfreiheit und er schaffte es kaum, sich durch die Menge zu kämpfen. Er konnte nur machtlos zuschauen.

Schnell drehte Myra dem König den Rücken zu, um die Kleinen zu schützen, während Lothaire die Klinge an ihren Hals drückte.

»Bleibt, wo ihr seid, oder sie stirbt!«, brüllte er.

Dante, der sich schwankend aufgerappelt hatte, erstarrte auf der Stelle, doch die anderen Gefangenen drängten nun noch panischer in den Nebenraum.

»Dich werde ich auch gleich zu deiner Mutter schicken, verräterisches Halbblut«, knurrte Lothaire seinen Sohn an.

Kyrian konnte im Leben nicht viel erschrecken, aber als Jenna vor Myra trat, seelenruhig sagte: »Lass mich bitte die Kinder nehmen«, und ihre Arme ausstreckte, beraubte ihn das für einem Moment sämtlicher Kräfte. Was tat sie da? Kyrian sah sie bereits tot in ihrem Blut liegen.

Lothaire lachte dreckig und machte einen abfälligen Kommentar über die Güte der Lichtelfen – doch plötzlich, als Jenna sein Handgelenk ergriff, ließ er die Klinge los und fiel rückwärts zu Boden.

»Was …« Erschrocken starrte Jenna auf ihre Hand, während Dante bei ihnen ankam und den reglosen Körper seines Vaters mit dem Fuß anstupste. Als keine Reaktion erfolgte, beugte er sich, das Schwert an Lothaires Kehle, zu ihm hinunter, um den Puls zu fühlen. Dantes Augen wurden groß. »Er ist tot!«

Mittlerweile war Kyrian ebenfalls bei Jenna angelangt und rüttelte an ihren Schultern. »Bist du von Sinnen?!«

»Ich … habe ihn getötet«, wisperte sie, wobei sie immer noch auf ihre Hand blickte.

»Myra, alles in Ordnung?«, fragten Dante und Kyrian gleichzeitig.

»Mir geht es gut«, antwortete sie mit zitternder Stimme und ließ sich in Dantes Umarmung sinken, die verschreckten Kinder in ihrer Mitte.

Bebend schmiegte sich Jenna an Kyrian. »I-ich habe nur gedacht: Dieses herzlose Monster!, und mir gewünscht, ihn aufzuhalten, mit einem Stromstoß oder egal wie. Ich wusste nicht, dass ich meine Kräfte auch zum Töten benutzen kann und sein Herz gleich aufhört zu schlagen. Ich wollte ihn nur stoppen, nicht umbringen.«

»Anders hättest du ihn nie aufhalten können«, sagte er nun sanfter und drückte sie erleichtert an sich. Sie hatte seine Schwester gerettet. Dafür war er ihr unendlich dankbar.

»Weil ich eine miserable Hexe bin«, flüsterte sie und sah hastig zu ihm auf. Tränen schwammen im Blau ihrer Augen. »Ich bin ja gar keine Hexe.«

Du bist perfekt, wollte er sagen, und nicht nur, weil er stolz auf ihre Tat war, aber da rief sie: »Ich habe meinen Vater getötet!« Weinend wandte sie sich an Dante, der eben Myra aus seiner Umarmung ließ. »Das tut mir so leid.«

»Du hast richtig gehandelt«, sagte er. »Er hätte Myra umgebracht, ich hab die Mordlust in seinen Augen gesehen. Ich wünschte nur, ich hätte ihn für das, was er Myra und den andern angetan hat, lange leiden lassen können.«

Ein krachender Laut an der Tür ließ alle herumfahren. Sofort drängte Kyrian die Gefangenen, schneller zu machen. »Die Tür ist gleich zerstört!«

Fast alle waren bereits im Loch verschwunden. Myra hockte sich an die Kante und hob nacheinander die Zwillinge hinunter, wo sie ihr von Pyra abgenommen wurden. Dann ließ sie sich nach einem letzten Blick auf Dante von dem Krieger helfen und war verschwunden.

Außer Kyrian befanden sich jetzt nur noch Dante, Jenna, die Dämonin mit dem Baby und der Vampir im Raum.

»Geh endlich, Lill!«, befahl Rakesh der schwarzhaarigen Unterweltlerin. »Bringt euch in Sicherheit.«

Lill sah ihn durchdringend an. »Und was ist mit dir?«

»Ich will meine Rache«, knurrte er.

Sie zögerte kurz, stieß einen Fluch aus und küsste Rakesh flüchtig, bevor sie im dunklen Tunnel verschwand.

»Jetzt du«, sagte Kyrian zu Jenna.

Sie ließ sich ebenfalls in Pyras Arme fallen, dann ließ Kyrian seine Schwingen verschwinden und sprang hinterher.

»Vampir!«, rief er hinauf ins grelle Licht. »Komm endlich!«

»Damit du dir die stärksten Krieger zuerst schnappen kannst?«, kam es zurück. »Niemals!«

»Wie du willst«, murmelte er und erschrak, weil Jenna immer noch nicht weg war. Dante stand neben ihr, das gezogene Schwert in der Hand.

Sie besaßen nicht viel Bewegungsfreiheit, wenn sie hier unten kämpfen mussten, dafür konnten sie einer Wache nach der anderen den Kopf abschlagen, sobald sie in den Tunnel sprang.

»Was machst du noch hier?«, fuhr er Jenna härter als beabsichtigt an. »Folge den anderen!« Kyrian deutete an Dante vorbei in den dunklen Gang, der anscheinend vor Urzeiten in den Fels gehauen worden war. Die Schritte und Stimmen der Flüchtlinge drangen an seine Ohren, und schwach erkannte er noch das Licht der Laterne, der einzigen Lichtquelle hier unten. Für Jenna würde es bald zu dunkel sein.

»Werden wir uns wiedersehen?«, fragte sie mit erstickter Stimme.

Kyrian wusste es nicht und er wollte ihr auch keine Hoffnungen machen. Doch er wusste, was er jetzt brauchte, und das holte er sich. Er zog Jenna an sich und küsste sie.

Zitternd schmiegte sie sich an ihn, wobei sie den Kuss leidenschaftlich erwiderte und ihre Hände über seinen Rücken wandern ließ.

Für einen Augenblick schien die Zeit stillzustehen und Kyrian wünschte, er könnte sie wirklich anhalten, um den Moment nie enden zu lassen.

Als über ihnen ein dumpfer Knall ertönte, kehrte er in die Realität zurück und ließ Jenna los. Die Wachen hatten die Tür zerstört!

»Jetzt geh!«

Jenna regte sich nicht. »Ist das der Abschiedskuss, den du mir nicht gewähren wolltest?«

Darauf konnte er ebenfalls nichts erwidern, denn er würde hier kämpfen und sterben, falls nötig, damit Jenna und seine Schwester am Leben blieben.

Während sie »sturer Goyle« murmelte, wandte sich Kyrian energisch an Dante: »Versprich mir, sie sofort nach Hause zu bringen, falls ich nicht zurückkomme oder die Situation zu gefährlich wird.«

Dante nickte. »Ich verspreche es.«

»Vielleicht solltet du und Myra bei den Magiern Asyl beantragen.«

»Ich werde mein Land und mein Volk nicht im Stich lassen. Vor Vaters Anhängern fürchte ich mich nicht. Ich würde liebend gern an eurer Seite bleiben. Doch sollte Myra gehen wollen …« Seufzend ließ er den Kopf hängen. »… werde ich sie zu den Menschen bringen.«

»Ihr müsst los!«, drängte nun auch Pyra, als sie den Vampir aufschreien hörten und das Klirren von Klingen in ihren Ohren hallte. Pyra klopfte Dante auf die Schulter. »Das Land braucht einen neuen Regenten, und ein toter Prinz hilft niemandem.«

Dante drückte kurz den Arm seines Freundes und sagte: »Kommt nur alle heil nach.« Dann nahm er Jenna am Ellbogen und zog sie mit sich.

*

Jenna tastete sich mit einer Hand an der rauen Felswand entlang, während Dante sie durch die Dunkelheit führte. Hinter sich vernahm sie das Klirren von Schwertern sowie Schlachtgeschrei und hoffte inständig, Kyrian wiederzusehen.

Der Tunnel schien endlos und Jennas Gedanken spielten die grausamsten Szenarien ab. Einerseits wollte sie zu Kyrian zurücklaufen, andererseits nur raus aus diesem Albtraum. Was, wenn es Kyrian nicht schaffte?

»Hör auf, so was zu denken«, sagte Dante, doch Jenna wusste, dass er sich ebenfalls sorgte, und zwar um Myra und ihre gemeinsame Zukunft. Er hatte Angst, dass sie tatsächlich in die Menschenwelt wollte. Angst, sie zu verlieren und sein Kind. Eine Translokation in ihrem Zustand … Er wollte nicht schuld sein, wenn sie ihr Baby verlor.

»Ist das wirklich schädlich?«, wollte Jenna wissen.

»Man hat immer wieder davon gehört, dass Frauen ihre Kinder deshalb verloren haben, daher dürfen sich Schwangere offiziell nicht translozieren.« Nach einer kurzen Pause fragte Dante: »Bist du denn schwanger?«

»Nicht, dass ich wüsste.« Schließlich trug sie eine Spirale.

»Dann kann ich uns translozieren. Wir müssten längst weit genug von der Festung weg sein«, sagte er und umarmte sie.

Glutrot stand die Sonne am Morgenhimmel, als sie sich einen Atemzug später inmitten einer Ruine befanden, um sie herum eingefallene Mauern, von denen nur noch eine halbwegs stand. Ein Bächlein floss daran vorbei, das früher ein reißendes Gewässer gewesen sein musste, denn das Flussbett hatte sich tief in den kargen Boden gegraben.

»Das ist eine alte Mühle.« Dante deutete auf zwei große Steinscheiben und sah sich um. »Wir sind ziemlich weit weg von der Burg.«

Jenna folgte seinem Blick. Vor ihnen lag eine weite Steppe, über die sich die Morgensonne erhob, zu ihrer Linken Berge und auf der anderen Seite erkannte sie in etwa zwei Meilen Entfernung eine riesige Festung und die Silhouette einer Stadt. Irgendwo dort befand sich noch Kyrian.

Hinter den Zinnen stieg Rauch in den Himmel.

»Die Burg brennt!«, rief Jenna.

Dante schüttelte den Kopf. »Nein, das ist nur der Vulkan.«

Ein Vulkan! Die waren ihr nicht gerade geheuer.

»Keine Angst, er ist zu weit weg. Und an die gelegentlichen Erdstöße gewöhnt man sich.«

Jenna fühlte, wie sehr ihr Bruder dieses Land liebte, obwohl es in ihren Augen eine trostlose Einöde war.

»Wo sind die anderen?« Sie blickte in alle Richtungen, konnte jedoch kein Lebewesen weit und breit entdecken.

»Noch nicht da. Wir haben sie überholt.«

»Bist du dir sicher, dass sie hier herauskommen?«

»Ganz sicher«, sagte Dante und begann, durch die Ruine zu laufen. »Irgendwo muss ein Ausgang sein.«

»Warst du schon mal hier oder woher weißt du das?« Jenna fühlte sich ziemlich verlassen in dieser Einöde.

»Nein.«

»Und woher willst du dann …«

Lächelnd legte ihr Dante eine Hand auf die Schulter. »Ich transloziere mich, seit ich drei bin. Ich kann an Orte reisen, die ich nie zuvor gesehen habe, indem ich einfach dem Weg folge. Ich schicke sozusagen meinen Geist in … wie nennt ihr es … in Lichtgeschwindigkeit voran. Auf diese Art sind wir durch den Tunnel gereist, vorbei an den anderen. Und hier müssten sie eigentlich herauskommen.«

»Meinst du, ich könnte es auch lernen, mich zu translozieren?« Soweit sie wusste, konnten das nicht nur Dunkelelfen, sondern auch Lichtelfen, und immerhin besaß sie das Erbgut von beiden.

»Ich denke schon«, antwortete Dante. »Wenn man den Dreh mal raus hat, ist es gar nicht so schwer.«

Als es plötzlich unter ihren Füßen polterte, sprang sie beinahe in die Luft.

»Dort muss der Ausgang sein!« Dante rammte sein Schwert in den Boden und hebelte eine halb verfaulte Holzluke auf.

Nacheinander traten die Frauen über eine Steintreppe heraus und blinzelten ins Tageslicht. Als Myra mit den Zwillingen auftauchte, legte Dante gleich den Arm um sie und zog sie beiseite.

Jenna kontrollierte, ob jeder unverletzt war. Alle schienen wohlauf, bis auf Amalena, die jammernd und humpelnd die Stufen erklomm und ein wenig mitleiderregend aussah. Sie hustete und ihre Haut wirkte fahl. Als die Sonne ihr hübsches Gesicht erhellte, riss sie die Augen auf. »Verdammt, nur Dreck und Staub!«

Beim Anblick ihrer nackten Füße erschrak Jenna. Die Haut blätterte regelrecht ab.

»Ich kann dich heilen«, sagte sie schnell und wollte sich eben hinunterbeugen, als Amalena aufquiekte und an ihr vorbeirannte. Mit einem Satz sprang sie ins Flussbett und seufzte wohlig, als sie sich in die Pfütze hockte, den feuchten Bademantel eng um sich geschlungen. Die eingerissene Haut an ihren Füßen regenerierte sich sofort.

»Sind alle da?«, fragte Jenna, als niemand mehr aus der Luke kam.

Die Dämonin mit dem Baby stand daneben und blickte in das Loch. »Ich glaube schon. Ich war die letzte.« Der Kleine nuckelte an einer Brust, die aus dem Bademantel schaute. Aus seinem Mundwinkel liefen Milch und Blut. Beim näherem Hinsehen erkannte Jenna, dass der Junge seine Beißerchen in die Brustwarze getrieben hatte, doch die Dämonin schien das nicht zu stören.

»Wie lange wart ihr eingesperrt?«, wollte Jenna wissen.

Lill zuckte mit den Schultern. »Monate … Jahre … Da unten vergisst man die Zeit. Sie kommt einem wie die Ewigkeit vor.«

Die anderen Frauen hatten sich mit ihren Kindern um das verfallene Gebäude verteilt, einige redeten miteinander, ein paar der Kleinen weinten, andere starrten ins Leere.

Sie mussten endlich von hier weg.

*

»Rakesh?«, brüllte Kyrian, während er einem weiteren Soldaten, der in das Loch sprang, den Kopf abschlug. Der Vampir befand sich weiterhin irgendwo da oben. Anscheinend lebte er noch, denn Kyrian hörte, wie gekämpft wurde. Ihm könnte es ja egal sein, was mit dem Blutsauger passierte, aber jeder Mann mehr wäre ihnen hier unten eine große Hilfe.

Im Tunnel zogen Kyrian und Pyra abwechselnd die Toten zur Seite, damit sie Platz hatten, denn langsam stapelten sich die Leichen. Wie die Lemminge stürzten die Wachmänner in ihr Verderben, um ihren König zu rächen.

»Ich komme runter!«, rief Rakesh plötzlich und stand eine Sekunde später bereits vor ihnen, ein Schwert in der Hand, das er wohl einem Soldaten abgenommen hatte. Sein nackter Oberkörper und die Hose waren über und über mit Blut bespritzt und er leckte sich über die Lippen. »Wird mir doch zu ungemütlich da oben.«

Nun kämpften sie zu zweit gegen den nie versiegenden Strom an. Der dritte zog zwischenzeitlich die Leichen immer tiefer in den Tunnel, da es bald kein Vorbeikommen mehr geben würde.

»Wie viele sind noch da oben?« Kyrian glaubte, das Gemetzel würde nie enden. Er wollte endlich zu Jenna und seiner Schwester, musste wissen, ob sie in Sicherheit waren.

»Vielleicht dreißig«, sagte Rakesh.

»Sind auch von dir Männer darunter, Pyra?« Kyrian hatte gehört, der wilde Dunkelelf würde ein eigenes Regiment führen.

»Zwei habe ich bis jetzt entdeckt. Diese Auslese kommt mir gerade recht«, rief er, während er unermüdlich Pfeile durch die Öffnung nach oben schoss.

»Was sucht ein männlicher Vampir eigentlich in Lothaires Brutwerkstatt?«, fragte Kyrian Rakesh, wobei sie ununterbrochen weitere Elfen abmetzelten. »Wieso hat man dich mit einer Dämonin vereint?« Soweit Kyrian das mitbekommen hatte, wollte Lothaire stärkere Dunkelelfen durch Kreuzung mit anderen Rassen hervorbringen.

»Was weiß ich, was in euren Köpfen vorgeht?«, knurrte Rakesh. »Ich war wohl ein Experiment. Oder er wollte unser Baby später mit einem Elfen kreuzen. Keine Ahnung.«

Rakesh konnte gut mit dem Schwert umgehen. Kein Wunder, dass Lothaire sich für den Vampirkrieger entschieden hatte. Nur steckte er so voller Wut, dass er oft leichtsinnige Aktionen durchführte. Gerade stand er so dicht am Eingang, dass … »Zur Seite!«

Zu spät. Ein herabspringender Soldat hatte ihm das Schwert diagonal in den Hals getrieben.

Rakesh ging zu Boden und bewegte sich nicht mehr, während Kyrian dem Wachmann den Garaus machte.

»Ist der Blutsauger tot?«, fragte er Pyra, der den Vampir rasch auf die Seite zog.

»Schwer zu sagen, die wandelnden Toten haben ja keinen Puls und müssen auch nicht atmen.« Pyra riss das Schwert aus Rakeshs Hals und stellte sich Kyrian gegenüber, als plötzlich von oben jemand herunterrief: »Pyra, steckst du da unten?«

»Vater!« Erschrocken starrte der wilde Krieger nach oben.

»Ergebt euch, oder wir räuchern euch aus!«

»Niemals!«, brüllte er und sagte zu Kyrian: »Vater würde mich opfern, da bin ich mir sicher.«

Als plötzlich ein brennender Glutball an der Öffnung erschien, krabbelten Pyra und Kyrian über die Leichen tiefer in den Gang, doch sie stolperten über die Gliedmaßen und landeten übereinander auf dem Vampir. Kyrian schaffte es gerade noch, seine Schwingen hervorbrechen zu lassen, um sie schützend über ihnen auszubreiten, bevor die Brandbombe in den Tunnel fiel.

Eine Flammenwand fegte über sie hinweg, die Kyrians Flughäute, Nacken und Haare versengte. Sämtlicher Sauerstoff schien auf einen Schlag verbraucht. Kyrian hielt die Luft an, als es nach verbrannter Haut roch und die Hitze wie Lava seine Lungen füllte. Er spürte, wie seine Hose Feuer fing und glühende Schmerzen durch seinen Körper fegten.

Sein letzter Gedanke galt Jenna. Kyrian sah ihr hübsches Gesicht vor seinem geistigen Auge, bevor er das Bewusstsein verlor.

*

Jenna erklärte der Dämonin genau, wo sich die Klinik befand und dass sie ein Portal auf dem Dach öffnen konnte. »Dort findet ihr alle erst mal einen Unterschlupf und werdet versorgt.«

»Ich versuche es, ich kann nichts versprechen«, sagte Lill. »Zuerst muss ich ein Tor in der Unterwelt erschaffen, die erreiche ich aus jeder Dimension. Von da aus kann ich dann ein zweites Portal in London öffnen.«

»Kann ich dir vertrauen?« Jenna hoffte, die Dämonin würde Wort halten, denn Dantes Kräfte würden nicht ausreichen, alle Wesen zu translozieren. Er würde Jenna zwar nach Hause bringen, sollte es die Situation erfordern, würde aber ansonsten nicht von Myras Seite weichen. »Bring sie bitte dorthin, ja? Sag, dass du mich kennst. Mein Name ist Jenna Fairchild. Niemand wird euch etwas antun. In der Klinik seid ihr sicher.«

»Keine Sorge, ich werde ohnehin nicht abhauen.« Lill warf einen flüchtigen Blick auf den Tunnelausgang. »Ich will auf Rakesh warten.« Offenbar existierte zwischen den beiden so eine Art Hassliebe oder das gemeinsame, wenn auch nicht gewünschte Kind, schweißte sie zusammen.

Lill ging zur verbliebenen Mauer der Mühle und malte mit dem Zeigefinger einen großen Kreis an die Wand, solange Jenna die anderen herbeiwinkte.

Nachdem Lill durch den blauknisternden Ring aus Energie in einen dunklen Gang getreten war, öffnete sie an der gegenüberliegenden Seite ein weiteres Portal.

Jenna erkannte durch die beiden Tore die Fahrstuhltüre des Klinikdaches. »Du hast es geschafft!«

Schnell überreichte Lill ihr das Baby. »Nimm ihn, damit ich die Tore offenhalten kann.« Die Dämonin stand in der Mitte des Ganges, die Hände zu beiden Seiten an den Portalen, während Jenna das Baby von sich streckte, da es nach ihr schnappte.

»Du hast doch gerade erst gefuttert«, sagte sie zu dem Kleinen, als plötzlich Ash hinter dem Doppeltor auftauchte. »Jenna!«

»Engel«, zischte Lill und zog ihre Hand aus dem zweiten Tor, doch Jenna rief: »Nein, er wird euch nichts tun!«

Auch einige andere Frauen wichen vor dem Portal zurück.

»Jenna!«, rief Ash erneut und winkte sie zu sich, wobei das zweite Portal kleiner wurde. »Komm rüber!« Anscheinend konnte oder wollte er nicht durchs Tor, da die Unterwelt dazwischen lag.

»Ich werde auf Kyrian warten. Der König ist tot und Kyr kämpft gegen die Aufständischen.« Dass sie für Lothaires Tod verantwortlich war, wollte sie jetzt nicht erwähnen.

»Lill, bitte!«, rief Jenna, woraufhin die Dämonin mürrisch dreinblickend das zweite Portal wieder aufzog und beide mit ihren Händen offenhielt.

»Was ist mit Noir?«, wollte Jenna von Ash wissen.

»Ihr und dem Baby geht es gut, sie sind in Sicherheit.«

Sie war mehr als erleichtert, das zu hören. »Und Ben?«

»Auf dem Weg der Besserung.« Ash wanderte vor dem Portal auf und ab, um einen besseren Überblick zu bekommen, was sich auf ihrer Seite abspielte. »Wer sind diese Frauen und Kinder?«

»Gefangene. Wir haben sie befreit. Einige brauchen vielleicht ärztliche Betreuung. Es sind auch Dunkelelfen unter ihnen.«

Darauf erwiderte Ash nichts, aber Jenna wusste, er würde sich dafür einsetzen, dass sie Asyl erhielten.

Die Ersten traten bereits durch die Portale, offensichtlich glücklich darüber, dem Dunklen Land zu entfliehen. Ein paar Frauen bogen jedoch vor dem zweiten Portal in der Unterwelt ab. Anscheinend waren mehr Dämoninnen unter ihnen, als Jenna vermutet hatte.

Als beinahe alle Gefangenen auf der anderen Seite waren, rief Jenna nach Amalena. »Willst du nicht auch gehen?«

Sie hockte immer noch im halb ausgetrockneten Bach. »Ich warte auf Kyrian.«

Hieß das, er würde das Gemetzel überleben?

»Jenna, bitte komm!« Ash ließ nicht locker.

»Dante wird mich sofort bringen, falls mir Gefahr droht. Bitte richte den anderen aus, dass es mir gut geht!« Hektisch blickte sie sich um. Alle Frauen und Kinder waren durch das Portal geschritten, bis auf Myra, die noch die Zwillinge im Arm hielt. Wie es aussah, würde sie hierbleiben.

Jenna hörte Ash einen Fluch ausstoßen, als sich die Portale schlossen und sie der Dämonin das Baby zurückgab.

***

Jenna schritt vor der eingefallenen Mühle auf und ab, wobei sie dem Drang widerstand, an den Nägeln zu kauen. Ihre Finger starrten vor Dreck, genau wie ihre weiße Hose und die Sneaker.

Sie kletterte das steile Ufer hinunter zu Amalena, um sich in dem Rinnsal die Hände zu waschen.

»Werden die drei es schaffen?«, fragte sie möglichst beiläufig, doch ihre Stimme zitterte.

»Ich habe keine Lust mehr, euer Orakel zu spielen«, erwiderte die Najade schnippisch und drehte ihr den Rücken zu.

Als Dante plötzlich ihren Namen brüllte und sie fühlte, wie aufgewühlt er war, wusste sie, dass etwas passiert sein musste. So schnell sie konnte, kletterte sie die Böschung nach oben und sah Kyrian vor dem Gebäude liegen. Pyra kniete neben ihm und begutachtete seinen Rücken und die Schwingen; der Vampir war nicht unter ihnen.

»Pyra hat sie eben hertransloziert«, erklärte ihr Dante, als sie sich neben Kyrian kniete. Seine Hose hatte offensichtlich Feuer gefangen, denn sie sah verkohlt aus und wies an einigen Stellen Löcher auf. Als Jenna die Schwingen inspizierte, erschrak sie über die Blasen.

»Brandbomben«, sagte Pyra atemlos. »Kyrian hat mir das Leben gerettet.«

»Kyr!« Sanft strich sie ihm über den Kopf. Da er auf dem Bauch lag, sah Jenna lediglich, wie eins seiner Lider flatterte.

Lill trat zu ihnen. »Wo ist Rakesh?«

Pyra stand auf und zog sie auf die Seite. »Er ist tot.«

»Er ist ein Vampir, die sind schon tot!«, schrie die Dämonin und versuchte, an ihm vorbeizugelangen, um in den Tunnel zurückzukehren, doch Pyra hielt sie fest. »Du wirst da drin ersticken!« Tatsächlich kräuselte sich eine feine Rauchfahne aus dem Eingang.

Jenna verfolgte ihren Disput nicht weiter, sondern machte sich daran, die Brandwunden zu heilen, indem sie ihre Hände auflegte und sich den Genesungsprozess vorstellte. Kyrian würde einige Narben zurückbehalten, aber auf ein paar mehr kam es bei ihm auch nicht mehr an. Hauptsache, er überlebte.

Bitte, du musst es schaffen, wünschte sie sich.

Auch wenn er nicht bei ihr bleiben wollte – was sie ihm besonders jetzt nicht verübeln konnte, da sie die Tochter seines Peinigers war –, wünschte sie sich nichts sehnlicher, als dass er lebte.

Bitte, Kyr, atme durch!

Auch seine Lungen hatten Schaden genommen, und Jenna heilte sie.

Ob sie sich von Anfang an zu Kyrian hingezogen gefühlt hatte, weil sie auch einen Dunkelelfanteil besaß? Gleich und gleich gesellte sich eben gern.

Doch war die Reise zu den Wurzeln ihrer Vergangenheit all das wert gewesen? Was hatte sie ihr gebracht außer Leid? Sie war eine

Waise, genau wie Kyrian. Ihr ganzes Leben war eine Lüge gewesen. Die Menschen, denen sie vertraut hatte, hatten sie angelogen.

So viele Gedanken gingen ihr durch den Kopf, vor allem, wie sie sich in Zukunft ihrem »Dad« gegenüber verhalten sollte. Ja, er hatte sie nur belogen, um sie zu schützen, dennoch fühlte sie sich verraten.

Hätte sie so ein magisches Artefakt, wie Noir es besessen hatte, um die Zeit zurückzudrehen – würde sie in ihr langweiliges Leben zurückkehren? Doch dann wäre auch Lothaire noch am Leben, Myra würde ihr Kind verlieren und die Gefangenen weiterhin den grausamen Experimenten ausgesetzt sein.

Nein, auch wenn sie sich schrecklich fühlte, war es gut, dass er tot und alles so gekommen war. Jetzt würde sich vieles ändern und vielleicht besser werden. Für sie alle. Die Anschläge, die Lothaire befohlen hatte, hatten zu vielen Menschen das Leben gekostet.

»Jenna«, flüsterte Kyrian plötzlich und hustete. Er stützte sich auf die Unterarme, wobei er lächelnd den Kopf drehte. »Ich hab gedacht, dich nie wieder zu sehen.«

»Wenn Pyra dich da nicht herausgeholt hätte, dann …« Sie wollte es nicht zu Ende sprechen. Sie fühlte sich erschöpft und hätte am liebsten geweint, aber das verbot sie sich. Keine weiteren Gefühlsausbrüche, solange sie noch mit so vielen anderen Emotionen beschäftigt war. Außerdem wollte sie endlich nach Hause, in eine Welt, in die sie eigentlich gar nicht gehörte, doch es war die, die sie kannte und liebte.

Zärtlich strich sie durch sein versengtes Haar und verlor sich in dem Blau seiner Augen, die in dem rußgeschwärzten Gesicht besonders intensiv leuchteten.

Kyrian setzte sich auf und nahm ihre Hand in seine. »Du hast mich gerettet. Und meine Schwester.«

»Dann sind wir ja jetzt quitt«, sagte sie.

Kyrian lächelte immer noch, seine Fänge blitzten auf. Wie konnte jemand, der sonst nie Gefühle zeigte, das in so einer Situation tun?

Er war eben etwas ganz Besonderes. Und unglaublich sexy, selbst im angebruzzelten Zustand.

Als plötzlich ein nackter Mann wie eine Rakete aus der Luke schoss, schrie Lill auf. »Rakesh!«

Der Vampir kam auf dem Boden vor der Ruine zum Liegen; seine entblößte Gestalt hatte sich in den Staub gegraben. Von oben bis unten war die Haut schwarz und sein Haar verkohlt. Er sah schrecklich aus! Seine Hose musste den Flammen zum Opfer gefallen sein und dennoch hatte er überlebt.

»Der Blutsauger hat es tatsächlich geschafft«, murmelte Kyrian.

»Rakesh!« Lill lief sofort auf ihn zu, das Baby an ihre Brust gedrückt, und hielt ihm ihr Handgelenk vor den Mund. »Trink!«

Matt schüttelte er den Kopf. »Gehört dem Kleinen.«

»Dummer Kerl, nimm wenigstens ein paar Schlucke, wenn du deinen Sohn aufwachsen sehen willst!« Gewaltsam drückte sie ihren Arm an seine Lippen.

Rakesh biss hinein und saugte gierig, bis Lill ihm die Hand entriss. Nur wenige Sekunden später heilte sich die verbrannte Haut des Vampirs und das Haar erlangte seine blonde Farbe zurück.

Lill half ihm auf und zog ihn zur Steinwand. »Wir verschwinden dann«, rief sie ihnen über die Schulter zu.

Rakesh nickte Kyrian und Pyra zum Abschied, bevor er mit seiner Dämonin und dem Baby durch ein Portal stieg.

»Für mich wird es auch Zeit!« Amalena hatte sich neben ihnen aufgebaut, die Hände in die Hüften gestemmt, wobei Wasser aus ihrem Bademantel tropfte. »Ich will endlich zu meinen Schwestern.«

Langsam stand Kyrian auf und atmete tief durch. »Ich muss zugeben, das hast du dir wirklich verdient, Najade.« Er nahm sie an der Hand und sagte zu Jenna: »Bin gleich wieder da.«

»Halt«, rief Amalena überraschend. »Da du tatsächlich Wort gehalten hast, Elfe, gibt's noch ein Sprüchlein gratis: Dante und Jenna, geistig verbunden, können alle Geheimnisse des anderen erkunden, und werden, so lange sie leben, die Friedensboten für ihr Land geben.« Sie grinste zufrieden. »So, das war's auch schon und jetzt Tschüssi.«

Kyrian zuckte mit den Schultern und verschwand mit der Nymphe. Keine drei Sekunden später tauchte er schwankend an derselben Stelle wieder auf.

»Das ging ja flott.« Jenna wollte ihn stützen, doch ihr kämpferischer Goyle lehnte ab und sagte: »Kurz und schmerzlos.«

Er ging hinüber zu Myra, die die Zwillinge im Arm hielt. Neben ihr unterhielt sich Pyra mit Dante. Kyr fragte seine Schwester: »Ich werde Jenna nach Hause bringen. Was ist mit dir?«

»Ich möchte nicht weg von hier«, erwiderte sie.

Dante stand die Erleichterung deutlich ins Gesicht geschrieben. Eine Riesenlast schien von ihm abgefallen zu sein, so breit, wie er grinste. »Du möchtest wirklich hierbleiben?«

»Das ist meine Welt. Ich kenne keine andere. An deiner Seite fühle ich mich wohl.«

»Myra …« Übermütig gab er ihr einen Kuss, den sie erwiderte. »Doch ich würde es verstehen, wenn du erst mal mit Kyrian gehst.«

»A-aber … eine Translokation mit einem Ungeborenen«, stotterte sie.

»Ich weiß. Es ist zu riskant. Nur ich wünschte, du bleibst nicht allein deswegen hier.«

»Bestimmt nicht«, antwortete sie lächelnd, ließ aber gleich den Kopf sinken und starrte auf die Zwillinge. »Bloß hab ich mir überlegt … wenn du nichts dagegen hast … Darf ich mich um die Kinder kümmern? Sie haben doch niemanden mehr.«

Kopfschüttelnd nahm Dante ihr den kleinen Jungen ab. »Wir werden uns um sie kümmern.«

Nun grinste auch Myra breit und schmiegte sich in Dantes freien Arm. »Wie konnte ich jemals an dir zweifeln?«

»Deine Zweifel waren berechtigt. Ich war verunsichert und verletzt, vor allem, als ich hörte, dass meine Mutter mich im Stich ließ, doch das hätte nie etwas zwischen uns geändert.«

Jenna freute sich für die beiden. Sie hatten ein bisschen Glück in dieser trostlosen Welt verdient.

»Kannst du für ihre Sicherheit garantieren, Dante?«, fragte Kyrian in ernstem Ton.

»Das kann ich nicht.« Dante blickte auf Myra, um jede ihrer Reaktionen mitzubekommen, wie Jenna in ihrem Kopf vernahm. Er hatte immer noch Angst, sie könnte ihn verlassen. »Ich werde dich gemeinsam mit einer Amme in eine Hütte bringen, weit weg von der Burg, bis die Unruhen vorüber sind.«

Pyra, der bis jetzt nichts gesagt hatte, ergriff das Wort. »Dante hat sich im Krieg Anerkennung verdient. Viele Soldaten stehen loyal zu ihm. Ich werde an seiner Seite die Aufständischen bekämpfen, auch wenn das bedeutet, gegen meinen Vater anzutreten.«

Dankbar nickte Dante ihm zu. »Du bist ein wahrer Freund.«

»Und falls doch etwas sein sollte«, warf Jenna ein, »erfahre ich es in meinen Träumen. So, wie es Amalena eben orakelt hat.«

Dante löste sich von Myra und gab ihr den Jungen zurück, um Jenna zu umarmen. »Ja, wir bleiben in Verbindung, wie man bei euch so schön sagt.«

Jenna drückte ihn zum Abschied fest und wünschte ihnen alles erdenklich Gute.

Dante küsste sie auf die Wange. »Du bist jederzeit willkommen.«

»Und ich werde dafür sorgen, dass du das auch bist.«

»Ich glaube, da ist noch viel Diplomatie nötig, nach allem, was mein … unser Vater verbrochen hat.«

»Wir schaffen das«, sagte Jenna, verabschiedete sich auch von Myra und Pyra und wartete, bis Kyrian ebenfalls so weit war. Dann ließ sie sich von ihm umarmen und nach Hause bringen.

Kapitel 33 - Endlich zu Hause

Als sich Kyrian mit Jenna auf dem Klinikdach materialisierte, wollte er sie am liebsten nicht mehr loslassen. Nachdem er Ashs finsterem Blick begegnet war, hielt er die Lider noch eine Weile geschlossen, obwohl die Sonne an diesem trüben Morgen hinter einer dicken Wolkenschicht verborgen blieb. Dennoch brannte die Helligkeit in den Augen. Er vermisste seine Sonnenbrille.

»Alles okay, Jenna?«, fragte der Engel, woraufhin Kyrian sie losließ. Er wollte jetzt nichts falsch machen. Der Magierrat könnte ihn ganz schnell verhaften. Mit Schaudern erinnerte Kyr sich an diese verflixtteuflischen Handschellen, die aus ihm einen unfähigen Idioten gemacht hatten.

Ob die Magier vielleicht schon auf ihn lauerten?

Er scannte mit all seinen Sinnen die Umgebung, spürte aber niemanden in unmittelbarer Nähe. Nicht mal ein Vogel ließ sich auf dem Dach blicken.

Jenna nickte. »Ich bin unverletzt, Ash. Bitte richte dem Magierrat aus, dass Kyrian mich gerettet hat. Sie müssen den Prozess fallen lassen.«

Obwohl sie energisch klang und sich Kyrian freute, weil sie sich für ihn einsetzte, interessierte ihn jetzt nur, dass sie schnell zu Kräften kam.

Ash baute sich mit verschränkten Armen neben ihm auf, die Brustmuskeln angespannt und das schwarze Gefieder bedrohlich gespreizt.

Aufgeplusterter Gockel, dachte Kyrian und verspürte plötzlich große Lust, seine eigenen Schwingen zu spreizen.

»Magnus hat natürlich sofort einige der Geretteten ausgefragt«, sagte Ash, wobei er Kyr weiterhin musterte. »Die Chancen stehen gut für dich, Dunkelelf.«

Kyrian hörte Jenna aufatmen. »Und wie geht es den Frauen und Kindern?«

»Man kümmert sich gut um sie. Mach dir keine Sorgen.«

»Dann werde ich jetzt nach Noir sehen.« Jenna ging an Ash vorbei in Richtung Aufzug, doch er hielt sie zurück. »Sie wollte nach Hause, und als nichts dagegensprach, hat William sie entlassen.«

»Sie wird nie wieder in die Klinik kommen wollen, nach allem, was ihr hier zugestoßen ist.« Jenna wirkte so geknickt, dass sich Kyrian die Krallen in die Handflächen trieb, nur damit er sich zurückhielt. Er wollte nicht besitzergreifend wirken, doch der plötzliche Drang, Jenna nie mehr loszulassen, wurde übermächtig.

Als sie sich an ihn wandte und fragte: »Kannst du mich zu Noir bringen?«, konnte er sich ein kleines, triumphierendes Lächeln nicht verkneifen.

»Natürlich. Ich bringe dich, wohin du willst.«

»Ich begleite euch«, sagte Ash sofort. »Soll ich deinem Vater zuvor noch ausrichten, dass du hier bist?«

»Das wäre lieb. Sag ihm bitte, es geht mir gut und ich komme sofort zu ihm, nachdem ich bei Noir war.«

Ash hatte sich bereits zur Hälfte in Rauch aufgelöst, nur sein Oberkörper war noch zu sehen. Offensichtlich zögerte er, sie allein zu lassen. »Ich will keine Beschwerden hören«, knurrte er.

Sofort nahm Jenna Kyrians Hand, woraufhin er hastig die Krallen verschwinden ließ, um ihr nicht wehzutun. »Er ist einer von den Guten. Dafür bürge ich mit meinem Leben.«

In Kyrs Innerem schien sich alles zu erwärmen. Sanft drückte er ihre zarten Finger und zog Jenna an seinen Körper. Sie schmiegte den Kopf an seine nackte Brust, und der Hauch ihres Atems brachte seine Haut zum Prickeln. Er wartete noch einige Sekunden, um jeden Moment mit dieser wunderbaren Frau auszukosten, bevor er sich auf das Dach der Detektei translozierte.

*

Nach Kyrians Geschmack hatte Wachhund Ash die Botschaft an Jennas Vater viel zu schnell überbracht. Kaum standen sie vor Noirs und Vincents Apartment, materialisierte sich der Engel vor der Wohnungstür.

Jenna klingelte, und kurze Zeit später aktivierte sich die kleine Kamera über der Tür, wie ein blinkender roter Punkt verriet.

»Es ist Jenna!«, hörte Kyrian Vincent durch die geschlossene Tür rufen. Der Klanführer öffnete jedoch erst, nachdem ein Scanner, der in die Kamera integriert war, ihre Energiesignaturen überprüft hatte. Kyrian hörte das leise Summen. Magnus hatte Noirs Wohnung mit den höchsten Sicherheitsstandards ausstatten lassen.

»Jenna!« Vincent, der lediglich eine Jogginghose anhatte, grinste sie erleichtert an, wobei er sein schlafendes Baby an die nackte Brust gedrückt hielt. In den kräftigen Armen des Klanführers sah es winzig aus. Von dem Bündel war kaum etwas zu erkennen, so eingepackt war es. Der Kleine trug einen blauen Strampelanzug und ein weißes Mützchen, unter dem schwarze Haare hervorspitzten.

Kyrian war froh, dass die Hexe und ihr Kind lebten. Vincent hätte es wohl nicht überstanden, wäre ihnen etwas zugestoßen. Kyr konnte seinen Klanführer jetzt, da er selbst jemanden in sein Herz geschlossen hatte, gut verstehen.

Zu seiner Überraschung reichte Vincent ihm die Hand. »Ich bin froh, dass du sie zurückgebracht hast.«

Ob Vincent wusste, wie viel ihm diese Geste bedeutete? Sie nahm eine ungeheure Last von ihm. Er wollte nicht im Streit mit dem Klan auseinandergehen. Hier hatte er ein Zuhause gefunden. Es würde schwer werden, es zu verlassen.

»Ich würde mein Leben für sie geben«, sagte Kyrian, ohne Jenna anzusehen, weil sich seine Wangen erwärmten. Verdammt, was war das denn? Solche Reaktionen kannte er nicht.

Vincent grinste wissend und wandte sich an Jenna. »Magst du Philippe mal halten?«

Als sie lächelte, wirkte sie gleich weniger erschöpft. »Ihr habt ihm den Namen von Noirs Dad gegeben?«

»Hm, und von meinem Vater.« Vincent räusperte sich. »Er hieß Dagur.«

»Willkommen in dieser Welt, Philippe Dagur.« Vorsichtig drückte Jenna das Füßchen des Babys. »Ich werde ihn später knuddeln, wenn ich sauber bin. Ich will euch auch nicht lange stören, nur eben nach Noir sehen.«

»Das wird aber auch Zeit«, rief die Hexe von irgendwo weiter hinten aus der Wohnung.

Grinsend öffnete Vincent die Tür ganz und ließ Jenna hinein. »Sie ist im Schlafzimmer.«

Kyrian blieb mit Ash und Vincent im Flur zurück, während er hörte, wie Jenna und Noir aufgeregt miteinander redeten.

»Du bist also eine Elfe?«, sagte Noir. »Na das sind mal Neuigkeiten.« Sie berichtete von ihrer Entführung und der Geburt, wobei Jenna eine Kurzfassung ihrer Erlebnisse von sich gab. Dabei lobte sie immer wieder Kyrian, was ihm erneut die Hitze ins Gesicht trieb. Besser, er hörte nicht hin.

Er räusperte sich und trat einen Schritt zur Seite, weil Ash ihm regelrecht im Nacken saß. »Ich will euch auch nicht lange aufhalten, sondern nur fragen, ob ich noch persönliche Sachen aus der Wohnung holen darf. Dann werde ich verschwinden.«

Eigentlich hatte er keine persönlichen Sachen. Alles, was er besaß, hatte Noir ihm gekauft oder er von dem Geld bezahlt, das er hier verdient hatte. Er würde bloß duschen, sich frische Kleidung anziehen und danach … mal sehen.

»Du darfst bleiben, so lange du willst«, sagte Vincent, und Kyrian dachte erst, er hätte sich verhört.

»Ist das dein Ernst?«

»Mein voller Ernst.«

Träge sickerten Vincents Worte in sein Gehirn. Er konnte es noch gar nicht glauben. Alles in seinem Kopf drehte sich, die Stimmen von Vince, Ash, Noir und Jenna vermischten sich zu einem Summton, der ihn schwindlig werden ließ.

Jetzt, wo sich die gesamte Situation geändert hatte, er im Klan bleiben durfte und Lothaire nicht mehr sein Unwesen trieb, sah auf einmal alles anders aus. Jenna und Myra waren gerettet, und Kyrian hatte keinen Grund mehr, sein Leben für einen psychopathischen Herrscher zu riskieren. Zum ersten Mal konnte er tun, was er wollte.

Er war frei.

Frei!

Vor seinem geistigen Auge sah er nur noch Jenna, ein Leben mit ihr und wie er mit ihr alt wurde. Diese Gedanken erschreckten ihn, waren neu für ihn, und dennoch hatte er Riesenlust auf dieses unbekannte große Abenteuer.

Kyrian wollte Jenna mehr als jemals zuvor, obwohl sie die Tochter des Mannes war, der sein Leben zur Hölle gemacht hatte. Aber dafür konnte sie nichts. Jetzt, nachdem sie mit ihm gemeinsam den letzten Weg aus der Hölle gegangen war, bemerkte er, wie sehr sie ihm ähnelte. Sie waren beide verlorene Seelen. Seine fehlende Hälfte. Sie vervollständigte ihn.

»Du hörst mir gar nicht zu«, sagte Vincent lächelnd.

»Hm«, brummte er und versteifte sich, als Jenna zurückkam. Sie wirkte so verdammt müde. Dennoch verabschiedete sie sich tapfer lächelnd von Vincent und versprach, am nächsten Tag vorbeizusehen.

Die Energie des Najadenwassers war längst aufgebraucht. Kyrian wünschte, er könnte etwas für sie tun. Sie musste jetzt essen und schlafen; doch dabei brauchte sie seine Hilfe nicht.

»Ash wird mich zu Dad bringen«, erklärte sie ihm. »Ich würde gern allein mit ihm sprechen und dann muss ich erst mal für mich sein.« Sie senkte den Kopf. Offensichtlich wollte sie nicht, dass er mitkam.

Obwohl ihm das einen Stich versetzte, sagte er zu Ash: »Sorge dafür, dass sie zu Kräften kommt und sich ausruht.«

Jenna stellte sich zu Ash, wandte sich aber noch einmal an Kyr. »Bitte, lass dich in der Klinik untersuchen. Wir sollten auch einen Lungenfunktionstest machen.«

Er fühlte sich prima. Das Feuer hatte er längst vergessen, dafür hörte sich ihr »wir« verlockend an. Zu gern wollte er ihre Hände auf seinem Körper spüren.

»Falls du bleibst«, setzte sie nach.

»Ich bleibe.«

Ihr Lächeln war so ehrlich und ging ihm durch und durch, dass seine Schwingen unkontrolliert zitterten.

Sie drückte nur kurz seine Hand und sagte: »Wir sehen uns«, bevor sie sich von Ash umarmen ließ.

Kyr war immer allein gewesen und es hatte ihm nichts ausgemacht. Doch jetzt wollte er Jenna nicht gehen lassen. Es fiel ihm verdammt schwer, sie nicht einfach in die Arme zu reißen, und als sie sich mit Ash auflöste, fühlte er eine nie gekannte Leere in sich.

»Gib Jenna Zeit. Bei Noir hab ich auch ewig gebraucht, aber das Warten hat sich am Ende ausgezahlt.« Lächelnd streichelte Vincent seinem Baby über die Wange. Der Kleine wetzte suchend das Köpfchen auf seiner Brust hin und her und gab einen Protestschrei von sich, was seinem stolzen Vater ein Lächeln entlockte.

»Danke«, sagte Kyrian schnell, weil er das traute Glück nicht länger stören wollte und das Baby offensichtlich Hunger hatte. »Für alles.« Er wollte Vincent noch so viel sagen, doch seine Kehle war wie zugeschnürt. Er war einfach nicht der Typ, der sein Inneres nach außen kehren konnte.

Vincent schien zu verstehen, was in ihm vorging, denn er klopfte ihm auf die Schulter, wünschte ihm mit Jenna alles Gute und schloss die Tür.

*

Müdigkeit lähmte Jennas Muskeln und sie sehnte sich nach einem heißen Entspannungsbad, aber zuerst wollte sie eine Aussprache mit ihrem Vater.

Sie fand ihn in einem Krankenzimmer, im Gespräch mit einer der Befreiten. Als er Jenna an der Tür sah, beendete er sofort die Visite und ging hinaus in den Gang.

»Ich bin so froh, dich zurückzuhaben.« Überschwänglich nahm er sie in die Arme und streichelte über ihren Rücken.

»Obwohl ich nicht deine richtige Tochter bin?« Zuerst hing Jenna steif in seinem Griff, weil sie nicht wusste, wie sie reagieren sollte. Ihr Leben stand auf einmal Kopf, und das kannte sie nicht. Bisher war immer alles geradlinig und geregelt abgelaufen. Doch als ihr Vater sagte: »Für mich warst du immer wie meine Tochter«, löste sich die Anspannung und sie hielt ihn fest, während Tränen über ihre Wangen liefen.

»Geht es dir gut, Jenn?«, fragte er. »Hat dir jemand etwas getan?«

Seufzend schüttelte sie den Kopf und wischte sich mit dem Handrücken über die Augen. »Ich bin nur müde.«

»Komm, erzähl mir alles.«

Im Gang wuselte es, Pfleger und Krankenschwestern kreuzten ihren Weg. Ihr Vater schien zu den wenigen Angestellten sämtliche ehrenamtliche Kräfte in die Klinik beordert zu haben. Normalerweise hatten sie selten Patienten auf der Station, denn die meisten kamen nur in die Notaufnahme und verschwanden oft am selben Tag wieder. Manche Geschöpfe waren eben widerstandsfähiger und regenerierten sich schnell.

Jenna folgte ihrem Vater in einen leeren Aufenthaltsraum für das Personal. Er bat sie, sich zu setzen, und überreichte ihr ein Tontöpfchen, das er aus seinem Kittel zog. Dann holte er einen Teelöffel aus einer Schublade der kleinen Küche und legte ihn vor ihr auf den Tisch. »Iss das. Magnus hat es mir vor wenigen Minuten vorbeigebracht, nachdem er von Ash mitbekommen hat, wie erschöpft du bist.«

Neugierig öffnete Jenna den winzigen Deckel. Sofort stieg ihr ein köstlicher, honigsüßer Duft in die Nase, der ihr das Wasser im Mund zusammenlaufen ließ. »Was ist das?«

»Ein Blütennektar aus Gwandoria.«

Nahrung aus dem Reich der Lichtelfen? »Woher hat Magnus das?«

»Von derselben Frau, die dich von der Insel geholt hat.«

Jenna tauchte den Löffel in die zähe dunkelrote Flüssigkeit und probierte vorsichtig.

»Mmm.« Köstlich! Der Geschmack ließ sich nicht genau definieren, aber Jenna hatte noch nie zuvor so etwas Leckeres gegessen. Es schmeckte fruchtig, ein wenig nach Erdbeeren und Orangen.

Schon nach dem ersten Schluck spürte sie eine wohlige Wärme, die von ihrem Magen aus auf den restlichen Körper überging. Sie drang in die Muskeln und alle Zellen. Mit jedem Bissen schienen ihre Sinne besser zu funktionieren, ihr Herz kräftiger zu schlagen und sogar ihre Müdigkeit löste sich in Luft auf. Wow, was für ein Power-Snack!

Erst, als sie den letzten Rest aus dem Töpfchen gekratzt und den Löffel abgeleckt hatte, sah sie ihren Vater wieder an. Er saß ihr gegenüber, eine Tasse Kaffee in der Hand, und bot ihr auch einen an.

»Nein, Danke.« Diesen Hochgenuss wollte sie nicht mit so einer ekligen braunen Brühe von der Zunge spülen. Jenna fühlte sich regelrecht aufgeputscht, hellwach und stark genug, um einen Marathon zu laufen. Sie zwang sich jedoch, ruhig sitzen zu bleiben. Es gab so viel zu besprechen.

Sichtlich zufrieden lächelte Dad sie an. »Deine Wangen haben richtig Farbe bekommen.«

»Das Zeug ist klasse.« Und sie war jetzt schon süchtig danach. Vielleicht konnte ihr Magnus öfter so einen Powersirup besorgen.

Ihr Vater stellte seine Tasse auf den Tisch und blickte Jenna mit hochgezogenen Brauen an. »Was hast du im Dunklen Land erlebt?«

»Kurzfassung: König Lothaire ist tot und Dante, mein Bruder, möchte für Frieden sorgen.«

»Das sind sehr gute Nachrichten. Ash hat mir vom Tod des Königs berichtet, aber ich konnte es fast nicht glauben.« Dad lehnte sich vor. »Ich will alles wissen, jedes Detail.«

Ob es ihm gefallen würde, dass »seine Tochter« eine Mörderin war? »Zuerst erzählst du mir meine Geschichte.« Darauf wartete sie schon ihr ganzes Leben.

Ihr Vater nahm erneut die Tasse in die Hand, ließ sie jedoch auf dem Tisch stehen und blickte hinein. »Deine Geschichte beginnt einige Jahre vor deiner Geburt. Damals lernte ich Isla, deine Mutter, kennen, weil sie eine Botschafterin der Lichtelfen war.«

»Wart ihr … zusammen?«

»Nein, es war rein geschäftlich.«

»Bist du deshalb so oft nach Bridlington gefahren? Weil in Rudston ein geheimer Durchgang nach Gwandoria existiert?«

Er nickte. »Nachdem deine Mutter verschleppt wurde, trauten sich die Lichtelfen nicht mehr so oft in unsere Welt und wir trafen uns dort. Aber der Reihe nach.« Er nahm einen Schluck Kaffee. »Wir Magier haben vor vielen Jahrzehnten mit den Lichtelfen ein Bündnis geschlossen. Im Falle eines Krieges gegen unseren gemeinsamen Feind, den Dunkelelfen, würden wir uns gegenseitig unterstützen.«

»Mein … Erzeuger sagte, ihr würdet Krieg wollen.« Jenna dachte an Dantes und Lothaires Worte.

Energisch schüttelte Dad den Kopf. »Solange sie uns in Ruhe lassen, haben sie nichts zu befürchten. Sollten sie angreifen, werden wir allerdings nicht machtlos zusehen. Nur selten gelingt es uns, einen ihrer Attentäter zu schnappen, doch sollten sie ihre Armeen schicken, sind wir vorbereitet.« Sein Gesicht wurde weicher. »Aber nach allem, was du mir erzählt hast, wird uns ein Krieg hoffentlich nicht mehr bevorstehen.«

Das hoffte Jenna auch und sie vertraute ihrem Bruder. Plötzlich fielen ihr die Quarze ein, die Kyrian so zugesetzt hatten. »Die gelben Kristalle …«

»Sind eine mächtige Waffe. Gemeinsam mit den Lichtelfen haben wir jahrelang daran geforscht, was den Dunkelelfen schadet.«

»Ich habe kaum etwas gespürt, obwohl ich zur Hälfte …« Jenna räusperte sich.

»Darüber lass uns später reden.« Ihr Vater holte tief Luft. »Nach einem dieser Treffen wurde Isla praktisch vor meinen Augen von einem Dunkelelfen entführt. Niemand wusste, wo sie war, doch jeder konnte es sich denken: im Dunklen Land als eine Sklavin. Seitdem haben wir erhöhte Sicherheitsvorkehrungen getroffen.«

Gebannt hörte Jenna zu, kaum fähig, zu atmen.

»Drei Jahre blieb Isla verschollen und alle hielten sie längst für tot, als sie eines Tages in der Klinik auftauchte. Doch sie zeigte sich nur mir. Da ich mich immer irgendwie schuldig gefühlt hatte, war es für sie ein Leichtes, mir ein Versprechen abzuringen: Ich durfte niemandem verraten, dass sie zurückgekehrt war und lebte.«

Sie lebte … »Wieso kann ich mich nicht an sie erinnern?«

»Du warst noch so klein, als sie starb.«

Dunkle Schatten huschten über das Gesicht ihres Vaters. »Sie war mit dir im sechsten Monat schwanger, als sie herkam. Durch die Translokation hatten Wehen eingesetzt, aber das bekam ich in den Griff und konnte sie bei mir in der Wohnung verstecken und versorgen. Schließlich kamst du im neunten Monat ganz normal auf die Welt.«

»Wie konnte sie entkommen? Jemand muss ihr doch geholfen haben?« Soweit Jenna wusste, konnten sich Lichtelfen nicht in das Dunkle Land translozieren, genau, wie Dunkelelfen auf diese Weise nicht nach Gwandoria gelangen konnten.

»Sie hatte tatsächlich Hilfe«, sagte ihr Vater. »Von einer Amme. Nachdem eine Seherin vorhergesagt hatte, dass Islas zweites Kind das Schicksal des Dunklen Landes wenden wird und Isla daher Angst hatte, Lothaire würde sie töten, erbarmte sich die Amme und brachte Isla her.«

Das Schicksal wenden … Sie hatte den König umgebracht! »Lothaire hatte wohl gedacht, ich würde das Schicksal eher zu seinen Gunsten wenden, indem er mit meiner Hilfe Gwandoria einnehmen kann.«

Dad nickte. »Das kann gut sein.«

»Lothaire hat die Seherin getötet, wie ich mitbekommen habe.« So hatte das bei ihrem Erzeuger funktioniert: Jeder Störenfried wurde umgebracht. »Was passierte mit der Amme?«

»Wir haben ihr Asyl gewährt, doch sie starb bei demselben Anschlag, bei dem auch deine Mutter …« Er räusperte sich. »Ich konnte Isla überreden, wenigstens den Magierrat einzuweihen, und so verschaffte Magnus ihr und der Amme eine neue Identität und Arbeit. Offiziell war Isla nun meine Frau und du unser Kind, daher habt ihr bei mir gewohnt. Selbst den Lichtelfen haben wir nichts davon erzählt. Einmal, weil Isla darauf bestand, zum anderen, weil wir niemandem trauen konnten. Spione sind überall. Isla … Ida färbte ihre Haare schwarz und verstand es auf ihre Art wunderbar, alle zu täuschen. Niemand wusste, dass eine Lichtelfe unter uns lebte.«

»Meine Mutter hätte mit mir auch nicht zurück nach Gwandoria gehen können, nicht wahr?«

Ihr Vater nickte. »Ida hatte Angst, sie würden dein dunkelelbisches Blut aufspüren und dich ihr wegnehmen, weil sie dich als Gefahr sehen. Außerdem hoffte sie immer, eines Tages Dante zurückholen zu können.«

»Wieso floh sie ohne ihn?«

»Lothaire war listig und hat wohl vermutet, dass sie entkommen wollte, daher hat er sie nie mit Dante allein gelassen. Der König war stolz auf seinen Erstgeborenen und ließ ihn rund um die Uhr bewachen. Es war die schwerste Entscheidung ihres Lebens, ihn zurückzulassen, aber sie sah keinen anderen Ausweg, denn sie fürchtete eine schlimme Katastrophe.«

»Dann hatte sie auch geglaubt, dass Lothaire mit meiner Hilfe eines Tages Gwandoria stürzen könnte?«

»Hm.«

Wäre Kyrian nicht gekommen, wäre das vielleicht auch geschehen … »Wie alt war ich, als sie starb?« Als der Gedächtniszauber nachgelassen hatte, hatte sich Jenna vage an ihre Mutter erinnern können, dennoch – konkrete Erinnerungen an ihre gemeinsame Zeit besaß sie nicht.

»Drei.«

Wie sie vermutet hatte.

»In der Zeit, in der Ida bei mir lebte, kamen wir uns sehr nah. Daher warst du immer wie eine Tochter für mich.

Eines Tages flog die Behörde, in der sie als Schreibkraft arbeitete, in die Luft. Viele Menschen starben unter den Trümmern. Jetzt hatte ich nur noch dich, du warst das Einzige, was mir von ihr geblieben war.«

Jenna erkannte im traurigen Gesicht ihres Vaters, wie sehr er Isla geliebt hatte. Und nun verstand sie auch, warum er ihr Geheimnis wie einen Schatz gehütet, sie an den Ohren operiert und ihr verboten hatte, ihre Elfenmagie anzuwenden. Um bloß keine Aufmerksamkeit auf sich zu lenken.

Als er bemerkte, dass sie an ihren Ohren spielte, sagte er: »Du hast Islas außergewöhnlichen Fähigkeiten geerbt. Sie war Heilerin und ihr fiel es wirklich schwer, ihre Kraft nicht anzuwenden. Sie hat sie nur selten benutzt, zum Beispiel bei dir, nachdem ich deine Ohren operiert hatte.«

»Du hast gewusst, dass Lothaire mich suchte, nicht wahr?«

»Ich hatte es vermutet. Nach allem, was die Seherin sagte, musste ich davon ausgehen, dass er dich unbedingt will.«

»Er glaubte, ich sei reiner als Dante und dass mehr helles Blut in mir fließt … So etwas in der Art hat er gesagt. Dabei kann ich mich nicht einmal translozieren.«

»Du könntest es bestimmt lernen.«

Das hatte Dante auch gemeint. »Wahrscheinlich hätte Lothaire mich auch für seine grausamen Experimente benutzt. Er wollte eine Superrasse züchten, um alle anderen Arten zu unterjochen.« Zum Glück hatte Kyr sie da rausgeholt. Jenna wollte nicht daran denken, was ansonsten aus ihr geworden wäre.

Ihr Vater nickte und wirkte nicht überrascht. »Ben und ich haben dein Blut untersucht. Deine DNA unterdrückt die Eigenschaften der dunklen Gene. Das hätte Lothaire sicher nicht gefallen. Wobei … Darum macht dir auch die Strahlung der gelben Kristalle kaum etwas aus. Lothaire hätte Wesen züchten können, die immun gegen unsere einzig wirksame Waffe wären.«

Moment, hatte er eben gesagt … »Ben wusste auch Bescheid?«

Dad seufzte. »Ich musste es einfach noch jemandem erzählen. Und nachdem ich bemerkte, wie gut ihr euch versteht und wie sehr er sich in der Klinik einbringt … Er hätte dich geheiratet, obwohl du Lothaires Tochter bist.«

»Oh, wie gnädig!« Plötzlich wallte der alte Zorn wieder auf und Jenna hätte am liebsten das Tontöpfchen gegen die kahle Wand geschleudert. »Ihr behandelt mich ja, als wäre ich eine Aussätzige!«

»Bitte, beruhige dich. Wir wollten immer nur alle das Beste für dich.« Er griff über den Tisch und drückte ihre Hand. »Du bist wie eine echte Tochter für mich, Jenn, immer gewesen. Ich möchte nur, dass es dir gut geht.«

»Wolltet ihr mit meinem Blut auch eine Waffe herstellen?«, fragte sie mit erstickter Stimme. Sie konnte kaum glauben, was hinter ihrem Rücken alles abgelaufen war!

»Wir haben daran gedacht. Wir wissen, dass verschiedene Parteien versuchen, lebendige Kriegswaffen zu züchten. Vor Kurzem fiel uns ein Tagebuch in die Hände, in dem sogar die Rede davon ist, dass ein Magier bereits im 19. Jahrhundert versucht hat, aus Gargoyles mächtige Wesen zu erschaffen, die uns im Kampf gegen Dämonen und Dunkelelfen beistehen.«

»Ein Magier?« Ob Lothaire auch davon gehört hatte und daher seine Angst rührte?

»Ja«, sagte Dad. »Sein Name war Thomas Elwood. Wir sind dabei, die Aufzeichnungen und die seines Sohnes David zu entschlüsseln, denn sie enthalten auch wertvolle Informationen über den Steinfluch.«

»Das könnte Noir und Vincent interessieren.«

»Wir beschäftigen eine Wissenschaftlerin damit, aber das soll dich jetzt nicht belasten. Nun erzähl schon, was hast du erlebt?«

Jenna erzählte, wie es ihr im Dunklen Land ergangen war. Auch den Mord sparte sie nicht aus. Sie wollte keine Lügen mehr.

Dad lauschte gebannt und verurteilte sie nicht. Er wirkte erleichtert und stolz, dass seine Tochter einen der größten Feinde der Magierwelt vernichtet hatte und ihr Bruder Dante vorhatte, ein neues, friedliches Reich zu gründen.

»Du wirst immer meine Tochter sein«, sagte ihr Vater abschließend. »Und auch wenn du Kyrian wählst, wird das nichts daran ändern. Obwohl ich ihm noch nicht ganz traue, akzeptiere ich deine Entscheidung, weil du ihm vertraust.«

»Danke, Dad«, sagte Jenna, ging um den Tisch und fiel in seine Arme. Trotz all der erschreckenden Wahrheiten war es schön, endlich wieder zu Hause zu sein.

Als Jenna aus der Badewanne stieg und sich ein T-Shirt sowie einen Slip anzog, fühlte sie sich immer noch nicht müde genug, um schlafen zu gehen. Der Nektar hatte sie aufgepuscht; außerdem war es bereits Mittag. Vielleicht sollte sie versuchen, bis abends durchzuhalten, damit ihr Biorhythmus nicht vollends durcheinandergeriet. Sie könnte nach den Frauen sehen, doch sie wusste, sie wurden gut versorgt. Daher wäre es wohl besser, sie blieb in ihrer Wohnung, um Abstand zu gewinnen. Jenna hatte sich zuvor schon informiert, die meisten waren in körperlich guter Verfassung und einige hatten die Klinik bereits verlassen. Andere würden in ein Schutzprogramm aufgenommen werden, da sie als Dunkelelfen hier ebenfalls mit Angriffen zu rechnen hatten. Auch auf der Magierseite gab es radikale Gruppen, die solche Wesen unter ihnen nicht willkommen hießen.

Ach, ihr ging einfach zu viel im Kopf umher, um abzuschalten. Sie schlenderte ins Wohnzimmer, kuschelte sich auf ihr rosa Sofa und zappte wahllos durchs Fernsehprogramm. In Gedanken war sie jedoch bei Kyrian. Ob er jetzt schlief?

Sie hatten in den letzten Tagen so viel miteinander erlebt und trotzdem wusste Jenna so wenig von ihm. Wie war seine Wohnung eingerichtet? Bestimmt nicht so bunt wie ihre.

Bei Jenna standen überall Pflanzen herum. Eigentlich sah es bei ihr eher aus wie im Dschungel. Verschiedene Blumen, Büsche und Bäumchen zierten jeden freien Fleck, dazwischen leuchtete ihr quietschbuntes Mobiliar hindurch. Ben hatte es bei ihr nie lange ausgehalten und schmunzelnd gemeint, er bekäme hier Augenkrebs.

Jenna stand zu ihrem skurrilen Geschmack, den sie sich nun ja erklären konnte. Früher hatte sie ihren Stil immer darauf geschoben, dass Hexen bekannterweise zuweilen einen recht verschrobenen Geschmack besaßen. Nach außen trat sie zwar immer korrekt und angepasst auf, aber in ihren eigenen vier Wänden durfte sie schließlich machen, was sie wollte.

Der Lichtelfenanteil in ihr schien tatsächlich groß zu sein, davon ließe sich ihre Naturverbundenheit ableiten. Und ihr grüner Daumen.

Sie beugte sich zum Glastisch vor, auf dem eine Orchidee stand. Die lila Blüten waren noch geschlossen, doch in wenigen Tagen würde die Pflanze ihre ganze Pracht entfalten. Jenna berührte eine der Luftwurzeln, die aus dem Topf ragte, und stellte sich vor, wie die Orchidee erblühte.

Erschrocken zuckte sie zurück, als sich die Knospen öffneten, weit aufbogen und die Orchidee in ihrer vollen Schönheit erstrahlte.

»Wow!« Hätte sie doch eher gewusst, welche Kräfte in ihr steckten. Aber wer kam schon auf eine so verrückte Idee, eine Pflanze allein durch Willenskraft zum Blühen zu bringen?

Schlagartig wurde ihr bewusst, wie wenig sie auch über sich selbst wusste, und sie freute sich darauf, ihr neues Ich zu entdecken. Ob Kyr ihr dabei helfen würde, obwohl er beschlossen hatte, dass sich ihre Wege trennten?

Wie sehnsuchtsvoll er sie im Tunnel geküsst hatte und später angesehen, als sie seine Wunden heilte oder sie vor Noirs Wohnungstür standen … Ach, diese Männer! Frau wurde nie schlau aus ihnen.

Jenna vermisste ihn sehr. Jetzt, wo sie allein war, wollte sie nicht allein sein. Doch sie sollte nun schlafen, allein um Dante alle Neuigkeiten mitzuteilen. Da sie wieder in verschiedenen Dimensionen lebten, empfing sie seinen Geist wohl nur in ihren Träumen, so wie früher. Was auch besser war, ansonsten würde sich Jenna ziemlich beobachtet vorkommen.

Sie schaltete den Fernseher aus und ging ins Schlafzimmer. Dante sollte erfahren, dass Isla ihn geliebt und nicht absichtlich zurückgelassen hatte. Seufzend warf sie einen kurzen Blick aus dem Fenster. Da ihre Wohnung im obersten Stockwerk der Klinik lag, hatte Jenna einen wunderbaren Blick über die Themse, auf Big Ben, Westminster Abbey und das House of Lords. Sie malte sich aus, wie Kyrian mit ausgebreiteten Schwingen vom Uhrenturm zu ihr herübersegeln würde, direkt in ihr Schlafzimmer, sich auf sie werfen und sie ungestüm lieben würde, wild und animalisch.

Nein, nicht daran denken, das machte alles nur schwerer. Daher ließ sie die Rollos vor dem Fenster und der Tür, die auf einen schmalen Balkon führte, herunter, kroch in ihr mit fliederfarbenen Seidenlaken bezogenes Bett und zog sich die Decke bis zum Kinn hoch.

Leider fiel ihr im schummrigen Halbdunkel ein, wie sich Kyrian in ihr Zimmer im Cottage transloziert hatte, um sie zu beobachten. Und wie sie sich danach geliebt hatten.

In ihre Wohnung konnte er sich nicht blinzeln, denn sie war wie die Klinik mit diversen Schutzmechanismen ausgestattet. Dabei wünschte sie sich, er würde jetzt auftauchen. Nicht unbedingt, um sie ungestüm zu lieben, sondern um sie einfach nur zu halten. Jenna sehnte sich danach, sich in seine Arme zu schmiegen, sehnte sich nach Geborgenheit.

Als es plötzlich an ihrer Balkontür klopfte, richtete sich Jenna im Bett kerzengerade auf. Hatte sie sich verhört oder war ein Vogel gegen die Scheibe geflogen?

Sie sprang aus dem Bett und bog vorsichtig zwei Lamellen der Jalousie auseinander.

»Kyrian!« Er stand auf ihrem Balkon, die Hände in den Taschen einer schwarzen Jogginghose vergraben, die ihm tief auf den Hüften saß. Selbst im Schlabberlook, barfuß, mit verwuscheltem, feuchten Haar und T-Shirt wirkte dieser Kerl unwiderstehlich sexy. Hoffentlich träumte sie nicht.

Schnell öffnete sie die Tür, brachte aber nur ein krächzendes »Hi« heraus.

»Hi«, erwiderte er und musterte sie mit durchdringendem Blick.

Himmel, sie sah schrecklich aus. Ihr ungekämmtes Haar hing ihr feucht und wirr ins Gesicht, und sie trug ein T-Shirt, das den Teddybären Winnie Puuh zeigte, dessen dicker gelber Bauch den halben Platz auf der Vorderseite beanspruchte. Wenn sie gewusst hätte, dass Kyrian vorbeischauen würde …

»Wie bist du auf den Balkon gekommen?« Er konnte sich dort nicht translozieren.

»Bin vom Dach gesprungen«, erwiderte er schulterzuckend und grinste dabei so spitzbübisch, dass sie auch lächeln musste.

»Was machst du hier?«

»Ich wollte nur sehen, wie es dir geht.«

»Seit eben viel besser«, sagte sie und wusste nicht, ob sie lachen oder weinen sollte.

Bevor sie irgendetwas tun konnte, hatte er sie in die Arme gezogen.

Seufzend schmiegte sie sich an ihn, schnupperte an seinem Hals und inhalierte den Duft seines Duschgels. Wie von selbst wanderten ihre Hände unter sein Shirt, um seinen Rücken zu streicheln. »Ich bin so froh, dass du da bist.«

»Ich wollte fast nicht kommen. Du warst so abweisend.« Seine Lippen streiften beim Sprechen ihre Schläfe, und dieses Gefühl erschien ihr so vertraut.

»Ich war bloß durcheinander.« Jenna hob den Kopf und grinste ihn an. »Außerdem warst du doch derjenige, der mich nicht mehr …«

Sofort verschloss er ihren Mund mit einem Kuss und murmelte an ihren Lippen: »Lass uns jetzt nicht über Vergangenes reden.«

»Okay.« Irgendwo da drin war ihr Goyle nicht anders als gewöhnliche Männer, was sie ungemein beruhigte. »Themawechsel: Hast du schon was gegessen?« Schließlich hatte ihn die Translokation viel Energie gekostet.

»Nein, Frau Doktor.«

»Hab ich mir gedacht.« Sie nahm ihn an der Hand und zog ihn in die Wohnung. »Leider ist mein Kühlschrank so gut wie leer.« Jenna hatte ja nicht gewusst, wann sie zurückkehren würde. Tatsächlich fanden sie nicht viel vor – in ihrer lila Küche – außer zwei gekochten Eiern, Studentenfutter und Keksen.

»Da hast du mehr zum Essen daheim als ich.« Dankbar nahm Kyrian die Eier, schälte sie und hatte sie mit vier Bissen verschlungen. Danach schüttete er sich die ganze Packung der Nuss- und Trockenobstmischung in den Mund und spülte mit einer halben Wasserflasche nach. Er schien ziemlich anspruchslos zu sein, was Gaumenfreuden betraf, was Jenna daran erinnerte, was er in seinem Leben bereits alles durchgemacht hatte.

»Du hast 'ne schöne Wohnung«, sagte er, obwohl er bisher nie den Blick von Jenna abgewendet hatte.

»Du bekommst davon keinen Augenkrebs?«

»Wie soll das passieren, wo ich doch zuvor schon geblendet wurde«, raunte er und kam ihr wieder sehr nah.

Sie wusste genau, wie er das meinte, woraufhin jeder Zentimeter ihrer Haut in Flammen stand.

»Dicke gelbe Bären machen eben sexy«, erwiderte sie mit einem Blick auf ihr T-Shirt und lachte auf, als Kyrian sie packte und ins Schlafzimmer trug.

»Ich weiß, wo dein ganzes Essen hin ist«, sagte Kyr und legte die Hand auf ihren Bauch. »Dieser Bär hat alles aufgefuttert.«

Es tat so gut, mit ihm zu lachen und herumzuschäkern. Einfach normal zu sein. Jenna war glücklich, dass er gekommen war. Dass er geblieben war. Bei ihr.

Minuten später landeten sie zusammengekuschelt unter der Bettdecke, und in Kyrians starken Armen befiel Jenna eine angenehme Trägheit.

Gähnend kuschelte sie sich an seine Brust. »Ich muss Dante noch was ausrichten, also sei mir nicht böse, wenn ich mal kurz ein Nickerchen mache.«

Als von Kyrian keine Reaktion kam, blinzelte sie. Er hatte die Augen geschlossen, und sein Gesicht wirkte entspannt. Er war so ein hübscher Kerl. Ihr Herz klopfte wild vor Zuneigung für ihren Krieger.

»Kyr?«, wisperte sie. »Schläfst du?«

»Hm, ja … richte Dante und Myra einen schönen Gruß von mir aus«, murmelte er und zog sie an ihrem Po fest an seinen Körper.

»Wird gemacht«, erwiderte sie schmunzelnd, wobei sie sich in seinen Armen umdrehte. »Und, Kyr?«

»Hm?«

»Bringst du mir bei, wie man sich transloziert?«

»Alles, was du willst, Süße.«

Oh, da kam ihr einiges in den Sinn. Vor allem, ihn ganz genau kennenlernen, wenn das bei so einem Mann wie ihm überhaupt möglich war.

Glücklich schloss sie die Augen und genoss Kyrians Wärme in ihrem Rücken. Selbst die Hand, die er besitzergreifend auf ihre Brust gedrückt hatte, fühlte sich entspannend an, einfach richtig, sodass es Jenna plötzlich leicht fiel, in den Schlaf zu finden.

Kapitel 34 – In der Oper

Nachdem das Licht im Opernhaus erloschen war, schlich sich Nicolas in die Loge. Er war übers Dach gekommen, damit ihn niemand sah, während Jamie mit seiner Eintrittskarte durch den Eingang spaziert war. Immerhin hatten sie einen abgetrennten Balkon nur für sich allein gebucht, damit niemand sie überraschte und sich über einen Arien liebenden Gargoyle wunderte.

Schon lange freute sich Nick darauf, mit dem Kleinen eine Aufführung in Italien zu besuchen. Dank Magnus konnten sie das endlich realisieren, ohne einen »Ausbruch« befürchten zu müssen, und auch sonst ein halbwegs normales Leben führen.

»Da bist du ja.« Jamie begrüßte ihn mit einem strahlenden Lächeln und ließ den Blick über seinen nackten Oberkörper schweifen. Nick sah so wild aus wie immer, es bekam ihn ohnehin niemand zu Gesicht.

Jamie klopfte auf den Platz neben sich, als könnte er es kaum erwarten, Nick bei sich zu haben, obwohl sie sich erst vor fünf Minuten getrennt hatten. Durch ein Portal waren sie nach Mailand gereist, um sich eine Aufführung von Sylvano Bussotti anzusehen. Nick liebte die Oper und die dazugehörige Atmosphäre: das Einspielen des Orchesters, das Flüstern der Besucher, wenn sie ihre Plätze einnahmen, und den Duft der alten Einrichtung. Im Moment konzentrierten sich all seine Sinne jedoch auf Jamie. Hervorragend sah er in seinem Anzug aus. Zudem verdeckte die Fliege, was um seinen Hals lag: ein schmales Band aus Leder, auf dessen Innenseite Runen eingestempelt waren. Dabei handelte es sich um einen uralten Zauberspruch. Magnus hatte das unscheinbare Halsband zufällig unter den Artefakten des Dämonenfürsten Ceros entdeckt. Nick hatte den Magier noch einmal in die Unterwelt führen müssen, um mit einem Sondereinsatzteam die wertvollen Schätze und Waffen zu bergen, die Ceros im Laufe der Jahrhunderte gesammelt hatte. Die magischen Relikte wurden nun alle katalogisiert und in einer Hochsicherheitseinrichtung verwahrt.

»Ich glaube, es geht los!« Jamie stand auf und beugte sich über den Balkon. Der Vorhang schwang zur Seite und das Orchester begann zu spielen.

Anstatt nach unten zu sehen, starrte Nick auf den Knackpo, über den sich der Stoff der edlen Hose spannte. Der Kleine provozierte ihn ständig! Er wusste genau, dass Nick in der dunklen Loge alles hervorragend erkannte.

Als sich Jamie wieder setzte, landete er auf Nicks Schoß.

Grinsend drehte sein Liebster den Kopf. »Ich dachte, du wolltest die Aufführung sehen?«

»Will ich auch, doch dein Rumgezapple lenkt mich ab.« Nick küsste ihn auf die Wange und inhalierte das würzige Aftershave, wobei er die Arme um ihn legte.

»Ich bin nur neugierig.« Gemächlich ließ Jamie das Becken auf seiner beginnenden Erektion kreisen. »Wie heißt das Stück eigentlich?«

»Nottetempo«, erwiderte Nick mit rauer Stimme. »Das bedeutet ›nachts‹.«

Jamie lehnte sich zum Balkon vor, um sich das Programmheft zu schnappen, und blätterte darin herum. »Ich versteh kein Wort, das ist alles italienisch.«

»Ich übersetze gern.« Nicolas bekam kaum etwas von der Aufführung mit, weil der Süße ihn bald in den Wahnsinn trieb. Er hatte große Lust, Jamies Hose nach unten zu ziehen und ihn auf seinem Schoß zu nehmen. Eisern versuchte er, sich auf das Orchester und die Sänger zu konzentrieren, genoss die gewaltige Musik und die Stimmung im Opernhaus.

Seit Jamie das Traumband trug, hatten sie Sex ohne Ende. Zwar hatte sich an Jamies Zustand nichts geändert, aber Zorell war nicht länger in der Kiste eingesperrt, was das »Füttern« leichter machte, da Nick ihn nicht zuvor aus der Truhe holen musste. Der Zash durfte sich nun im imaginären Haus frei bewegen, doch besaß es jetzt Gitterstäbe vor den Fenstern, wie Nick schmunzelnd zur Kenntnis genommen hatte. Nicolas musste nur ab und zu nach ihm sehen, da Jamie keinerlei Berührungspunkte mehr mit dem Dämon hatte, solange er das Band nicht ablegte. Dem Kleinen war seine alte Gedankenwelt verwehrt, was ihn nicht weiter störte, und auch Zorell bekam nicht mehr mit, was in Jamies Leben vor sich ging.

Wenn der Mistkerl zu geschwächt war, ging Jamie wie früher auf Seelenjagd. Das war immer noch kein Dauerzustand, doch momentan die beste Lösung.

Jamie bemerkte offensichtlich, wie erregt Nick bereits war, denn er sagte scheinheilig: »Ich möchte dich nicht ablenken.«

»Zu spät«, knurrte Nick, drückte Jamie von sich, sodass er aufstehen musste, und holte seine eigene Erektion hervor. »Zur Strafe musst du mich verwöhnen, solange ich mir die Oper …« Er brauchte nicht zu Ende zu sprechen, denn sein Süßer kniete bereits vor ihm und züngelte über seine Härte. Das Kitzeln der flinken Zunge drang bis tief in seinen Unterleib vor.

Nick unterdrückte ein lautes Stöhnen und versuchte einen Blick in andere Logen zu erhaschen, um sich abzulenken. Wenn nun das Licht angehen würde, könnten ihnen viele Leute zuschauen, obwohl sie an einem der obersten Balkone saßen. Diese Vorstellung führte allerdings dazu, dass er noch heißer wurde. Er nahm Jamies Kopf in beide Hände, um seinen Mund langsam auf und ab zu führen. Dabei sah sein Süßer unschuldig zu ihm auf.

Dieser Playboy!

Ja, das war er, Nicks Playboy, doch nicht nur das: Jamie war auch der Mann, der sein Herz festhielt. Zärtlich streichelte er durch das verstrubbelte braune Haar und schaute dabei zu, wie er verwöhnt wurde. Sein Unterleib pochte, sanfte Energieimpulse strömten in seine Lenden.

Als Jamie an ihm saugte, kam er beinahe. Nick packte ihn unter den Armen, damit er aufstand, zog ihm die Hose nach unten und holte ihn erneut auf seinen Schoß.

»Ich will dich ansehen!« Jamie versuchte sich umzudrehen, aber Nick ließ ihn nicht.

»Du wirst mit mir die Vorstellung ansehen, wie abgemacht.« Vorsichtig glitt er in ihn, wobei er ihm den Mund zuhielt.

In abgehackten Schüben keuchte der Kleine gegen seine Handfläche, während Nick das Eindringen in die heiße Enge genoss. Mit der anderen Hand umschloss er Jamies Geschlecht, das ebenso hart war wie seines. Pure Energie floss in Nicks Körper und brachte jede Zelle zum Prickeln, ja, beinahe zum Explodieren. So viel Energie konnte er gar nicht verbrauchen, wie er in letzter Zeit aufnahm.

Jamie stöhnte lauter gegen seine Handfläche und drängte die Hüften an Nicks massierende Hand. Sein Süßer zeigte beim Sex eine unglaubliche Hingabe und schien alles um sich herum zu vergessen.

Hastig suchte Nicolas in den Sakkotaschen nach einem Tuch, fand eins aus Papier und widmete sich sofort wieder Jamies Erektion. Nach wenigen Strichen über den samtenen Schaft ergoss sich Jamie in das Tuch. Zwei Stöße später folgte ihm Nicolas und verströmte sich keuchend in den engen Körper.

Es hatte keinen Sinn, mit Jamie irgendetwas zu unternehmen, solange sie beide ihre Libido nicht in den Griff bekamen, doch Nick musste zugeben, dass er jede Sekunde genoss. Und so liebten sie sich bis zum Ende der Aufführung zwei weitere Male. Anschließend ernährte sich Jamie schnell von einem jungen Herrn, den er in ihre Loge lockte, bevor sie vom Theater durch ein Portal nach Hause reisten, um in der Dusche ein viertes Mal übereinander herzufallen.

Kapitel 35 - Malediven

»Ich bin so aufgeregt«, flüsterte Jenna und ließ Kyrian los, der in beiden Händen ihre Koffer trug.

Er hatte sich mit ihr in eine Damentoilette auf der Flughafeninsel Hulhulé transloziert, die mitten im Indischen Ozean lag. Von hier aus würden sie wie normale Reisende per Wasserflugzeug auf eine der zahlreichen Hotelinseln der Malediven fliegen. Jenna hatte vor einem Monat einen Luxusbungalow gebucht und freute sich wie verrückt, zwei Wochen allein mit Kyrian zu verbringen.

»Schau mal, ob die Luft rein ist, ich möchte nicht gleich wegen sexueller Belästigung verhaftet werden«, sagte er und grinste.

Jenna steckte den Kopf aus der Tür. »Alles okay, wir können gehen.«

Sie bahnten sich einen Weg durch andere Reisende, suchten den Steg, an dem die Wassertaxis anlegten, und flogen mit der Maschine eines englischen Piloten vierzig Minuten lang über das dunkelblaue Meer.

Jennas Augen konnten nicht genug von den grünen Inselklecksen mit ihren weißen Sandstränden, den ringförmigen Atollen und den türkisfarbenen Lagunen bekommen. Die Landschaft sah aus wie auf einer Postkarte. Nur das Klima in der winzigen Maschine, in der sich Jenna wie die Partnerin von Indiana Jones vorkam, war kaum auszuhalten. Es war stickig und heiß, sodass ihr der Schweiß in Strömen den Rücken hinunterlief, obwohl sie nur ein hauchdünnes Sommerkleid trug. Außerdem machten die Motoren einen Höllenlärm, deshalb grinste Kyrian sie nur an, als sie ihn fragte, ob er nicht auch so schrecklich schwitzte wie sie, denn er hatte sich zuvor Ohrstöpsel in seine empfindlichen Ohren gesteckt. Er schob sich die Sonnenbrille ins Haar und küsste Jennas Nasenspitze.

Für einen Moment lenkte Kyrian sie mehr ab als die atemberaubende Landschaft, die unter ihnen vorbeizog. Diese sexy Grübchen in seinen Wangen, wenn er lachte, die funkelnden Augen oder sein männlicher Kehlkopf … Ihr Blick wanderte tiefer. Kyr trug ein hellblaues T-Shirt, das sich sanft über seine Brustmuskeln spannte, eine weiße Stoffhose und Flipflops. Damit sah er so normal aus, wie es normaler nicht ging. Jenna freute sich riesig, mit ihm im badewannenwarmen Meer zu baden, zu chillen und ganz viel Sex zu haben.

Als sie schließlich landeten und einen Holzsteg ansteuerten, der von der kleinen Insel weit ins Meer hinaus reichte, klammerte sich Jenna an Kyrians Hand, so aufgeregt war sie. Ihr erster richtiger Urlaub, ohne ihren Dad, weit weg von England.

Sie fühlte sich einfach nur frei.

Verwegen grinste Kyr sie an, was ihr Herz gleich noch schneller schlagen ließ. Wie sehr sie diesen Mann liebte, konnte sie nicht in Worte fassen. Aus dem verschlossenen Krieger war ein nicht mehr ganz so verschlossener Goyle geworden, der jetzt öfter lachte als früher und ab und an einen Scherz machte. Sie genoss es, ihm beim Auftauen zuzusehen.

Dad hatte ihn akzeptiert und der Magierrat hatte sie beide gefragt, ob sie zwischen ihrer und der Welt der Dunkelelfen vermitteln wollten. Jenna und Kyrian hatten zugesagt.

Dante hatte sie bereits ein Mal besucht, jedoch nur kurz, weil er Myra nicht lange allein lassen wollte. Es gab noch genug Anhänger von Lothaire, die weiterhin versuchen würden, Dante zu stürzen und alle anderen Wesen, die Magie wirken konnten, zu bekriegen. Obwohl es für Myra und Dante in ihrem eigenen Land nicht ungefährlich war, konnten sie auf Pyra und seine treuen Gefährten zählen, die die Burg bewachten, während Dante täglich versuchte, Frieden mit Bolgs und anderen Randgruppen zu schließen. Nach Jahrhunderten der Unterdrückung keine leichte Aufgabe, doch Jenna traute ihrem Bruder zu, das unterjochte Volk für sich zu gewinnen. Myra, die er bald heiraten und zur Königin machen wollte, war jetzt schon für viele die »Frau mit dem großen Herzen« und saß bei den Verhandlungen, sofern sie in der Burg stattfanden, immer an Dantes Seite.

*

»Wow, das ist eine tolle Hütte«, rief Jenna begeistert, als sie eine halbe Stunde später den Bungalow betraten.

»Mir hätten auch eine Decke und ein einsamer Sandstrand gereicht.« Kyrian warf ihre Koffer aufs Bett und schenkte ihr einen derart verheißungsvollen Blick, dass sie genau wusste, was sehr bald zwischen ihnen passieren würde. Die Luft kochte seit Tagen, wenn sie sich nur ansahen, doch bisher hatten zahlreiche Verpflichtungen sie davon abgehalten, zur Ruhe zu kommen und für sich allein zu sein. Seit ihrem ersten Mal im Cottage und später auf der Insel hatten sie es nicht mehr miteinander gemacht, dafür waren sie jede Nacht eng aneinandergekuschelt eingeschlafen. Sie hatten es langsamer angehen lassen und das nächste richtige Mal als etwas Besonderes erleben wollen.

Kyrian verschwand im hinteren Teil des Bungalows, um sich zu duschen, während Jenna ihren Bikini auspackte. Dabei inspizierte sie den schönen Raum mit der hohen, spitz zulaufenden Holzdecke, an der ein Fischernetz hing, das mit Muscheln und Seesternen geschmückt war. Das breite Bett bildete den Mittelpunkt, und eine Fensterfront gab den Blick auf einen Strandabschnitt und das türkisfarbene Meer frei. Auf der Veranda standen ein großer Tisch mit Glasplatte und vier Stühle aus Rattan, dahinter hing zwischen zwei Palmen eine Hängematte.

An der Wand gegenüber des Bettes war ein großer Flachbildfernseher befestigt. Jenna freute sich darauf, in Kyrs Armen im Bett zu liegen und einen Film mit ihm anzusehen.

Sie hörte das Prasseln der Dusche aus dem hinteren Teil des Hauses, wo sich ein luxuriöses Badezimmer anschloss, das Jenna von den Bildern aus dem Internet kannte. Schnell zog sie sich ihr Kleid aus und schlüpfte in den Bikini. Es war der, den Kyrian ihr besorgt hatte.

Barfuß tapste sie durch den Raum und öffnete eine mattierte Glastür, die in das Badezimmer führte. Alles war aus Marmor und Glas: die Duschkabine, die gigantische Badewanne und die zwei großen Waschbecken. Eine weitere Tür führte in den privaten Garten des Bungalows, der von hohen Mauern umgeben war, sodass niemand hineinsehen konnte. Dort gab es neben einer Außendusche noch einen Jacuzzi, auf den sich Jenna besonders freute. Es würde bestimmt romantisch werden, nachts entspannt im heißen Wasser zu lümmeln, zu den Sternen aufzusehen und sich von den zahlreichen Düsen massieren zu lassen. Sie hatte sich so viel vorgenommen und wusste gar nicht, was sie zuerst tun sollte.

Plötzlich endete das Prasseln der Dusche und Kyrians Stimme drang an ihr Ohr. »Na, wirst du eifersüchtig?«

Meinte er sie?

Neugierig lugte sie hinaus. Er stand nackt in der Wiese, ihr den Rücken zugedreht, sodass seine Pobacken zwischen den aufgespannten Schwingen hervorblitzten, und sagte: »Es kommt auf die Größe an, mein Freund.«

Jenna wusste nicht, was er da tat, und es interessierte sie auch wenig, denn sie musste jedes Detail dieses perfekten Körpers in sich aufnehmen, auf dem im Sonnenlicht unzählige Wassertropfen schimmerten. Auch wenn es immer noch ungewohnt war, einen nackten Mann anzusehen, der Schwingen hatte, konnte sie nicht umhin, seine langen, trainierten Beine und den breiten Rücken zu bewundern.

Erst ein Krächzen lenkte ihren Blick nach oben ins Blätterdach, wo ein Flughund kopfüber von einer Palme hing und Kyrian aus schwarzen Knopfaugen dümmlich anglotzte.

Jenna, die genau wusste, dass Kyrian sie längst bemerkt hatte, lachte. »Hast du schon einen Freund gefunden?«

»Allerdings. Er ist nicht gerade redselig und eifersüchtig auf meine Schwingen, aber ansonsten sehr nett.« Demonstrativ spannte Kyrian seine Flughäute noch einmal auf und zeigte dem Tier seine Fänge.

Was für ein Kindskopf! »Na, dann passt ihr ja gut zusammen.«

»Nur … Ich bin auf niemanden eifersüchtig.« Grinsend drehte er sich um, wobei er die Schwingen verschwinden ließ und die Hände in die Hüften stemmte, sodass Jenna nun auch seine Vorderseite bewundern konnte. Dieser Mann war kein bisschen verklemmt, verdammt, während ihre Ohren mal wieder glühten.

»Du siehst heiß aus«, raunte er und musterte sie eindringlich.

»Danke«, krächzte sie und dachte: Du auch. Sie schaffte es kaum, den Blick von seinem Bauch loszureißen. Für Jenna brauchte ein Mann kein Sixpack, aber zu Kyrian hätte nichts anderes gepasst. Sein gestählter und schlanker Körper stellte, obwohl er von Narben überzogen war, eine unwiderstehliche Verlockung dar – und das wusste der Kerl ganz genau, so überheblich, wie er grinste.

Na und, sollte er ruhig sehen, dass sie ihn attraktiv fand, immerhin bemerkte sie auch, wie erregend sie auf ihn wirkte. Das zeigte sich deutlich an seiner Körpermitte, wo sich die Schnörkel des Tattoos verdichteten und um sein Geschlecht wanden. Langsam füllte es sich mit mehr Blut, wurde dicker und richtete sich auf. Dabei wippte es leicht, als er auf sie zukam.

Dieser Mann!

Weil Jenna immer noch in der Tür stand, drückte Kyrian sie mit seinem Körper an den Rahmen und ließ sie seine beginnende Erektion spüren. Sein Penis zuckte an ihrem nackten Bauch.

Jenna räusperte sich, um ihre Stimme zurückzuerlangen. »Du weißt, dass Nacktbaden hier verboten ist?« Sie ließ die Fingerspitzen an seiner Taille auf und ab gleiten, doch er schien nicht kitzlig zu sein. Oder er hatte sich einfach unter Kontrolle.

»Wer möchte denn nackt baden?«, raunte er an ihrer Schläfe und bewegte lasziv die Hüften. »Ich gehe kein Risiko ein, wenn es um mein bestes Stück geht.«

»Du bist unmöglich!« Prustend schlug sie ihm auf den Po, während er grinsend in den Bungalow marschierte und fragte: »Hast du Hunger?«

Viel gefrühstückt hatte sie tatsächlich nicht, denn sie war zu aufgeregt gewesen. »Ein bisschen. Aber zum Mittagessen ist es noch zu früh.« Sie hatte all inclusive gebucht, was auch warme Mahlzeiten im Restaurant der Insel einschloss.

Eigentlich hätte sie jetzt eher Hunger auf Kyrian, doch der schien etwas anderes vorzuhaben, da er eine dunkelblaue Badeshorts aus dem Koffer zog und hineinschlüpfte. Anschließend setzte er seine Sonnenbrille auf.

»Ich hab mir eine Überraschung ausgedacht, daher muss ich mal kurz weg. Wenn ich mit den Vorbereitungen fertig bin, werde zumindest ich Hunger haben.«

Das bedeutete wohl, er würde sich ein paar Mal translozieren. »Was hast du vor?«

»Wenn ich es dir sage, wäre es ja keine Überraschung. Außerdem bekommst du sie nur, wenn du eine Aufgabe erfüllst. Mal sehen, was du in den letzten Wochen gelernt hat.«

»Das ist unfair!«, rief sie grinsend.

»Tja.« Kyr zuckte mit den Schultern und sagte: »Das Leben ist nun mal kein Zuckerschlecken«, bevor er verschwand.

Seine Worte hinterließen einen bitteren Nachgeschmack. Kyrians Leben war alles andere als leicht gewesen. In langen Gesprächen und erst nach vielen Stunden hatte er häppchenweise preisgegeben, was ihm alles zugestoßen war.

Der grausame Mord an seiner Mutter, wie ihm ein Dunkelelf den Schwanz abgeschnitten hatte, jahrelanges, knochenhartes Training, bei dem er mehr als einmal beinahe sein Leben gelassen hätte. Qual und Folter, wenn er nicht gespurt hatte, Nahrungsentzug, eingesperrt in ein dunkles Loch, Gehirnwäsche und wieder Folter, um ihn zu einem gehorsamen, ferngesteuerten Killer auszubilden, mit dem Hauptziel, Isla zu finden. Alles unter dem Deckmantel des Versprechens, sein Leben und das seiner Schwester zurückzubekommen, sollte er alle Aufträge zu Lothaires Zufriedenheit ausführen.

Es war ein Wunder, dass Kyrian überhaupt noch lachen konnte. Jeder normale Mensch hätte massive geistige und körperliche Schäden davongetragen, sodass er sich entweder längst umgebracht hätte oder den Rest seines Lebens in der Psychiatrie zubringen würde.

Kyrian sollte sein Leben von nun an genießen. Dafür würde sie sorgen. Wenigstens hatte sein schrecklicher Lebenslauf etwas Gutes: Er hatte sie zusammengebracht.

Als er plötzlich vor ihr auftauchte und nichts weiter in der Hand hielt als ein Fernglas, fragte sie frech: »Wo ist jetzt meine Überraschung?«

Er drückte ihr den Feldstecher in die Hand und zog sie zur Panoramascheibe »Siehst du die Nachbarinsel?«

Jenna legte die Okulare an ihre Augen und betrachtete das winzige Eiland, das etwa fünf Kilometer entfernt lag. »Ja.«

»Sie ist unbewohnt. Dort findest du die Überraschung.«

»Dann lass uns schnell dorthin … fahren?« Jenna hatte einen Bootsverleih entdeckt, als sie angekommen waren.

»Nichts da, du wirst dich translozieren.«

»Über das Meer?« Sie hatte es in den letzten Tagen geschafft, sich erst wenige Meter, danach über einen ganzen Sportplatz zu blinzeln, aber das hier war ein völlig anderes Kaliber.

Kyr nahm sie an der Hand und sah sie ernst an. »Ich fange dich auf, falls du es nicht schaffst, doch ich glaube an dich.«

»Okay.« Mit ihm an ihrer Seite fühlte sie sich bereit. Sie legte das Fernglas weg und atmete tief durch. Diesmal würde Kyr sie nicht führen, aber er war bei ihr, es konnte nichts geschehen.

»Auf drei«, sagte sie und schloss die Augen. »Eins, zwei …« Sie stellte sich vor, wie sie sich auflöste und ihr Geist über das Wasser flog. Sie sah die Insel vor ihrem inneren Auge, konnte beinahe nach ihr greifen. Jenna fühlte Kyrian bei sich, aber er blieb passiv. War sie schon an der Insel angelangt? Oder bereits darüber hinaus? Was, wenn sie auf einer Palme landete oder im tiefen Ozean?

Stopp!, dachte sie und riss die Lider auf. Wasser umspülte ihre Füße und sie fanden keinen Halt. Durch die Wucht ihrer abrupten Bremsung fiel Jenna hin, doch Kyrian drehte sich mit ihr um, sodass sie zwar beide ins Wasser stürzten, aber sie auf ihm zu liegen kam. Er tauchte nur wenige Zentimeter unter, denn das Meer war an dieser Stelle bloß knietief. Jenna hatte sie beide direkt vor den Strand transloziert!

Prustend tauchte er auf. »Das war klasse! Du hast es geschafft!«

»Na ja, knapp«, erwiderte sie, doch das stolze Funkeln in seinen Augen brachte sie zum Lächeln.

Er angelte nach seiner Sonnenbrille, schüttelte die Tropfen ab und setzte sie auf, bevor er Jenna an der Hand zum Strand zog. »Jetzt hast du dir auch ein leckeres Essen verdient.«

Zwischen einer Baumgruppe, unter schattigen Palmblättern, erspähte sie eine ausgebreitete Picknickdecke, auf der allerlei Obst verteilt war. Zwei Teller, Besteck, Gläser und ein Saftkrug standen ebenfalls bereit.

»Moment«, sagte er. »Da eine Wasserlandung nicht geplant war …« Er löste sich vor ihr auf und war drei Sekunden später erneut an ihrer Seite, um sie mit einem großen weichen Handtuch trockenzurubbeln.

Jenna ließ sich die Massage gefallen, genoss das tropische Klima, das sanfte Rauschen der Wellen, die herrliche Abgeschiedenheit und sogar die Sandkörner zwischen ihren Zehen. Nur sie und Kyrian im Paradies.

Er zog sie an sich, um sie zu küssen, bevor er ihr das Handtuch um die Hüften wickelte.

Jenna setzte sich auf die Decke, während Kyrian sich eher sporadisch abtrocknete und sich dann auf sein Handtuch hockte.

Fasziniert sah sie ihm zu, wie er begann, das frische Obst aufzuschneiden und es auf einen Teller zu legen. Dabei ging er sehr geschickt mit dem Messer um.

Jenna fragte erst gar nicht, woher er all die leckeren Sachen hatte. Wahrscheinlich aus der Küche »entführt«. Sie wollte den Moment einfach nur genießen und hatte sich längst damit abgefunden, dass Kyrian eben anders war.

Verwöhnen konnte er sie allerdings meisterlich. Stück für Stück landete das Obst in ihrem Mund, ohne dass sie pappige Finger bekam. Tropfte Fruchtsaft auf ihren Körper, war seine Zunge sofort zur Stelle, um das Malheur zu beseitigen.

Natürlich tropfte ständig etwas daneben, besonders auf ihr Dekolleté, weshalb sich seine Zunge andauernd in tiefere Regionen verirrte. Kyrian zog ihr Bikinioberteil nach unten und züngelte um ihre Brustwarzen. Als er daran saugte, entwich ihr ein Stöhnen. Ihr Körper brannte bereits vor Verlangen. Am liebsten wollte sie Kyrs Zunge überall spüren.

Frech blickte er zwischen ihren Brüsten nach oben. So nah bei sich, erkannte sie zarte Fältchen um seine Augen und die feine Narbe auf der Lippe. Das raue Leben hatte ihn gezeichnet, aber Jenna liebte ihren Krieger trotz der Relikte seiner Vergangenheit.

Sie lehnte sich zurück, öffnete die Beine ein Stück und hoffte, weitere süße Tropfen würden sich auch zwischen ihre Schenkel verirren, doch Kyrian schüttelte nur grinsend den Kopf und schnitt eine Melone auf.

Während er sie damit fütterte, aß er selbst kaum etwas.

Es gefiel ihr, verwöhnt zu werden, doch sie wollte sich gern bei ihm revanchieren. Da er ein Goyle war, würde er das nicht so einfach zulassen. Daher musste sie anders vorgehen.

»Wir sind hier wirklich allein?«, fragte sie.

»Ganz und gar.«

Sie versuchte, seinen Blick gefangen zu halten, damit er nichts bemerkte, solange sie mit Gedankenkraft eine Wurzel herbeiwünschte. Diese schlängelte sich aus dem Sand auf Kyrians Hand zu, die er hinter dem Rücken abgestützt hatte.

»So angestrengt, wie du schaust«, sagte er lächelnd, »würde ich glatt denken, du führst etwas im …« Die Wurzel hatte sein Gelenk in Windeseile umwickelt und die Hand nach hinten gerissen, sodass er auf dem Rücken landete, den Arm über seinem Kopf ausgestreckt.

»Du hast heimlich trainiert!«, rief er gespielt empört. »Du Luder!«

Grinsend rief Jenna eine zweite Wurzel herbei, die Kyrians anderen Arm fixierte. Mehr wollte sie ihm nicht zumuten, schließlich war er seinen Peinigern oft genug wehrlos ausgeliefert gewesen.

»So, du starker, finsterer Mann«, säuselte sie und kratzte mit den Fingernägeln über seinen Oberkörper. »Jetzt musst du dich von mir verwöhnen lassen, ob du willst oder nicht.« Natürlich hätte er die Wurzeln zerreißen können, stattdessen entspannte er sich und streckte sich aus. »Wenn ich aber nicht will?«

»Du wirst wollen.« Grinsend hielt sie ihm ein Stück Melone an die Lippen.

Er drehte den Kopf immer wieder weg, sodass sein Mund voller Fruchtsaft wurde.

»Sieh nur, was du angestellt hast.« Jenna beugte sich zu ihm, um den süßen Saft von seinen Lippen zu lecken. Kyrian knurrte auf und kam ihr mit der Zunge entgegen. Schnell drückte sie ihm das Melonenstück in den Mund.

»So, war doch gar nicht so schwer.« Sie schaffte es, die halbe Frucht an ihn zu verfüttern, bevor sie – ganz aus Versehen – mehrere Obststücke auf seinen Bauch fallen ließ. »Ups.«

Sie schnappte danach und fütterte ihn auf diese Weise, leckte den Saft von seiner Haut und machte auch ihn damit spitz. Seine Badehose beulte sich gewaltig, sein Atem raste und mit den Füßen scharrte er unruhig über die Decke.

»Das muss ja unangenehm sein.« Obwohl es ihr ein wenig peinlich war, das zu tun, zog sie ihm die Badehose trotzdem aus, und sein geäderter Schaft federte ihr entgegen. Sie nutzte die Gelegenheit, ihn ausgiebig zu betrachten, zog mit der Fingerspitze die Stammeszeichen sowie das Tattoo nach und rieb eine aufgeschnittene Erdbeere über die pralle Eichel.

Kyrians Oberarme spannten sich an und er knurrte, woraufhin Jenna erkannte, dass sich seine Fänge verlängert hatten.

»Du bist ein unglaubliches Luder.« Das Blau seiner Augen war dunkler geworden, wie immer, wenn sich seine Stimmung änderte.

Er bäumte sich auf und ein Wassertropfen lief aus seinem Haar, perlte auf seinen Bauch und verfing sich in der Mittelrille seines Sixpacks. Es gab also doch etwas, das ihren Goyle zum Schwitzen brachte. Und es machte auch sie heiß, ihn derart ausgeliefert zu sehen. Kyrian gab sich ihr hin und ließ es zu, dass sie die Führung übernahm.

Wagemutig beugte sie sich über seinen Schoß, um den süßen Saft der Erdbeere von seiner Penisspitze zu lutschen. Wie glatt sie war und wie weich. Jenna wollte gar nicht mehr mit dem Lecken aufhören, schmeckte Meersalz und Kyrians männliches Aroma, und nahm die Erektion tief in den Mund.

»So, Weib«, grollte er plötzlich und riss sich von den Wurzeln los. »Genug gespielt. Jetzt bist du fällig.« Er stürzte sich auf sie, zog ihr den Bikini aus und translozierte sich mit Jenna fort. Kurz darauf spürte sie etwas Weiches unter ihrem Rücken. Hatte Kyrian sie in ihr Bett gebracht? Doch als sie die Augen aufschlug, fand sie sich nicht in ihrem Bungalow, sondern … in einem überdimensional großen Aquarium.

Überrascht setzte sie sich auf. »Wo sind wir hier?« Offensichtlich war das ein Unterwasserschlafzimmer. Die kreisrunde Wand um sie herum bestand fast ausschließlich aus Glas, bis auf eine Stelle, wo Treppen nach oben führten, während sich über ihr eine normale Zimmerdecke befand. Allerdings waren die Strahler nicht angeschaltet, und so beleuchtete nur das türkisblaue Wasser, in dem zahlreiche bunte Fische schwammen, den Raum. In diesem seltsamen Zimmer standen tatsächlich nur dieses Bett sowie zwei Nachttischchen, und bis auf das leise Brummen der Klimaanlage war nichts zu hören.

»Wir sind immer noch auf unserer Insel«, erklärte Kyrian.

»Hast du das Zimmer gebucht?«

»Nein. Zum Glück war es frei. Ich hab es im Internet gesehen und sofort gewusst, dass ich hier mit dir schlafen möchte.« Er legte sich auf sie und küsste zögerlich ihre Lippen, als ob er Protest erwartete.

Ihr Herz klopfte wild, auch weil er so direkt aussprach, was er wollte. Jetzt wurde es also ernst. Niemals würde sie einen Rückzieher machen, da sie es selbst kaum erwarten konnte. Die ersten beiden Male mit Kyrian waren wundervoll gewesen und Jenna wollte endlich mehr davon.

»Ich habe mich bisher arg zurückgehalten«, grollte er mit seiner sexy Gargoylestimme, die zum Vorschein kam, wenn er erregt oder aufgebracht war. »Doch die düstere Seite in dir wird es aushalten, wenn ich dich richtig nehme.«

Oh, sie liebte es, wenn er auf diese Art mit ihr sprach. Jenna zitterte.

»Und wenn jemand kommt?«, murmelte sie an seine Lippen und streichelte über seinen Rücken.

»Höre ich das rechtzeitig und bringe uns raus.«

»Du denkst immer an alles.«

»Ich weiß.«

Sie grinste. »Du bist ganz schön überheblich.« Gargoyles schienen ein riesiges Selbstvertrauen zu besitzen.

Er küsste ihr Schlüsselbein und leckte über ihren Hals, wobei sich sein nackter Unterleib gegen ihren drängte. »Jetzt genieße endlich, oder ich werde dich ans Bett fesseln.«

»Ich genieße jede Sekunde mit dir«, flüsterte sie, doch die Vorstellung, ans Bett gefesselt zu sein, hatte etwas Erregendes. Kyrian ausgeliefert, während er sie zwischen den weit gespreizten Beinen leckte.

Himmel, was hatte sie nur für Gedanken?

»Ach, das möchtest du wohl, so verklärt, wie du schaust?«, fragte er rau.

»Was … ich?«

»Da hilft kein Herausreden. Ich höre, wie wild dein Herz pumpt, und ich kann deine Lust riechen. Hier.« Er rutschte zwischen ihre Beine und presste die Lippen auf ihr Geschlecht, sodass sie aufschrie.

»Vie-vielleicht nicht gerade heu-heute«, erwiderte sie atemlos und genoss seinen heißen Atem an ihrer Scham.

Knurrend biss er ihr mit den Lippen in den Venushügel, als würde es ihn größte Beherrschung kosten, sich zurückzuhalten, und kroch erneut über sie. »Du kannst so schlecht schwindeln.« Er packte ihre Arme und drückte sie über ihrem Kopf in die Kissen. »Da bleiben sie liegen. Verstanden?«

»Ja«, hauchte sie und wunderte sich zugleich. Kyrians dominante Art machte sie feucht. Normalerweise mochte sie es nicht, Befehle entgegenzunehmen, doch im Bett und dann noch von so einem Kerl, einem richtigen Alphatier … Als er ihre Beine auseinanderzog, hörte sie ein sanftes Schmatzen.

Peinlich berührt wandte sie ihren erhitzten Kopf ab, aber Kyrian war so dreist, ungeniert zwischen ihren Schenkeln zu schnuppern. »Hmm, ich liebe deinen Duft.« Er hielt mit beiden Händen ihre Beine geöffnet und tauchte dazwischen. Als seine Zunge ihren empfindsamsten Punkt berührte, bäumte sich Jenna ihm entgegen und genoss die kräftigen Zungenschläge. Sie hatte keine Angst vor seinen Fängen, denn er setzte sie ein, um sie zum Erschaudern zu bringen, kratzte damit über die Innenseite ihrer Schenkel oder nagte vorsichtig daran, bevor er den Mund wieder auf ihre Mitte presste. Er beherrschte es, ihr Inneres zum Beben zu bringen.

Während er ihre Schenkel weiter spreizte, drang er tief in sie, um ihren Saft auszulecken. Für Jenna war das so herrlich verdorben, dass ihr Schoß vor Verlangen nach Kyrian brannte und pochte. Sie wollte ihn endlich in sich spüren.

Sie vergrub die Finger in seinem weichen Haar und kraulte die winzigen Hörner, weil sie wusste, wie er darauf reagierte.

»Hör auf damit, du ungehorsames Mädchen«, knurrte er, »oder ich kann für nichts mehr garantieren.« Erneut kam er über sie und presste sein hartes Geschlecht an ihre Scham. »Hast du nicht versprochen, deine Arme oben zu behalten?« Fest hielt er ihre Gelenke umschlossen. Ein Entkommen war unmöglich.

»Ich habe gar nichts versprochen«, wisperte sie an seinen Lippen und bäumte sich auf, wehrte sich spielerisch und genoss seine dunklen Blicke, die ihn sexy und gefährlich erscheinen ließen. Sie liebte es, ihn zu reizen, ließ erst recht ihre Hüften kreisen und rieb sich an seinem harten Penis. Er glitt auf ihr hin und her und massierte ihre Klitoris. Genussvoll schloss Jenna die Augen, um das kribbelnde Gefühl intensiver zu genießen.

Kyrian schnurrte wie ein Kater an ihrem Ohr, bis er laut aufkeuchte und sich zurückzog.

»Na warte!« Er kniete sich zwischen ihre Beine, umfasste mit einer Hand seine Erektion und drückte sie zwischen ihre Schamlippen.

Endlich …

Zuerst dehnte er sie behutsam und drang langsam tiefer, bis das lustvolle Pochen in ihrem Inneren beinahe unerträglich wurde – da versenkte er sich mit einem harten Stoß in ihr.

Keuchend holte sie Luft, doch eher vor Überraschung.

»Hast du gedacht, ich bin sanft?« Er gab ihr kaum Zeit, sich an ihn zu gewöhnen, sondern zog sich sofort ein Stück heraus, um erneut in sie zu stoßen. Dabei saugte er abwechselnd an ihren Brustwarzen und hielt ihre Arme weiterhin fest.

Der zarte Lustschmerz war ungewohnt, aber nicht unangenehm, im Gegenteil, er steigerte Jennas Erregung. Sie fühlte sich Kyrian ausgeliefert, mit Leib und Seele. Ihr Körper gehörte ihm, sie vertraute ihm und hatte keine Angst, sich fallen zu lassen. Immer härter und schneller stieß er in sie und traf in ihr einen Punkt, der sie dem Gipfel rasch näherbrachte.

Sie zappelte und wollte sich an ihm reiben, um den Lustgenuss zu erhöhen – da zog sich Kyrian aus ihr zurück.

»Bitte, mach weiter«, wimmerte sie und wehrte sich stärker, doch er grinste sie an.

»Ich habe dich schon einmal gewarnt und dir gesagt, was ich mit ungehorsamen Mädchen mache. Ang'dsha allak!«

Plötzlich glitten ihre Arme und Beine wie von selbst auseinander und bildeten auf der Matratze ein X. Jenna versuchte, sich zu bewegen, ihre Gliedmaßen waren allerdings wie festgegossen.

Kyrian sah sie abwartend an. Unsicherheit flackerte in den blauen Tiefen seiner Augen. Er wollte testen, wie weit er bei ihr gehen konnte.

»Von wegen, du beherrschst nur ein paar einfache Sprüche!«, rief sie.

»Ich habe auch heimlich geübt, meine kleine Sklavin. Jetzt kann ich dich für deine Ungeduld bestrafen.« Zuerst tat er nichts, sondern weidete sich an ihrer Hilflosigkeit, betrachtete sie eingehend und wartete wohl, bis er seine Beherrschung zurückerlangt hatte.

Jenna musste ihn auch ansehen, jedes Detail in sich aufnehmen: wie ihm das noch leicht feuchte Haar ins Gesicht fiel, sich sein Brustkorb rasch hob und senkte, seine Erektion zuckte …

Langsam wurde sie ungeduldig und versuchte, ihm ihren Unterleib entgegenzuheben. »Bitte, Kyr, berühr mich endlich!«

»So, meine süße Gefangene stellt Forderungen?« Erneut tauchte sein Kopf in ihren Schoß. Kyrian züngelte um ihren hochsensiblen Kitzler und brachte sie immer bis kurz vor den Höhepunkt, bevor er sich auf sie legte, eine Weile in sie stieß und dann die lustvolle Folter von vorn begann – was ihm sichtlich Spaß machte.

»Kyr!«, wimmerte sie. »Du bist so gemein!« Jenna versuchte, sich erneut an ihm zu reiben, um den Druck auf ihre Mitte zu erhöhen, doch dieser Zauber hielt sie fest.

»Ich möchte es so lange genießen wie möglich, aber du machst es mir nicht gerade einfach«, knurrte er. »Am liebsten möchte ich sofort in dir kommen, auf dir, in deinem Mund, immer und immer wieder, nur wäre dann der Spaß zu schnell vorbei.«

»Für dich vielleicht, doch ich …«

»So, du wirst schon wieder frech? Du glaubst, ich kann nur ein Mal?« Ein weiteres Mal zog Kyr sich zurück, um sie zu lecken. Mal sanft, dann wieder hart, bis es Jenna vor Lust kaum noch aushielt.

Plötzlich drehte sich Kyrian auf ihr herum, sodass seine feuchte Erektion an ihre Wange stupste. »Du könntest mich eigentlich auch mal mit deinem hübschen Mund …«

Jenna saugte die glänzende Eichel ein. Sie schmeckte nach ihrer und Kyrians Lust.

Er brüllte auf und drückte sich tiefer in ihrem Mund, während sie um seinen Schaft züngelte. Heiß und pulsierend schmiegte er sich an ihren Gaumen. Kyrian auf solch eine intime Weise zu verwöhnen, brachte ihren Schoß zusätzlich zum Glühen. Ihre Brustwarzen zogen sich zusammen, ihr Kitzler klopfte hart.

»Verdorben bis ins Mark«, grollte er und bewegte sich vorsichtig in ihrem Mund, wobei er sie ebenfalls zwischen den Beinen verwöhnte, küsste, leckte und streichelte. Jenna stöhnte an sein Geschlecht, das immer mehr Tropfen verlor und weiter anschwoll. Würde er in ihrem Mund kommen?

Abrupt wich er ein Stück zurück. Jenna hörte ihn hart schnaufen.

Sofort hob sie den Kopf, um mit der Zungenspitze seinen Schaft zu erkunden, die Hoden zu necken und sogar seinen Damm zu kitzeln, als er seine Position ein wenig änderte. Niemals zuvor hatte sie einen Mann dort geleckt, aber es gefiel ihr. Sehr sogar. Weil es ihm gefiel. Mit Kyrian fühlte sie sich zu allen Ferkeleien bereit. Jenna bekam große Lust, noch viele wilde Dinge mit ihm auszuprobieren.

Plötzlich zog er sich zurück und drehte sich wieder herum. »Du bist eine gute Liebesdienerin«, sagte er atemlos und streichelte über ihre Wange. In seinem Blick lag so viel Zuneigung, dass sich ihr Herz überschlug.

»Bitte küss mich«, flüsterte sie und schmiegte ihre Wange in seine Handfläche.

Kyrian löste mit einem gemurmelten »Ang`les empt« die mentalen Fesseln und zog sie in die Arme. Dann küssten sie sich lange und voller Leidenschaft, während sie sich gegenseitig streichelten.

Vorsichtig zwickte Kyrian sie in die Brustwarzen, danach in ihren Kitzler, und Jenna stöhnte in seinen Mund.

»Du brauchst es hart, ich hab's gewusst.« Er fasste an ihre Kniekehlen, um ihre Oberschenkel an ihren Körper zu drücken. Offen und schutzlos lag ihre intimste Stelle vor ihm.

»Halte deine Beine genau so«, befahl er rau.

Jenna gehorchte und öffnete sich sogar noch weiter für ihn, was er mit einem verruchten Lächeln quittierte. Sofort glitt er wieder in sie und massierte mit dem Daumen ihre Klitoris, wobei er nie den Blick von ihrem Gesicht nahm.

»Jetzt komm für mich, Jenna«, knurrte er mehr als dass er sprach, und seine Erektion schien in ihr härter und länger zu werden.

Jennas Höhepunkt brauste bei seinen direkten Worten wie ein Orkan heran. Kyrians Daumen rieb härter über ihren angeschwollenen Kitzler; er stieß sie langsamer. Den Kopf in den Nacken gelegt, keuchte er auf und Jenna sah seine Fänge. Als er erneut den Blick auf sie richtete, schienen seine Augen zu glühen.

»Komm …«, grollte er und pumpte seine heiße Lust tief in sie. Als Jenna ihn in sich zucken spürte, hielt sie nichts mehr. Ihr Orgasmus wühlte durch ihren Unterleib, zog ihr Inneres zusammen und entlud sich wie ein explodierender Stern. Sie war kaum noch fähig, zu atmen, zu sehen oder etwas anderes zu empfinden als diese Lustwelle, die durch ihren Körper raste und ihn zum Beben brachte.

Erst als ihr Höhepunkt abschwoll und sie wieder zu Atem kam, ließ sie ihre Schenkel los. Jeder Muskel brannte, doch sie fühlte sich so gut wie nie.

Kyrian blieb noch über ihr, die Augen geschlossen. Einzelne Muskeln kontrahierten, zuckten, und ein Zittern lief durch seinen Körper. Sie fühlte ihn noch einmal in sich pumpen, bevor er die Luft ausstieß und neben ihr auf die Matratze sank.

Lächelnd drehte sie sich ihm zu und strich durch sein Haar. »Hab ich dich fertig gemacht?«

»Nur keine voreiligen Schlüsse«, murmelte er und öffnete ein Auge. »Sieht aus, als wäre meine kleine Elfe befriedigt.«

»Hmm …« Sie tippte sich ans Kinn und sagte: »Vorerst.«

Als Kyrian knurrte, umarmte sie ihn glücklich und blickte über seine Schulter auf die bunten Fische, die unbeeindruckt von ihrem Schauspiel umherschwammen. »Keine Sorge, es war sehr schön«, sagte sie leise und spürte, wie ihre Wangen wieder brannten. Oder waren sie immer noch erhitzt von ihrem Liebesspiel?

Kyrian streichelte ihren Rücken. »Lust auf ein Bad?«

»Hm«, brummte sie träge. »Aber du bist dran mit Blinzeln, ich bin zu nichts mehr fähig.«

»Wie du befiehlst«, erwiderte er, zog sie auf seinen Schoß und schon befanden sie sich im Yacuzzi in ihrem Garten. Nach einem Knopfdruck sprudelte das heiße Wasser um sie herum und aus zahlreichen Düsen schossen Massagestrahlen. Jenna rutschte von Kyrians Schenkeln und lehnte sich entspannt zurück. Ach, war das herrlich!

Grinsend schloss sie die Lider und fühlte sich rundum zufrieden. Als sie plötzlich Kyrians Hand zwischen ihren Beinen spürte, die sanft ihre Mitte streichelte, riss sie die Augen auf. Sein Blick wirkte erneut verklärt, obwohl er gerade erst gekommen war.

Sie erinnerte sich an Noirs Worte über geile Goyles. Anscheinend konnten diese Wesen einfach immer und überall.

»Keine Angst«, sagte er rau und setzte sich neben sie, die Hand immer noch in ihrem Schoß. »Ich möchte dich nur waschen.«

So, waschen nannte er das. Jenna konnte den Blick nicht von ihm abwenden. Ihr Herz schlug erneut höher, weil dieser Mann sie begehrte. Was für ein Glück sie hatte. »Ich habe keine Angst vor dir«, sagte sie und kletterte auf seinen Schoß. Mmm, seine Hände waren überall, und Jenna genoss es.

»Gibt es das Verwöhnprogramm die vollen zwei Wochen?«, fragte sie und rieb sich an seinem Oberschenkel. Himmel, sie könnte es auch schon wieder tun.

»Tag und Nacht, wenn du das möchtest.«

Vollkommenes Glück.

Die Autorin

Inka Loreen Minden, die auch unter den Pseudonymen Lucy Palmer sowie Mona Hanke Erotik und Loreen Ravenscroft Romantasy schreibt, ist eine bekannte deutsche Autorin erotischer Literatur.
Neben einer spannenden Rahmenhandlung legt sie viel Wert auf eine niveauvolle Sprache und lebendige Figuren. Erotik, gepaart mit Liebe, Leidenschaft und Romantik, ist in all ihren Storys zu finden, die an den unterschiedlichsten Schauplätzen spielen.

Weitere Informationen auf der Autorenhomepage:
http://www.inka-loreen-minden.de